Sombras e Ecos

Série Reinos Eternos

J. M. Beraldo

1ª edição

Editora Draco

São Paulo
2021

J. M. Beraldo
é um nômade carioca que ganha a vida como game designer. Tem contos nas antologias *Dinossauros* (2016), *Samurais x Ninjas* (2015), *Piratas* (2015), *Outro lado da cidade* (2015), *Sagas 4* (2013) e *Brinquedos Mortais* (2012), publicou os romances *Véu da Verdade* (2005), *Taikodom: Despertar* (2008), *Laicus* (2016), *Jogos de Guerra* (2020) e os da série Reinos Eternos: *Império de Diamante* (2015), *Último Refúgio* (2016) e *Sombras e Ecos* (2021), além do livro de contos *Oceano dos Mil Deuses* (2021). Trabalhou em dezenas de video games, e escreveu uma penca de livros de RPG. Tem ideias demais e tempo de menos, mas jura que um dia coloca tudo para fora.
Site www.jmberaldo.com

Publisher: Erick Santos Cardoso
Edição e revisão: Ana Lúcia Merege
Ilustração de capa: Frank William

Dados Internacionais de Catalogação na Publicação (CIP)
Ana Lúcia Merege 4667/CRB7

B 482

Beraldo, J. M.
Sombras e Ecos / J. M. Beraldo. – São Paulo : Draco, 2021.
– (Reinos Eternos; 3)

ISBN 978-65-5753-009-2

1. Ficção brasileira I. Título II. Série

CDD-869.93

Índice para catálogo sistemático:
1.Ficção : Literatura brasileira 869.93

1ª edição, 2021

Editora Draco
R. César Beccaria, 27 – casa 1
Jd. da Glória – São Paulo – SP
CEP 01547-060
editoradraco@gmail.com
www.editoradraco.com
www.facebook.com/editoradraco
Twitter e Instagram: @editoradraco

Sombras e Ecos

Série Reinos Eternos

ONZE REINOS
Oceano dos Mil Deuses
CIDADES-ESTADO DE VALMEDOR
para MYAMBE
para PANJEKANAVERAT
LIGA DO SUL
Estreito das
Terri

Estreito das Sete Mortes
Território Contestado
para
MUSKULSEHIR
Duralam
Geleira Sazonal
ONZE REINOS
Grande Oceano Antártico

Capítulo 1

Nenhum dos legalistas mexeu um músculo quando Huirau Hoepo entrou no corredor que circundava as muralhas externas do Palácio Branco. Seus passos ecoavam na escuridão parcamente controlada por lanternas a óleo de baleia, ignorados pelos soldados entrincheirados atrás de barricadas feitas da mobília quebrada. Nenhum par de olhos se desviou da entrada ou das janelas estreitas onde arqueiros esperavam em silêncio. O intruso passou despercebido, um sorriso no rosto ao reconhecer cada movimento discreto, cada palavra suspirada. Aqui um soldado de cabelos grisalhos murmurava uma prece a algum deus esquecido. O jovem de bigodes ralos ao seu lado esfregava o polegar no indicador, como se a tensão de esperar pelo inevitável provocasse coceira. Alguém chorava baixo. Huirau identificou o garoto, provavelmente menos de quinze anos de idade, encolhido atrás do seu escudo e lança. Nenhum de seus companheiros olhava para ele, como se isso fosse pôr um fim no que lhes restava de força de vontade.

Outro novato soltou um gemido alto. Huirau contou até três. Exatamente no último instante, veio o estrondo. Os soldados – aqueles a quem restava alguma coragem – viraram-se para trás, na direção das portas duplas para onde Huirau caminhava. Um grito de surpresa veio lá de dentro. O veterano de cabelos grisalhos se levantou, fez como se fosse atender ao chamado, mas hesitou. Nem mesmo ele era valente o suficiente para enfrentar o Arconte.

Huirau chegou até a porta. Estava fechada, não por segurança, mas por um capricho dele mesmo. Toda vez que fazia esse caminho, Huirau fechava a porta. Era como se isso desse mais credibilidade a tudo. E ele gostava da sensação de tocar o metal frio feito de uma liga desconhecida, gostava de deslizar os dedos pelos padrões orgânicos esculpidos com uma técnica perdida, desenhando o que pareciam ser raízes ou galhos estendendo-se por toda a parte. Pequenos símbolos – palavras em uma língua esquecida – faziam o papel de folhas e frutos na árvore de metal.

Empurrou com ambas as mãos, ouvindo o rangido alto interromper o silêncio que se espalhara pelo palácio logo após os soldados legalistas perceberem a futilidade de sua resistência.

Abriu um sorriso largo. Chegara bem a tempo.

O último rei do então decadente Sacro Império Valmedor tropeçou para trás em seu manto púrpura. Caiu no tapete que cobria por inteiro o salão gigantesco, certamente obra de súditos que acreditavam em sua divindade. Pena que o tapete não resistira ao tempo e ao clima. Uma pilha de escombros ocultava boa parte da superfície, onde o teto havia sido arrebentado pelo Arconte. Flocos de neve desciam lentamente, acumulando-se sobre o artefato complexo que jamais poderia ser replicado. Huirau suspirou com a perda, mas tentou não dar muita atenção. Não podia desperdiçar um momento sequer do que estava para acontecer.

Neve não era a única coisa que descia do buraco no teto.

O Arconte também o fazia, como uma cachoeira de piche, pesado e incessante, penetrando lentamente o salão em filamentos de tamanhos diversos. Atingiam o chão, formando ondas que pareciam se espalhar menos como líquido, mais como um ser invasivo buscando uma presa.

– Deixe-me em paz! – gritou o último rei, um braço magro erguido para ocultar o horror em seu rosto. Ele parecia saber muito bem o que viria a seguir.

Ninguém era capaz de fazer o Arconte mudar de ideia uma vez que ele tomava uma decisão.

A luz das muitas lanternas espalhadas pelo salão, postas pelos funcionários do Ministério a mando de Huirau, não era suficiente para penetrar a escuridão viva que circundava o Arconte. Ele parecia flutuar logo acima no chão, coalescendo sem tocar o tapete que narrava os mil e quinhentos anos da linhagem dos reis Valmedor desde a fuga de Myambe até a conquista dos Onze Reinos. No interior da escuridão, o que restava do ser milenar mal podia ser reconhecido como algo humano. Sombras serpenteavam como tecido puído, lembrando vagamente as túnicas de gola alta que tinham voltado à moda entre os membros do governo. O rosto era quase invisível a não ser pelos olhos, de alguma forma capazes de ser mais escuros que a própria escuridão à sua volta.

– Chega – disse o Arconte. Sua voz era mais profunda do que o corpo magro fazia parecer possível. Ele deslizou até estar diante do último rei. Pairou no ar em silêncio, um deus supremo julgado um impostor. – Você foi alertado inúmeras vezes.

O Arconte esticou o braço na direção do rei. Filamentos de escuridão se estenderam até alcançar o velho caído, abraçando-o como os tentáculos de um polvo, forçando-o a se levantar. Logo os pés do rei não tocavam mais seu precioso tapete.

– Você não pode! – gritou o último regente, desesperado. Sua pele negra estava pálida com a antecipação do veredito. Tamanho era seu medo que havia sujado o manto e o tapete. – O inimigo está à porta! Se me matar, jamais poderei salvar meu reino!

– Este reino nunca foi seu.

A escuridão que mantinha o rei erguido se comprimiu, provocando um grito. Num surto final de coragem, o velho abriu as mãos, as palmas voltadas para o Arconte. Nelas estavam tatuados padrões orgânicos, tais como os da porta do salão. Desenhou com os dedos formas geométricas complexas que fizeram brilhar as tatuagens. Elas explodiram em um fogo sobrenatural, verde-esmeralda.

A luz forçou a escuridão mais próxima a recuar do que restava do Arconte, como se forçada por um vento potente. Deixava para trás os ossos expostos. Um crânio alongado, branco como marfim, uma caixa torácica partida em tempos esquecidos, carne e músculos há muito consumidos pelo poder que lhe dava a eternidade.

Uma pessoa comum teria morrido com muito menos, trespassada por um poder muito além do que podia compreender. Não o Arconte. A escuridão se forçou de volta, tentáculos abraçando o esqueleto inumano, apagando a chama verde, esmagando os dedos heréticos. O rei urrou de dor e frustração.

O Arconte trouxe o rosto do último rei para perto do seu.

– Chega – ele repetiu.

A mão livre se tornou uma lâmina impossível. Como um escorpião dando o bote, a lâmina de sombras atravessou o peito do último rei de Valmedor. Ele suspirou de dor e surpresa, gemeu e chorou. O corpo estrebuchou. Quando o Arconte puxou a lâmina para fora, trouxe-a convertida em tentáculos que envolviam uma esfera pulsante de energia verde.

Huirau se pôs de cócoras. Puxou de dentro do manto de inverno seu bloco de notas. Escreveu sobre o pulsar. Era a primeira vez que percebia isso. Não que fosse relevante. Provavelmente não era. Mas ele preferia anotar antes que acabasse esquecendo.

– Eu posso ver você.

Huirau ergueu os olhos do papel. Levantou-se lentamente. Os tentáculos de sombras tinham-se dissipado, assim como a esfera de energia, mas o Arconte permanecia flutuando diante dele, o último rei ainda seguro pelo pescoço. Os olhos negros do guardião todo-poderoso dos Onze Reinos se voltavam na direção de Huirau. Sentiu um calafrio de excitação.

– Quem? – perguntou Huirau, levantando-se para chegar mais perto, fitando diretamente aquele par de olhos negros. – Quem você consegue ver?

O Arconte abriu a mão. O último rei de Valmedor desmontou no chão, sem vida. Num movimento súbito, o Arconte se tornou amorfo, fluiu como óleo no ar na direção de Huirau, o crânio inumano a cabeça de uma serpente de escuridão prestes a dar o bote.

– Iocchava Hoepo?

Huirau se virou para trás no momento em que a reprodução da memória chegou ao fim. Era sempre assim: logo após matar o último rei, o Arconte via alguém, então a memória terminava. Nada que o historiador tentasse fazer parecia capaz de alongar o tempo de reprodução, de expandir a área de foco. Meia década de tentativas, e nada.

Um membro da milícia civil, jovem o suficiente para ser recém-recrutado, aguardava na entrada, parcialmente oculto atrás das portas duplas, como se temesse que a memória daquele lugar pudesse feri-lo. Era ironicamente semelhante ao soldado legalista que, séculos antes, chorara de medo no corredor externo da sala do trono. Um ancestral, talvez?

– Estou ocupado.

– É...é urgente, Iocchava – disse o jovem, curvando-se em respeito diante do historiador.

Huirau examinou suas anotações. A próxima leva de memórias registradas nesse lugar aconteceria em minutos. Abaixou-se onde o corpo do último rei havia caído gerações atrás. Pouco restava do tapete original, nada do esqueleto. Talvez alguém tivesse levado o corpo, legalistas ou saqueadores de tumbas. Havia quem afirmasse que os ossos do último rei de Valmedor estavam espalhados em relicários de saudosistas por todas as cidades-estado da Liga do Sul.

– Certamente não é mais urgente do que meu trabalho. Você sabia que esse tipo de memória só se replica uma vez por dia, no horário exato em que aconteceu?

O garoto parecia nervoso. Abria a boca, mas não conseguia falar. Recusava-se a tirar os olhos do chão, o chapéu felpudo da milícia amassado nas mãos, como um adolescente entrando pela primeira vez em um prostíbulo.

Huirau suspirou de irritação.

– Quem morreu?

– Iocchava Tangiwai.

O historiador se levantou.

– Uma Iocchava?

O guarda confirmou com a cabeça.

– E por que você não me avisou antes?

Huirau passou pelo guarda e a porta dupla, de volta para o corredor. Nenhum dos soldados legalistas estava ali. A memória registrada naquele lugar estava novamente adormecida entre as muitas camadas de história lembradas por suas pedras.

Emergiu do túnel pela fenda na muralha enterrada sob toneladas de neve e gelo, os passos apressados do guarda seguindo-o logo atrás. Do alto daquela montanha branca, Huirau podia ver as luzes da cidade estendendo-se até a costa gelada. Sumeru pulsava com o mesmo tom esmeralda da energia arrancada do último rei de Valmedor, lançando luz e calor que o sol era incapaz de produzir tão ao sul do mundo. A Longa Noite começara havia semanas, trazendo com ela o frio que nem o monolito milenar parecia capaz de rechaçar. Em tempos assim as ruas da cidade não eram mais tão seguras, especialmente após a baía congelar, prendendo nos Onze Reinos os estrangeiros que nada entendiam sobre aquele continente e o governo que o mantinha estável.

Um grupo de imigrantes sazonais alocados pelo Ministério das Obras avançou com ferramentas e carrinhos para selar mais uma vez a entrada atrás de Huirau. Dispersariam-se logo, deixando para trás apenas os milicianos do Ministério da Justiça, selecionados entre os próprios cidadãos de Duralam. Não que houvesse muito mais para ser saqueado no Palácio Branco, mas o Ministério do Conhecimento queria evitar que aventureiros estrangeiros fizessem um estrago no interior das ruínas ou deixassem lá alguma memória persistente. Huirau não via problemas com a decisão. Odiaria que outro Iocchava fizesse uma descoberta que era sua por direito.

– O que você sabe sobre o caso?

Embarcaram na carruagem que aguardava no sopé do morro. O

miliciano deu o sinal para o cocheiro, que estalou o chicote. Os iaques puxaram a carruagem pela rua gelada na direção da cidade abaixo.

– Ela foi encontrada morta em um cortiço de Costa Flores, estrangulada.

– Testemunhas? – perguntou Huirau, recolocando as luvas de lã e o chapéu.

– Nenhuma.

Huirau torceu o lábio em um arremedo de sorriso.

– Veremos.

Capítulo 2

Durante a Longa Noite, era Sumeru que lembrava Duralam do calor do Verão. Apesar de a temperatura que emanava do monolito de oitenta e cinco metros de altura ser o suficiente para tornar os Onze Reinos habitáveis, a luz esverdeada que produzia não se comparava ao sol constante da outra metade do ano.

A carruagem desceu a colina e atravessou a Avenida do Palácio na direção de Costa Flores. Aqui, tão distante da região portuária e do monolito, as ruas e os telhados piramidais estavam cobertos de neve acumulada, embora o exército de funcionários do Ministério das Obras trabalhasse incansavelmente com pás e carroças de carga. Iaques irritadiços ameaçavam abandonar seus carros. Os homens e mulheres a quem serviam pareciam igualmente descontentes com o trabalho que os congelava até os ossos apesar dos mantos longos e luvas de lã de iaque. Ao menos eles compreendiam que era melhor esse emprego do que nenhum.

A avenida terminava em uma pequena praça circular, onde, por insistência do Ministério do Conhecimento, uma única seção de muro datada dos primeiros anos sob domínio do Sacro Império Valmedor permanecia de pé. Huirau visitara o muro várias vezes no início de seu treinamento. Por algum motivo aquela praça guardava camadas e mais camadas de memórias antigas ao ponto de se confundirem. Era um teste importante, para um aprendiz de locchava, identificar apenas com a análise de imagem e som qual memória pertencia a qual período histórico. Huirau passara dias inteiros sentado diante daquele pedaço de muro, analisando cada memória. Foi elogiado em seu teste e, mesmo assim, não captou todos os elementos simultâneos.

Havia algo de único nos Onze Reinos, e não era apenas o fato de estar em um continente na ponta mais ao sul do mundo. Memórias perambulavam pelas ruas, fadadas a se repetir eternamente, como o fluxo da maré. Pessoas mortas havia séculos ou mais caminhavam pelas ruas, viviam nos apartamentos da cidade, guerreavam por toda parte. Entre os removedores de neve, Huirau identificou pelo menos quatro memórias do período em que a região fora um protetorado de Muskulsehir.

Mas as memórias não estavam limitadas ao cotidiano, nem apenas ao que se identificava visualmente. Seres estranhos vagavam pelas cavernas de cristal abaixo da cidade, memórias de um tempo anterior à chegada dos humanos naquele continente.

A carruagem desceu uma alameda estreita até alcançar a praça onde famílias aguardavam de braços erguidos a passagem da liteira da Deusa Menina.

Huirau observava a multidão, que se curvava quando os monges do Ministério dos Ritos atravessavam a plataforma de pedra com a liteira colorida nas costas. Enquanto isso, o miliciano que o chamara repetia novamente o que sabia sobre o caso. A cada nova versão da história algo novo surgia, um detalhe que o jovem havia esquecido. Huirau ouvia apenas em parte, anotando mentalmente o que parecia relevante.

Tangiwai, vinte e sete anos, locchava. Trabalhava investigando memórias do período pré-revolucionário, a serviço do Ministério do Conhecimento. Huirau achava aquele um período entediante da história dos Onze Reinos, entre o golpe dado por herdeiros da Liga do Sul para expulsar os Muskul e a criação dos Seis Ministérios de hoje. Mas havia um certo sentimento de orgulho que o Secretário gostava de promover na população, razão para que se desse uma atenção desnecessária a um período caótico que não durara nem cem anos.

Na praça, a multidão urrou em delírio quando a menina de nove anos de idade surgiu por entre as cortinas de seda marinha, o rosto pintado, a cabeça curvada com o peso dos anéis e correntes de ouro. Daquela distância, Huirau pensou vê-la sorrir para ele, não como uma criança, mas como alguém que sabia seus segredos mais profundos.

Huirau fechou a cortina da carruagem e se voltou para o miliciano.

– Você disse que foi estrangulamento.

O jovem parou de falar, pego de surpresa. Depois de alguns segundos, concordou com a cabeça. Procurou em suas anotações sobre o caso.

– Marcas no pescoço, talvez de uma corda ou tecido, mas não ficaram rastros. Nenhuma outra marca visível no corpo.

– Sinais de luta? Resistência?

– Não. Nada.

A carruagem chegou a Costa Flores minutos mais tarde. Outras carruagens estavam no local em torno de um edifício de apartamentos com cinco andares. Huirau não podia imaginar o que um locchava estaria fazendo num lugar daqueles. Certamente poderia ter requisitado aposentos dignos ao Ministério da Receita.

Costa Flores não era um bairro ruim. Ficava na direção do porto, mas havia sido renovado na última década graças a um movimento de artistas locais para tornar o antigo bairro de armazéns um centro cultural importante para Duralam. O nome original se referia às flores selvagens que cresciam na encosta acima do mar gelado. No rigor da Longa Noite, praticamente só as memórias das flores resistiam, acompanhadas de pinturas ainda mais coloridas que as originais nas paredes das casas e armazéns convertidos em lojas, restaurantes e centros culturais.

Huirau desembarcou e foi guiado pelas escadas até o segundo andar. Outros milicianos locais, assim como moradores do edifício, afastavam-se ao perceber os cilindros de bronze que pendiam de seu pescoço, curvando a cabeça e desviando os olhos para o chão. Isso tornou mais fácil a chegada à cena do crime.

O corpo já havia sido removido, possivelmente para manter a dignidade da vítima e evitar rumores sobre a morte de um membro do Secretariado. Uma cômoda estava virada. Havia um cesto de roupas aberto, um vaso partido no chão. Um espelho tinha sido estilhaçado. Huirau olhou para o miliciano que o acompanhara. Este concordou com a cabeça, como se Huirau tivesse dado sinal de achar a cena desconcertante. Não era o caso. O problema era a informação.

– Você disse que não havia sinais de luta.

– Na vítima – ele explicou, olhos arregalados. – Arranhões, escoriações. Não além do pescoço, claro.

O historiador suspirou, irritado. Estalou a língua. Foi até o ponto indicado por um risco de giz no chão. A sargento encarregada do caso deu dois passos para trás. Pela aparência, era devota da Deusa Menina, o rosto tatuado na forma tradicional de seus ancestrais. Huirau se abaixou, tocou os cilindros em seu pescoço, fazendo-os girar com os dedos. Fechou os olhos e começou a murmurar o mantra adequado, vindo do fundo da garganta.

Por todos os Onze Reinos, a pedra guardava memórias. Memórias fortes se replicavam com certa regularidade por conta própria. Outras memórias eram mais discretas. Podiam ser percebidas como vultos, sons distantes. Dizia-se que em outras terras chamavam esse tipo de coisa de assombração. Huirau tentou evitar um sorriso de deboche. Gente estúpida, que nem sequer entendia o que estava à sua volta.

Memórias recentes eram um problema. Era como se o lugar não tivesse tido tempo o suficiente para registrá-las, para lembrá-las. Era preciso esforço de alguém treinado para reproduzi-las.

Huirau sentiu a vibração no ar, o mantra ressoando no ambiente fechado, colidindo com memórias, retornando para ele. Atingiam os cilindros, como se atraídas pela sua rotação.

Huirau abriu os olhos.

Uma mulher de vinte e poucos anos caminhava para dentro do apartamento. Huirau a achou familiar. Talvez já tivesse esbarrado com ela pelos corredores do Palácio Vermelho. Cabelos negros emoldurando um rosto arredondado, olhos dourados puxados, típicos dos Onze Reinos, com a pele terracota e estatura baixa dos primeiros colonos do continente. Não usava muita maquiagem nem muitos brincos. Vestia a túnica vermelha de uma locchava, muito similar à do próprio Huirau, a cabeça coberta pela aba mais longa, adornada com moedas de latão, a metade da frente da cabeça raspada. Trazia abraçada ao corpo uma bolsa de couro.

Colocou a bolsa sobre a cômoda, que na memória ainda estava de pé. Abriu-a, olhou para dentro. Parecia hesitar. Olhou para longe, pensativa.

Um dos milicianos presentes caminhou na orla da memória, aproximando-se para espiar o interior da bolsa. Huirau não vira bolsa alguma no apartamento. Talvez tivesse sido roubada.

Um vulto se materializou atrás de Tangiwai. Ganhou coerência, forma e cor. A sargento olhou Huirau como se esperasse uma explicação. A forma se tornou um homem segurando um cinto de couro enrolado nas mãos. Tinha a aparência bruta de um trabalhador braçal, a pele do rosto marcada pelo vento e o sol do Longo Dia onde a barba negra bagunçada dava espaço. Vestia roupas grossas e toscas, sem os adornos coloridos de cidadãos de bem. Não vinha da porta, que permanecia fechada na memória.

O historiador desviou o olhar e murmurou uma reclamação. Odiava ser forçado a esse tipo de análise, sem tempo para pesquisa prévia. Podia ser uma memória anterior, ou simplesmente contaminação da emoção dos milicianos ao encontrar o corpo da vítima.

– Conheço esse homem – disse a sargento. – Já o pegamos antes por contrabando de relíquias. Também é suspeito de dois assassinatos, mas nunca conseguimos as provas.

Quando Tangiwai percebeu a aproximação do homem, já era tarde demais. Ele passou o cinto por cima de sua cabeça e o puxou contra o pescoço. Suas mãos o torceram atrás dela, forçando a garganta a se fechar. Tangiwai tentou agarrar o cinto, arranhou o próprio pescoço. No desespero, jogou-se para a frente. Vítima e assassino bateram na cômoda, derrubaram-na no chão. Caíram de lado. O assassino pôs o joelho nas costas da vítima, curvou o próprio corpo para trás, puxando com força. Ela resistiu. Não levou muito tempo. Os olhos de Tangiwai rolaram para cima, as pernas tremeram, pararam de chutar. Ela estava morta.

O assassino se levantou, limpou a testa, observou o que fizera. Sorriu. Pegou a bolsa e fugiu.

A memória se desfez. Nem o assassino nem sua vítima estavam mais lá.

Huirau parou de girar os cilindros de bronze e se levantou.

– Bem, aí está. Vocês têm o que precisam para resolver o caso. Agora, se me dão licença...

A sargento limpou a garganta, fez um sinal com a cabeça.

– O senhor sabe o procedimento.

– Sargento, eu tive um dia cheio. Quero ir para casa.

– Ordens do Secretário.

Huirau jogou as mãos para o alto. Não adiantaria de nada reclamar. Fez sinal para que a sargento o guiasse até lá.

Partiram na mesma carruagem, dessa vez acompanhada por uma segunda, cheia de milicianos. Estavam todos armados com porretes e maças esféricas, além de bestas. Eram mais do que o suficiente para capturar um contrabandista incompetente.

Huirau passou a viagem inteira fingindo cochilar. Não estava com paciência para conversa fiada com desconhecidos. Percebeu a sargento olhá-lo mais de uma vez. Era óbvio que o engodo não funcionara com ela, mas ao menos a veterana entendera o recado.

Pararam alguns minutos depois em uma viela mal iluminada por umas poucas lanternas acima do nível da rua. Milicianos se espalharam pelo cortiço onde a sargento dizia viver o contrabandista.

Deu ordem para que dois homens mantivessem Huirau protegido dentro da carruagem enquanto os outros avançavam para o interior do edifício. Tudo foi muito rápido.

A porta da carruagem se abriu. A sargento o cumprimentou com um gesto.

– Encontraram seu homem, sargento?

A veterana concordou com a cabeça.

– Exatamente onde imaginamos que estaria. Encontramos, também, a bolsa roubada.

Mas o olhar no rosto da sargento dizia muito mais. Huirau condenou a si mesmo pela curiosidade.

– Diga logo. O que há de errado?

– O assassino – disse a sargento. – Ele também está morto.

Capítulo 3

O trabalho feito pelos artistas em Costa Flores não parecia ter atravessado a Alameda do Torto, onde o antigo edifício homônimo servia de alerta para os visitantes. Do lado oposto da alameda ficava Singularidade.

Muito contribuía para tornar aquele lugar infame. Em primeiro lugar, o bairro parecia ter dificuldades em se lembrar das coisas. Memórias se repetiam de forma irregular e não raro fora de ordem, isso quando se importavam em se repetir. Enquanto no resto da cidade pessoas aprendiam a conviver com memórias espontâneas, em Singularidade parecia haver um buraco, como um velho senil que não conseguia se lembrar do próprio nome. A teoria mais crível tinha a ver com a pedra onde o bairro tinha sido construído, uma estrutura muito dura e densa que impedia a penetração de ferramentas e memórias. Pelo mesmo motivo, Singularidade era desprovido de sistema de esgoto, o que levava a maioria dos moradores a descartar seu lixo nos becos escuros ou mesmo nas ruas. Fazia tempo que o Ministério das Obras tinha desistido de manter o lugar limpo, tamanho era o número de funcionários assaltados ou feridos no trabalho.

Por um certo tempo, Singularidade foi escolhido como lar por alguns dos homens e mulheres mais importantes de Duralam. Achavam que ali teriam paz para saciar seus desejos mais pervertidos, sem o risco de seus atos ficarem registrados na pedra. E o problema acabou sendo exatamente esse. Num período particularmente sangrento antes da ocupação pelo Supremo Estado Muskul, os líderes mais influentes do Sacro Império em Duralam promoveram uma série de atentados uns contra os outros. Poucos sobreviveram ao incidente que ficou conhecido como Guerra das Torres, em referência aos seus palácios fortificados. Eventualmente, os sobreviventes dessa guerra urbana deixaram Singularidade para trás. Das torres, apenas o Torto permanecia de pé.

Se Costa Flores fora renovado e ganhara vida, Singularidade a perdera lentamente. Bandidos de todos os tipos aprenderam a lição dos antigos senhores das torres. Se não havia registro de seus atos, a milícia não podia incriminá-los. Não levou muito tempo até que o bairro se tornasse uma infecção maligna no coração de Duralam.

O que esses criminosos pareciam não compreender era que Singularidade não era totalmente desprovido de memória. Ela estava lá, discreta, distante, como um sonho no dia seguinte. Desde que houvesse o esforço adequado por parte de alguém talentoso e experiente, qualquer memória podia ser reproduzida.

Huirau olhou o chão imundo do apartamento e se perguntou se realmente queria tocá-lo.

O corpo do contrabandista havia sido coberto por um lençol puído e encardido. Manchas vermelhas se expandiam lentamente em vários pontos do tecido. Uma poça de sangue crescia pouco a pouco como um halo em torno do corpo, confirmando que aquela era uma morte recente.

– Isso é realmente necessário, sargento?

– Não creio que o Secretário aceitará menos do que toda a verdade neste caso.

Huirau grunhiu qualquer coisa. A veterana estava certa. Não era todo dia que uma locchava era encontrada morta.

O historiador se abaixou perto do corpo, fazendo o melhor que podia para ignorar o cheiro. Percebeu o sangue deslizando pela fresta entre os blocos de pedra no chão e deu um passo para o lado, afastando a bota de pelos de iaque. Tocou o centro de uma das pedras, onde não corria o risco de tocar o sangue. Com a mão livre, girou os cilindros de bronze pendendo sobre seu peito. Fechou os olhos e murmurou o mantra.

Para alguém com o treinamento adequado, entrar em sincronia com as memórias guardadas em um local era como expandir todos os seus sentidos além do mundo visível. A pele pinicava como se estivesse caminhando por um corredor coberto de infindáveis lençóis, os ouvidos captavam os sussurros de outros tempos, inconstantes, incompreensíveis. Os odores do passado se juntavam ao ponto de provocar dores de cabeça. Mesmo com os olhos fechados, podia ver fantasmas de imagens, milhares delas, sobrepostas, animadas. O truque era identificar aquela que era relevante ao momento e forçá-la a se reproduzir.

Huirau franziu a testa. Não conseguia sentir nada além de dor de cabeça.

– Algum problema, senhor Hoepo?

Huirau lançou um olhar de fúria para a sargento. Tivesse ele os poderes do Arconte, a veterana já estaria morta, empalada em estacas de sombras.

– Singularidade – foi tudo que disse antes de voltar a fechar os olhos.

Respirou fundo, usou o dedão da mão esquerda para girar os pequenos cilindros com mais rapidez e constância, aprofundou-se na memória do lugar. Era como enfiar o braço na neve, buscando algo bem fundo até sentir os dedos adormecerem. Parecia haver algum tipo de resistência. Não era só o lugar. Havia algo a mais. Algo que ele não conseguia definir.

– Se o senhor não tem capacidade de ativar essa memória, podemos solicitar outro locchava à Arquivista.

– Não! – mais gritou do que disse Huirau. Levantou-se, limpando a mão no manto sobre a túnica vermelha. – Estou cansado. Passei todo o dia investigando o Palácio Branco. Culpa de vocês por me forçarem a fazer mais do que devo em um único dia.

– Não fomos nós que matamos esses dois.

– Os mortos podem esperar.

– Os mortos sim. Já os vivos...

Huirau ergueu uma mão para silenciá-la.

– Seja quem for, terão de entender que existem limites para o corpo humano. Preciso descansar. Quem me levará até em casa?

A sargento o observou em silêncio por um tempo, então concordou com a cabeça. Sinalizou para que um miliciano – o mesmo que buscara Huirau no palácio – fizesse o serviço. O jovem não pareceu muito contente com a missão.

– Enviaremos uma carruagem para buscá-lo pela manhã.

– Que seja.

Huirau desceu em silêncio e se deixou cair no assento da carruagem. Percebeu pela primeira vez como estava cansado. Esfregou os olhos, que começaram a doer. Pensou em sua cama. Lembrou-se de Anaru. Será que conseguiria chegar a tempo?

A carruagem subiu a Alameda do Torto e se desviou para seguir em paralelo ao canal, na direção de Bosque Passado, onde o historiador morava em um apartamento espaçoso financiado pelo Secretariado.

O que em sua vida não era financiado pelo Secretariado? Casa, comida, roupas. Seu status como locchava, seu conhecimento adquirido. Devia tudo à organização que o tirara do orfanato, sem a qual seu destino mais provável seriam as ruas, na melhor das hipóteses trabalhando ao lado daqueles que ainda removiam toneladas de neve das vielas mais afastadas do centro.

Mas de que valia tudo isso se seus desejos, suas necessidades pessoais estavam sempre em segundo plano? Quantas vezes tivera de mudar seus planos para se adaptar aos desígnios dos Ministérios e do Secretário? Quanto perdera nesse tempo?

A carruagem atravessou o alto do viaduto sobre a Cidade Baixa. Da janela, Huirau viu os tentáculos fantasmagóricos do Kraken saindo do gelo intacto, chicoteando uma fortaleza Muskul que não existia mais. Sorriu. Isso significava que não era tão tarde. Talvez Huirau ainda conseguisse encontrar Anaru antes da partida. E ele realmente estava precisando daquele encontro.

Saltou da carruagem antes mesmo que ela parasse por completo, ignorando o jovem miliciano, que tentava informá-lo do horário em que viria buscá-lo na manhã seguinte. Huirau nem olhou para trás. Tomado por uma energia que achava não ter mais, sacou as chaves do bolso interno do manto e empurrou a pesada porta do sobrado. Passou pela memória do antigo proprietário, que sempre varria o chão àquela mesma hora, e subiu as escadas, três degraus por vez. Atrapalhou-se com a chave, deixou-a cair diante da porta do apartamento. Pegou-a em silêncio concentrado, como se parar para pensar ou falar fosse consumir um tempo que não tinha. Enfiou a chave na fechadura, girou-a, empurrou a porta.

O apartamento estava deserto, frio. A mobília estava intocada, tal como a deixara naquela manhã. O único som que ouvia era o das carroças lá fora e de um oficial do Ministério das Obras gritando com uma trupe de trabalhadores.

Huirau bateu a porta atrás dele, o estrondo ecoando pelo sobrado de pedra. Largou as chaves no pote de seiscentos anos que encontrara certa vez numa escavação e foi direto para o divã vermelho, que cada vez mais servia de cama. Deixou-se cair, engolir-se pelas almofadas de seda marinha. Fechou os olhos ardidos, resistindo à vontade de chorar. Suspirou, irritado, deu um soco nas almofadas. Malditos Ministérios. Maldito Secretário.

– Pensei que não viesse mais.

O som daquela voz o aqueceu mais do que qualquer fogo, mais do que o próprio Sumeru. Huirau abriu um sorriso antes mesmo de abrir os olhos e ver Anaru de pé diante da porta do quarto. Vestia apenas uma túnica de algodão fino entreaberta e segurava nas mãos uma tigela de cerâmica cheia de bolo de arroz decorado com amêndoas, uvas-passas e tâmaras. Quanto será que gastara para obtê-las? Aquele tipo de coisa não era fácil de se conseguir com os portos congelados.

– Vamos – disse Anaru, atravessando a sala na direção da cozinha, deixando no caminho um rastro do cheiro amanteigado do doce. – Tem uma panela inteira de guthuk nos esperando.

Huirau se levantou, subitamente energizado. Uma lágrima escapou dos olhos. Ele riu alto, limpou o rosto com as costas da mão, sentindo-se tolo pela sua raiva de momentos antes. Então, seguiu Anaru para a cozinha, com toda a intenção de esquecer aquele dia terrível.

CAPÍTULO 4

A melhora em seu humor se despedaçou pela manhã, quando despertou com o som matutino da memória de um sacerdote Valmedor fazendo suas orações na praça diante de sua casa. Enrolando-se no cobertor de lã de iaque, Huirau foi até a varanda do apartamento para encontrar o jovem miliciano de pé do outro lado da rua, encostado na carruagem, assistindo curioso ao sermão do velho de túnica amarela e laranja, tão morto quanto os deuses aos quais reverenciava.

Huirau levou mais tempo que precisava para se arrumar. Ferveu o chá de manteiga e colocou um pouco na caneca e mais um pouco em sua tigela favorita, então jogou um punhado de farinha de cevada por cima. Misturou com o dedo até formar um bolinho, que comeu em mordidas pequenas. Não estava com fome, mas gostava de imaginar o miliciano congelado no vento do lado de fora. Só depois de fazer e comer três bolinhos e engoli-los com mais chá limpou as mãos e voltou ao quarto para pegar a túnica de frio. Parou por um breve instante diante da cama vazia, mas a deixou bagunçada como estava. Desceu as escadas com os pensamentos distantes e ignorou o cumprimento do miliciano ao encontrá-lo.

O humor só foi piorando à medida que a carruagem chegava mais perto do cortiço de Singularidade, onde o contrabandista tinha sido assassinado. Huirau subiu as escadas com passos pesados, não de cansaço, mas de irritação. O jovem miliciano tentou puxar assunto, perguntando sobre o trabalho de historiador e a regularidade das memórias mais conhecidas de Duralam. Huirau não se deu ao trabalho de responder.

O corpo havia sido recolhido, mas a mancha de sangue permanecia ali. A milícia havia vasculhado o lugar em busca de pistas. O colchão estava revirado, roupas tiradas de um baú haviam sido espalhadas pelo chão, uma cômoda tivera suas gavetas removidas. A mesma sargento do dia anterior estava lá, o lábio meio torto observando o cômodo, as mãos segurando o cinto largo de onde pendia um porrete com cabeça de metal. O manto de inverno cobria o uniforme verde dos milicianos.

Nenhum morador de Singularidade fazia parte de uma milícia. O Ministério da Justiça incentivava a criação de grupos de cidadãos vigilantes para garantir sua própria segurança, mas quem vivia em Singularidade não tinha interesse algum pela ideia. Não fora à toa que a milícia de Costa Flores, que vinha arrastando Huirau de um lado para o outro desde o dia anterior, tivera tão pouco cuidado com a cena do crime. Deviam acreditar que o morto merecia o que recebera, mesmo que isso tornasse seu trabalho como historiador mais complicado.

Huirau chutou um sapato para longe do seu caminho.

– Espero que vocês não tenham se empolgado por aqui. As coisas já são difíceis o suficiente sem seus rastros emocionais por toda parte.

A sargento deu de ombros, desviando o olhar e curvando a cabeça em cumprimento apenas o suficiente para ser socialmente aceitável.

– Estávamos procurando os objetos roubados de locchava Tangiwai.

O historiador fez uma careta e balançou a mão para que a sargento parasse de falar. Ele não dava a mínima. Queria apenas terminar seu trabalho.

– Posso?

A sargento deu um passo para trás e acenou para que ele seguisse em frente.

Huirau se agachou e tocou o chão, repetindo todo o processo do dia anterior.

O vazio continuava lá. Era como ter um saco cobrindo a cabeça, limitando seus sentidos. Respirou fundo, buscou mais longe. Encontrou alguma coisa. Uma impressão emocional. Huirau se concentrou nela, então a forçou para que viesse à superfície.

Um vulto surgiu no centro da sala vista pela mente do historiador, e também diante dos olhos dos milicianos que se juntavam para acompanhar o trabalho do locchava. Difuso, mal parecia humano. Sem cor, sem solidez, sem detalhes. Parecia uma sombra alongada pela chama de uma lanterna.

Por um momento, o vulto nada fez. Moveu a cabeça lentamente, como se olhasse à sua volta, procurando algo. Parou com olhos invisíveis sobre o historiador. Atrás dele, a sargento colocou a mão em sua arma.

Huirau forçou mais. O vulto mudou, ganhou forma e volume. Tornou-se o assassino de locchava Tangiwai. Esticou as costas, caminhou na direção da porta, passando pelo historiador como se ele não estivesse lá. Parou atrás da porta, falou algo, abriu-a. Do outro lado estava a memória de outro homem. A sargento relaxou. Huirau havia encontrado a memória da noite anterior.

– Parece aquele ladrão que roubava lojas na Cidade Baixa – disse um dos milicianos. – Qual o nome dele? Kuki?

– Não – respondeu a sargento. – Prendi esse ladrão três semanas atrás. Quebrou a perna caindo do alto de uma casa durante a fuga.

Huirau sibilou para que ficassem quietos. Não que as vozes atrapalhassem. Ele simplesmente não estava com humor para ouvi-las. Tinha pouco tempo para terminar seu trabalho no Palácio Branco antes que a neve da Longa Noite fosse tanta que impedisse o acesso ao interior da estrutura.

O assassino se afastou para o outro homem entrar. Era um brutamontes vestido com um pesado casaco de lã vermelha. Uma cicatriz longa marcava o lado direito da cabeça, parcialmente coberta por um chapéu de lã. Tinha os olhos puxados dos Onze Reinos, mas a pele clara de Valmedor.

– Fez o serviço? – perguntou o visitante.

O assassino foi até a cômoda e pegou uma garrafa de vidro. Puxou a rolha com os dentes e bebeu longamente. Huirau percebeu que não havia garrafa alguma no quarto agora. Não se lembrava de tê-la visto no dia anterior. Talvez um dos milicianos a tivesse levado.

– Feito – disse o assassino. Houve um distúrbio. A garrafa sumiu. O assassino estava sentado na cama.

Huirau abriu os olhos. A sargento o estava olhando de testa franzida.

– Memórias cruzadas – justificou o historiador, sem dar muita atenção ao erro.

A cena continuou. O assassino se levantou, tirou algo de uma gaveta, entregou ao outro homem. Um dos milicianos chegou mais perto, tentando ver do que se tratava, mas o visitante guardou o objeto no casaco antes que pudesse ser identificado.

– Seu pagamento – disse o visitante. Então golpeou o assassino na lateral da cabeça com as costas da mão.

O assassino de Tangiwai cambaleou, caiu na cama, rolou para o chão. Tocou a cabeça ferida, vendo o próprio sangue. Balbuciou qualquer coisa. O visitante se aproximou. Tinha uma garrafa na mão. Parecia a mesma de onde o assassino bebera antes. Mas não era aquela outra memória?

O visitante foi até o assassino, pegou-o pela gola do casaco, arrastou-o até a parede. Colocou a garrafa no chão e sacou uma adaga de lâmina fina. Perfurou o peito do assassino na altura do coração.

– Está errado.

Huirau se virou para a sargento. Suspirou de irritação.

– Isso é uma memória. Não fui eu que inventei.

Mas a sargento balançou a cabeça. Caminhou até a cena, apontou para o corpo.

– Ele teve seis perfurações – disse, apontando para os pontos do próprio peito. – Não havia cortes na cabeça. A posição do corpo está errada também.

Mal tinha terminado de falar e a memória mudou de lugar duas, três vezes. Parou mais perto de onde o sangue marcava o chão.

Huirau balançou a cabeça e esfregou os olhos com as palmas das mãos. Talvez não houvesse descansado o suficiente na noite anterior.

O visitante se levantou, limpando o sangue da mão no casaco. Atrás dele o assassino caído tentou se levantar, virando o corpo. Tossiu, forçando mais sangue para fora do ferimento. Isso atraiu o visitante, que voltou e sorriu com um canto da boca. Então se abaixou, a faca virada ao contrário, e apunhalou o assassino mais cinco vezes no peito. Sangue espirrou em seu casaco, mas ele não pareceu se importar. Ao contrário, parecia excitado com aquilo.

Terminou limpando a lâmina na roupa da própria vítima, depois se levantou e partiu levando com ele fosse o que fosse que pagara ao contrabandista para roubar da locchava.

Huirau olhou para a sargento, esperando que ela criticasse a memória. A sargento deu de ombros.

A memória se desfez.

– Há algo de muito estranho aqui.

– O que é agora, sargento?

– O homem da cicatriz. Ele não é o assassino.

– Como você sabe?

– Me surpreende que o senhor não reconheça aquele homem.

– Sargento, sou um historiador, não um miliciano. Não lido com esse tipo de gente.

– Pois é disso mesmo que eu estou falando, senhor Hoepo. O homem da cicatriz era Lorde Garan Malamak.

Huirau se levantou. Olhou na direção da porta, por onde a memória do homem de cicatriz havia partido. Lembrou-se de ter visto aquele rosto antes em outras memórias, em outros pontos da cidade. Lorde Garan fora um dos responsáveis pela matança da Guerra das Torres. Morrera degolado junto com a esposa e as três filhas, vítima de um de seus rivais. Fazia bem mais de um século.

Seria possível que a condição especial de Singularidade estivesse causando mais do que simples confusões entre memórias? Havia relatos de irregularidades, de memórias de tempos diferentes parecendo interagir no mesmo local. Mas não havia qualquer tipo de fonte documental falando de algo tão complexo. Poderia uma memória usar elementos de outras?

Huirau se virou para questionar a sargento, e foi quando percebeu algo curioso. Poderia jurar que apenas cinco milicianos estavam com ele no apartamento, mas havia agora um sexto. A distância, parecia-se muito com o jovem que vinha servindo de guia para Huirau. Talvez fossem parentes. Curiosamente, usava roupas diferentes, algo antiquadas. Ao invés da jaqueta verde escura da milícia, trazia um corselete de couro pintado de azul-turquesa sobre um blusão de lã de iaque, assim como usavam os soldados do último rei de Valmedor nas memórias registradas no Palácio Branco.

Huirau estacou ao perceber que não, não era um miliciano parecido com o soldado. Era na verdade idêntico ao soldado que chorava no dia em que o Arconte assassinara o último rei, mil anos antes. O que aquela memória estaria fazendo ali?

A memória do soldado legalista sacou do cinto uma espada de lâmina curvada para a frente, quase uma foice, e num único golpe degolou o miliciano à sua frente.

Não era memória alguma. Era real.

Por um instante, ninguém se mexeu. Demorou para que qualquer um registrasse o que estava acontecendo, o que era real e o que não era. Foi tempo o suficiente para o soldado degolar um segundo miliciano e se jogar contra o terceiro, que teve a presença de espírito de erguer sua besta e disparar. A seta atravessou o soldado como se ele não estivesse lá. Passou zunindo a poucos centímetros da orelha de Huirau.

A sargento berrou para que tirassem o historiador de lá, chamou por reforços. Tudo saiu do controle. De um instante para outro, Huirau estava sendo arrastado do apartamento e pelas escadas para fora do cortiço. Milicianos que até então haviam permanecido do lado de fora correram ao socorro de seus companheiros. Lá em cima os gritos continuavam.

Cambaleou para fora do cortiço. Caiu na rua gelada, diante de um par de botas de couro de leão marinho. Uma mão marcada pela idade, mas ainda muito forte, alcançou seu braço e o ajudou a se levantar. O Secretário o observou de perto. Seus bigodes grisalhos exalavam o cheiro de tabaco e bebida forte.

Huirau se virou na direção do cortiço. Os poucos milicianos na rua tinham suas armas erguidas, apontadas para o prédio. Lá dentro, os gritos eram poucos.

O Secretário empurrou Huirau para fora do caminho. Assobiou. De uma carruagem alguns metros rua abaixo saíram seus quatro māras, os longos mantos negros esvoaçando atrás deles a cada movimento rápido demais para um humano normal. Dois deles correram para o interior do cortiço, enquanto os outros dois tomaram posição em pontos opostos da rua. Giravam cilindros de bronze ocultos nas palmas das mãos, não como historiadores, mas como usurpadores. Drenavam as emoções registradas na pedra, obliterando memórias em troca de poder.

Os dois que correram para o cortiço se tornaram subitamente um borrão formado por uma dúzia de pessoas relembradas, desaparecendo pelas escadas, impulsionados pelo poder que roubaram da pedra.

– O que você está fazendo aqui?

O rosto do Secretário não mudou um músculo. Os olhos cinzentos observaram o historiador por um longo momento antes que ele falasse.

– Uma locchava está morta. Achou mesmo que eu não viria atrás do assassino?

Houve um estrondo lá em cima. Os māras deviam estar consumindo todas as poucas memórias remanescentes naquele edifício para combater o intruso.

– O que está acontecendo? – perguntou o Secretário, sem tirar os olhos da janela superior do cortiço.

– Alguém... alguma coisa... Não sei. Está matando todo mundo. Parece uma memória.

– Memórias não ferem.

Huirau achou o comentário irônico, vindo de alguém com māras como guarda-costas.

Silêncio voltou ao bairro. Uns poucos curiosos surgiram nas janelas e nas portas de casa. A curiosidade aumentava quando viam as carruagens da milícia. Ela se esvaiu ao perceberem o Secretário e sua polícia secreta. Voltaram para dentro apressados, desviando o olhar, fechando suas portas com trancas e preces.

Os dois māras saíram do cortiço. Huirau não conseguia reconhecer seus rostos por baixo das memórias roubadas, e isso o deixava apreensivo. Um deles vinha cambaleando em pernas incertas, segurando o braço direito onde um corte profundo rasgara sua túnica negra e a pele sob ele. Pensava reconhecer a mulher. Os olhos que sempre pareciam prestes a arder em chamas eram a única coisa visível por cima da gola alta que protegia e escondia o rosto. Logo atrás dela vinha outro, menos ferido, mas igualmente exausto. Os outros dois māras guardando as ruas se entreolharam, surpresos.

O segundo māra a sair do cortiço balançou a cabeça, em sinal de derrota. O intruso havia escapado.

O Secretário suspirou, os olhos novamente na janela no alto.

– Você não pode ficar sozinho.

Huirau estalou a língua e começou a caminhar na direção da carruagem que o levara até lá. O cocheiro permanecera imóvel de medo em seu assento. Huirau se lembrou do jovem miliciano que o irritara tanto, possivelmente agora morto em uma poça do próprio sangue.

– Não estou sozinho.

– Falarei com Anaru.

O historiador se deteve diante da carruagem. Percebeu que as mãos estavam fechadas em punho. Olhou na direção dos māras que mantinham vigilância a alguns metros de distância do Secretário, fora do alcance de suas palavras.

– Não ouse.

O Secretário acelerou o passo até alcançá-lo.

– Huirau, este é um momento delicado. Temos uma guerra acontecendo nas nossas fronteiras, qualquer acesso a mantimentos está fora do nosso alcance graças à geleira, e agora um membro do governo aparece morto. Você entende o risco que esse tipo de situação traz à estabilidade do governo?

Um milhão de respostas passaram pela mente do historiador.

Que ele não se importava com o status quo de Duralam ou se algum burocrata ficasse sem acesso a suas iguarias caras vindas das ilhas, muito menos se algum governante estrangeiro quisesse se matar em mais uma dessas guerras que pareciam assolar esse mundo. Queria dizer tudo isso, mas não disse. Havia limites para o que o Secretário tolerava, mesmo que viesse dele.

Huirau continuou andando até chegar à carruagem, mas o Secretário não se deteve ali.

– Você precisa de proteção – disse. – Escolha um dos māras, qualquer um.

– De jeito nenhum. – Huirau subiu na carruagem. Apontou para os quatro sentinelas do Secretariado. – Esses açougueiros vão destruir meu trabalho.

O Secretário concordou com a cabeça. Pareceu que ia fazer um comentário jocoso sobre a colocação de Huirau, mas se deteve, alisando os bigodes.

– A milícia obviamente não será o suficiente.

Huirau se sentou no interior da carruagem e fechou a porta. Olhou de volta através da janela.

– Tire-me do caso.

O Secretário permaneceu em silêncio. Não estava considerando o pedido, mas sim controlando a vontade de mandar prender um de seus melhores locchava.

– Eu confio em você – disse, finalmente.

Huirau não conteve uma risada sem humor.

– Então é isso? Estou preso a essa história? Até que eu me torne a próxima vítima?

Irritado, acenou para que o cocheiro, que parecia em estado de choque olhando para o cortiço, o levasse de volta para casa. O cocheiro não se atreveu a obedecer e a deixar o Secretário falando sozinho.

– Existe uma solução.

Huirau olhou para o Secretário. Não gostava daquele tom de voz.

– Alguém experiente, confiável. Alguém que já sobreviveu a coisas piores e que pode fazer o que for necessário para mantê-lo vivo sem atrapalhar seu trabalho.

– E onde você pretende encontrar essa joia rara?

– Já a encontrei. Um mercenário estrangeiro. Seu nome é Kasim.

Capítulo 5

Kasim esforçou-se para focar a vista na garrafa em sua mão. Era difícil ver a quantidade de vinho de palma que ainda restava. Sentiu-se puxado pela garrafa. Quase mergulhou em sua direção. Cambaleou e esbarrou em algo que reclamou. Coisas não tinham o direito de reclamar. Kasim tinha.

– Por que você é tão caro? Por que me odeia tanto?

O vinho não respondeu. Kasim fez bico, entendeu. Bebeu um longo gole. Sentiu o chão se mover debaixo dos seus pés e se lembrou da viagem até os Onze Reinos, o confronto com peixes que andavam e devoravam, a quase colisão com montanhas brancas flutuantes e a fuga de um navio pirata. Kasim gritou ordens para seus homens, mas todos eles haviam morrido anos atrás na última batalha do Vale. Sentou-se e chorou.

– Acho que você já bebeu mais do que o suficiente.

Kasim olhou na direção da voz. O vulto era alto e largo como um armário. Talvez fosse um armário. Se bem que armários não tinham barba, nem usavam brincos. Armários não deveriam falar, também, nem tirar a bebida de estranhos.

Alguém riu, outro móvel, talvez. Os olhos do mercenário estavam na mão agora vazia. Olhou no chão à sua volta, procurando a garrafa. Devia tê-la deixado em algum lugar.

Ela ressurgiu batendo em seu peito.

– Aqui. Mais fácil para você segurar a garrafa vazia.

Mais risada. Kasim virou a garrafa. Uma única gota de vinho de palma caiu.

Kasim costumava beber vinho de palma em Myambe. Não era tão raro nem tão caro quanto nos outros lugares onde estivera desde sua fuga da guerra contra o Império de Diamante. Nas últimas semanas vinha gastando mais do que podia para se lembrar do gosto de casa.

Tomaram-lhe a família, tomaram-lhe sua companhia mercenária. Tomaram-lhe sua casa e, depois, o amor de sua vida. Ou talvez a culpa nesse último caso tivesse sido do próprio Kasim. Não tinha mais certeza. Só queria alguém para odiar que não fosse ele mesmo.

Kasim se apoiou em uma cadeira, que reclamou. Levantou-se e cutucou o armário que tinha dado as costas para ele. O móvel abusado se virou. Levou um soco antes de entender o que estava acontecendo.

Para Kasim, era como se jamais tivesse sido tão forte, tão rápido, tão destemido em toda sua vida. Uma década ganhando a vida como homem de armas, de soldado de aluguel a guarda civil, de caçador de recompensas a caçado por crimes encomendados. Kasim nunca se sentira tão superior.

Ele girou onde estava, o queixo, depois a cabeça indo mais rápido que o corpo. Caiu sobre uma mesa, derrubando algo. Conseguiu se apoiar com ambas as mãos. Começou a sentir a dor na mesma hora em que provou o gosto do próprio sangue. Para um armário, aquele móvel batia muito bem.

– Você está sangrando na minha comida!

Alguém o empurrou. Kasim cambaleou mais do que esperava, segurou-se em outra coisa. Essa não reclamou. Levantou-se, ajeitou o corpo, procurou o inimigo.

Kasim estava cercado. Os soldados do Imperador estavam à sua volta, lanças e escudos preparados, formando uma muralha. O sol fervente de Myambe – ah, como ele tinha saudades de um sol escaldante sobre sua cabeça! – deixava-o parcialmente cego. Kasim pegou sua lança, ergueu o escudo diante do corpo.

– O que esse maluco está fazendo?

– Eu resolvo.

A parede de escudos se abriu à sua direita, e o armário entrou no campo de batalha. Mas não era mais um armário. Era um homem alto, usando pouco mais do que uma pele de leão como roupa, o peito exposto como quem não teme a morte. O rosto estava oculto por trás de uma máscara de madeira e plumas, que também fazia lembrar um leão. A fera rugiu, lambeu os beiços.

Kasim riu e chorou ao mesmo tempo. O Imperador de Diamante o encontrara! Viera até os Onze Reinos para se vingar do mercenário prepotente que ousara matá-lo.

– É o fim do seu reino de terror! – gritou Kasim.

Então jogou seu escudo contra o Imperador, arremessou sua lança, correu contra o inimigo. O ataque furioso pareceu pegar a todos de surpresa. O Imperador cambaleou, tropeçou. O rosto de leão rugiu de surpresa. Kasim caiu sobre ele dando socos e pontapés. Em sua mente arrancava a juba de plumas, arrancava o coração do imperador, que era um diamante vivo. Kasim gargalhava sua vitória. Ergueu a joia no ar.

Milhares de mãos o pegaram. Puxaram-no de cima do Imperador, que, embora sem coração, continuava a se mexer e a rugir. Claro, não era ele imortal?

– Eu o matarei de novo se for preciso, seu desgraçado!

Kasim gritava e ria enquanto os cadáveres de seus homens mortos o erguiam sobre suas cabeças, guiando-o ao Paraíso onde a abençoada Estrela da Manhã iluminava o dia dos justos.

Então tudo desapareceu. Kasim ouviu o som de uma porta sendo aberta, e as mãos que o seguravam desapareceram. Sentiu-se cair. Atingiu a areia branca e gelada que existia por toda essa maldita terra. O choque o despertou, puxou-o do mundo onde estava para o mundo real. Deixou um gosto amargo na sua boca.

– Rais Kasim.

O mercenário se apoiou no chão, a mão afundando nessa coisa que chamavam neve. Estava de joelhos na rua do lado de fora da taverna, a única que ainda o atendia. Pelo menos tinha atendido, até hoje. Kasim olhou na direção da voz. Uma carruagem enorme puxada por quatro iaques gigantescos estava parada à sua frente. Dois vultos desceram diante dele. Um era pequeno, magro, colorido demais, como a maioria das coisas nesse lugar. O outro era bem maior, cinzento. Era dele que vinha a voz.

– Há anos já não sou rais – Kasim pensou dizer. Perdera o título duas vezes na vida. Não se achava no direito de mantê-lo se não tinha uma companhia mercenária para liderar.

– É esse o valor que você dá à minha segurança? – disse a mancha menor e mais colorida. A voz era muito mais aguda do que a da outra. Kasim ouvia o som de penduricalhos de metal tilintando quando a mancha colorida gesticulava. Isso o fazia lembrar-se de Vema.

– Ele é ótimo no que faz – justificou a outra mancha, maior e cinzenta. Finalmente reconheceu a voz. O Secretário Waaka. Grunhiu internamente. Ou talvez o tivesse feito em voz alta.

– Ótimo em quê? – questionou o desconhecido. – Beber?

– Manter pessoas vivas – afirmou o Secretário. – Ele só precisa de um objetivo.

O mundo girou, e Kasim perdeu a luta contra o universo. Sentiu o corpo queimar. Sentiu sua alma tentar fugir do corpo pela boca.

Vomitou tudo o que havia bebido nos pés das duas manchas.

– E um banho – completou a mancha menor.

Kasim deixou-se cair para o lado. Mergulhou na neve, afundou como se estivesse sendo engolido pela areia salgada da Planície de Kahlar. Mas era gelada. Muito gelada.

Tudo era errado nesse lugar. Uma noite que durava para sempre, um sol que se recusava a se pôr, fantasmas andando pelas ruas, areia gelada.

O frio penetrou a pele, a carne, o crânio. Tomou seu cérebro. Deixou de sentir o corpo, mas o que havia dentro – o que havia restado dentro – se recusava a aceitar que estavam em terra firme. Ia morrer. Tinha certeza. E não dava a mínima para isso. Pelo menos na morte seu tormento chegaria ao fim.

Capítulo 6

Kasim acordou na manhã seguinte com o mesmo gosto amargo que, havia semanas, o acompanhava ao despertar. A dor de cabeça também estava lá, como um dos fantasmas que assombravam aquele lugar. Levantou o corpo lentamente, já acostumado ao efeito da noite seguinte. Sentiu o maxilar inchado. Viu os nós das mãos ralados. Esperava que o outro sujeito não levasse para o lado pessoal. Ele só precisava extravasar um pouco.

Não estava no seu quarto da pensão, o que podia ser bom ou mau sinal. Pelo menos dessa vez não era uma cela de prisão. Da última vez acordara com o fantasma de um prisioneiro político se enforcando diante dele. O fantasma repetia a mesma rotina todas as manhãs, ignorante do quão desconfortáveis tornava as coisas para os ocupantes vivos da cela.

Mas dessa vez o quarto era amplo. Tinha paredes de pedra branca, o chão de cerâmica com padrões orgânicos em azul-cobalto. Cortinas grossas cor de sangue cobriam uma janela ou varanda de onde vinha o som de pássaros e crianças brincando. A cama...

Kasim saltou da cama e logo se arrependeu do movimento súbito. Colocou a mão na cabeça para evitar que explodisse, sem muito sucesso, e olhou para a cama. Não havia mais ninguém com ele. Suspirou aliviado.

A cama era enorme. Caberia ali todo um harém. Tinha lençóis de um tecido que parecia seda dourada. Cortinas do mesmo material formavam uma espécie de tenda em torno da cama. Tinha visto navios deixarem os portos de Último Refúgio com carregamentos daquele tipo de tecido, extraído de ostras gigantes pela Corte de Mãe Hidra. Podia sentir o cheiro de peixe com sua imaginação e, na consciência, o peso de todo o ouro necessário para comprar aquilo.

Os outros móveis do quarto não eram menos luxuosos. Uma cômoda de madeira com detalhes folheados a ouro, quatro baús enormes, todos cobertos com o mesmo tecido da cama e detalhes em ouro, braseiros de prata cheios de carvão incandescente, que soltavam uma fumaça aromática, uma pequena mesa de jantar entalhada à semelhança de folhas de árvore.

Um par de portas grandes o suficiente para dar acesso a um elefante se abriu. De lá veio uma jovem serviçal de cabeça coberta por um véu de algodão, trazendo nas mãos uma bandeja com dois potes e uma caneca, todos decorados com pinturas ricamente detalhadas. Sem olhar diretamente para Kasim, ela foi até a mesa e lá colocou a bandeja. Cumprimentou curvando-se ligeiramente e seguiu na direção da porta.

Kasim foi guiado pelo cheiro da comida. Sentou-se sem ter certeza se seu estômago aguentaria o que os nativos chamavam de desjejum. No pote maior havia uma sopa de batata com legumes. No menor, bolinhos mergulhados em um molho espesso. A caneca tinha um chá feito com manteiga.

Sentia falta do café da manhã de Myambe, o pão quente saindo do forno, as bananas verdes fritas. Frutas de verdade, não essas coisas que cresciam por aqui. Se é que esse lugar gelado era capaz de produzir algum tipo de fruta.

– Não está do seu agrado?

Kasim devia estar encarando a comida com uma expressão péssima no rosto. O Secretário Waaka entrou no quarto com a segurança de quem é dono do lugar e senhor da cidade – pelo menos até que o deus local mudasse de ideia.

– Não sei se meu estômago aguenta. – Empurrou a bandeja para o lado. – Especialmente porque eu sinto que, se estou aqui, é porque você tem algo para mim. E, pelo tamanho desse quarto, seja lá o que for vai ser perigoso.

– E irrecusável – disse o Secretário, abrindo um botão do casacão cinzento e sentando-se na cadeira oposta ao mercenário. Tirou o chapéu em forma de caixa e o colocou sobre a terceira cadeira.

Kasim apenas sorriu. Não significava que o pagamento seria irrecusável, mas sim que ninguém diz não ao Secretário dos Onze Reinos. Quando uma deusa viva decide que você governará a região, ninguém se opõe. Pelo menos não nos Onze Reinos. Em Myambe eles se levantavam em armas. E morriam aos milhares.

Muito a contragosto, Kasim pegou a caneca de chá amanteigado e provou. Tinha um gosto estranho, nem o sabor do café de sua terra natal, nem do chá de flores de Último Refúgio, onde vivera por anos até...

– O que é desta vez? – perguntou impaciente.

– Um assassinato no Secretariado.

O Secretário não moveu mais músculos do que o necessário para falar. Parecia uma estátua de barro avermelhado. Kasim tentou um dos bolinhos. O que quer que estivesse dentro da massa era amargo e doce ao mesmo tempo.

– Não sou assassino.

– Não... – O Secretário se ajeitou na cadeira. – Não é para matar alguém. Uma locchava foi assassinada e quero o culpado. Eu mesmo o matarei quando você o pegar.

– locchava – repetiu Kasim, jogando o bolinho de volta na tigela, fazendo respingar molho sobre a mesa.

– Um tradutor de memórias, um... historiador.

Kasim limpou a boca com as costas da mão. Jamais entenderia a tara de alguns povos pelo passado. Não havia nada de bom nele.

– Não sou investigador.

O Secretário permaneceu sério. Alisou os bigodes grossos que cobriam praticamente toda a boca. Parecia passar algum tipo de gordura ou cera para deixá-los brilhantes. Fazia o mesmo com os cabelos. Devia ser a mesma coisa que usavam para fazer o chá.

– Tenho um locchava no caso. Seu nome é Huirau Hoepo.

– Um historiador.

Foi difícil conter o riso. Em Myambe eram os sacerdotes que contavam histórias, cada um dando preferência àquelas que beneficiavam sua própria religião. Pergunte a um grupo de sacerdotes sobre a criação do Homem e terá inúmeras versões para a mesma história. Ali, pelo jeito, historiadores também caçavam criminosos. Ou será que só inventavam as desculpas que o governo queria ouvir?

– Em Onze Reinos, historiadores são valiosos investigadores.

Kasim empurrou a tigela de molho para longe. Observou a sopa de batata, incerto se valia a pena prová-la.

– Por que precisa de mim?

Waaka colocou as mãos sobre a mesa e entrelaçou os dedos, não como em uma prece, mas como se analisasse a melhor forma de explicar a situação. Inclinou o corpo apenas ligeiramente para a frente. Kasim podia sentir o cheiro de tabaco no hálito do Secretário.

– Huirau é um ótimo locchava, mas é uma péssima pessoa.

– E você acha que eu sou bom de relacionamentos?

– Não. – Afastou-se um pouco. – Mas você poderá protegê-lo quando ele irritar as pessoas erradas.

Quando, não *se*.

– Se você me trouxe até aqui é porque isso já aconteceu.

– Talvez. Alguém tentou matá-lo. E matou seis homens da milícia de Costa Flores. Quase matou um dos meus māras.

Kasim se reclinou na cadeira até ela gemer. Se os magos do Secretário tinham tido problemas, a questão era séria.

– Quem?

– Não faço ideia, mas é certamente alguém poderoso.

Kasim se levantou da mesa, limpando a mão na perna. Caminhou na direção da janela.

– Não sou um deus.

– Não é, mas já matou um.

O mercenário parou de súbito, a mão na cortina que cobria a janela. Não ousou olhar para trás.

– Acha mesmo que eu não sei por que você fugiu de Myambe?

Kasim achava que não. Achava que ninguém tinha ideia do que ele tinha feito. Era isso que o mantinha seguro. Tinha certeza de que, se os sacerdotes do Imperador de Diamante o descobrissem, enviariam alguém para matá-lo. Alguém poderoso, como o sujeito que queria matar o historiador do Secretário.

Com um puxão, o mercenário afastou a cortina e caminhou até a varanda. Dava para um jardim interno iluminado por uma dúzia de lanternas e pela luz esverdeada do monolito a poucas centenas de metros dali. Crianças brincavam entre arbustos e árvores. Nenhuma delas estava viva. Eram fantasmas de um tempo anterior, eternamente destinados a brincar todos os dias da mesma maneira.

– Eu preciso sair deste lugar.

– Quando isso vai terminar? – perguntou o Secretário, aproximando-se dele. – Quando você vai parar de fugir?

– Não estou fugindo.

– Não, claro que não. – Deu tapas amigáveis nas costas do mercenário. – De qualquer forma, viajar pelo mar é perigoso nesta época do ano. Você não encontrará capitão algum interessado em correr o risco de perder seu navio para os icebergs, e logo a baía estará completamente fechada pela geleira.

O mercenário riu sozinho, lembrando-se do calor infernal e seco da Planície de Sal do Kahlar. Quanto valeria uma dessas montanhas de gelo num lugar como aquele?

– O que eu ganho com isso?

– Não estou acostumado a ouvir esse tipo de pergunta. Geralmente fazem o que eu mando porque eu mandei.

– Acho que a cor da minha pele e o formato dos meus olhos deixam claro que eu não sou daqui.

O Secretário concordou com a cabeça, as mãos seguras atrás das costas. Estava levando aquele comentário mais a sério do que Kasim esperava.

– Faça seu preço.

Kasim forçou uma risada sem humor. Não tirava os olhos do jardim, mesmo depois das crianças-fantasma desaparecerem por completo. Restavam agora apenas um lago artificial e bancos frios de pedra.

– Você não pode me dar o que eu quero.

– Não há nada que prata e influência não consigam.

– Nos Onze Reinos, talvez, mas não no mundo de verdade.

O Secretário riu. Seu riso era estranho, grave, cadenciado. E não parecia nada natural.

– Por que qualquer um deveria se importar com o que existe além dos Onze Reinos?

O mercenário concordou com a cabeça, sem concordar de verdade. Quatro ou cinco anos atrás ele pensava a mesma coisa sobre sua própria terra natal. Afinal de contas, Myambe era o mundo, e a luta contra os exércitos intermináveis do Império de Diamante era a única coisa que importava. Então as coisas mudaram. Ou talvez ele tivesse mudado. Desde então o mundo crescera muito.

Kasim olhou na direção do monolito que mantinha vivas as memórias do passado desse continente gelado e se perguntou quanto tempo levaria para se esquecer de tudo.

Capítulo 7

Kasim teve o desprazer de conhecer Huirau Hoepo uma hora depois, no mesmo jardim onde antes as crianças-fantasma brincavam. De perto, o lugar era ainda mais sombrio, as árvores e arbustos perdendo as folhas para o início da temporada de noite.

Havia dias em que a lua permanecia sobre o horizonte, ameaçando subir e descer, mas nunca o fazia efetivamente. Kasim achava que ela parecia estar um pouco mais alta a cada dia, mas talvez fosse impressão. Estava feliz de ter chegado àquele lugar já no final do Longo Dia. Apesar de não gostar da penumbra eterna, não achava que seria capaz de sobreviver a seis meses de sol ininterrupto.

Tão logo o Secretário partiu, Huirau deu as costas e seguiu na direção da saída do palácio do governo sem esperar por Kasim ou sequer lhe dirigir a palavra. O mercenário cogitou deixá-lo ir sozinho arrumar confusão e acabar morto, mas achou que talvez fosse melhor não desagradar ao Secretário. Acelerou o passo, alcançando o historiador quando atravessavam o portão principal do palácio e desciam as escadarias para O Caminho da Deusa. Não que fosse difícil. Huirau era baixinho como boa parte dos nativos de sangue puro, descendentes dos ilhotas que Kasim conhecera em suas viagens. Ao menos aqui usavam roupas e não folhas de bananeira. Em compensação, criaram tantas regras bestas de comportamento e compostura que Kasim preferia os parentes pelados, pintados com pasta de ossos e fezes de pássaros.

Kasim tinha conhecido muitos lugares em seus quase trinta anos, e o céu aberto não era novidade para quem crescera no Vale da Estrela, a terra santa de seu povo, em Myambe. Mas jamais tinha estado em tamanho espaço aberto dentro de uma cidade.

Antes de deixar Myambe, tinham sido poucas as cidades grandes que visitara. Boa parte das que conhecera queimaram, quer por suas mãos, quer pelas daqueles de quem as deveria ter defendido. Além de sua terra ancestral, reinavam os extremos. Passou por uma dúzia de entrepostos comerciais que serviam de lar para uma dúzia de sujeitos em ilhas selvagens, e também viveu em Último Refúgio, uma cidade que parecia tentar resistir às hordas infindáveis de refugiados que abarrotavam suas ruas e cortiços.

Um bairro inteiro de Último Refúgio caberia no Caminho da Deusa, uma praça vasta com chão de pequenas pedras brancas sem absolutamente nenhum adorno. Fora os palácios em torno da praça, para cada um dos Ministérios e seus oficiais de alto escalão, e o maior para o Secretariado, havia apenas uns poucos pilares de pedra escura na forma de espirais, um ou outro adornado por símbolos orgânicos e animais diversos. Algo nas formas e padrões incomodava Kasim, como um pesadelo quase esquecido.

As ruas claustrofóbicas de Último Refúgio, sempre abarrotadas de gente que pouco se importava com o conceito de espaço privado, parecia um contraste impossível.

– Myambe, então? Você está longe de casa.

Kasim desviou o olhar dos pilares para Huirau, que até então tinha caminhado em completo silêncio, parecendo apressar o passo de propósito, como se competindo com o mercenário para ver quem chegaria antes sem correr.

– Já faz cinco anos que deixei Myambe.

– E por onde andou?

Kasim desviou o olhar para os pilares em espiral. Um deles era oco em sua base, onde havia um enorme cilindro de madeira adornado, muito parecido com os menores que o historiador trazia no pescoço.

– Último Refúgio – disse, resumindo para espantar as lembranças.

O historiador concordou com a cabeça, uma expressão de compreensão no rosto.

– Ouvi dizer que seu povo colonizou a cidade.

Chegaram à entrada do complexo em silêncio. Soldados do palácio armados com longas lanças, cujas pontas mais pareciam espadas curtas, guardavam a entrada, confrontando quem entrava ou saía. Os olhos parcialmente ocultos sob os elmos cobertos de peles examinaram apenas o mercenário estrangeiro. Assim que Huirau cruzou seu caminho, ambos os guardas desviaram o olhar para o chão, como se na presença de um deus que poderia transformá-los em estátuas de sal num estalo, por pura birra.

– Não é meu povo – disse finalmente o mercenário.

Huirau parou diante de uma carruagem de madeira aberta, puxada por dois dos bois peludos que os nativos tratavam como ouro. Por um instante pareceu confuso, sem entender do que Kasim falava, então se lembrou do que dissera e franziu a testa.

– Pensei que fossem de Myambe.

Subiu e sentou-se calmamente no assento de couro tingido de vermelho. Havia algo no jeito de ele falar e se mover que incomodava Kasim.

– São – confirmou o mercenário, subindo e se sentando nas almofadas do assento oposto ao do historiador. – Mas são Melkat.

Sem precisar ouvir um comando, o cocheiro estalou a língua, guiando os iaques para que descessem a avenida. Sentado em seu lado da carruagem como um rei, pernas cruzadas e mãos enlaçadas sobre o joelho, Huirau sorriu com zombaria.

– E qual é a diferença? Eles são o quê? Têm rabos? Chifres?

Kasim achou melhor fingir que não pecebera o tom de deboche.

– Cultuam espíritos da natureza que falam através de oráculos.

– Então o problema é religioso.

A carruagem saiu da avenida para descer uma ladeira estreita, cercada de casas com telhados em forma de pirâmides, de bordas curvadas para cima. Alguns telhados pareciam pilhas de pirâmides cada vez menores, colocadas onde a ponta da pirâmide inferior deveria estar. Tudo exibia algum tom de vermelho, como se as ruas e as casas fossem feitas com o mesmo tipo de pedra ou barro. As cores só eram diferentes nas bandeiras e faixas penduradas em linhas e nas paredes das casas, bem como nas roupas das pessoas. Tais cores faziam Kasim se lembrar de Último Refúgio, mas de um jeito errado. Nas ruas, as pessoas se espremiam contra as paredes para dar passagem à carruagem, sem reclamar, os olhos no chão de neve lamacenta.

– Não é o meu povo – insistiu Kasim.

– Certo – disse o historiador, rindo para si mesmo. Jogou uma mão para o lado, como se descartasse a discussão. – Que seja.

Seguiram viagem por longos minutos em silêncio, durante os quais Kasim ficou atento aos movimentos da rua. A dor de cabeça persistia, e o balançar da carruagem revirava seu estômago, mas achava bom estar devidamente preparado para o caso de precisar manter Huirau vivo. O difícil era se convencer de que isso valia a pena.

O som de trombetas ecoou ali perto, seguido pelo grito de centenas de vozes. Isso atraiu a atenção de Kasim, que se sentou mais ereto, a mão no pomo da espada em sua cintura.

O historiador estalou a língua, ajeitando-se no assento. Olhava à sua volta, mais para não ter de encarar o mercenário do que por estar à procura de algo.

– Já é quase meio-dia.

Kasim franziu a testa, sem entender como Huirau era capaz de saber disso sem que houvesse sol no céu ou ampulheta pela qual medir o dia.

As paredes opressivas das vielas deram espaço a uma nova avenida, cheia de barracas onde dezenas de pessoas faziam suas compras enquanto os fantasmas de dois exércitos se digladiavam no meio delas. Nem os vivos nem os mortos pareciam se importar uns com os outros.

– O que exatamente você vai fazer?

A pergunta atraiu a curiosidade de Huirau. Ou talvez fosse a oportunidade de demonstrar seu conhecimento para um leigo. Ele se ajeitou no assento, os olhos brilhando e a boca se permitindo um pequeno sorriso de superioridade.

– Buscar nas memórias do local da morte alguma pista do motivo.

Kasim olhou os fantasmas na praça até perdê-los de vista, quando a carruagem virou em outra rua menos movimentada.

– Entendi que você já tinha feito isso dois dias atrás.

Huirau se ajeitou de novo, puxando a túnica vermelha como se fosse ela a culpada de seu incômodo.

– Quando estive lá pela última vez, forcei a memória dos últimos minutos de vida da vítima, o que revelou seu assassino.

– Então por que ainda estamos aqui?

– Porque o assassino também foi morto, mas a memória mostra um culpado impossível.

– Como assim impossível?

Huirau deu de ombros. Fechou o rosto como se Kasim o tivesse ofendido de alguma forma. Continuou em silêncio por mais algum tempo antes de voltar a falar.

– Talvez haja como forçar a confusão, replicando os movimentos de uma memória anterior, no mesmo momento, e assim tornando difícil para alguém inexperiente diferenciar uma da outra.

– Como imitar um fantasma.

– Não existem fantasmas – retrucou Huirau. Cobriu os olhos com a mão, massageando as têmporas. Então enxotou o assunto com a mão. – Mas sim. Isso.

Kasim tentava entender o que tudo aquilo queria dizer. Até onde entendia, Huirau era uma espécie de necromante, capaz de forçar os mortos a repetir suas vidas. Talvez fosse isso, mas disfarçado com alguma justificativa religiosa qualquer. Kasim já tinha conhecido o suficiente do mundo para perceber que pessoas gostavam de inventar suas próprias desculpas para as mesmas bruxarias que existiam por toda parte.

A carruagem parou com um tranco. Huirau se virou na direção do cocheiro, que não teve coragem de encará-lo. O mercenário saltou primeiro, olhando a rua e o cortiço onde dois milicianos armados com porretes esperavam. Ambos ficaram tensos ao ver Kasim e sua espada.

– Você não pode voltar lá? Tentar novamente?

Huirau desceu bufando da carruagem.

– Os māras destruíram qualquer traço de memória que aquele lugar tinha.

Kasim ergueu uma sobrancelha, balançando a cabeça. Não fazia ideia do que ele queria dizer com aquilo, mas claramente havia algum tipo de rivalidade ali.

– A polícia do Secretariado – explicou Huirau, com um gesto evasivo das mãos. – Você sabe alguma coisa sobre onde se meteu?

– Geralmente não.

– Então fique calado e faça o seu trabalho.

Huirau acelerou o passo, tentando deixar Kasim para trás. O mercenário riu sem humor, balançando a cabeça. Com pernas mais longas, alcançou o historiador novamente em pouco tempo.

– Saber com quem você está lidando me ajuda a manter você vivo.

– Então me deixe fazer meu trabalho, ou não saberemos nada.

Subiram as escadas até o apartamento onde tinha acontecido o crime. Não era um edifício luxuoso, porém era de longe mais bem cuidado e espaçoso do que muitos que Kasim vira antes, em toda a sua vida. Na porta do apartamento em questão mais dois milicianos aguardavam, visivelmente tensos. Curvaram a cabeça para Huirau, sem dizer nada quando ele passou, mas colocaram uma mão no peito do mercenário para detê-lo.

Kasim levou a mão ao cabo da espada. Os olhos dos milicianos se arregalaram.

– Ele está comigo – disse Huirau, sem olhar para trás. Sua atenção estava no único ocupante do apartamento revirado. Os milicianos deram uns passos para o lado, claramente aliviados, permitindo a Kasim entrar e ver o interior do apartamento.

Um sujeito nativo de meia idade, cabelos grisalhos raspados nas laterais da cabeça e o resto preso em um rabo de cavalo alto, queixo e boca tatuados com padrões curvos e cruzados, estava de pé no centro do cômodo que era um misto de sala e quarto. Usava os trajes dos milicianos que Kasim comumente encontrava ao acordar em uma cela. O sujeito apresentava arranhões no rosto e caminhava mancando de uma perna. Parou ao percebê-los entrar. Inclinou ligeiramente a cabeça e pôs as mãos na cintura, os dedões para dentro do cinto largo.

Huirau estacou e, por um instante, Kasim sentiu a mão ir na direção da espada sem saber muito bem o porquê. Mas o historiador reagiu logo, voltando a caminhar pelo apartamento, seguindo diretamente até o miliciano. Tocou em seu ombro com um dedo, como se testando sua consistência. O veterano nada disse, apenas observando o dedo em completo silêncio.

– Hmm – disse Huirau. – Você está viva.

Huirau virou as costas para o miliciano sem se dar ao trabalho de explicar seu comentário. Abaixou-se no chão e o tocou onde havia marcas brancas de giz. Respirou fundo, pegando com a mão livre o colar que pendia sobre seu peito. Era como seis pequenos cilindros de bronze presos a hastes ao interior de uma caixinha aberta, de forma que pudessem girar livres como rodas. Atrás dele a miliciana de cabelos grisalhos observava com impaciência cuidadosamente resguardada.

Era uma mulher. Prestando atenção, Kasim percebeu o erro. Em sua terra, onde o sol e o chão ferviam, as guerreiras usavam mais ornamentos do que roupas. Essa mulher não parecia se interessar por ser atraente, mas sim em se manter protegida. O traje grosso, feito para proteger tanto do frio quanto de armas, escondia qualquer indício do corpo feminino. O rosto largo e os lábios finos ocultos sob a tatuagem contribuíram para o engano.

Sentindo-se envergonhado pelo erro, Kasim voltou a atenção para o historiador.

– Como funciona isso?

Huirau voltou a abrir os olhos, franzindo a testa para o mercenário, os lábios apertados. Tornou a fechar os olhos sem nada dizer. O dedão começou a se mover rápido, fazendo girar os cilindros.

Huirau começou a gemer algo baixo, meio esquisito, como uma música que ele tivesse vergonha de cantar alto.

Kasim caminhou em torno da sala, mantendo distância do historiador, sem nunca tirar os olhos dele. Parou ao lado da miliciana e repetiu sua pergunta.

A mulher de cabelos grisalhos deu de ombros e balançou a cabeça.

– Esse tipo de conhecimento é proibido para quem não pertence ao Secretariado.

Kasim fez um som de desdém com os lábios frouxos, ignorando as expressões de irritação de Huirau. Apresentou-se para a miliciana.

– Kasim. Acho que meu trabalho é manter esse sujeito vivo.

– Taua. Então você o seguirá o tempo todo?

– Isso.

Taua grunhiu alguma coisa, a atenção novamente em Huirau.

– Meus pêsames.

Huirau gemeu o mantra mais alto, só para chamar atenção.

Então o ar ganhou vida, tomou forma, adquiriu a cor vermelha das vestes do historiador.

O fantasma de locchava Tangiwai surgiu diante de Kasim.

Capítulo 8

Foram mais de duas horas tentando forçar as memórias a se mostrarem. Não só Huirau não conseguiu ir além do que já se havia revelado antes, mas a cada vez que elas se repetiam surgiam mais inconsistências. Objetos eram trocados, movimentos mudavam. Em uma das repetições, Tangiwai fora substituída por um Muskul enorme com pelagem prateada e turbante. Ele morreu do mesmo jeito, inclusive com a pose de uma mulher humana, com metade da sua altura e um quarto do seu peso.

Huirau queria pôr a culpa na distração causada pela conversa irrelevante de Kasim e Taua, queria pôr a culpa na pressão que o Secretário impusera a ele, até no estrago que os māras teriam provocado, embora sua luta contra o homem que tentara assassiná-lo não tivesse sido ali. Recusava-se a desistir. Não que resolver o caso fosse importante para ele, ou porque quisesse ser liberado para voltar a pesquisar a queda do último rei Valmedor, mas porque não podia suportar a expressão de impaciência no rosto do mercenário myambese.

– Deve haver outra forma de fazer isso.

Huirau ergueu uma mão para silenciá-lo. Nem abriu os olhos. Achava que, se visse o rosto do mercenário, começaria a gritar de raiva. Levantou-se e deu alguns passos curtos pelo apartamento, tentando sentir as memórias. Não fazia ideia se realmente conseguiria fazê-lo, mas isso lhe dava tempo para se recuperar da dor de cabeça que vinha crescendo junto ao cansaço.

Agachou-se novamente perto de onde estava antes e voltou a tocar o chão, a outra mão fazendo girar os cilindros em seu peito. Tentou se lembrar das lições da Arquivista, memórias reais de uma infância de aprendizado.

Buscou memórias mais antigas. Recuou o quanto pôde para o passado. Teve a estranha sensação de ser observado por mais do que os dois milicianos que o acompanhavam no quarto. Um rosto sem olhos.

Tangiwai morava naquele apartamento havia apenas alguns meses, chegara na metade do Longo Dia anterior. Permanecia muito pouco por lá, o que não ajudava em nada a descobrir seus hábitos e segredos. Não recebia visitas, de forma que não havia conversas para ouvir, exceto pelas raras vezes em que ela falara sozinha.

Havia buracos nas memórias, talvez por serem mundanas demais e, portanto, sem carga emocional suficiente para serem registradas no ambiente.

Huirau forçou uma projeção qualquer, simplesmente para fingir que encontrara alguma coisa e assim ocupar Kasim e Taua por alguns minutos enquanto descansava.

Iocchava Tangiwai terminava de se arrumar após tomar banho no banheiro comunitário do cortiço. Huirau observou sem ver enquanto a falecida secava os cabelos e vestia a túnica tradicional. Do lado oposto da memória, Taua virava o rosto, encabulada pela nudez da mulher. Kasim mantinha os olhos atentos, mas não havia neles cobiça alguma. Era como se ela pudesse estar vestida ou não, isso não faria diferença alguma para o mercenário. Desinteresse sexual? Gosto por outro sexo? Ou talvez apenas desapego profissional?

– Espere. Pode pedir para ela repetir?

Huirau voltou sua atenção para a memória.

Tangiwai estava de pé diante da parede, já vestida, guardando um pote em um móvel que não estava mais lá. Ela parecia levar esse pote todas as vezes que ia tomar banho. Era talvez algum perfume ou cosmético.

Huirau se forçou a se concentrar. A imagem perdeu solidez e se desfez. Voltou a aparecer pouco depois, ganhando cor aos poucos.

Tangiwai estava no mesmo lugar, mas abaixada, como se pegando algo em uma gaveta invisível. Parou com a mão no interior, fora do alcance visual da memória. Por um instante Huirau pensou que a memória tivesse parado sozinha, mas não. Fora Tangiwai que parara, observando fosse lá o que fosse que encontrara na gaveta. Então soltou o tal objeto e pegou o pote de cosmético, voltando à posição anterior.

A sargento da milícia foi a primeira a falar.

– O que ela está fazendo?

Kasim balançou a cabeça em negativa.

– Ela estava mexendo em algo.

– Escondendo, ao que parece.

– Mas não há nada ali.

– Não há agora – disse a sargento, olhando à sua volta. Seguiu a passos largos na direção de uma cômoda virada de lado assim que a viu. Tinha sido movida após o corpo ser encontrado, durante a investigação.

Kasim correu para ajudar Taua a levantar o móvel e arrastá-lo de volta para onde deveria estar. A memória se desfez, mas já podiam saber pelo movimento em qual gaveta Tangiwai mexia.

Kasim puxou a gaveta com ambas as mãos, arrancando-a do lugar. Virou-a, chacoalhando-a. Estava vazia.

– Homens dos Ministérios da Justiça e dos Ritos estiveram aqui ontem – explicou Taua. – Talvez tenham levado aquilo, fosse o que fosse.

Kasim permaneceu de cócoras por um tempo, os olhos no buraco deixado na cômoda pela gaveta arrancada. Então enfiou a mão lá dentro. Buscou na parte de baixo, nas laterais e no fundo, e no tampo da gaveta de cima. Soltou um som gutural de satisfação.

Tirou de lá uma corrente de ouro que talvez estivesse presa em uma bolsa colada no interior do móvel. Em cada ponta havia uma argola, diversas medalhas e pedras preciosas presas entre elas. Era uma joia, do tipo que se prende entre uma narina e o lóbulo da orelha do mesmo lado. Apesar de ser moda entre as mulheres de Último Refúgio, nos Onze Reinos deixara de sê-lo em décadas recentes, quando se tornara símbolo de algo puro.

Só uma pessoa em todos os Onze Reinos usava aquilo.

– A Deusa Menina – disse Taua com óbvia reverência. Chegou a dar um passo para trás e curvar a cabeça como se visse a própria Deusa diante dela.

Huirau se levantou, aproximando-se do mercenário. Pegou a joia com cuidado na palma da mão.

– O que isso está fazendo aqui?

Kasim voltou a procurar nas gavetas, tirando uma por uma e explorando o interior da cômoda com a mão. Falava sem olhar.

– Ela pode ter roubado.

A ideia soou absurda para o locchava. Balançou a cabeça para deixar clara sua discordância.

– Tangiwai pesquisava a formação dos Ministérios e o retorno da Deusa. Pode ser algo que encontrou, ou um objeto que usava em sua pesquisa. Há locchavas que usam objetos de foco. Acreditam que ajuda a encontrar as memórias certas.

Kasim desistiu de sua busca. Permaneceu abaixado diante do móvel, os braços apoiados nos joelhos, pensativo.

– Poderia ser isso que o assassino procurava?

– Por quê?

– Isso parece valer muito – disse o mercenário, indicando a joia com o queixo.

A sargento interveio, atrevendo-se a erguer a cabeça, mas não a olhar diretamente para a joia.

– Qualquer um reconheceria essa corrente como algo da Deusa. Poucos a negociariam.

– Há quem faça de tudo por ouro.

Taua concordou com a cabeça, o maxilar tenso, como quem soubesse o que ele queria dizer.

O silêncio se alongou por alguns instantes. A dor de cabeça de Huirau só parecia aumentar.

– Então? – perguntou, erguendo uma mão. – O que temos?

Kasim deu de ombros.

– Mais suspeitos.

Huirau fez um careta.

– Alguém disposto a matar por ouro? Toda a população da Singularidade, você quer dizer.

– Não. Alguém próximo da sua deusa, que mataria para recuperar esta joia.

– Você quer dizer alguém do Ministério dos Ritos.

Taua arregalou os olhos, indo de Kasim para Huirau e de volta.

– Você só pode estar brincando.

– Não estou.

Huirau suspirou. Caminhou pelo aposento arrastando os pés no chão, as mãos seguras apoiadas no colo, ocultas pelas mangas longas do manto. Parou perto da janela, olhando o lado de fora, na direção de Singularidade. O assassino teria fugido por ali, segundo os māras.

– E você espera que eu acuse um membro do Ministério de assassinato?

O mercenário torceu o lábio, como se achasse a resposta óbvia.

– Eu espero que você investigue o Ministério dos Ritos.

Foi a vez de a sargento suspirar, mais longamente do que Huirau. Segurou o cinto e deu alguns passos sem rumo pelo aposento. Parecia nervosa, e com razão.

– Kasim, locchava Huirau está certo. Você é estrangeiro e não entende. Só os māras podem investigar um membro do Ministério.

O significado daquilo parecia ter se perdido para o mercenário. Levantou-se e meio que se sentou na cômoda, os braços cruzados, os olhos no historiador.

– E você não faz parte do Secretariado?

– Sou um locchava. Eu observo e registro.

Ele rolou os olhos. Forçou-se a se levantar, como se preferisse apenas deitar por ali e não levantar mais. Andou até a porta, e por um instante Huirau pensou que tivesse simplesmente desistido de se envolver com tudo aquilo. Deteve-se no batente, uma mão cutucando a madeira, avaliando suas opções. Balançou a cabeça.

– Então observe e registre enquanto eu faço as perguntas.

Kasim já estava no corredor quando Huirau conseguiu reagir àquela súbita mudança. A sargento olhava o mercenário partir, com a mesma surpresa do historiador.

– Aonde você vai?

– Ao templo – respondeu Kasim.

Huirau deu três passos largos para alcançá-lo já nas escadas. Precisou descer dois degraus por vez para se manter ao lado do mercenário.

– Em que momento você tomou o controle dessa investigação?

– Quando te faltaram culhões para fazer o que precisa ser feito.

Capítulo 9

O complexo de palácios do governo no centro de Duralam possuía um edifício para cada um dos seis ministérios, definidos por cores e padrões de decoração. Os traços da cultura ilhota, os Primeiros Colonos do continente, eram visíveis na decoração do Palácio Laranja, onde ficava o Ministério dos Ritos e residia a própria Deusa Menina. Os padrões em linhas cruzadas como a textura de conchas, tão comum no rosto dos devotos da Deusa, eram representados nas paredes em ouro e topázio imperial, cuja cor dava nome ao edifício. Versões menores do monolito, de cerca de três metros de altura, faziam as vezes de estátuas em vários pontos do terreno dentro e fora do Palácio Laranja. Pareciam pequenas montanhas estreitas e compridas, de uma pedra tão escura que pareciam negras ao invés de verdes.

Ao chegar ao templo, Huirau pediu a um monge que trouxesse a ministra, e até sua chegada ele e seu guarda-costas permaneceram num silêncio desconfortável. Huirau preferia assim. Não queria correr o risco de deixar naquele lugar o registro de qualquer conversa que pudesse ser usada contra ele no futuro, caso as coisas não saíssem como planejado. Não disse isso a Kasim, mas este, mesmo assim, pareceu satisfeito. Braços cruzados, pôs-se a caminhar inquieto pela orla do salão, observando com curiosidade forjada os desenhos nas paredes. Talvez estivesse avaliando a dificuldade de arrancar os topázios.

A Ministra Mere chegou alguns minutos depois, arrastando os pés no chão de mármore. Vestia os trajes cerimoniais de seu cargo: uma túnica longa, que ocultava seus pés, em tecido negro decorado por faixas multicoloridas na parte da frente e nas pontas das mangas. Os cabelos grisalhos cortados rente ao crânio estavam sob o chapéu colorido de seu ofício.

– Iocchava Huirau, é sempre um prazer vê-lo – ela cumprimentou, o sorriso de lábios negros de sempre, forçando os pequenos olhos a se fecharem com uma dúzia de rugas. Nem sequer olhou para Kasim.

Huirau curvou a cabeça, levando dois dedos à testa em sinal de respeito.

– Ministra, o prazer é todo meu. Sempre tenho muito a aprender com sua sabedoria.

– Hoje em dia você provavelmente tem mais facilidade de acessar minhas memórias do que minha própria cabeça.

O sorriso se alargou no rosto enrugado. Com a mão manchada, ela sinalizou para que Huirau a seguisse até o interior do templo.

Huirau voltou a cumprimentar a ministra e se pôs a acompanhá-la. Atrás deles, Kasim bufou, então acelerou a passos pesados para segui-los. Huirau esperava que ele não fosse obtuso a ponto de se enfiar em sua frente.

Kasim limpou a garganta ao alcançar os dois. Huirau achou melhor dizer alguma coisa antes que abrisse a boca.

– O Secretário pediu que eu apresentasse Duralam a este estrangeiro. Kasim, a Ministra Mere é responsável pelos rituais sociais e religiosos dos Onze Reinos.

– O que quer dizer que você sabe tudo sobre a Deusa – disse Kasim, concordando com a própria afirmação.

Se a ministra se ofendeu pela falta do uso do seu título ou da esperada vênia de respeito, não deixou transparecer. Continuou a andar em silêncio por mais alguns instantes antes de concordar com a cabeça, apesar de nada mais ter sido dito.

– Um forasteiro importante, presumo, para o Secretário lhe dar tal liberdade. Diga-me, Kasim, o que o senhor faz?

– Ele é representante de uma companhia mercantil em Myambe.

Huirau fez o que pôde para ignorar o olhar do guarda-costas ou o fato de que era a segunda mentira seguida que contava a uma das pessoas mais importantes dos Onze Reinos.

Mais uma vez, a ministra concordou com a cabeça e nada disse. Continuaram a caminhar, atravessando um corredor amplo até um pátio interno cercado de arbustos altos podados na forma de Sumeru.

– Fiquei curioso sobre sua Deusa. – Kasim alongou seus passos para ficar ligeiramente à frente dos outros enquanto falava. – Estou aprendendo com lochaca Huirau...

– Iocchava – corrigiu Huirau.

– Isso. Estou aprendendo com ele sobre seu governo, sobre os Ministérios, mas tudo me parece bastante ligado à Deusa.

Se a expressão da ministra tinha em algum momento perdido o brilho ao ter de interagir com o forasteiro, aquilo mudou imediatamente. O sorriso voltou a se alargar.

– E locchava Huirau achou melhor trazê-lo para tirar suas dúvidas comigo.

Huirau concordou, curvando a cabeça com deferência mais uma vez.

– Não há ninguém que saiba mais do que a senhora sobre a Deusa Menina.

A ministra sorriu e fez que sim. Tinham atravessado o pátio, chegando a uma porta aberta do lado oposto.

– Pois bem – ela disse, acenando com a cabeça. – Acompanhem-me.

A sala onde se encontravam era tão alta e ampla quanto as outras, mas tinha as paredes tomadas por nichos repletos de pergaminhos. Todos os ministérios tinham suas próprias versões daquele lugar, onde era armazenado o conhecimento que não podia ser confiado a memórias ou que era antigo demais para ser registrado e preservado. Os pergaminhos raramente eram tocados, para evitar dano permanente.

A ministra andou até os cilindros de bronze próximos a uma das paredes e parou ali, a mão sobre um cilindro, pensativa. Virou-se para Kasim.

– Conheço pouco sobre a religião em Myambe, mas creio que há algumas variantes, correto? A crença no Deus Vivo, em espíritos da natureza que preveem o futuro, na habilidade de falar com os mortos...

Kasim estalava os dedos da mão. Agora, parado, Huirau podia perceber que mudava o apoio de uma perna para a outra, como se incomodado com algo, apenas querendo dar fim àquela situação.

– Sou do Vale, então cresci sob a luz da Estrela da Manhã.

– Ah, sim. – A ministra se voltou para a parede de pergaminhos, a mão ainda no cilindro. Buscava algo com os olhos. – A entidade etérea que guiou seus ancestrais à Terra Santa. Intrigante como não há personificação de um deus ou deusa, e seus sacerdotes atuam mais como professores e mestres do que homens religiosos em si.

Kasim concordou com a cabeça. A testa negra brilhava de suor, mesmo estando frio.

– A senhora sabe bastante sobre as crenças de Myambe.

– De vários lugares do mundo! – ela disse. Moveu a mão, fazendo o cilindro girar. – O Ministério dos Ritos não cuida apenas da Deusa Menina, mas também explora o que existe na fé dos homens e demais civilizações. Você sabia que a religião Muskul é inspirada na sua? Vejo pela expressão no seu rosto que não. Pois é, e é essa a razão pela qual as estudamos.

Entre a ministra e os dois visitantes surgiu a imagem de um Muskul de dois metros de altura. Ao contrário daqueles que viviam nos Onze Reinos, tinha pelagem escura, oculta por baixo de vestes mais leves e de um peitoral de aço ornamentado com ouro. Nas costas, uma espada maior que Huirau. No centro do peito, uma estrela de oito pontas.

Kasim deu um passo para trás, fosse pela surpresa ao ver um Muskul ou por ver a estrela. Talvez fosse o mesmo símbolo que cultuava, ou uma variante dele.

Sorrindo satisfeita com a reação, a ministra continuou.

– Tudo neste mundo está interligado. São pontos de vista diferentes de uma mesma verdade. Interpretações daquilo que vemos com base naquilo que esperamos.

A imagem do guerreiro peludo se desfez e foi substituída pela de um homem muito baixo, que facilmente seria tomado por uma criança se não se vissem as rugas em seu rosto. Usava peles costuradas como roupa e trazia um osso longo como cajado. A barba negra não ocultava a pele cor de terracota, nem as tatuagens negras em seu queixo e bochechas.

– Nossa história diz que, em um momento de muito sofrimento nas ilhas do Oceano dos Mil Deuses, uma mulher feita de Dia e Noite surgiu sobre as águas para guiar nosso povo para o Sul, onde o mundo tinha se tornado real.

A ministra continuou a mover discretamente os cilindros, dando-lhes apenas o impulso necessário para ativarem as memórias corretas. O selvagem deu lugar a uma visão de Sumeru cercado de neve, impossivelmente grande para uma única pedra, esculpida por forças desconhecidas muito antes de o homem caminhar naquele continente. Brilhava num tom verde onde o sol o tocava. Milhares de pessoas se organizavam à sua volta, fazendo oferendas ou construindo um assentamento de tendas feitas de peles de animais e ossos.

– Encontraram Sumeru, o infinito, que imaginou o mundo e o tornou real, assim como imaginou a mulher de Dia e Noite que nos guiou para os Onze Reinos. E aqui vivemos até que nossas terras foram mais uma vez ameaçadas por invasores, e Sumeru viu a necessidade de ajudar-nos novamente.

O selvagem foi substituído por uma criança; uma menina de cinco ou seis anos vestindo a túnica curta e calças verdes da Deusa Menina. O rosto estava pintado de laranja e os olhos realçados de preto. Argolas e moedas pendiam de seu nariz, orelhas e do capuz de seda marinha em sua cabeça. Apesar das roupas, o que mais chamava atenção não eram a juventude ou a maquiagem, mas sim as manchas. Nos dedos, em volta dos olhos e em outros pontos do corpo a pele marrom-avermelhada parecia ter perdido a cor, tornando-se branca, quase rosa. Dia e Noite.

Kasim cruzou os braços, o lábio torcido deixando clara sua opinião sobre o que ouvia.

– Então vocês descobriram um jeito de colocar a Deusa em uma criança.

– Nós, não. Ela mesma o fez.

A ministra fez um movimento que parecia apresentar uma criança prodígio a um amigo.

– Ao que sabemos, e isso é algo que infelizmente os locchava não puderam ainda confirmar – disse, olhando com um sorriso simpático para Huirau –, durante os últimos anos do domínio Muskul, Sumeru percebeu que era necessário guiar seu povo através de uma presença física. Uma menina nasceu marcada na pele e nos olhos para ser sua encarnação neste mundo mortal.

– Já faz muito tempo que os Muskul deixaram esse lugar.

A ministra concordou com a cabeça, entendendo onde Kasim queria chegar.

– Entenda: o que Sumeru criou, a Deusa, era poderosa demais para um corpo mortal. A criança cresce, é iluminada, mas um dia a carne fraqueja, incapaz de conter a grandiosidade da Deusa.

Kasim olhou em direção à criança na imagem. Ela agora estava sentada em almofadas coloridas, parecendo mais velha. A maquiagem mal escondida a palidez da pele ou os olhos cansados e vermelhos.

– Ela morre.

A ministra concordou com a cabeça, fazendo um bico com os lábios pintados de preto. Parecia satisfeita com o comentário, mas não triste com o que era revelado. Devia ter visto muitas Deusas Meninas crescerem e morrerem em sua vida.

– E reencarna em uma nova criança igualmente marcada, reiniciando o ciclo. Você conhece este processo?

Kasim começou a caminhar pelo salão, mantendo os olhos forçadamente longe da memória da menina.

– Já vi muitas coisas em minhas viagens pelo mundo. E suas memórias? Ela as retém?

– Em parte. – A ministra segurou os cilindros para que parassem de girar, e a imagem da Deusa Menina se desfez no ar. – O processo de lembrança é longo e vem aos poucos.

Kasim balançava a cabeça, ainda sem olhar.

– Que destino terrível ser um ancião preso no corpo de um bebê.

Huirau abriu a boca para pedir desculpas pela gafe do estrangeiro, mas a ministra pareceu receber o comentário com certa alegria nos olhos.

– Não é assim que todos nós terminamos, com sabedoria presa em corpos sobre os quais temos tão pouco controle como na juventude? Está aí a lição: quando nós deixamos este corpo, nossa sabedoria é somada à de Sumeru e, por consequência, à da Deusa.

Por um tempo Kasim nada disse. Colocou a mão na bolsa de moedas que trazia presa ao cinto. Balançava a cabeça como se discutisse sozinho.

– A menina, a Deusa, digo, ela sempre usa tantas joias?

– Claro! – disse a ministra. – A Deusa Menina está sempre enfeitada como se fosse um dia especial, pois para ela sempre o é. E ela adora essas joias.

– Aposto que ela seria capaz de matar por elas.

Os olhos de Huirau se arregalaram, mas ele não disse nada. A ministra levou o comentário na brincadeira e riu discretamente. Fez sinal para que voltassem a segui-la enquanto fazia o caminho para fora do salão.

– Não, não. Ela tem centenas de joias como essas, dadas de presente por seus súditos e oficiais estrangeiros. Além disso, a Deusa Menina tem a inocência de uma criança, sempre. Acreditamos até que é por isso que o corpo morre por volta dos onze anos, quando a criança se torna mulher.

– Você quer dizer, quando ela...

A ministra concordou com a cabeça, a expressão triste.

– Quando o primeiro sangue da maturidade vem, é sinal da morte iminente do corpo físico.

Pararam em outro pátio interno, onde um grupo de monges de ambos os sexos corriam de um lado para o outro atrás de pássaros e pequenos animais soltos. Huirau parou de súbito ao perceber a criança entre eles, correndo de braços abertos atrás de um pássaro azul.

Huirau baixou a cabeça e fechou os olhos, mais pelo respeito nele incutido por toda uma vida do que por fé.

A ministra parou a poucos metros da Deusa, observando-a em silêncio por um tempo.

– Temo que esta encarnação esteja próxima de chegar ao fim.

A criança tinha nove, talvez dez anos. Era a idade em que a morte costumava acontecer. Ao que se dizia era uma morte rápida e indolor, que na verdade protegia a criança do sofrimento terrível que adviria caso a Deusa persistisse em permanecer.

– A senhora conheceu uma locchava chamada Tangiwai?

A pergunta pegou tanto a ministra quando Huirau de surpresa. Por um instante, o historiador tinha esquecido que estavam no Palácio Laranja para investigar a morte da locchava.

– Tangiwai? – perguntou a ministra, testa franzida. Ela voltou a caminhar. – Não creio que tenha conhecido.

Huirau a seguiu, intervindo antes que o mercenário fizesse alguma acusação.

– Ela estudava o período da formação dos Ministérios, justo quando a Deusa Menina ressurgia.

A ministra assentiu, o olhar vago. Não olhava mais para os dois visitantes, mas sim para o passado.

– Um importante momento para os Onze Reinos e o Ministério dos Ritos, mas não. Infelizmente não me recordo do nome.

– Entendo. Bom, creio que já tomamos muito do seu tempo, certo, Kasim?

– Me pareceu que a ministra gosta de falar sobre o assunto.

Ela voltou a rir, concordando com a cabeça.

– Sim, sim, gosto. É minha paixão! Mas devo concordar com locchava Huirau. A vida de uma ministra é muito ocupada!

– Claro que é.

Para a surpresa de Huirau, Kasim curvou a cabeça, os olhos fechados, dois dedos na testa em cumprimento. A ministra repetiu o gesto, curvando a cabeça ligeiramente menos, um sorriso de satisfação por ver a perfeição do cumprimento do estrangeiro. Huirau quase se esqueceu de fazer o mesmo.

Com mais umas poucas palavras, a Ministra Mere partiu, deixando os dois visitantes a sós após indicar-lhes o caminho da saída. Kasim mal esperou o fim das instruções e começou a caminhar de volta, a passos largos. Huirau não foi tão rápido. Os olhos estavam na criança brincando entre os monges, que naquele momento pareciam apenas amigos, e não súditos e devotos.

A menina parou de perseguir o pássaro. Gargalhou e deixou-se cair sentada no chão.

Então os olhos encontraram os de Huirau e ela sorriu. Não foi o sorriso de uma menina de dez anos, mas a expressão de cumplicidade de uma velha amiga. Ela moveu a cabeça em cumprimento.

Huirau sentiu um calafrio subir por sua espinha. Deu as costas para a Deusa Menina e apressou o passo para alcançar o guarda-costas. Mal tinha emparelhado com Kasim e ele já estava falando:

– Você não acha estranho que a Ministra dos Ritos não conheça uma das poucas locchava pesquisando a época do surgimento da Deusa Menina?

Huirau olhou por cima do ombro, subitamente ciente de que podiam estar sendo ouvidos.

– Como ela disse, a vida de um ministro é ocupada.

– E você acreditou nisso?

Huirau parou, segurando o braço de Kasim para que ele fizesse o mesmo. O mercenário só foi se deter e se virar alguns passos adiante, o rosto fechado, esperando que Huirau dissesse algo importante.

– O que você espera que eu faça? Que eu a acuse de assassinato por não se lembrar de um nome?

Kasim forçou um sorriso sem humor e deu de ombros.

– É um começo.

– Kasim, você é estrangeiro, não entende como funciona... Onde você vai?

O mercenário já tinha voltado a caminhar, mas não na direção que fora indicada. Huirau tentou acompanhá-lo, mas parou quando Kasim passou por um portal e começou a descer uma escadaria.

– Os mortos, eles são trazidos para o templo.

Huirau ergueu as mãos sem entender onde ele queria chegar ou como sabia daquilo. Estaria Kasim mais atento aos detalhes da vida em Duralam do que deixava transparecer com seus trejeitos brutos? O historiador correu para segui-lo. Começou a descer as escadas alguns degraus atrás.

– Os de membros do governo, sim.

– Como um locchava, por exemplo.

Huirau parou no meio das escadas.

– Você acha que o corpo de Tangiwai está aqui.

– Seu corpo e seus pertences.

– Quem ela era já se uniu a Sumeru. Restou só uma casca vazia. Que utilidade tem isso?

Kasim parou sua descida, virando-se de volta para Huirau.

– Terei essa resposta quando encontrá-la. Agora pare de falar. Estou tentando ser discreto.

Capítulo 10

– Que diferença faz encontrar o corpo?

Os dois, Kasim à frente, haviam descido as escadas até um corredor amplo sem a decoração característica do andar superior. A cada poucos metros havia um arco de pedra que parecia tanto decorativo quanto funcional, suportando o teto acima. Nele alguns caracteres em língua local tinham sido gravados na pedra e recobertos de ouro e topázios imperiais. O lugar cheirava a algo doce que o lembrava de dias melhores em boa companhia, e isso o irritava.

Acelerou o passo. Quanto antes terminasse esse serviço, poderia voltar a se esconder nas tavernas do porto, procurando esquecimento na bebida. Se deixasse Huirau cuidar do caso, não chegariam a lugar algum.

Kasim parou no meio do caminho e se voltou para Huirau.

– Como alguém pode ser colocado para investigar um assassinato e nem sequer se interessar por ver o corpo?

A expressão no rosto do historiador foi de surpresa para descrença, e finalmente raiva. Ele cruzou os braços.

– Em que momento você ficou interessado pelo que acontece em Duralam?

– No momento em que o dono deste continente resolveu que eu preciso te ajudar.

– Não tem problema. Eu dispenso seus serviços.

Kasim fez um som de desdém com os lábios frouxos e voltou a descer.

– Porque o Secretário vai aceitar isso assim tão fácil.

– O que você quer, Kasim?

Mil respostas vieram à sua mente, mas nenhuma das coisas em que pensou era possível. Respondeu com a única que poderia comprar com o dinheiro da recompensa.

– O mesmo que você: ser deixado em paz.

Desceram mais alguns degraus em silêncio antes que Huirau voltasse a falar.

– Eu vi o assassinato. Não preciso ver o corpo.

– Você viu fantasmas que nem sequer repetem as próprias ações mais de duas vezes.

Huirau balançou a cabeça, mas não respondeu. Vinha sendo menos desagradável desde que falhara em encontrar as memórias do apartamento de Tangiwai, mas apenas porque permanecia pensativo. Ao menos assim não questionava tanto o que Kasim estava fazendo.

– Como esse lugar fica iluminado? Deveria estar um breu aqui.

– Memórias de luz – disse Huirau com um jogar de mão, o olhar ainda longe.

Kasim não tentou entender o que ele queria dizer. Deu de ombros e continuou até o fim do corredor, onde um portal conduzia a uma sala que se estendia para ambos os lados. Grandes blocos de pedra estavam dispostos a cada dois ou três metros, cada um próximo de uma cômoda larga de madeira repleta de gavetas de tamanhos diferentes. A sala cheirava a incenso queimado, e Kasim logo viu a fumaça ainda escapando de um incensário duas cômodas para a direita, diante de um bloco de pedra onde um senhor de idade envolto em um tecido dourado parecia dormir tranquilo.

– Os corpos são trazidos para cá para serem purificados de quaisquer memórias persistentes.

Kasim olhou por cima do ombro para Huirau, que olhava na direção do senhor deitado. Kasim entendeu, então, que o homem estava morto. Aproximando-se, percebeu a palidez do corpo, manchas escuras já aparecendo na parte de baixo dos braços e pernas expostos, onde o sangue assentava debaixo da pele.

– Então corpos também retêm memórias.

Huirau deu de ombros, fazendo bico.

– É o que dizem os monges. Há quem acredite que são memórias fora de controle, muito emotivas, que assombram lugares onde o morto viveu.

– Você não acredita nisso.

– Soa muito como o tipo de coisa que gente como você acreditaria.

Kasim não conseguiu conter o sorriso. Estava demorando para vir uma ofensa. O mercenário fingiu não levar a sério. Caminhou pela sala, observando os outros blocos de pedra onde os mortos eram tratados antes de... Kasim parou, a mão em uma das cômodas onde havia vidros com óleos e potes de cosméticos.

– O que vocês fazem com os mortos?

– Cremamos diante de Sumeru. A maioria, pelo menos.

– Gente importante recebe outro tratamento.

Huirau concordou com a cabeça.

– Ministros, Secretários e a Deusa, claro.

Kasim achou graça da ideia de enterrar uma deusa, mas não disse nada. Abriu uma das gavetas da cômoda e encontrou mais potes, algumas ferramentas que pareciam mais feitas para pintura e esculturas do que para o preparo de cadáveres, além de pilhas de ervas e incensos.

– Quanto tempo leva o processo? De purificação, digo.

– Três dias, tradicionalmente.

– Então onde está Tangiwai?

A pergunta pareceu fazer Huirau sair do torpor. Arregalou os olhos ligeiramente, o queixo meio caído. Olhou à sua volta procurando um corpo que obviamente não estava lá. Caminhou até Kasim, pegando os potes sobre a cômoda. Abaixou-se onde enxergou um pincel fino caído. As cerdas ainda estavam sujas de tinta cor de terra vermelha.

– Vocês não deveriam estar aqui.

Um monge de meia-idade tinha aparecido do lado oposto da sala, vindo de uma porta até então fechada. Vestia a toga laranja do Ministério dos Ritos e tinha o rosto tatuado com as linhas negras dos Primeiros Colonos. O chapéu alto, que se enrolava para a frente como a cauda gorda de um lagarto, trazia a única outra decoração discernível na forma de moedas de prata e ouro penduradas nas abas.

Instintivamente Kasim colocou a mão no cabo da espada, mas Huirau deu um passo à frente, colocando-se entre os dois. Cumprimentou curvando-se um pouco e levando a mão à cabeça.

– Viemos ver um corpo.

– Ninguém pode ver um corpo. – O monge se apressou na direção dos dois, uma mão apontando para o caminho de onde tinham vindo, a outra alcançando o braço de Huirau. – O ritual de preparação não pode ser presenciado, ou o processo será maculado com suas emoções.

Kasim não estava com paciência para mais cerimônia. Deu um passo, contornando Huirau, e pegou a mão do monge com firmeza antes que ele tocasse seu protegido.

– Tangiwai. Iocchava Tangiwai. Onde ela está?

O monge piscou duas vezes, incrédulo com o toque. Franziu a testa, olhando a mão negra do estrangeiro como se só agora o percebesse ali. Então o fitou nos olhos, sem puxar a mão de volta.

– Unida a Sumeru em sua essência primordial, espero.

A resposta foi tão inesperada que Kasim até soltou a mão do monge.

– O quê?

– O corpo é só uma casca vazia. A consciência juntou-se às Memórias dos Onze Reinos.

Kasim olhou do monge para Huirau, fechou os olhos, balançou a cabeça. Tentava pensar em como se comunicar com um maluco. Achou melhor ser direto.

– Cadê a casca vazia?

O monge suspirou, balançando a cabeça. Apontou novamente para a saída.

– Vocês não deveriam estar aqui.

Kasim esperava que Huirau dissesse algo, mas o historiador parecia incerto sobre como falar. Era incrível como ele virava outra pessoa diante de alguém do Ministério dos Ritos. Kasim pegou a gola da túnica que ele usava, mostrando para o monge.

– Reconhece a roupa? Ele é um Iocchava. Cresceu junto com a vítima. Merece uns minutos para se despedir.

A expressão no rosto do monge pouco mudou. Baixou a mão, segurando-as diante do corpo.

– Tenho certeza de que pode acessar memórias desse passado juntos.

O monge não era tão grande. A toga era um tanto volumosa, enrolada no corpo, mas Kasim achava que aquele não era um sujeito grande o suficiente para aguentar um soco bem dado. Naturalmente, teria de se explicar depois de encontrar o que quer que estivessem procurando, mas isso era problema do Secretário e não dele.

Imaginar-se explicando ao Secretário que nocauteara um monge fez o mercenário descartar o caminho mais fácil.

– Pode, mas ele quer ver o corpo. É pedir demais?

– Mesmo que eu pudesse atender a esse pedido – e eu não posso –, o corpo não está mais aqui.

Huirau deu um passo à frente e quase pegou o monge pelo braço antes de lembrar onde estava.

– Como assim? Onde está?

Algumas rugas apareceram na testa do monge. Ele foi até a cômoda mais próxima e pegou um incenso, acendendo-o em outro. Começou a movê-lo lentamente no ar em torno de Huirau, depois de Kasim. Parecia irritado por ter de refazer seu trabalho.

– Recolhida – ele finalmente disse. – Enviada para ser cremada em Latao, do outro lado dos Reinos, a pedido da família.

– Família? Que família? Ela tinha família?

O monge pareceu ignorá-los. Estava murmurando um mantra enquanto passava a fumaça do incenso pelos dois intrusos. Kasim agarrou a mão com o incenso, mais firme dessa vez.

– Quem assinou a permissão?

O monge suspirou novamente.

– A própria ministra.

– Você só pode estar brincando.

O monge sinalizou com os olhos para sua mão, ainda segura pelo mercenário. Kasim ignorou a ordem velada. O monge pareceu travar o maxilar, fazendo esforço para não se alterar e macular ainda mais o ambiente.

– Não teria por que fazê-lo. Quem é o senhor, mesmo?

– A pessoa encarregada de investigar essa morte.

Huirau abriu a boca para reclamar, mas Kasim levantou um dedo acusatório para silenciá-lo. Nem se deu ao trabalho de olhar enquanto o fazia.

– Os pertences dela.

– O que têm?

– A milícia disse que foram trazidos junto com o corpo.

– Incinerados, suponho, junto com as roupas que usava na morte. Costumam prender muitas emoções na matéria.

Kasim não só largou como empurrou a mão do monge para trás, forçando-o a dar dois passos para trás para não cair. Estalou os nós dos dedos, deu soquinhos na mesa de pedra atrás dele. Queria poder fazer aquilo com a cabeça do monge.

Percebeu na mesa de pedra manchas frescas de tinta.

– Ela foi preparada aqui? – perguntou, virando-se para o monge, batendo com o dedo como se pudesse furar a pedra com ele.

O monge concordou com a cabeça.

Huirau percebeu onde Kasim estava indo. Foi até onde deixara o pincel encontrado no chão.

– Vocês a maquiaram.

O monge olhou para o pincel e a mesa. Foi até Huirau e retirou dele o pincel, colocando-o dentro da gaveta. Puxou para dentro dela tudo o que estava sobre a cômoda, desajeitado.

– Não me forcem a chamar os māras.

Kasim deu a volta na mesa, pondo uma mão no ombro do monge, mas olhando para Huirau.

– Você consegue forçar a memória desse lugar? De quando o corpo chegou?

Huirau abriu a boca, olhou para o monge. Engoliu em seco.

– Não posso. Esse lugar é purificado todo o tempo.

O monge se desvencilhou do toque do mercenário, saindo do meio dos dois intrusos.

– E eu terei trabalho extra apagando o estrago que vocês dois fizeram agora, espalhando suas emoções exacerbadas pelo recinto.

Concluindo que não havia mais nada a ganhar ali, deixaram o templo. Caminharam pelo pátio do complexo dos ministérios até a saída principal. Não trocaram sequer uma palavra. Nem olhares. Kasim sentia vontade de bater em alguém.

Huirau atravessou o portão e acenou para uma das carruagens do governo, a mão nos pequenos cilindros presos em seu pescoço, como se soltá-los fosse o mesmo que se afogar.

A carruagem parou, os iaques que a puxavam bufando. O cocheiro desceu para abrir a porta, os olhos sempre no chão. Huirau colocou o pé no degrau, sem nem olhar para trás.

Kasim o agarrou pelo braço e o puxou para trás. O cocheiro se espantou. Atrás deles, os guardas nos portões baixaram as lanças e as apontaram para as costas do mercenário.

Irritado, Huirau tentou puxar o braço. Deu socos com a parte de baixo da mão na de Kasim, totalmente ineficientes. O mercenário o chacoalhou para fazê-lo parar e olhar para ele.

– Ei! – gritou o mercenário. – O que você está fazendo? Desistiu?

– Não sei o que o Secretário lhe ofereceu para se envolver nisso, mas para mim tudo isso só me desviou do meu trabalho de verdade.

– E, então, você vai lavar as mãos e deixar o assassinato de alguém da sua ordem seguir sem solução?

– Você espera que eu faça o quê? Já me arrastou para cá, para mentir para...

Huirau se deteve ao perceber que estava gritando. Pessoas nas ruas aceleravam o passo, jamais olhando, mas claramente ouvindo. Ele se forçou a soltar o braço que Kasim ainda segurava, então o puxou para longe da carruagem e de volta para o interior do complexo. Os guardas ergueram as lanças, mas ainda observavam para a eventualidade de Kasim voltar a ameaçar o locchava.

Só voltou a falar quando estavam longe dos ouvidos e olhos de qualquer um, o tom de sua voz contido.

– Você me fez mentir para uma ministra, quase espancou um monge.

– Ele merecia.

– Ele só estava fazendo o trabalho dele!

Com o grito, Kasim tornou a olhar ao seu redor. Outros guardas perto dali tinham voltado sua atenção para a conversa. Reconheciam a tensão típica de um homem treinado, momentos antes de uma batalha.

– E por que você não faz o mesmo?

Huirau ficou mais ereto, o lábio contorcido, as sobrancelhas juntas.

Deu as costas para Kasim e foi embora.

– Volte para sua Myambe, mercenário. Os Onze Reinos não são para você.

Então embarcou na carruagem e partiu, deixando Kasim sem rumo.

Capítulo 11

Taua acendeu um incenso e o prendeu ao arranjo de flores em torno do pilar mais próximo. O cheiro doce trouxe memórias de casa e um sorriso ao seu rosto.

Baixou a cabeça, sentindo-se culpada por sorrir num momento como aquele. Diante dela as memórias dos Primeiros Colonos chegavam às margens de Duralam em canoas de madeira que miraculosamente haviam sobrevivido a uma viagem de semanas, vindas das ilhas do Oceano dos Mil Deuses. Famílias inteiras desembarcavam assustadas com o novo continente, tremendo com o frio que jamais tinham sentido, maravilhadas com a aparência de Sumeru lançando uma sombra sobre eles.

O monolito de pedra verde brilhava na luz de um sol que não voltaria por meses, aquecendo a baía o suficiente para que fosse possível erguer ali uma vila de casas de pedra e, eventualmente, uma cidade que se tornaria Duralam.

Um guerreiro com menos de um metro e meio de altura – um gigante para seu povo – passou por Taua, lança na mão, olhar de fúria no rosto, contorcendo a tatuagem ritual que o marcava como alguém importante em sua ilha. Taua tocou o próprio rosto. Tinha ganhado as suas tatuagens havia tanto tempo, mas se lembrava bem de ter pedido ao pai que se inspirasse nas daquele guerreiro que séculos antes fora o primeiro a pôr os pés nessa terra. Taua não fazia ideia de quem ele era. Ninguém fazia. Mas a expressão no seu rosto, o jeito como os outros o olhavam, com respeito e esperança, dizia tudo o que precisava ser dito.

Todos os dias, antes de iniciar seu turno no policiamento do bairro, ela e seus homens vinham até aquele lugar para presenciar aquele momento especial e se juntar aos Primeiros Colonos no momento mais solene dos seguidores da Deusa Menina.

Dessa vez, no entanto, ela estava sozinha.

Matiu, Tane, Puti, Omaka: todos mortos. Kaimi estava internado em coma com um pulmão perfurado e talvez não resistisse, e o braço quebrado de Araki era o menor dos seus problemas. O jovem recruta que uma vez pedira a Taua para ajudá-lo a proteger a mãe do pai alcoólatra havia se tornado um miliciano honrado, e agora corria o risco de perder para sempre a visão do olho esquerdo com o afundamento do osso da face, durante o ataque no cortiço do assassino de uma locchava.

Taua respirou fundo, de olhos fechados, absorvendo o cheiro do incenso e do mar e o som dos Primeiros Colonos falando na língua original.

A alguns metros dela, o guerreiro de rosto tatuado deu um tapa no próprio peito e começou a gritar contra o mar, fazendo careta com a boca aberta, os olhos arregalados, desafiando os invasores que destruíram seu lar e tentaram escravizá-los.

Um a um os outros colonos se uniram ao líder. Homens e mulheres, velhos e crianças cantavam, batiam no corpo, gritavam, dançavam sua canção de vitória.

Taua limpou uma lágrima no rosto, sentindo doer o ponto onde tinha sido golpeada, deu um tapa no próprio peito na hora certa, então se juntou ao canto.

À sua volta outros faziam o mesmo, devotos da Deusa Menina que tinham vindo espantar seus próprios demônios ou buscar forças para um desafio em seus caminhos.

Havia algo de muito forte naquela reunião com os ancestrais. Taua não tinha muitos dos traços dos Primeiros Colonos. Havia muito que outros povos tinham chegado aos Onze Reinos e, com o tempo, a miscigenação tirou da maioria das famílias as características originais dos ilhotas. Mantinham a pele cor de cacau e os olhos ligeiramente puxados, mas a estatura tinha aumentado nas últimas gerações.

Taua cresceu sendo chamada de Torre e Sumeru por ser muito mais alta do que a maioria das pessoas da sua idade, mas ela nem sequer chegava à estatura de alguns dos estrangeiros que visitavam Duralam, como o mercenário negro que protegia locchava Hoepo. E Kasim nem era assim tão alto.

Os olhos verdes também eram raros em sua geração, assim como as pequenas sardas sob os olhos.

Isso não fazia de Taua menos parte desse povo. Cresceu aprendendo a honrar os ritos dos seus ancestrais e a venerar a Deusa Menina, mesmo antes de seu retorno como a primeira criança abençoada durante a revolução que derrubou os Quinze Príncipes da Liga do Sul.

Enquanto batia nas coxas, o grito de desafio ao mar queimando sua garganta, Taua lançava um olhar furtivo para as memórias. Apenas uma pessoa não se juntara àquele ritual ancestral, uma menina de pouco mais de cinco anos, o rosto manchado por uma marca mais clara do que o resto de sua pele, partindo do lábio, envolvendo o olho direito e sumindo sob o cabelo preso em um rabo de cavalo. A menina de olhos dourados parecia encarar Taua como se soubesse que ela estaria ali quase dois milênios depois de sua chegada a Duralam.

Taua fechou os olhos resistindo ao calafrio, colocando mais força no canto, tentando esquecer o dia em que vira a memória daquela criança, então uma senhora com mais anos que qualquer ser vivo deveria viver, finalmente expirando em um trono de pedra coberto de flores. Foi a primeira e última vez que a Deusa conseguiu manter vivo seu corpo até o fim. E assim a Deusa deixou aquele mundo quando seu povo não precisava mais dela. Pelo menos até que fosse preciso protegê-los mais uma vez.

O ritual terminou com a memória. Taua sentia uma energia poderosa correndo pelo seu corpo, uma vontade de fazer o certo, de cumprir seu dever, proteger os seus. Encheu o peito de ar, novamente sorrindo, agora sem poder ou querer controlar o sentimento. Esperava que seus companheiros caídos entendessem. A missão não podia parar ali.

– Isso é ridículo! – gritou alguém em tom de escárnio, rindo e batendo palmas.

Atrás dos nativos que tinham participado do ritual, uma dupla de estrangeiros de pele e cabelos claros observava a cena. Usavam casacos pesados de quem não estava acostumado ao frio e falavam no dialeto de Akanisha.

O dois tinham garrafas de bebidas alcoólicas nas mãos e muito mais álcool em suas veias, a julgar pelo rosto rosado e a expressão torta nos seus rostos.

Taua olhou à sua volta, em busca de pessoas com o uniforme da milícia daquele bairro. Preferia não se envolver na jurisdição dos outros. Já havia picuinhas o suficiente com a rivalidade entre bairros. Ela não precisava de razão para aquecer os ânimos por besteira.

– Respeito, hereges! – gritou alguém.

O som de uma garrafa se partindo chamou mais a atenção da Sargento do que o grito, em perfeito dialeto ilhota original. Quando

Taua se voltou novamente para os estrangeiros, um deles já estava de quatro no chão, completamente atordoado, a cabeça ensanguentada. O outro se afastava, braços erguidos, em direção a um nativo forte com um lenço laranja amarrado no braço direito. O nativo de rosto tatuado tinha um porrete de madeira na mão, uma arma simples, mas enorme, no formato de uma folha de bananeira, como nas memórias dos Primeiros Colonos. Por um momento de confusão, Taua pensou estar olhando para a memória do seu guerreiro inspirador, mas não. Era mais alto, mais jovem e mais furioso. Os olhos esbugalhados pareciam ameaçar saltar das órbitas sobre o estrangeiro caído.

– Você sabe com quem você está falando, seu animal? – gritava o que continuava de pé.

Taua não precisava que ele dissesse para saber. Uma comitiva da Liga do Sul tinha chegado logo antes que o porto fechasse devido ao excesso de gelo e icebergs desgarrados que passavam além da influência de Sumeru. Tinha recebido ordens superiores de ficar atenta aos membros da comitiva. Não que qualquer um esperasse que antigos conquistadores dos Onze Reinos fossem tentar qualquer coisa. Não depois de os Quinze Príncipes acabarem mortos na última vez que tentaram, nem porque existisse ressentimento entre muitos dos nativos, mas porque não era possível confiar em um povo que matava seus deuses e escravizava seus cadáveres.

Um jarro de barro voou pelo ar, atingindo o braço do estrangeiro. Caiu no chão, partindo-se em vários pedaços. Daquela direção veio outro nativo furioso. Um terceiro estava mais atrás, gesticulando. Provavelmente aquele que jogara o jarro. Todos tinham o lenço laranja no braço.

Taua puxou do cinto a maça e seguiu na mesma direção. Enfiou a mão pela alça de couro. Sentiu o peso da cabeça esférica de metal na ponta da haste. Já que a milícia do bairro não estava por perto, ela ia fazer alguma coisa.

– Chega! – ela gritou de volta, mais alto que o estrangeiro e os devotos da Deusa.

Se eles a ouviram, a ignoraram. O estrangeiro caído tentava se levantar, a mão na cabeça, totalmente desnorteado. Taua viu uma mulher com o lenço laranja seguindo na direção do sujeito. Parou ao perceber o olhar de reprovação da miliciana. Deu meia-volta, mas ainda com a cara de quem pretendia voltar e chutar o homem caído assim que tivesse a oportunidade.

Do outro lado, o devoto com o porrete deu um golpe lateral, forçando o estrangeiro a saltar para trás para se esquivar, e bem no caminho do soco do outro devoto. O soco nem pareceu ter sido dado por alguém que sabia o que estava fazendo, mas foi o suficiente para tirar o equilíbrio do arruaceiro que mexera com quem não devia.

– Eu disse 'chega'!

O devoto com o porrete ergueu a arma para descê-la na cabeça do estrangeiro. Taua foi mais rápida, acertando o nativo no estômago com a maça de ferro, tirando o ar dos seus pulmões e o desjejum do estômago. O homem se dobrou para a frente e desmontou ali mesmo, deixando cair o tacape e sua vontade de continuar brigando. O segundo fez a besteira de pegá-la pelos ombros. Taua torceu o tronco para o lado oposto, mantendo os pés plantados no chão. Sem base, o devoto perdeu o equilíbrio, tropeçando sobre a sargento e quase indo ao chão. Agarrou-se à jaqueta pesada da miliciana, quase a levando com ele. Mas Taua era treinada para esse tipo de situação. Inclinou o corpo para a frente, para fazer contrapeso, depois deu um chute para trás. A sola da bota atingiu o devoto no queixo enquanto caía, fazendo-o soltá-la de imediato.

Taua se virou para o sujeito que tinha arremessado o jarro, mas este ergueu as mãos, como se só estivesse passando por ali. Afastou-se sem dar as costas para a sargento. Do lado oposto, a mulher com o lenço laranja tinha-se sentado em um muro baixo e observava em silêncio.

O estrangeiro se levantou, olhos arregalados, a boca mexendo sem dizer nada. Taua deu um tapinha no seu rosto para chamar sua atenção. O sujeito saltou para trás como se atingido com um arenque na face.

– Pegue seu amigo e saia daqui.

A frase dita por ela pareceu de alguma forma ainda mais ofensiva do que as palavras dele sobre o ritual.

– Vocês são uns animais – ele cuspiu de volta.

Taua só precisou olhar feio e o estrangeiro saiu correndo, levando com ele o amigo ensanguentado.

Ia precisar reportar aquilo para o sargento do bairro.

Ótimo. Porque tudo o que ela precisava agora era ter um funcionário do Ministério da Justiça questionando o que dissesse no relatório.

Muito a contragosto, Taua guardou a maça no cinto, pegou o tacape caído do devoto e seguiu na direção do posto da guarda local.

Capítulo 12

Huirau tinha uma vaga lembrança dos pais e da vila onde nascera. Tinha sido tirado de lá pelo Ministério dos Registros, quando ficou claro, pelos dados coletados durante aquela temporada, que seria impossível àquela família, naquele local inóspito longe de Duralam, sustentar todos os seus filhos. Era obrigação do Ministério dos Registros cuidar de crianças como Huirau, que estavam destinadas a morrer na próxima Longa Noite sem os recursos adequados.

Segundo os registros, a vila não tinha mais do que quarenta habitantes, a maioria idosos. Ficava em algum lugar nas montanhas mais ao centro do continente, onde a Longa Noite era letal. Oficiais de Registro visitavam esses lugares para fazer o censo dos Onze Reinos, cobrar impostos e assegurar-se de que o povoado era capaz de se sustentar.

Huirau não tinha mais de cinco anos quando o encontraram brincando com um grupo de crianças que já não existia havia três ou quatro séculos. Esbarrar com alguém capaz de manipular memórias tão longe de Sumeru, uma criança além disso, pegou todos de surpresa. Huirau foi imediatamente catalogado e transferido para Duralam.

Era irônico que logo ele não pudesse confiar em suas memórias. Ir atrás delas no local onde nascera estava fora de cogitação. O Ministério não divulgava a origem das crianças trazidas para serem criadas no orfanato do governo. Melhor assim. De que adiantava esse tipo de contato hoje? Seus pais eram estranhos, se é que ainda estavam vivos.

Construiu em Duralam seu próprio passado entre as memórias recorrentes da cidade. Aprendeu a identificar seus ciclos ao ponto de poder prevê-los, sabendo identificar o dia e o horário apesar de uma noite que durava seis meses. Por isso sabia bem que seria hoje que a orquestra real dos Quinze Príncipes tocaria na Praça da Resistência.

Huirau atravessou um arco de pedra que permanecia de pé apenas em lembranças, caminhando entre árvores que brotavam translúcidas da neve acumulada. Operários tinham limpado o caminho de pedras mais cedo, permitindo que casais – vivos e mortos – chegassem ao anfiteatro sem impedimento algum.

Em um canto mais a oeste do parque, onde havia uma vista direta para o pico de Sumeru, o terreno rochoso descia como escadas para uma pedra central onde antes havia uma torre. Uma vez a cada vinte dias a torre voltava a aparecer bem ali, lembrando a troca da chama sagrada para um dos deuses de Valmedor.

Deus, chama e torre não existiam mais.

Hoje o espetáculo era outro.

Cerca de trinta músicos estavam sentados no topo da pedra fundamental tocando instrumentos diversos. Eram tambores de tamanhos e formas diferentes, flautas e instrumentos de sopro e corda que Huirau desconhecia. Eram remanescentes da Liga do Sul, fragmentos do Sacro Império Valmedor destroçado séculos antes.

O governo dos Quinze Príncipes tinha durado pouco, um período particularmente sangrento e opressivo dos Onze Reinos, mas deixara para trás uma verdadeira obra de arte.

Huirau olhou à sua volta, procurando. Talvez estivesse atrasado de novo.

Sentou-se onde sempre se sentava quando tinha tempo de assistir ao espetáculo. Não era o único presente, mas não tinha certeza de quantos ali era reais, quantos eram lembranças. Tocou os cilindros pendendo no pescoço, fazendo-os girar lentamente. Fechou os olhos, tentando deixar a música ocupar o espaço dos pensamentos.

– Você é tão previsível.

O coração do locchava bateu mais forte e ele sentiu o calor subir ao rosto. Abriu os olhos e se virou para encontrar Anaru ao seu lado.

– Previsível como uma memória importante.

Anaru riu e balançou a cabeça. O movimento fez balançar seus cabelos castanhos, lembrando a Huirau o cheiro de jasmim de que tanto gostava.

– Pelo menos essas memórias recorrentes sempre aparecem na hora marcada.

Huirau respirou fundo e voltou a fechar os olhos. Sabia muito bem para onde essa conversa costumava levar e queria que a briga passasse logo, para que chegasse a parte boa, onde faziam as pazes.

Por sorte, naquela noite Anaru estava de bom humor e, apesar da alfinetada gratuita, não forçou o assunto.

– O que te aflige hoje?

– Por que você acha que algo me aflige?

– Porque eu te conheço bem. Quantos anos juntos?

Huirau sorriu espontaneamente, mas sentiu um nó na garganta. Abriu os olhos, vendo o brilho esverdeado nos de Anaru, a linha suave no maxilar onde tocava a orelha e descia até o queixo mais comprido do que largo. Anaru tinha traços herdados da mãe, descendente dos conquistadores Valmedor, a pele mais clara, os olhos mais arredondados. Uma vez o Secretário dissera que a paixão de Huirau por Anaru era apenas pelo novo, pelo exótico.

O Secretário não entendia nada de amor.

– Cinco anos – disse, então se corrigiu, lembrando. – Seis, agora.

O sorriso de Anaru parecia brilhar. Vinha sempre acompanhado de um barulhinho engraçado que parecia vapor escapando da neve caída perto demais do calor de Sumeru.

– Acho que depois de todo esse tempo eu tenho o direito de te entender.

Anaru se ajeitou no banco, esticou as costas, colocando as mãos sobre as pernas das calças largas, respirou fundo, cheio de exagero, então concordou com a cabeça.

– Pronto. Pode contar. Juro que não vou cochilar.

Era incrível como Anaru podia fazer Huirau esquecer todos os seus problemas, e às vezes o locchava se perguntava se fazia o que devia em troca. Anaru tinha razão sobre suas alfinetadas. Não foram poucas as vezes em que Huirau deixou o trabalho ocupá-lo além das horas do dia. Os desencontros se tornaram frequentes, e, com o tempo...

Huirau virou o rosto para o outro lado, fingindo coçar o nariz, na verdade limpando uma lágrima que começava a se formar. Não queria perder essa noite lembrando as coisas ruins que tinha feito. Precisava daquele momento para falar com a única pessoa em quem confiava de verdade.

Contou tudo. Contou sobre ser chamado no Palácio Branco em meio ao seu trabalho, sobre o assassinato de Tangiwai e o guarda-costas estrangeiro. Falou das falhas em encontrar memórias e de como o estrangeiro tinha tratado a ministra e o monge. Riu de nervoso do seu próprio relato, sentindo o coração acelerar como se estivesse revivendo tudo.

Durante todo o tempo Anaru apenas ouviu, olhos nos olhos.

Huirau parou ao perceber que a garganta doía de tanto falar sem parar. Respirou fundo, engoliu saliva.

– Tenho minhas dúvidas sobre tudo. Kasim não está de todo errado, mesmo que seus métodos sejam... primitivos. Mas, mesmo assim, acabou. Chegamos a um beco sem saída e eu não quero ter de dizer isso ao Secretário.

Fechou os olhos e enterrou o rosto nas mãos, curvado para a frente. Percebeu que o espetáculo já estava perto do fim e se surpreendeu por ter falado durante tanto tempo.

Permaneceu ali só ouvindo a música por mais alguns minutos antes de Anaru falar.

– Quem é você?

O sorriso explodiu no rosto de Huirau. Ele se ajeitou, voltando a se encostar para trás.

– Iocchava Huirau Hoepo.

– E o que você faz?

– Eu encontro memórias e as estudo.

Anaru sorriu e abriu a boca para continuar a troca, mas Huirau não prestou atenção. Levantou-se, largando os cilindros pendurados em seu pescoço. A música parou, os músicos desaparecendo no ar.

– Eu encontro memórias – repetiu Huirau, olhando para onde os músicos estavam momentos antes. – E eu as estudo. Eu as faço ressurgir, eu descubro o que aconteceu no passado, eu revelo os mistérios da história.

Ele caminhou até a pedra onde antes se sentava uma mulher negra de olhos azuis com um tambor. Pôs a mão sobre ela. Tinha as marcas dos séculos sob chuva, vento e neve, mas, enquanto a superfície estava desgastada, as memórias ainda estavam lá, esperando ser trazidas à tona.

– Tudo o que eu preciso é estar no lugar certo.

Huirau foi embora do parque sem se despedir.

Capítulo 13

Kasim cambaleou para fora do bar, mas não largou a garrafa de vinho de palma. Esbarrou em algo com o ombro, perdendo o equilíbrio. Girou no próprio eixo e foi ao chão em um monte de neve que cheirava a mijo.

Estava naquele estágio terrível entre a sobriedade e o esquecimento, onde o corpo já tinha perdido a guerra contra o álcool, mas a mente insistia em permanecer lúcida, mesmo que afetada.

O frio no rosto trouxe dor de cabeça e lembranças. Grunhindo irritado, Kasim se levantou e tomou outro longo gole da bebida esbranquiçada. Temia que estivesse perdendo seu efeito.

Odiava neve, e odiava aquele lugar por ter tanta dela. Mas ir embora não era uma opção, não com o oceano congelando em torno de Duralam.

Odiava o Secretário por ter lhe dado esperanças falsas e uma missão impossível. Preferia estar de volta a Myambe, onde podia resolver as coisas com o gume da espada. Ou em Último Refúgio, quando tinha toda a força da Guarda da Companhia Mercantil ao seu lado. Lá onde aprendera a pensar antes de agir com a mais especial das mulheres.

Sabia que não tinha escolha em relação a aceitar ou não esse trabalho. Não se nega ajuda ao dono da cidade em que você estará preso pelos próximos seis meses. Mas esperava que tudo pudesse terminar rápido. Tudo em Duralam era cheio de frescuras, como se as pessoas preferissem bajular umas às outras e se enredar em teias de rituais sociais inúteis ao invés de simplesmente fazer seu trabalho. Todo mundo parecia pisar em ovos o tempo todo, e assim nada era feito.

Kasim tomou outro longo gole e limpou o que podiam ser lágrimas escorrendo dos olhos. Elas não tinham direito de estar lá. Nem ele.

– Cadê seus fantasmas, velho?

As gargalhadas atraíram a atenção de Kasim para um beco entre dois armazéns. Em algum lugar, duas dúzias de metros adiante, um grupo de homens com a pele e cabelos claros de Akanisha riam, formando um círculo em torno de alguém.

Marinheiros presos nos Onze Reinos pela mesma geleira que ele, usando seu tempo mais do que livre para se divertir com alguém. Não era problema de Kasim. Nada naquele lugar era, nem historiadores, nem assassinatos, nem crianças que eram deusas. Nada ali importava além do vinho de palma mais caro que já tinha comprado. Se as memórias andavam soltas pelas ruas de Duralam, por que era tão difícil assim conseguir lembranças de casa?

Estava prestes a dar as costas para a comoção quando viu um dos marinheiros arrancar algo da pessoa no centro do grupo e erguê-la sobre suas cabeças.

Era uma máscara branca, feita de marfim. Os olhos eram vazados. Tinha adornos no topo e nas laterais. O rosto tinha lábios grossos como os de Kasim.

A sobriedade voltou com o calafrio que percorreu sua espinha ao reconhecer aquele símbolo. Num movimento dos marinheiros, viu em meio a eles um homem de cabelos e barba crespa perdendo a cor com a idade. A pele era negra como a sua.

Kasim agiu com a coragem e a falta de discernimento de alguém que bebeu muito. Girou a garrafa de vinho nos dedos, entornando a bebida na própria roupa. No primeiro golpe atingiu um dos marinheiros na nuca, derrubando-o de imediato. Acertou o segundo antes que os outros pudessem gritar em alerta. Daí para a frente foi tudo uma confusão de socos e pontapés, no começo dados, mas logo desferidos em Kasim.

O beco estreito e o sentimento de nada a perder eram os únicos aliados do mercenário. A parede era sua melhor amiga, ajudando-o a se manter de pé mesmo quando a lógica o mandava cair na neve suja sob seus pés.

Em meio à briga, alguém gritou em pânico e fugiu. Kasim teve tempo de ver o velho sentado no chão, a máscara de marfim no rosto. Os olhos brilhavam com chamas vermelhas e um vulto crescia à sua volta, como uma sombra rebelde que se recusasse a seguir os passos do seu dono.

Um a um, os marinheiros perceberam o que acontecia atrás deles. Fugiram desesperados aos gritos de "fantasma".

Vencido pelo cansaço, Kasim se deixou cair sentado onde estava, desequilibrado, braços e pernas largados na neve suja que cobria o espaço apertado da viela. Encostou a cabeça na parede, olhando à sua volta em busca da garrafa, na esperança de que ainda houvesse alguma coisa dentro dela. Não moveu mais do que os olhos sob pálpebras inchadas, e o peito para puxar ar nos pulmões. As costelas doíam.

– Obrigado – disse o velho, retirando a máscara. Engatinhou em sua direção e se sentou ao seu lado.

Kasim moveu a mão em um aceno, querendo lhe dizer que não devia se preocupar. Chegou até a formular a resposta falada. Nenhuma das duas ações saiu como planejado. Talvez estivesse com a boca inchada de um dos socos. Pelo menos nenhum dos dentes parecia solto, apesar do gosto de sangue.

O velho sacou uma garrafa de algum lugar – talvez também tivesse caído antes na neve – e a ofereceu para Kasim. O líquido branco dentro dela o lembrava de casa.

– Você é do Vale.

Kasim voltou sua atenção para o velho, só agora o examinando de verdade.

Devia ter cinquenta anos, talvez mais. Vestia uma túnica grossa puída que devia ter pertencido a outros antes de chegar a ele, fosse como doação ou como roubo. A pele negra estava marcada por anos de sol e privações. Não era de surpreender. Se ele fosse mesmo o que Kasim acreditava que era, seguramente vivia fugindo tanto quanto ele.

– Você é necromante.

O velho sorriu sem humor. Bebeu da garrafa que Kasim se recusou a pegar. Tocou a máscara sobre seu colo, os dedos enrugados passando pelos traços cravados no marfim.

– Balawoo – corrigiu o velho. – Talvez o último.

Kasim concordou com a cabeça. Quantas religiões o Império de Diamante havia destruído? Quantos de seus últimos representantes Kasim encontraria espalhados pelo mundo?

– Devíamos brindar a esse encontro. Duvido que haja muitos mais de nós por aqui.

– Nós? – questionou o balawoo, rindo.

– Somos todos myambeses. Não é isso que dizem por aqui?

Kasim alcançou sua garrafa vazia. Tinha mais sangue nela do que vinho. Com um suspiro a arremessou longe. O balawoo voltou a oferecer a sua e, dessa vez, Kasim a aceitou.

– Quando eu vim pra cá... – ele disse. Parou ao perceber que o balawoo estava olhando para a parede oposta, perdido em pensamentos. Pegou o queixo barbado do velho e o forçou a virar-se para ele. – Quando eu vim pra cá foi porque me disseram que os feiticeiros daqui podiam apagar e relembrar memórias. Achei que podiam me fazer esquecer Vema.

– Quem é Vema?

– Vema. Vema Thevar. – Ele repetiu o nome, lentamente, sentindo gosto de chá de flores na língua inchada. – Ela era o amor da minha vida.

O velho resmungou alguma coisa. Puxou da túnica puída uma bolsa de onde tirou um cachimbo e algum tipo de erva.

– Thevar. Isso não é nome myambês.

– Os pais mudaram o nome para esconder quem eram.

O velho fez um barulho com a boca que talvez fosse uma risada.

– Você não pode deixar de ser quem você é.

– Não, né? E é por isso que eu estou morto.

O balawoo afastou o rosto, colocando o cachimbo na boca sem acendê-lo. Cutucou o peito de Kasim com os dedos.

– Acho que eu saberia se você estivesse morto.

Kasim sorriu. Devolveu a garrafa.

– Quero dizer que meus dias estão contados.

– Doença?

– Vingança.

Saiu fumaça do cachimbo e da boca do velho. O cheiro era acre e quase fez Kasim engasgar. Quando ele acendera a erva?

– É um caso sério. Vingança de quem?

– Do Império de Diamante.

O balawoo chiou alto, deu tapas no chão.

– Não fale esse nome amaldiçoado aqui. Atrai.

– Atrai – repetiu Kasim, balançando a cabeça. Sentiu-se tonto com o cheiro do cachimbo. – Atrai a morte. Eles vão me matar.

Alguma coisa naquilo parecia engraçada para o velho. Ele bebeu outro gole por cima da fumaça e da risada que estremecia o corpo.

– Você acha que eles viriam até aqui, do outro lado do mundo, só pra te matar?

– Ah, viriam sim. Viriam.

O velho ofereceu o cachimbo. Kasim tossiu e balançou a cabeça. Pegou a garrafa da mão do velho e bebeu um gole. O balawoo o observou em silêncio enquanto o fazia, lançando a pergunta só quando Kasim devolveu a garrafa.

– O que você fez de tão terrível assim?

– Matei o Deus Vivo.

O necromante riu.

– Você não entende nada de deuses e morte.

– E também não entendo nada de mulheres. Ou de homens. Ou de qualquer coisa, na verdade. – Tomou a garrafa de volta do necromante antes que ele pudesse beber. – E entendo cada vez menos toda vez que procuro um lugar novo.

– E se o problema for esse?

Kasim se ajeitou no chão, colocando as costas mais eretas na parede, os pés na parede oposta.

– Me mudar?

– Tentar entender. Nem tudo é para ser entendido.

– O que você sabe disso?

Ele tirou a garrafa das mãos de Kasim, a testa enrugada franzida.

– Eu falo com os mortos, rapaz. Você acha que eu entendo como ou por quê? Não. Eu só faço isso. É o que eu sou. E eu deixei Myambe exatamente porque lá eu não podia ser quem eu era, assim como você deveria ser.

Ou Kasim era burro, ou estava mais bêbado do que pensava. Esfregou os olhos com as palmas das mãos, respirou fundo. Balançou a cabeça devagar para não ficar tonto.

– Não entendo.

– Exatamente – disse o velho, antes de tomar outro gole. – Quem é você?

– Ele é Kasim, meu guarda-costas.

Os dois se viraram para a voz vinda da entrada do beco. Huirau Hoepo estava de pé ali, as mãos cruzadas diante do corpo, uma expressão de nojo no rosto delicado.

– O que você está fazendo aqui?

– Procurando sua ajuda para fazer o meu trabalho. Só gostaria de ter chegado antes.

Kasim se forçou a levantar. A dor nas costelas o pegou de surpresa e ele caiu de joelhos.

– Não estou bêbado – conseguiu gemer.

– Claro que não. – Huirau chutou a garrafa vazia de vinho de palma. – Levante-se. Não temos muito tempo.

– Tempo para quê?

– Para conseguir algumas respostas. Vou forçar algumas memórias a vir à tona, para descobrirmos o que realmente está acontecendo.

O historiador deu as costas ao mercenário e caminhou para fora do beco. Kasim olhou para trás, mas o balawoo já tinha partido sem deixar rastros na neve.

– E desde quando você precisa de mim para fazer isso?

– Não preciso. Mas preciso de você para chegar até o lugar onde essas memórias se encontram.

– Onde?

Uma carruagem do governo esperava na rua. O cocheiro fazia o máximo que podia para ignorar os negócios do homem do Secretariado, mas o nervosismo era claro na forma com que seus olhos iam de uma sombra à outra tão rápido. Huirau parecia completamente alheio à reação do funcionário. Atravessou a porta aberta e tomou seu assento.

– No Templo da Deusa Menina, na sala do trono.

Capítulo 14

No terceiro apito após o enforcamento de um tirano morto, trezentos anos atrás, os portões que davam acesso ao pátio interno do complexo dos ministérios foram fechados. No interior podiam ficar apenas aqueles que residiam nos palácios e seus raros convidados.

Soldados andavam em duplas pelo pátio central, enquanto outros faziam o mesmo no alto da muralha larga. Sua atenção estava no lado de fora, e não no de dentro, onde Huirau aguardava agachado atrás de uma estátua do primeiro Secretário, aquele que restabelecera a paz nos Onze Reinos ao criar os Ministérios da Deusa Menina. Sentia-se como um rato à espreita no lugar que um dia fora seu próprio lar, invadindo o mais santo dos lugares, se existia um. Atrás dele, Kasim, muito menos preocupado com o sacrilégio que estavam prestes a cometer, checava o fio de sua espada com o dedão.

– Não é para matar ninguém – alertou Huirau em voz baixa.

Kasim grunhiu uma resposta insatisfeita e voltou a embainhar a espada. Olhou à sua volta, como se procurando algo, talvez uma pedra ou algo pesado para usar em qualquer um que pretendesse impedi-lo.

Huirau pegou seu braço, olhando-o firme nos olhos.

– Nem ferir ninguém.

– Você acha mesmo que, se você estiver invadindo o templo da sua deusa a essa hora e alguém nos vir, ele vai aceitar que só estamos perdidos e nos deixará ir embora sem problemas?

Não, ele não acreditava nisso, mas não queria acreditar que fosse preciso cometer mais pecados contra o governo que o tornara quem ele era. Não além de invadir o Palácio Laranja.

– Vamos só evitar esbarrar em qualquer um.

O mercenário fez um som de desdém com a boca, mas não disse mais nada.

Huirau voltou-se para o pátio. Uma mão tocou as pedras, a outra os cilindros. Girou-os com o dedão enquanto se concentrava. Encontrou facilmente as memórias que buscava, replicadas no mundo real dia após dia por soldados entediados, mas fiéis, que seguiam os mesmos padrões de patrulhamento.

Não queria fazer brotar imagens para todos, mas apenas percebê-las, invisíveis aos olhos dos menos sensitivos.

Identificou os padrões com facilidade. Dois soldados em cada grupo caminhando pelo pátio, as memórias de anos de patrulha se sobrepondo quase que perfeitamente por gerações de soldados do Ministério da Defesa. Huirau não precisava ver os outros pares de soldados andando fora do seu campo de visão para saber onde eles deveriam estar.

– O que estamos esperando?

Huirau levantou uma mão para silenciar o mercenário, que voltou a grunhir entre tremedeiras de frio ou ausência de álcool.

Foram mais alguns instantes antes que se levantasse e começasse a descer as escadas na direção do pátio, andando como se fosse dia. Ouviu o som das botas apressadas de Kasim atrás dele e ergueu uma mão para que ele permanecesse quieto antes que o mercenário pudesse questioná-lo por não estar agachado. A mesma mão erguida sinalizou para o mercenário segui-lo de perto.

Huirau acompanhou o padrão de décadas, parando nos momentos certos, desviando onde um grande número de soldados costumavam se virar ou olhar para o lado. Havia, sim, o risco de que algo saísse do padrão, mas Huirau confiava nas memórias, na doutrinação do Ministério e no medo dos soldados de se desviarem do esperado. Mais do que isso, confiava em si.

Passaram por trás de um dos gigantescos cilindros, e teve de se controlar para não girá-los, como tinha sido ensinado desde chegar ao orfanato, quase compulsivamente. Parou. Uma dupla de soldados cruzou o caminho dez metros adiante sem percebê-los na sombra. Voltou a avançar, subindo os degraus do Palácio Laranja, passando por trás das versões em miniatura de Sumeru, até os portões de ouro.

Estavam fechados, claro, e abri-los seria chamar a atenção de todas as sentinelas do complexo. Huirau caminhou para a esquerda, passando diante dos portões, por trás de uma estátua da Deusa dançando entre o Dia e a Noite, e até uma porta de serviço na lateral do palácio. Um novo giro dos cilindros e viu memórias passadas abrindo a porta, tocando duas pedras ligeiramente diferentes no lado direito do portal, na altura dos joelhos. Repetiu o ato e a porta se destrancou. Virou sorrindo para Kasim, que o observava espantado, mas não ousou questionar. Atravessaram a porta, Kasim primeiro, Huirau logo depois, e a fecharam atrás deles.

A porta dava acesso a uma rede de corredores de serviço por onde funcionários do Ministério dos Ritos podiam trafegar longe dos olhos da Deusa Menina, visitantes e dignitários. Era estreito e sem nenhuma das decorações que adornavam as demais áreas do palácio. Não havia, também, marcações de direções, talvez para despistar possíveis intrusos ou para reforçar a necessidade dos membros do Ministério de memorizar cada passagem. Para Huirau, precisava apenas girar os cilindros e concentrar-se por alguns segundos.

Duas curvas adiante, virou para dar de cara com um monge vestindo os trajes laranja do Ministério dos Ritos. A surpresa em seus olhos e o contato entre monge e locchava comprovavam que aquela não era uma memória.

– O que vocês estão fazendo aqui? O palácio está fechado!

Huirau tentou explicar quem era, que estava perdido. Pegou o amuleto com os cilindros do seu ofício e os mostrou para o monge, mas a boca se mexia sem que saísse palavra alguma.

– Vou chamar os guardas imediatamente.

Antes que Huirau pudesse dizer alguma coisa, um braço negro passou por ele, agarrou o monge pelo pescoço e o golpeou contra a parede mais próxima. As moedas em suas vestes tilintaram, ocultando o som da lateral da cabeça do monge atingindo a parede nua. Ele despencaria no chão, fazendo mais barulho, se Kasim não o tivesse pegado pelos braços antes disso.

Kasim arrastou o monge desacordado para outra passagem e o colocou lá sentado, então voltou, os olhos em Huirau. Deu de ombros, testa franzida como se avisasse que estava certo.

De lá foi uma questão de lembrar como era a disposição dos cômodos do palácio e onde cada corredor deveria levar. Graças ao desejo dos Ministérios de seguir padrões e ordens não foi tão difícil localizar a sala do trono.

– Uma fraqueza ridícula – comentou Kasim. – Por que alguém deixaria uma falha tão óbvia na segurança?

Huirau ia questionar por que alguém invadiria a sala do trono da Deusa Menina. Era impensável que alguém nos Onze Reinos sequer cogitasse cometer tal sacrilégio. Então notou o óbvio, que ele mesmo estava ali, um membro do Secretariado se esgueirando pelo

Palácio Laranja durante a noite. E, num lampejo de culpa, perguntou-se por que só considerara essa hipótese depois que um estrangeiro de mentalidade – para ele – selvagem o fizera ver as coisas de forma diferente.

Numa última curva, Huirau pôs a mão no beco sem saída, fazendo girar o painel oculto. Do outro lado estava a sala do trono.

– Por que estamos aqui? – questionou Kasim, dando passos largos à frente do locchava para ter certeza de que estavam sozinhos.

– Eu tenho uma teoria.

Em dias de recepção a Deusa Menina era trazida até ali, a um palanque mais alto cheio de almofadas e um banco mais elevado, coberto de ouro e moedas, onde a hospedeira se sentava e recebia seus fiéis. O palanque ocupava pouco espaço no centro do cômodo enorme que facilmente admitiria mais de uma centena de convidados, mas que raramente recebia mais do que os servos imediatos do Ministério dos Ritos e um pequeno grupo de visitantes vindos para obter a bênção da Deusa ou sua opinião sobre algo. Na maioria das vezes a criança apenas sorria, dava um presente para o convidado ou dizia algo aparentemente desconexo. Em ocasiões nas quais o destino não estava do lado do visitante, a Deusa chorava ou se recusava a sentar, como era de se esperar de uma deusa. Esses surtos de humor eram vistos como presságios ruins, e certamente tornariam a leitura das memórias desse lugar mais difícil.

– Quanto tempo isso vai levar?

Huirau se ajoelhou diante do palanque, os olhos no chão, como se olhar diretamente para o pequeno trono fosse provar sua heresia.

– Depende. Imagino que tenha havido vários momentos emotivos por aqui, então pode haver milhares de camadas de memórias registradas.

– Mas o templo não é tão antigo como outros lugares, não? Foi construído com o governo dos Ministros.

– Foi, mas o lugar já existia antes no espaço. Nada impede de esbarrarmos com memórias da chegada dos invasores Valmedor mil anos atrás.

Kasim começou a caminhar em torno do palanque, uma mão no pomo da espada. Os olhos estavam nas entradas: a principal, portas duplas de ouro, e as menores nas outras paredes.

– Pensei que a memória ficasse na pedra.

Huirau fechou os olhos e começou a girar os cilindros.

– É bem mais complicado que isso. É como o ar, invisível, mas sempre presente, intocável, mas constante.

Kasim fez aquele barulho irritante com a garganta.

– Menos filosofia, mais girar essas rodinhas de bronze. Com certeza alguém patrulha esse templo.

– São cilindros.

Finalmente Kasim ficou quieto. Huirau começou a murmurar o mantra adequado, sentindo o coração martelando no peito e a respiração alta demais em seus ouvidos. Tinha a sensação de que o mundo podia ouvi-lo ali.

Abriu sua mente para os sentidos e logo foi inundado por eles. Milhares de imagens, sons e odores surgiram ao mesmo tempo, empilhados em camadas infindáveis. Huirau sentiu as memórias penetrarem sua mente como agulhas muito finas.

– Essas memórias. Elas fazem barulho?

Tudo desapareceu quando Huirau foi puxado de volta ao mundo presente. Abriu os olhos, encarando Kasim com irritação forjada. Na verdade estava feliz por ter uma desculpa para se distanciar daquela experiência. Sons eram lembrados tanto quanto era o calor do Longo Dia ou o toque de um amante. Bastava querer.

– Acha que eles podem dizer algo de útil?

Kasim olhou por cima do ombro para o locchava.

– Estou mais preocupado com você acidentalmente relembrar uma memória barulhenta, e o palácio inteiro ouvir.

Huirau balançou a cabeça, estalando a língua, e voltou a fechar os olhos. Tentou esquecer a dor de cabeça, tentou se concentrar.

Eram imagens demais, sons demais, todos empilhados de forma impossível.

Mas a verdade era que ele não precisava de todas elas. Precisava apenas daquelas que contivessem Tangiwai.

Uma vez que ele tivesse em mente o rosto da vítima, encontrar o que procurava não seria tão difícil. Ele só não sabia exatamente o que era. Se ela estudava a origem dos Ministérios, não teria vindo aqui inúmeras vezes? Se tinha uma corrente da Deusa, teria-a recebido da própria menina?

Mas não encontrava qualquer presença da locchava. Nenhuma audiência com a Deusa, nem mesmo uma visita rápida, mantendo-se na orla do salão enquanto visitantes e monges falavam com a criança abençoada.

Procurou mais fundo, mais para trás no tempo. Procurou por longos trechos, avançando rápido em busca de um sinal da vítima. Dias inteiros se descortinaram à sua volta.

Nada. Ela não estivera lá em momento algum. A não ser que alguém muito talentoso tivesse de alguma forma conseguido eliminar apenas a Iocchava das memórias mundanas daquele lugar. Se é que isso sequer era possível.

A Arquivista dizia que memória alguma era inalcançável, a não ser que ela não tivesse acontecido. Sabendo o objeto e o *quando* era possível encontrar a mais tênue das memórias. Bastava foco e paciência, e uma boa dose de intuição.

Intuição.

Huirau se lembrou da joia encontrada escondida no quarto de Tangiwai.

Puxou o ar, e puxou a memória da pedra, e uma criança vestida com seda laranja e repleta de joias e brincos surgiu sentada no trono da Deusa Menina. Olhava fascinada ao receber de um fiel um animal de estimação. Era um pequeno cão de pelos brancos manchados de cinza e marrom, que saltava entre suas pernas esticadas e enfeitadas com pulseiras. A criança tentava pegar o filhote, que pulava para longe, mordia a barra do vestido e puxava, ignorante de que provocava uma deusa. A deusa apenas gargalhava, como a criança que era.

Kasim voltou sua atenção para a imagem. Caminhou até ela, passos lentos, a cabeça inclinada para a direita.

– De quando é essa memória?

Huirau abriu os olhos, surpreso com a projeção. Só precisou pensar na pergunta e obteve a resposta entre as camadas.

– Quinze, vinte anos atrás. A Deusa já esteve em pelo menos mais um corpo desde então, antes de habitar o atual.

– Quinze, vinte anos. Ela tem o quê? Nove anos?

Huirau concordou com a cabeça. Então entendeu onde Kasim queria chegar.

Levantou-se e caminhou até onde a memória da criança estava brincando com o filhote. Abaixou-se para ficar na altura do seu rosto.

Os olhos ligeiramente puxados, o cabelo negro liso, os traços do rosto. A pele era cor de terracota onde as manchas brancas rosadas a marcavam como hospedeira, mas a semelhança era clara aos olhos de quem prestasse atenção.

– É ela – ele murmurou, reverente. – Tangiwai era a Deusa Menina.

Capítulo 15

– Isso é um absurdo.

Huirau não esperava reação diferente do Secretário. Assim que o locchava e Kasim revelaram seu achado e suas conclusões, o homem se levantou, movendo a mão diante do rosto como se cortando o assunto. Caminhou pela antessala de seus aposentos no Palácio Vermelho, as mãos seguras nas costas, os passos rápidos, mas precisos.

Não foi difícil ligar os pontos uma vez que as pistas estavam todas à mostra.

A tintura encontrada na câmara funerária sob o Palácio Laranja e os potes de pomada tinham sido usados para cobrir as manchas da pele de Tangiwai. Talvez fossem as mesmas pomadas e cremes recolhidos dos aposentos da locchava em Costa Flores assim que o corpo foi encontrado. O corpo sumiu rápido, para que ninguém percebesse que a vítima usava a pigmentação terracota para ocultar as marcas que a identificavam como hospedeira da Deusa.

Mas, se toda escolhida eventualmente morria em decorrência de ser habitada pela Deusa, como Tangiwai tinha sobrevivido? Teria ela sobrevivido à transição para outro hospedeiro? Como? E de que forma seus fiéis reagiriam a essa quebra de dogma? Cultuariam Tangiwai como santa? A próxima hospedeira seria considerada uma farsa? O risco de divisão era claro e perigoso. Se fosse o caso, talvez a então jovem Tangiwai tivesse sido criada às escondidas, até o dia que o fato foi revelado.

– Então a Ministra Mere mandou que a matassem.

– Isso é um absurdo – repetiu o Secretário, ainda andando de um lado para o outro. – É uma acusação gravíssima que pode levar vocês dois à cadeia, se não à morte.

Huirau se levantou, colocando-se diante do superior para obrigá-lo a parar de andar.

– Secretário, me escute. Tangiwai tinha as marcas da escolhida.

Nós a vimos menina nas memórias do Palácio Laranja. E, subitamente, o corpo some? Que outra explicação pode haver?

O Secretário o encarou longamente, então soltou as mãos das costas e passou no bigode lustroso. Contornou Huirau e foi até a sacada, afastando o carpete do caminho e se apoiando na balaustrada, observando o jardim das memórias.

– Talvez lhes faltem peças para esse quebra-cabeça. Talvez vocês as estejam encaixando do jeito errado.

Huirau e Kasim se entreolharam. Era claro que Huirau não sabia como insistir, não se isso significasse confrontar o Secretário. Kasim balançou a cabeça, irritado, e se afastou da parede onde estava apoiado, seguindo até a sacada. Deteve-se no portal, do lado de dentro.

– A ministra disse que não conhecia Tangiwai, nem sequer sabia de sua existência, mas o monge que cuidava dos corpos disse que as ordens de remover o corpo vieram dela.

O Secretário riu sem humor. Respondeu sem nem sequer se virar para o mercenário.

– Você acha que a ministra cuida de cada detalhe do que acontece em seu Ministério? Acha que ela sabe o nome de cada pessoa que morre em Duralam? A família pediu a liberação do corpo, e ela atendeu, sem complicações.

– Como você sabe que a família pediu a liberação?

Por um momento o único som na sala foi o das memórias das crianças brincando lá embaixo.

O Secretário se voltou para Kasim, as mãos novamente seguras às costas, os olhos cor de oliva examinando fundo os olhos negros do estrangeiro.

– Está me acusando também, Kasim? É isso?

Kasim cerrou os punhos e travou o queixo como para se impedir de responder à altura. Huirau agiu mais rápido, chegando ao seu lado, pondo uma mão sobre seu ombro.

– Não, ele não o está acusando. Estamos todos tensos, é só isso.

– Eu não estou tenso, mas o Secretário parece estar.

– Kasim!

Um sorriso nada agradável cresceu sob o bigode grosso do Secretário. Então o mortal mais poderoso dos Onze Reinos andou na direção dos dois homens como quem sabe que ninguém ficará em seu caminho. Huirau saiu de imediato, a cabeça ligeiramente inclinada para baixo, mas Kasim foi propositalmente mais lento. O

Secretário esbarrou em seu ombro, mas passou sem encarar o mercenário. Já estava no centro da sala, abrindo uma caixa de cerâmica para pegar um incenso, quando voltou a falar.

– Talvez você devesse pensar bem em que tipo de coisas fala, Kasim, ou poderá acabar tendo de pagar com a própria língua.

Huirau pegou o braço de Kasim, mas nem o gesto nem o olhar detiveram a resposta do estrangeiro.

– Já enfrentei pessoas muito mais poderosas do que um Secretário.

– E fugiu cada uma das vezes. – O Secretário acendeu o incenso e o prendeu de pé na própria caixa. – Cuidado, pois você pode ficar sem sorte. A bênção da sua Estrela da Manhã não chega aqui tão ao sul.

Kasim puxou o braço, desvencilhando-se da mão de Huirau, mas não respondeu. Andou pelo perímetro da antessala, mantendo-se o mais longe possível do Secretário sem sair do cômodo. A mão descansava sobre o pomo da espada. O locchava deu um passo na direção do Secretário, seus olhos ainda no mercenário.

– Talvez seja melhor irmos todos para casa e pensar bem em tudo. Foi uma noite bem cheia e estamos cansados.

– E bêbados – acrescentou o Secretário, que agora se servia do licor de uma das garrafas de cristal na mesa ao lado. – Entregando-se à bebida de novo, Kasim? Posso sentir o cheiro em seu hálito de longe.

O mercenário se deteve e se virou para o Secretário. De novo Huirau foi mais rápido, parando diante dele.

– Kasim. Vamos.

Mais baixo do que Kasim por uma cabeça, Huirau não impedia a troca de olhares dos outros dois. A julgar pela tensão no ar, aquele encontro ficaria marcado na pedra por décadas.

– Isso, vá – disse o Secretário, debochado. – Talvez seja melhor assim. Huirau poderá voltar a seu trabalho no Palácio Branco e Kasim poderá voltar a... seja lá o que ele fazia antes.

Huirau virou-se de volta ao Secretário, a boca aberta.

– Mas a investigação...

O Secretário dispensou a crítica com um gesto da mão. Bebeu um gole do licor em sua pequena taça de cristal.

– Claramente vocês não estão chegando a lugar nenhum. E a Arquivista deve estar ansiosa para você voltar ao Palácio Branco. Melhor assim, não é mesmo? Você nunca quis esse trabalho.

Nenhum dos dois investigadores disse nada. Sabiam que era verdade, mas nenhum dos dois queria aceitá-la. Não daquele jeito.

– Não se preocupe, Kasim – completou o Secretário, voltando a encher sua taça. Tinha o mesmo sorriso desagradável no rosto. – Você será recompensado pelos seus serviços.

Capítulo 16

A dupla já estava do lado de fora do Palácio Vermelho havia quase uma hora quando Kasim falou alguma coisa.

– Ele está envolvido.

Funcionários do Ministério das Obras reabasteciam as lanternas espalhadas pelo pátio que permanecia na penumbra da Longa Noite, a escuridão firme na memória da pedra. Em breve os portões seriam abertos e as pessoas chegariam para começar a trabalhar nos Ministérios ou para visitar a Deusa Menina.

Huirau suspirou, as mãos massageando as têmporas, os olhos fechados.

– Se ele está envolvido, por que teria me colocado para investigar o caso?

– Talvez porque não quisesse que alguém descobrisse a verdade.

O locchava ergueu o olhar para Kasim, mas permaneceu retraído onde estava, ombros e costas curvadas.

– Está me chamando de incompetente?

Kasim se levantou e começou a andar de um lado para o outro, as mãos nervosas puxando o cinto de onde pendia sua espada.

– Me diga uma coisa – disse, parando a alguns metros dali. – Em algum momento antes desta noite você teve algum interesse em investigar, ou sequer resolver esse caso?

Huirau virou o rosto para o outro lado. Podia ver por cima dos muros altos do complexo a montanha onde o Palácio Branco estava parcialmente soterrado pela neve. Não precisou responder.

– Não, não teve – continuou Kasim. – Era um estorvo para você. Você só queria acabar com tudo.

– Então quem nos atacou em Singularidade? Um māra?

Kasim deu de ombros.

– Você disse que era alguém poderoso, e ninguém viu a luta, só que dois māras saíram feridos.

Não, havia algo de errado ali. Kasim não conhecia o Secretário Waka.

Não sabia quem ele era ou o que pensava. No fundo Huirau também não sabia, mas jurava que jamais o veria assassinando um locchava ou de outra forma agindo contra os interesses dos Onze Reinos. E um māra o atacando? As duas ordens sempre se desentenderam por seus métodos opostos, mas... mas havia muita história ali. Huirau...

Ele suspirou, balançando a cabeça.

Só que isso não convenceria o estrangeiro do seu erro. Não depois que ele se provara certo sobre investigar o corpo ou forçar respostas do monge. O que Kasim não entendia era que seus métodos bárbaros só podiam levá-lo até certo ponto.

Huirau observou Kasim encarando o Palácio Vermelho. A mão permanecia sobre o pomo da espada, pronto para ser sacado se necessário.

– Por que, então, ele colocaria você para me proteger, se sabia que era tudo mentira?

Kasim forçou um sorriso sem humor. Tirou a mão da espada e voltou a caminhar, dessa vez mais para perto de Huirau.

– Porque eu sou um fracasso. – Abriu os braços, como se estivesse se apresentando para o locchava. – Foi assim que ele me conheceu, bêbado, arrumando brigas em bares do porto. Que interesse ele teria em alguém como eu?

– Kasim...

Ele levantou uma mão para calar Huirau.

– Quantas vezes você foi atacado desde que ele me contratou para protegê-lo?

Huirau fechou a boca, desviando o olhar enquanto se recordava dos últimos dias.

– Nenhuma – respondeu o próprio Kasim. – Porque não havia mais motivo. Ele só queria assustá-lo e talvez me colocar para atrapalhá-lo. – Jogou os braços para cima. – Eventualmente você reclamaria que não teve mais pistas e dariam o caso como encerrado. Cobertura perfeita.

Balançar a cabeça como uma criança birrenta não mudava o fato, então Huirau falou para se convencer do contrário.

– Me recuso a acreditar que seja algo assim tão elaborado. Precisa ser algo mais simples. Eu poderia perguntar para... Não... Ele não faria isso.

Kasim suspirou, murchando. Deixou-se cair sentado no pedestal de uma das pilastras, os braços cruzados.

– Peças faltando, como ele disse?

– Talvez.

Como se metera em tudo aquilo? Por que ele? Até ontem nem sequer considerava questionar o governo como uma possibilidade, muito menos acusar a Ministra ou o Secretário de assassinato. Não imaginava, também, deixar de lado seu trabalho de pesquisa. E tudo começara com aquele assassinato impensável, e um ataque inesperado que quase lhe custara a vida.

Huirau se levantou, as lembranças do ataque frescas na memória. Ergueu um dedo para atrair a atenção do mercenário.

– Você disse uma coisa errada. Disse que ninguém viu quando os māras subiram naquele cortiço de Singularidade e enfrentaram seja lá quem me atacou, mas você está errado. Tinha uma pessoa lá, sim.

Kasim arregalou os olhos ao perceber o que ele queria dizer.

Encontraram Taua sentada do lado de fora de sua casa bebendo chá enquanto observava os netos brincarem de esconde-esconde com um homem de vinte e poucos anos no jardim. As crianças corriam e se escondiam, e o homem de pele avermelhada e tatuagens faciais semelhantes às de Taua os procurava. De vez em quando olhava num lugar errado e as crianças corriam para outro, gritando e rindo. Parecia sempre errar na tentativa de pegá-los a tempo.

– Não a imaginava como uma avó.

Taua se virou para o locchava e o estrangeiro e se levantou, inclinando a cabeça respeitosamente para o homem com a metade de sua idade, mas muito mais posição social.

– Somos muito mais do que o uniforme que usamos.

– Algo que ando aprendendo do jeito mais difícil. – Virou-se para Kasim – Você se lembra do meu guarda-costas.

Taua cumprimentou o estrangeiro, então colocou a xícara sobre o banco de pedra onde estava sentada. Chamou as crianças, abaixando-se para falar com elas da sua altura. A idade não parecia tê-la tornado fisicamente frágil.

– Vão pedir biscoitos à sua mãe, crianças.

As crianças ignoraram Huirau e Kasim e se despediram de Taua e do homem mais novo, que não reagiu à sua partida. Continuou a procurar por elas por mais alguns momentos antes de desaparecer no ar. Kasim deu um passo para trás, surpreso.

– Seu filho? – questionou Huirau.

– Marido – respondeu Taua, sorrindo. – Vítima de uma doença que o Ministério dos Ritos não pôde curar. Gosto que as crianças brinquem com a memória dele, como o pai fazia quando pequeno.

Huirau concordou com a cabeça. Não tinha lembranças de experiências com pais ou avós, e a situação o incomodava. O mesmo parecia acontecer com Kasim, que olhava para longe, tristeza nos olhos.

A sargento pegou a xícara e se levantou. Caminhou até Kasim, olhando-o de cima a baixo.

– Você andou bebendo.

A tristeza foi substituída por irritação e talvez um pouco de vergonha.

– Isso foi ontem.

– Ainda sinto o cheiro. Isso aqui é uma casa de família.

Huirau não estava com paciência.

– Sargento, precisamos fazer algumas perguntas.

A veterana curvou a cabeça, entendendo que devia esquecer suas reclamações.

– É sobre o caso da locchava?

– Estamos seguindo pistas, mas talvez alguma coisa tenha nos escapado.

– E como eu posso ajudá-los?

– Aquela noite em que encontramos o corpo do assassino, quando fomos atacados.

Taua respirou fundo e soltou o ar lentamente. Tomou um longo gole do seu chá, então voltou a colocar a xícara sobre o banco de pedra. Passou os dedos na lateral raspada do cabelo, pensativa, e concordou com a cabeça.

– Algumas coisas são difíceis de esquecer.

– Então você se lembra do que aconteceu.

– Até a hora em que fui nocauteada, sim. Mas não sei se entendo bem o suficiente para poder explicar.

– Diga apenas o que você viu e deixe-me com as interpretações.

Ela acenou para que os dois se sentassem no banco. Esperou Huirau fazê-lo antes de se sentar. Observou Kasim, que preferiu ficar de pé, mais atento ao ambiente do que à sargento. Talvez esperasse que a memória do homem voltasse, ou que as crianças surgissem por trás de alguma moita.

– Não sei como isso funciona – começou Taua. – Mas pude perceber que não era exatamente o mesmo que fazem os māras.

– Como assim?

Taua passou a mão na lateral da cabeça novamente, incerta da memória ou das palavras que deveria usar. A situação toda, o assassinato de um membro do Secretariado, ter de lidar com outro e o significado do que vira certamente haviam afetado a sargento, que parecia acreditar ter se envolvido em algo muito maior do que ela.

– Quando os māras usam seus poderes, o ar parece se contorcer em volta deles. É como um brilho muito rápido, como olhar para o Sol e ficar momentaneamente cega, vendo manchas escuras que não estão lá, entende?

– Mas com nosso agressor...

Taua balançou a cabeça na negativa.

– Não havia brilho nem manchas. As coisas simplesmente mudavam. Uma hora estava aqui, na outra estava em outro lugar. Às vezes com outra aparência, às vezes, não.

Huirau concordou com a cabeça. Lembrava-se de ter visto efeito parecido antes apenas quando aprendia a controlar seus dons. locchavas pouco experientes muitas vezes tinham dificuldade em manter o foco numa única memória e acabavam tocando várias quase ao mesmo tempo. Mas essas memórias espasmódicas jamais seriam capazes de ferir, sequer tocar uma pessoa.

– Mais alguma coisa que você percebeu?

– Eu tive a impressão de que ela... a coisa que nos atacou... ela ficava furiosa cada vez que os māras usavam seus poderes. Não gritava, mas a expressão do rosto era a de alguém que não estava gostando do que via.

Kasim franziu a testa, olhando para Huirau.

– O que isso significa?

Huirau balançou a cabeça.

– Não faço ideia.

A sargento suspirou, baixando a cabeça. Voltou a pegar a xícara vazia, segurando-a com ambas as mãos sobre o colo.

– Gostaria de ter ajudado mais.

– Ajudou – Huirau disse, levantando-se. – Nós só não sabemos ainda como usar o que você nos contou.

*

Saíram da casa da sargento na carruagem do Secretariado. Huirau se sentia incomodado com aquilo, como se suas conversas ou mesmo seus pensamentos pudessem ficar registrados ali e ser ouvidos mais tarde, para atestar sua traição contra o governo.

Mal tinha se sentado e Kasim comentou, o olhar distante:

– Deve ser terrível rever o tempo todo alguém que você perdeu.

A expressão no rosto do estrangeiro era quase de dor física. Ele suspirava, lambia os lábios ressecados. Os dedos dançavam pela moldura da janela da porta. Que segredos guardava o mercenário?

– Boas memórias – disse Huirau, dando de ombros. – Existem sempre boas memórias às quais se agarrar.

– Mesmo quando elas te lembram das besteiras que você fez?

Huirau sentiu um aperto no coração e não sabia se era pela história desconhecida de Kasim ou alguma outra coisa. Não sabia o que responder.

– Você tem alguém? – questionou o mercenário, antes que Huirau pudesse pensar em alguma coisa para dizer.

Ele concordou com a cabeça, sorrindo.

– Anaru. A razão da minha existência.

Kasim sorriu sem humor, fazendo um som com a garganta. Parecia estar debochando daquilo, como quem questiona 'mas não é para seu trabalho que você vive?' Se era isso, o mercenário não falou. Sua última frase veio pesada com fosse lá o que atormentava o estrangeiro.

– Se arrependimento matasse...

Huirau nada disse durante boa parte da viagem. Preferia se sentir seguro a temer por uma bobeira qualquer. Quando falou, foi mais para convencer a si mesmo do que para registrar que não tinha dúvidas sobre o Secretário.

– Não foi mentira. O ataque aconteceu.

Kasim balançou a cabeça. Estava atento às memórias que via do lado de fora.

– O fato de os māras não saberem não significa que o Secretário não está envolvido.

Huirau olhou por cima do ombro, como se alguém estivesse ali espionando. Inclinou-se na direção de Kasim, no banco da frente, e falou baixo, como se temendo que o cocheiro pudesse ouvi-los do lado de fora.

– Você acha que ele teria feito tudo de propósito? Até deixar Taua sobreviver para contar essa história?

Kasim se voltou para o locchava, testa franzida.

– Não tinha pensado nisso. – Então sorriu. – Talvez você esteja ficando paranoico.

Huirau se afastou, reclinando-se ao máximo no banco. Seu sorriso não tinha humor algum.

– Como não vou ficar? Uma locchava, que por acaso é alguém que deveria ter morrido vinte anos atrás, pode ter sido assassinada a mando do governo ao qual eu sirvo. – Jogou os braços para o ar, bateu nas próprias pernas.– Talvez seja melhor fazer como o Secretário mandou e esquecer tudo.

– Se ele está envolvido, acha mesmo que ele não o mataria para esconder os fatos?

Os dois se olharam em silêncio por um longo tempo. A carruagem parou. Era o endereço onde Kasim estava morando, um cortiço perto do porto, não muito longe de onde Huirau o encontrara horas antes.

– Ele nunca faria isso.

Kasim deu de ombros e colocou a mão na porta para segurá-la ao ver o cocheiro tentar abri-la pelo lado de fora.

– Ele matou Tangiwai.

Huirau olhou pela janela para o cocheiro, que entendeu o recado. Soltou a porta e se afastou alguns passos. Só quando ele estava fora do alcance de visão o Iocchava tornou a falar, novamente aos sussurros.

– Nós não temos provas ainda.

– Mas você pode obtê-las.

Lá estava aquele brilho psicótico nos olhos de novo. Huirau sentiu um calafrio descer por sua espinha.

– Você não pode estar falando sério.

– Estou – disse Kasim, abrindo a porta e descendo da carruagem. – Só que dessa vez eu preciso dormir antes.

– E ficar sóbrio.

– E ficar sóbrio. – Kasim olhou para o céu. O cocheiro apareceu ao seu lado, mantendo o olhar no chão, mas claramente atento. – Quando é noite neste lugar?

O cocheiro olhou de um para o outro, incerto se deveria responder. Huirau rolou os olhos e disse:

– É noite pelos próximos seis meses. Se você quer saber quando as pessoas estarão dormindo, precisa aprender a ver as horas através das memórias.

Kasim grunhiu qualquer coisa, balançando a cabeça. Puxou o casaco mais para perto do corpo, estalando as costas e o ombro.

– E eu achava que Último Refúgio era estranho por usarem máquinas para dizer as horas do dia.

Capítulo 17

O Secretário tinha oferecido pagar um quarto para Kasim em algum lugar perto de Huirau, pelo menos até seu contrato se encerrar, mas Kasim não se sentia bem com a ideia de viver em um bairro chique bancado por alguém em quem não podia confiar. Preferiu ficar no quartinho alugado de um cortiço perto do porto, onde por vezes ajudava a proprietária com afazeres mais pesados. Ela mantinha uma padaria simples que fornecia pães e bolos para a maioria das casas e tavernas do bairro. Embora Kasim se recusasse a fazer serviço de entrega, muitas vezes tinha de acordar cedo para descarregar sacos de farinha e cereais trazidos por um funcionário do Ministério da Receita. Não fazia ideia de como funcionava o esquema, mas tinha suas suspeitas de que não era totalmente legal. Não se importava em questionar, nem a velha senhora em explicar. Estavam todos contentes com isso.

Kasim dormia em um amontoado de lençóis no chão do quarto, não porque fosse só isso que lhe ofereciam, mas por desconfiar de camas. Nunca tinha dormido em uma por livre e espontânea vontade, e na maioria das vezes que o fez foi por estar exausto demais para colocar os lençóis e colchão no chão antes de dormir.

O problema de sua residência atual era o absoluto silêncio.

Kasim tinha a teoria de que a dona não falava alto e jamais brigava porque não gostava de fantasmas em sua casa.

– Raiva marca o lugar – ela explicou uma vez, com um sorriso simpático e um sotaque terrível. Ela se esforçava por falar a língua comercial que Kasim tinha aprendido anos antes, em seus dias como guarda da Companhia Mercantil. – A pedra vê, e a pedra lembra.

Isso fazia Kasim se lembrar do que ouvira uma vez de um companheiro de armas, cujo nome tinha esquecido e cuja morte preferia não lembrar também: quando alguém morria de forma muito emotiva, seu espírito ficava preso àquele lugar para sempre.

Kasim estava disposto a pensar que isso era verdade, mas a falta de sono, apesar do cansaço, o fez se levantar do chão, descer as escadas com cuidado para não acordar a senhoria e sair pelo porto em busca de... Ele não sabia o quê.

As mãos enfiadas nos bolsos da jaqueta pesada, os olhos ardendo com o vento gelado que vinha do mar, Kasim caminhou por pelo menos uma hora pelas docas. Mais de uma vez parou perto de uma taverna de onde escapava o som de risadas e música. Provavelmente já tinha sido expulso de cada uma delas alguma vez desde que chegara àquele lugar. Não era isso que o fazia resistir a entrar.

O jeito como a sargento de milícia o olhara horas antes o tinha deixado incomodado. Mais incomodado do que ele pensava ser possível. Por que a opinião de uma mulher que ele nem sequer conhecia poderia importar tanto?

Talvez porque ela havia perdido muito mais, mas não desistira como ele.

Kasim suspirou, soltando uma lufada de névoa diante do rosto. No horizonte, uma gigantesca montanha de gelo cruzava o mar como se isso fosse natural, e dois navios que não estavam realmente lá guerreavam em silêncio apesar do fogo lambendo as velas e o deque de um deles.

– Mais de cem mortos e, no final das contas, a carga era de frutas podres de alguma ilha com a qual ninguém se importa.

Kasim se voltou na direção da voz para encontrar o rosto barbado e os cabelos desgrenhados do necromante. O velho levantou uma garrafa, oferecendo-a ao mercenário. O cheiro de vinho de palma assaltou as narinas de Kasim, agarrando-o e puxando-o como a um prisioneiro. Ele foi forçado a virar o rosto e voltar a andar pela orla antes que perdesse a luta. Ouviu por algum tempo os passos do necromante seguindo-o de perto antes que o velho voltasse a falar.

– Você vai congelar aqui fora.

Kasim resmungou, flexionando os dedos dentro dos bolsos.

– Nem ficar perto do fogo ajuda, porque até ele cheira a bosta.

– É porque eles queimam bosta pra fazer fogo.

– O quê?

O necromante aproveitou a pausa do mercenário para alcançá-lo. Bebeu um gole do vinho, estalou os lábios.

– Bosta com ervas ou algo assim, mas ainda é bosta. Você já viu árvores por aqui?

– Tem várias no parque e na orla da cidade.

– Só memórias – disse o necromante, cabeça baixa, lábios fazendo bico. – Deve ser por isso que há tantas dessas vacas peludas.

– Não dou um ano para a Companhia Mercantil aparecer aqui querendo vender lenha.

O velho fez um som de desdém com os lábios.

– Já viu aquela casa branca e comprida no fim do porto? – indagou, apontando para trás.

Kasim olhou por cima do ombro. Podia vez a casa em chamas pela enésima vez desde que colocou os pés em Duralam. Da primeira vez chegou a correr, gritando sobre o fogo. Só parou depois que percebeu que todos riam dele, achando que Duralam era uma cidade de psicopatas. Só foi entender que o fogo era mais um fantasma muito tempo depois.

– A Companhia veio aqui uns vinte anos atrás prometendo modernidade – disse o necromante, antes de outro trago do vinho. Voltou a andar para acompanhar Kasim. – Queriam trazer madeira das ilhas. Em dois meses já estavam incitando a população à revolta para pôr um dos aliados deles no poder.

As docas eram feitas de pedra muito antiga, assim como as casas. Havia tetos de barro, paredes recobertas de palha e algum tipo de cimento. Os muros, os palácios, as ruas, os postes. Era tudo pedra. Kasim percebeu que, fora alguns móveis, a maioria nos palácios do governo, não tinha visto madeira em lugar algum.

– O que deu errado?

– O Arconte.

Atrás deles o vento trazia o som de pessoas moribundas em chamas. Kasim olhou para a casa envolta em fogo, então para o céu acima dela. Percebeu um vulto oculto pelo céu noturno.

Balançou a cabeça.

– A Companía é de Valmedor. Eles matam deuses por lá.

– Eles tentaram – disse o necromante. Apontou com a garrafa na direção da casa em chamas. – Você ainda pode ver seus fantasmas por lá, se tiver curiosidade e quiser ter pesadelos.

– Já tive mais do que o suficiente de contato com sonhos para uma vida inteira.

– Bom, então nunca vai me visitar. Moro bem ao lado.

– Você é maluco.

– Eu falo com os mortos.

Kasim grunhiu uma risada, tirou a garrafa da boca do necromante e, por um instante, o cheiro do vinho pareceu forte demais para resistir. Se tomasse só um gole não seria tão mau, certo? Podia pagar por uma garrafa, se precisasse. Tinha sido bem pago pelo Secretário.

Suspirou, mordeu os lábios. Arremessou a garrafa ao mar. Ela bateu na superfície congelada, espalhando vinho leitoso por toda parte, deixando uma rachadura no gelo, então rolou para longe até bater no casco de um navio atracado.

– Eu gostaria que Huirau pudesse apagar as minhas memórias.

O necromante se deteve, ombros caídos. Só agora parecia perceber o problema.

– Você sabe que não é bem assim que funciona, certo?

– Eu sei...

O necromante deu dois tapinhas no ombro do mercenário, forçando um sorriso.

– Vamos. Eu sei de um lugar ótimo para comermos. E é quente.

Seguiram mais alguns metros pelas docas antes de virar em uma alameda apertada entre dois edifícios de paredes brancas manchadas pelo tempo. Um homem usando peles pardas vinha correndo na direção contrária, um porrete na mão. Kasim se deteve, uma mão indo para a faca na bota, mas o necromante segurou seu pulso sem força, sorrindo.

O homem armado passou direto por eles, atravessando-os como se não estivessem ali. Foi até o trapiche mais próximo, onde foi perfurado por uma lança vinda da escuridão do mar. Caiu morto para a frente, dentro do mar, sem fazer barulho ou deixar rastros.

Foram se sentar num pequeno estabelecimento em uma rua apinhada de lojas já fechadas àquele horário. Um senhor baixinho de pele de cor de terra servia pratos quentes de legumes, peixe e os pãezinhos estranhos que Duralam adorava. Kasim brincou com a bolinha de pão macia, dando-lhes a forma de lanças, espadas e soldados enquanto aquecia o corpo com a comida servida em uma tigela de barro.

– Já passei noites intermináveis no deserto de sal fugindo dos caçadores do imperador, tendo de dormir enterrado na areia para que a noite não sugasse todo o meu calor, mas nunca senti tanto frio como neste lugar.

Kasim molhou o soldado de pão no ensopado, afogando-o, então o enfiou na boca, sentindo a massa dissolver. Pegou a colher para pescar os legumes.

– Aqui eu aprendi uma palavra nova. – Enfiou a colher na boca e falou mastigando. – "Congelar". Não gostei dela.

O senhor que era dono do lugar sorriu para Kasim, cumprimentando-o, achando que de alguma forma aquilo era um elogio. Kasim sorriu de volta, os dentes cheios de peixe e molho.

Do lado oposto da mesa, o necromante que jamais tinha oferecido seu nome tomava sua sopa direto da tigela, sorvendo líquido e pedaços de comida de uma vez. Lambeu os lábios, ajeitando a tigela de volta na mesa como se pudesse alinhá-la com os desenhos naturais da superfície de pedra.

– E dizem que na outra ponta do mundo existe um lugar pior, onde as cidades são dentro da morada de deuses do fogo e até os elefantes são peludos.

Kasim mastigou lentamente, a colher na mão sobre a mesa, os olhos no próximo pão em bolinha.

– Por que você veio para cá? – ele finalmente perguntou, colocando a colher de volta na tigela e deixando-a por lá.

O necromante sorriu. Tinha alguma coisa verde presa nos dentes. Não olhava para Kasim, os olhos no ensopado na tigela que continuava a tentar alinhar na posição perfeita.

– Minha terra natal está sob o controle de um dos Zaim do Império de Diamante. Se eu voltar, serei morto.

Kasim perdeu a fome. Empurrou a tigela para longe. Encostou para trás no banco, deslizando as costas na parede atrás dele. Subitamente se sentiu como se toda a energia do seu corpo tivesse se esvaído.

– E você? – questionou o necromante, voltando a pegar a tigela para comer mais.

Havia muitas respostas possíveis, toda ensaiadas desde que Kasim deixara Myambe para trás. Algumas eles já tinha usado antes, outras não sabia se tinha coragem de pronunciar. Suspirou, o dedo traçando o desenho na tigela de comida.

– O gelo me prendeu aqui.

– E para onde você ia?

– Para bem longe de Myambe.

– Direto para os braços da Companhia Mercantil.

Kasim amassou um dos pães com um punho.

– Não seria a primeira vez.

– E você reclama de Duralam.

O resto da refeição transcorreu em silêncio, quebrado apenas quando o necromante perguntou se Kasim ia terminar seu ensopado. O velho comeu os dois pratos e todos os pães na mesa, inclusive aquele amassado como um disco macio. Foram embora deixando uma moeda de prata que fez o proprietário muito feliz e levou Kasim a se questionar sobre de onde o necromante, que mais parecia um mendigo, a havia tirado. Até checou os próprios bolsos para ter certeza de que seu dinheiro estava todo lá.

Despediu-se do necromante duas ruas depois e chegou em casa quando a senhoria já estava acordada, o forno da padaria aceso. Uma pessoa o esperava.

– Senhor Kasim – disse a sargento da milícia de Costa Flores. – Podemos conversar?

Capítulo 18

Taua não se surpreendeu ao encontrar Kasim chegando em casa quando a maioria das pessoas estava acordando para trabalhar. A surpresa era que não sentia o cheiro de álcool em suas roupas e hálito.

O estrangeiro de poucos modos e nenhuma finesse estava longe de ser o tipo de gente que Taua imaginaria que o Secretário sequer conhecesse, muito menos contratasse como guarda-costas de um locchava. Convenhamos que locchava Hoepo tinha péssima reputação – e péssima educação –, então talvez o Secretário quisesse fazê-lo provar do próprio veneno. Mesmo assim, era difícil imaginar alguém mais improvável para assegurar a integridade física de Hoepo. Tendo māras, o Ministério da Justiça e o da Defesa ao seu alcance, escolhera um estrangeiro. Taua se sentia quase ofendida por aquilo.

No entanto não era difícil identificar no estrangeiro o olhar de quem já lutou suas guerras. Enquanto a milícia de Duralam se preocupava quase exclusivamente com pequenos delitos e eventuais brigas, Kasim tinha a aparência de alguém que vira a morte de perto muitas vezes, e sobrevivera para amargar as cicatrizes deixadas pelo caminho.

Kasim tinha também outra vantagem sobre Taua no que dizia respeito ao seu problema atual. Duralam tinha passado pelas mãos de um punhado de culturas, cada uma com suas próprias crenças, mas a devoção pela Deusa Menina persistira durante todos aqueles séculos, mesmo que apagada e submissa por um tempo. Em todos os períodos as religiões tinham sido permitidas, contanto que não sobressaíssem à crença vigente daqueles no poder.

Os deuses encarnados do Sacro Império consideravam a crença dos Primeiros Colonos uma seita curiosa, quase como se ela fosse uma deusa menor do mesmo panteão. Para Muskulsehir e sua crença na entidade amorfa da Estrela Guia, o culto à Deusa Menina era apenas mais um daqueles aceitos, contanto que seus ritos não fossem praticados em público. Somente durante o governo dos Quinze Príncipes todos os cultos foram suprimidos com força de armas. Não fora à toa que os príncipes terminaram todos mortos pelas mãos do povo.

O fato era que Duralam nunca tivera de lidar com questões religiosas que não estivessem associadas diretamente ao controle do governo por estrangeiros. Myambe era exatamente o oposto.

As histórias sobre um Deus Vivo que conquistava povo após povo chegava em Duralam como atraso e certamente cheia de buracos e invenções, mas era o suficiente para dizer que aqueles que lá viviam e lutavam conheciam mais da guerra religiosa do que a sargento jamais poderia.

Kasim e Taua estavam sentados em um café algumas ruas longe do porto, já em Costa Flores. Taua preferia estar de volta em seu terreno, apesar de o porto estar sob a jurisdição do Ministério da Defesa e não de uma milícia. Não queria correr o risco de ter de se explicar novamente para outro sargento.

– Você entende como é nossa religião – ela afirmou, após provar do chá forte. Sentiu o amargor acordá-la, e só então pegou o pequeno bule e adicionou um pouco de leite de cabra.

Kasim parecia fascinado pela ação, como se fosse a coisa mais estranha que tinha visto naquela semana. Não tinha tocado seu próprio chá, talvez considerando se devia ou não bebê-lo. Balançou a cabeça de um lado para o outro, fazendo beiço.

– A garota que reencarna guiou vocês para a Terra Santa.

A sargento suspirou. Pegou uma das roscas fritas servidas com o desjejum. Parou observando a crosta antes de parti-la em duas.

– Isso é uma simplificação de um culto de mil anos.

Kasim deu de ombros. Tinha parado de olhar o chá para examinar uma tigela cheia de coalhada de leite de iaque com frutas. Também estava incerto sobre comer aquilo.

– Na minha experiência religiões tendem a ser simples. Seres humanos é que complicam as coisas.

– Muito bem colocado. E é por isso que estou aqui.

Taua comeu a metade da rosca e bebeu mais do chá para engolir mais fácil. Estava escolhendo as palavras.

– Temos um problema em potencial em Duralam, um crescimento inesperado de confrontos entre devotos da Deusa Menina e não-crentes, em especial estrangeiros. É como se subitamente o fervor desses devotos tivesse crescido de forma desproporcional, causando brigas pelos motivos mais fúteis.

Duralam não era completamente dependente de estrangeiros. Tinha sobrevivido bem sem eles por muito tempo. Mas era uma decisão do governo dos Ministérios que o comércio fosse feito com estrangeiros. Havia uma comitiva particularmente grande vinda da Liga do Sul exatamente para negociar esse tipo de acordo, e seria péssimo que tais estrangeiros aparecessem mortos.

Taua explicou isso, contou o que acontecera no dia anterior ali perto e o que já tinha sido reportado por outros milicianos.

– Então eles usam bandagens de cor laranja. Fácil identificá-los.

Taua balançou a cabeça.

– Dois terços da população de Duralam usam essas bandagens em algum momento do ano. Eu mesmo o faço em festivais e cultos. Não haveria celas para todos.

Kasim grunhiu algo que podia ser compreensão ou ironia. Resolveu comer a coalhada. Fez cara de quem se surpreendeu positivamente com o gosto e comeu mais, falando de boca cheia.

– Existe alguém colocando essas ideias na cabeça deles.

Taua levou alguns momentos para entender do que o estrangeiro estava falando. Então cruzou os braços.

– Não há indício algum de um líder.

– Não exatamente um líder, mas sim um incitador. Alguém está convencendo essas pessoas de que esse é o caminho para garantir que a sua deusa seja a única no poder, ou que esteja protegida de gente como eu.

Fazia sentido até certo ponto. Não que ela acreditasse que aquelas pessoas fossem tão ingênuas a ponto de serem incentivadas a uma ação violenta, como um espancamento, porque alguém os convencera de que era isso que a Deusa Menina queria, mas era provável que pessoas mal intencionadas estivessem usando aquilo como desculpa para agredir estrangeiros.

Taua bebericou o chá acompanhando o trânsito de pessoas do lado de fora do café, ignorando os modos de Kasim, que usava as roscas fritas como colher para comer a coalhada.

O café ficava mais ou menos no meio do Caminho dos Ventos, a longa e larga avenida que levava dos palácios mais novos até o antigo complexo em ruínas onde ficava o Palácio Branco. Havia barracas em ambos os lados, onde comerciantes vendiam de tudo e artistas faziam malabarismo e acrobacia. Havia alguns estrangeiros de pele mais clara ou mais escura. Havia até mesmo alguns não-humanos que se arriscavam a passar ali o período da Longa Noite. Mas a grande maioria era de nativos, fossem eles descendentes dos Primeiros Colonos, daqueles que vieram depois ou de ambos. Os tons de pele eram variações do terracota, e os cabelos escuros, mas lisos.

Estavam todos presos em Duralam pelos próximos meses, presentes em toda a cidade todo o tempo.

Duralam corria o risco de se tornar um vulcão prestes a entrar em erupção, e Taua não queria ser a pessoa a lidar com o resultado caso não fosse possível reverter o quadro.

Pensou nos netos e suspirou. Tinham os olhos e a pele da mãe, neta de pessoas que vieram com os conquistadores de Valmedor.

– Um locchava não consegue fazer isso? – disse Kasim sem tirar o olho da tigela. Estava limpando os restos da coalhada com o dedo. – Descobrir quem está falando com essas pessoas?

– Não necessariamente – respondeu Taua. Voltara a pegar a xícara, mas não chegou a beber. – E não é o tipo de coisa que requer um locchava.

– Pensei que eles investigassem para vocês.

Taua bebeu do chá com leite, medindo suas palavras. Até onde ia o relacionamento do estrangeiro com locchava Houepo? O que ela podia – devia – falar?

– A investigação é um favor que fazem graças ao seu dom, mas não devemos interromper seus trabalhos por questões tão mundanas.

Kasim colocou a tigela agora vazia de volta na mesa.

– Um culto religioso espancando estrangeiros é mundano.

– No que se refere às preocupações do Secretariado, sim.

Kasim balançou a cabeça, empurrando a tigela para longe de si. Olhou o chá esfriando, mexeu na xícara, não bebeu.

– O quão importante é evitar esses fanáticos?

– Não temos certeza se são fanáticos.

– É importante ou não é?

– Muito.

Kasim se levantou da mesa, arrastando a cadeira atrás dele. Pegou as duas últimas roscas fritas na mesa.

– Seja ousada. Não espere permissão, não discuta jurisdição ou se vão ferir os sentimentos do Secretário. Faça, se não tudo sairá do controle enquanto vocês discutem se devem coçar a bunda com a mão direita ou a esquerda.

O estrangeiro fez sinal de adeus e deu as costas para a sargento.

Ela se levantou, erguendo também a voz, ignorando os outros clientes do café, que os olhavam incomodados.

– E se for tarde demais?

– Se for tarde demais – disse Kasim, enfiando uma das roscas na boca –, aí indico o necromante que mora ao lado da casa da Companhia. Até os mortos falam com ele. Agora eu preciso dormir um pouco. Tenho que ser ousado esta noite.

O estrangeiro partiu, deixando Taua sozinha na mesa sem a certeza de que aquele encontro tinha sido uma boa ideia. Começou a entender o motivo de o Secretário ter colocado Kasim ao lado de locchava Hoepo. O estrangeiro simplesmente não se importava com status quo.

Das duas uma: Kasim ia acabar preso e executado pelo Ministério da Justiça por indecência, ou Duralam nunca mais seria a mesma.

Capítulo 19

Um deus Valmedor dançava no centro do salão enquanto o Secretário Waka provava vinho de palmeira de Myambe em uma taça de cristal de Panjekanaverat ao som de uma ópera Muskul. Do lado oposto do salão um grupo de emissários da Liga do Sul cochichava seu desprezo por tudo aquilo, a expressão de desgosto clara nos rostos pálidos.

O convite para o evento viera do próprio anfitrião, o Ministro da Receita. Normalmente haveria uma combinação com o Secretário antes que a ideia do evento se tornasse pública, mas Waka tinha dado ordens para que o Ministro fizesse alguma coisa com a comitiva da Liga do Sul.

Junto com o convite viera um pedido: não levar Huirau Hoepo para demonstrar as habilidades de um locchava. Na última vez em que Waka o tinha feito, Huirau causara sérios danos às relações diplomáticas meticulosamente cuidadas pelo ministro, levando um emissário de Muskulsehir – um monstro de armadura capaz de partir pescoços com a mão – a exigir retaliação pelas ofensas que sofrera.

Waka não precisou pensar duas vezes. Havia designado outro locchava para entreter os convidados, tanto com seu conhecimento como com seus poderes. Tinha escolhido alguém experiente, mas ainda assim menos arrogante do que Huirau. Não só preferia mantê-lo no caso do assassinato de Tangiwai como acreditava que o temperamento nada agradável de Huirau arruinaria a situação nada confortável com os emissários da Liga do Sul.

Havia pouco mais de vinte pessoas no evento, mas a quantidade de memórias recorrentes em andamento fazia parecer que o salão estava lotado.

Ficava no topo de um edifício oval construído em pedra ainda no período de colonização do Sacro Império e servira de templo para um dos deuses que atuava como conselheiro – ou que era o senhor, dependendo de quem contava a história – do regente mortal responsável pela então colônia de Onze Reinos. A julgar pelas memórias, esse deus em particular gostava de vir até o topo do edifício, um salão amplo sem paredes que permitia uma vista agradável de toda Duralam e recebia o vento gelado vindo do mar. De lá, fazia pronunciamentos para a população, e vez por outra comemorava sem motivo algum.

Waka nunca entendeu exatamente como funcionavam os deuses de Akanisha, mas sabia que não eram como a Deusa Menina ou o Deus Vivo do Império de Diamante. Não tinham forma física, possuindo corpos apenas quando fosse estritamente necessário, mas ainda eram capazes de se manifestar no mundo dos mortais.

Esse deus se parecia com um homem de cerca de trinta anos, corpo atlético e pele negra. Longos cabelos cacheados cascateavam pelos ombros, girando soltos no ar na medida em que a memória do deus dançava. O que tornava esse deus em particular incomum era o fato de ter três metros de altura, deixar um rastro de vapor por onde se movia e não possuir olhos.

Onde os olhos deveriam estar havia pele, como se as pálpebras tivessem sido coladas sobre as órbitas.

Tudo aquilo era propositalmente calculado para deixar o líder da comitiva da Liga do Sul desconcertado.

Sahak Haigjooni era um membro distante de uma das famílias reais atualmente no governo dos diminutos estados independentes formados pela dissolução do Sacro Império na parte sul do continente de Akanisha. Enquanto, no norte, a Companhia Mercantil havia estabelecido uma rede de cidades-estado unificadas por interesses comerciais e ideais, no sul a Liga continuava a lutar suas próprias guerras particulares, vez por outra consumindo um dos seus membros para fortalecer outro.

Sahak se dizia um diplomata, mas tinha um histórico violento. Tinha servido no exército como oficial e gerenciara um campo de escravos Muskul até que Muskulsehir conquistou a região à força. Segundo o que relatavam espiões pagos pelo Secretariado, Sahak também tinha sido espião e talvez até assassino em missão contra postos da Companhia Mercantil, maior rival da muito menos organizada investida comercial da Liga do Sul pelo mundo conhecido. Tinha a fama de rondar os governos de reinos estrangeiros para sondar suas fraquezas e saber como tomá-los de assalto se necessário. Parecia acreditar que seu uniforme militar, medalhas e aparência pomposa eram o suficiente para tirar dos incautos seus segredos. Pelo menos tinha vindo a Duralam sem sua esposa, a mestiça de cabelos crespos que, diziam, chegara aonde chegara através de chantagem e assassinatos. A mulher devia estar ainda em Último Refúgio, onde a dupla fora vista pela última vez.

Se Sahak estava ali era porque a Liga do Sul pretendia tomar uma atitude em relação a Duralam ou, mais provavelmente, o conflito de fronteira entre a Liga e Muskulsehir, do lado oposto dos Onze Reinos, onde o continente gelado quase tocava a ponta mais ao sul de Akanisha no local que tinha ganhado o nome adequado de Estreito das Sete Mortes.

– Ele sabe que estão em posição precária – explicou o Ministro da Defesa, antes de partir para a península contestada para observar de perto a situação. – Se avançarmos agora, forçaremos a Liga do Sul a lutar em dois fronts, e, então, não suportarão a guerra por muito mais tempo.

– Mas também sabem que nós não temos uma força digna de ser chamada de exército.

O ministro apenas concordou com a cabeça, o olhar triste no chão. Ele partira no último navio, deixando o porto sem voltar a se manifestar sobre o que todos sabiam: os Onze Reinos não tinham soldados, armas ou generais para sustentar uma guerra.

Ao menos nesse campo Waka pretendia resolver o problema muito em breve, uma vez que a situação com a morte de Tangiwai fosse resolvida.

– Secretário Waka – disse Sahak Haigjooni, cruzando o salão e atravessando a memória do deus dançante e a de meia dúzia de encontros passados. Bebeu um gole da bebida escura que mandara trazer no navio com ele. O uniforme militar parecia estar uma medida menor do que a barriga precisava. – Achou que podia se esconder a noite toda?

– Haigjooni, bem-vindo. Claro que não. Vejo que trouxe sua própria bebida. Estômago fraco ou apenas temeroso que algum dos seus conterrâneos esteja interessado em uma promoção por sangue?

Sahak sorriu com lábios murchos e bebericou seu vinho estrangeiro. Apesar do frio, suor brotava entre os fios esparsos de cabelo na cabeça.

– Gosto de beber apenas o melhor. Claramente aqui não há nada de bom. Até você prefere essa água suja de Myambe.

Waka ergueu sua taça com o vinho leitoso em cumprimento.

– Apenas buscando conhecer melhor aliados em potencial.

Sahak riu, e três sombras que vieram atrás dele, certamente parentes mais distantes ainda da linha de sucessão em busca de alianças políticas, riram como se o comentário fosse hilário. Waka apenas observou, sorvendo mais do vinho. Atrás dos emissários, um dos seus māras se posicionava para agir caso fosse preciso ou recebesse o comando.

Era tentador, mas ele tinha usos melhores para as memórias deste lugar.

– Aliados? – questionou o estrangeiro, bebendo o próprio vinho em um longo gole. Alisou os bigodes negros, que talvez fossem a única coisa que compartilhava com o Secretário. – É mais fácil você atrair um exército de conquistadores de Myambe. O que acha, mais um período de domínio estrangeiro? Acho que vocês ainda não foram conquistados por ninguém de Myambe, certo? Talvez trouxesse novos ares a este lugar.

– Não me preocuparia com myambeses tentando chegar até aqui. Prefiro focar nas minhas fronteiras mais próximas, onde sempre pode surgir um oportunista.

– Hah! Oportunistas. Sim. – Sahak olhava para seus seguidores, que esperavam o emissário fazer o comentário final. – Imagine o que um oportunista com um exército faria, atravessando as montanhas e chegando em peso a Duralam. É o que acontece quando não se tem um exército para defender seu suposto direito de soberania.

– A história de Duralam está cheia de casos em que exércitos tentaram chegar aqui pelas montanhas e falharam.

– Também está cheia de histórias sobre todas as vezes em que foi conquistada.

Waka foi obrigado a cumprimentar o adversário com a taça. Bebeu mais do vinho, sinalizou para que um serviçal trouxesse mais. O sinal também era para que o māra chamasse mais atenção, com a intenção de deixar os estrangeiros nervosos.

Maylea era uma de suas mais experientes e com certeza uma das mais agressivas. Muito mais alta que a maioria dos nativos, tinha a pele cor de terra vermelha dos ilhotas, mas os olhos cor de mel de Akanisha. Flutuava pelo salão como uma luz tênue em risco de se apagar. À sua volta, os convidados que não existiam de verdade oscilavam como se pressentissem que em breve poderiam se tornar munição para a guerreira do Secretariado.

O movimento não passou despercebido pelos seguidores de Sahak. Um deles colocou a mão dentro do colete azul claro que usava. O movimento atraiu a atenção dos outros dois. O primeiro começou a fazer padrões discretos com o dedo, e Waka percebeu, curioso, que os símbolos desenhados pareciam cortados no ar, brilhando discretos como se escritos em ouro na neve.

– Você acha que se cercar desses seus feiticeiros faria alguma diferença se a Liga resolvesse descer aqui com um exército?

Um convidado que usava um chapéu alto e comia frutas com as mãos oscilou e desapareceu. Maylea começou a vibrar sem se mexer, o corpo todo se tornando um borrão.

– Primeiro vocês precisariam lidar com Muskulsehir, e não me parece que vocês estejam se saindo tão bem nesse front.

Sahak riu e ergueu uma mão para que seus homens guardassem as armas e se acalmassem. Waka fez o mesmo com Maylea.

– Meu caro Waka, sejamos sensatos. – Sahak enlaçou o braço do secretário com o seu próprio, fazendo-o acompanhá-lo até o beiral do salão voltado para Sumeru. – A Liga do Sul alavancaria a economia dos Onze Reinos. Sumeru poderia fazer funcionar todo um complexo industrial para rivalizar com o de Último Refúgio. Ficaríamos ricos. Todos nós.

Waka se desvencilhou do braço do estrangeiro e colocou sua taça sobre o parapeito.

– Se você soubesse alguma coisa sobre os Onze Reinos não sugeriria uma coisa tão perigosa.

– Você se refere ao seu Arconte? Waka, nós usamos deuses como ele como baterias em minha terra.

– Se você pensa que o Arconte é como seus deuses, tem muito a aprender.

Antes que Sahak pudesse dizer mais alguma coisa provocativa, Waka sinalizou para o locchava do outro lado do salão. Entendendo o recado, o jovem parou os cilindros girando no cordão em seu pescoço, fazendo o deus dançante desaparecer, depois ser substituído por outra cena.

Os convidados reais se viraram curiosos na direção da nova memória do deus sem olhos. Ele não dançava mais. Pelo contrário, virava a cabeça de um lado para o outro como se procurando alguma coisa. Uma segunda forma mística surgiu no chão, um corpo magérrimo e andrógino tão branco que parecia feito de neve tomou forma diante dele. Havia pânico em seus olhos metálicos.

– Ele está vindo – foi tudo o que a deusa de Valmedor foi capaz de dizer antes que a escuridão escorresse pelo piso do salão, vinda do lado de fora.

Durante exatos onze minutos, Waka e os convidados assistiram ao Arconte destroçar o corpo de três deuses com as próprias mãos.

Quando a memória terminou e restava pouco mais do que os corpos moribundos dos três deuses caídos, Waka deu um tapinha no ombro de Sahak e disse:

– Já provou o ensopado? À primeira vista parece que não vale nada, mas, quando você menos espera, vem aquele soco quente na boca e você foi a nocaute. Recomendo.

Waka foi embora, deixando os estrangeiros perplexos, para buscar uma tigela de carne e legumes temperados com muita pimenta.

Capítulo 20

Ao primeiro apito após o enforcamento de um tirano morto trezentos anos atrás, Huirau e Kasim passaram pelos portões e entraram no pátio interno do complexo dos ministérios. Os últimos visitantes e funcionários caminhavam na direção da saída, alguns conversando animadamente. Os funcionários do Ministério das Obras trocavam o óleo das lanternas suspensas por todo o perímetro.

Ninguém ousou interromper a passagem de um locchava, apesar do horário. Os que olharam na direção de Kasim foram rechaçados com um gesto irritado da mão de Huirau.

Antes de ir até o Palácio Vermelho, Huirau passou na mnemoteca do Palácio Laranja para confirmar algumas datas, uma em especial. Kasim aguardou do lado de dentro a despeito do que Huirau desejava. O historiador tinha certeza de que, se o mercenário ficasse no pátio ou em qualquer outro lugar no complexo, como sugerira para não perder tempo, levantaria suspeitas e seria expulso ou preso simplesmente por ser estrangeiro. Dentro do Palácio Laranja, apesar de não ser bem-vindo após o que acontecera nos últimos dias, ao menos poderia facilmente encontrar Huirau e comprovar que estava lá acompanhando o locchava.

Ao terceiro apito após o enforcamento do tirano, a dupla deixou o Palácio Laranja e seguiu por uma alameda secundária fora do alcance dos guardas que fechavam os portões do complexo. Seguiram até o Palácio Vermelho, onde ficava o Secretariado.

Huirau conhecia cada canto e curva daquele lugar. Tinha começado seu treinamento lá ainda adolescente e, com o tempo, passara mais e mais tempo ali. Pelo menos até que tivesse senioridade o suficiente para não ser questionado quando não aparecia. Preferia trabalhar onde estavam as memórias, e as memórias daquele lugar nem sempre eram boas. Não era só a cor das pedras que decoravam as paredes e o chão que dava ao Palácio Vermelho seu nome.

Era preciso repetir o mesmo truque que fizera para entrar no Palácio Laranja. Dessa vez, no entanto, Huirau foi mais cuidadoso.

Não havia padrões na patrulha interna, fora os padrões de memórias antigas presas naquelas pedras. Órfãos em treinamento eram tratados com o rigor necessário, e Huirau não precisava de memórias na pedra para se lembrar. Massageou as próprias mãos com a memória dos golpes de varinha do mestre.

Cruzaram o largo corredor decorado de tapetes grossos e cerâmica antiga até a porta de madeira maciça que levava à antessala dos cômodos do Secretário. Ele recebia ali a maioria de seus visitantes, ou ao menos aqueles que queria manter longe dos olhos dos outros funcionários do governo. Fecharam a porta atrás deles, para não atrair a atenção de patrulheiros, e checaram a porta oposta, que levava ao cômodo principal do Secretário.

O Secretário Waka estava fora em um evento com um representante da Liga do Sul, negociando algum tipo de tratado contra Muskulsehir. As cidades da Liga pareciam achar que ainda eram tão poderosas quanto nos tempos em que eram guiadas por deuses vivos, e gostavam de impor seus desejos sobre suas antigas colônias. Huirau adoraria assistir ao Secretário moendo o emissário da Liga do Sul.

Huirau fez o procedimento de sempre. Ajoelhou-se no centro da sala, uma mão no chão, a outra nos cilindros, buscando a memória certa na data certa.

O Secretário Waka apareceu sentado em uma das cadeiras bem ao seu lado, batendo com o pé batendo enquanto a mão se atrapalhava com sua piteira. Era claramente mais jovem. Nem os bigodes eram tão grossos. Huirau percebeu, curioso, cabelos brancos que não se lembrava de ter visto na infância ou agora. Estaria o Secretário usando memórias ou métodos mais mundanos para deixar os cabelos totalmente negros? Não o imaginava vaidoso dessa forma.

– É o dia em que ela morreu, segundo os registros.

Kasim caminhou em torno da memória do Secretário.

– Morreu pela primeira vez, você quer dizer.

Huirau ignorou o comentário.

– Se o Secretário está envolvido, deve ter falado com alguém sobre isso.

– Ele não teria apagado a memória?

O locchava balançou a cabeça.

– Ele jamais desconfiaria que alguém tivesse a coragem de espioná-lo. Não é assim que as coisas funcionam nos Onze Reinos.

O estrangeiro sorriu.

– Ainda bem que estou aqui.

O Secretário parecia impaciente. Sentava, levantava-se. Andava de um lado para o outro, ajeitando carpetes e vasos decorativos que estavam perfeitamente alinhados. Ajeitava a túnica e checava os botões que não tinham defeito algum. Não era impaciência. Era nervosismo.

– Nunca o vi desse jeito. É como se estivesse...

– Com medo.

– Medo de que alguma coisa dê errado.

Um som veio da porta, e Huirau quase perdeu o foco quando seu coração disparou. Levou alguns segundos para perceber que era reflexo da memória, e não o tempo real.

A porta se abriu e o Secretário se voltou, penteando os bigodes ralos e ajustando a túnica.

Pela porta entrou uma mulher usando as vestes laranja do Ministério dos Ritos. A ministra parecia igual a como estava mais cedo, mas os traços amigáveis estavam ausentes. Estava tão preocupada quanto o Secretário.

– Está feito – ela disse.

– E a menina? – questionou o Secretário, aproximando-se com urgência. Kasim saiu da frente como se temendo ser tocado pelas memórias.

Um sorriso brotou no rosto da ministra. Abriu a boca para dizer alguma coisa, então houve um brilho súbito. As memórias foram substituídas por manchas que não estavam lá. Era como olhar para o sol.

Kasim não precisou da confirmação de Huirau para sacar a espada.

O māra apareceu como se saído de uma das paredes. Talvez tivesse usado uma das portas, ou talvez tivesse buscado no passado uma memória de quando existia uma porta em outro lugar, ou quando não existiam ali paredes. Nunca tomou forma completamente, um borrão de movimentos e rostos caminhando juntos. Huirau mal podia identificar a forma real do membro da polícia do Secretariado, o cabelo preso no topo da cabeça em um rabo de cavalo, a pele pálida e os olhos puxados, rosto coberto pela gola alta da túnica longa negra. Memórias de rostos e mãos surgiam e desapareciam sobre a forma real.

– Por que eu não me surpreendo de saber que sua obsessão pelo trabalho o trouxe até aqui?

A voz fez Huirau sentir que o coração ia parar.

– Anaru?

– Huirau – cumprimentou o māra.

Huirau soltou o amuleto – ele já não era útil, agora que a memória tinha sido destruída – e deu dois passos na direção do outro. Kasim avançou para se colocar entre os dois, mas Huirau o afastou com um movimento irritado da mão.

– Você estava me seguindo.

Uma dúzia de risadas ecoou do māra, mas apenas uma era de Anaru. A mais cruel delas.

– Não o vejo desde que te deixei na última Longa Noite. Você ainda visita minhas memórias?

Huirau deu as costas para o māra. Encarou Kasim longamente, vendo a confusão nos olhos do estrangeiro. Suspirou irritado e fechou os olhos. Apoiou-se na mesa da antessala como se precisasse de suporte para permanecer de pé.

– Você não está sendo justo comigo.

– Esse é o seu problema. Você vive as lembranças ao invés de viver os momentos.

– Esse é o meu trabalho – disse ele, dando um soco na mesa.

– Mas não é a sua vida.

Centenas de brigas voltaram à tona. Horas infindáveis no Palácio Branco e na análise de dados com a Arquivista, chegando em casa de madrugada. Perdendo eventos marcados e momentos esperados. Começaram como brincadeira, viraram reclamações. Fingiam acreditar que ser quem eram não podia afetar seu relacionamento. Era mentira. Nos últimos meses juntos, praticamente não se viam mais. Huirau percebeu que vinha evitando voltar para casa, sabendo que encontraria Anaru furioso e pronto para mais uma briga que Huirau não queria ter. Chegar quando ele já tinha dormido ou partido para o trabalho parecia melhor.

Até o dia em que Anaru não estava mais lá.

– Você era minha vida e me abandonou.

– Você já tinha me abandonado muito antes. Só não queria aceitar. Pelo jeito, ainda não quer.

Aquilo doeu muito mais do que deveria. Huirau deu outro soco na mesa, fazendo tremer o vaso antigo sobre ela.

Kasim olhou de um para o outro. Ainda tinha a espada na mão e parecia contente por finalmente poder usá-la.

Huirau não via alternativa. Não agora, quando tudo já tinha acabado.

Balançou a cabeça, afastou-se de Anaru e moveu a cabeça ligeiramente, como se esperando não ser compreendido.

Kasim sabia o que fazer.

Avançou, espada em riste, na direção de Anaru.

Capítulo 21

Kasim crescera acreditando que todos aqueles tementes à Estrela da Manhã tornavam-se um com Ela após a morte. Um destino especial estava guardado para os mais fiéis, como os dabires que espalhavam o conhecimento e os mahid que ceifavam a heresia. Para os hereges – e aqueles que tinham o azar de não terem seus corações enterrados na Terra Prometida –, o destino era vagar pela terra como espectros, incapazes de interagir com os vivos, para sempre isolados da Estrela da Manhã.

Quando Kasim chegou aos Onze Reinos, achou que tinha encontrado lá a prova de que as histórias eram verdadeiras e que ele também estava fadado a vagar pelo mundo após a morte.

Assim, era difícil para ele ver o homem de preto à sua frente cercado das memórias de uma dúzia de homens, mulheres e crianças e não achar que se tratava de um necromante tão temível quanto aquele que ele salvara do espancamento no porto.

E, se existia uma coisa que qualquer um em sua terra natal sabia, era que matar um necromante era receber uma sentença de morte.

Um exército de memórias se formou à sua volta, e Kasim tinha certeza de que ele não tinha opção. Abaixou-se, girando em um pé para a esquerda, escapando de um golpe de lança dada por um sujeito com um metro e pouco de altura e pele avermelhada, vestido de peles de foca que pareciam costuradas às pressas. Sua própria espada golpeou na direção oposta, varrendo rente ao solo. Cortou onde estariam os calcanhares do sujeito, que ao invés de sangrar ou gritar desapareceu no ar.

Rolou para trás a tempo de escapar a uma segunda lança vinda de cima, que atravessou o chão de mármore. Essa não vinha de um pigmeu ilhota, mas sim de um verdadeiro monstro com mais de dois metros de altura, ombros largos e pelagem negra. Era como um gorila de armadura, mas o brilho nos olhos era de um guerreiro, e não de um animal.

Sentiu o fantasma de um som que o remetia a Myambe. O estouro da boiada, mas dentro do Palácio Vermelho. Virou-se na direção do som a tempo de ver uma manada de iaques enormes correndo em sua direção, saindo da parede como se ela não estivesse ali.

Kasim não ia esperar para saber se estavam ou não. Mais se jogou do que se levantou, rolando para a frente e para longe dos animais--fantasma. Golpeou com a espada para trás por puro desencargo de consciência e sentiu-a ser quase arrancada de sua mão pela força que parecia mais correnteza do que um corpo físico. Algo o atingiu de raspão nas costas, quase o fazendo girar e cair. Virou a tempo de ver o chifre negro de um iaque rasgando sua túnica e por pouco não o levando com ele. O animal se desfazia no ar onde a espada o atingira.

Afastou-se o máximo que podia na direção da parede transversal. Do outro lado da manada, o guerreiro peludo vinha em sua direção, ódio nos olhos, as mãos enormes torcendo a haste da lança ornamentada como se quisesse fazer isso com o pescoço de Kasim.

Como se enfrentam memórias que querem matá-lo? Lembrou-se de Vema no agora distante Último Refúgio e percebeu que a pergunta tinha um significado maior do que ele imaginava.

A manada de iaques desapareceu no ar, e o guerreiro peludo se aproximou, lança em riste. Ele grunhiu alguma coisa que certamente parecia ser uma ameaça, deu um soco no próprio peito, coberto de uma placa de metal, e avançou.

Talvez um golpe de espada fosse o suficiente.

Kasim cortou o ar com a espada, tentando atingir a ponta da lança e desviá-la. A memória do guerreiro abaixou a arma antes que ela pudesse ser atingida, então estocou. Kasim demorou mais do que devia para desviar e sentiu a lança penetrar o lado esquerdo da túnica e a carne por baixo dela. Não foi profundo, a distância e o tecido grosso amortecendo o golpe, mas era o suficiente para sangrar e alertar Kasim de que ilusões podiam matar.

De que adiantaria continuar lutando se cada vez uma nova memória fosse surgir para ocupar o lugar da anterior? Se cada uma fizesse um pequeno ferimento daqueles, o cansasse um pouco, eventualmente seria seu fim.

Procurou por uma forma de acabar com aquilo antes que cometesse um erro. O māra permanecia imóvel como um poste no centro de tudo, um totem de onde se projetavam fantasmas sobrepostos brigando pela atenção de um necromante. Eram como guarda-costas que não estavam mais lá, nem queriam estar. Reféns de alguém com o poder de controlá-los.

O guerreiro peludo gritou e se jogou contra Kasim, a lança em direção ao seu peito. Kasim saltou para a direita, golpeando de forma péssima enquanto buscava a proteção dos móveis. Pegou com a mão livre uma das cadeiras no centro da sala e a arremessou contra a memória que tentou se esquivar. Caiu, não como se atingido pela cadeira, mas por um vento muito forte. Não se desfez.

Kasim não ia esperar para ver o resultado. Atravessou o salão na direção do māra, saltou por cima de um penhasco que não existia ali momentos antes – mas devia ter existido em algum tempo no passado – e investiu no māra com a ponta da espada.

O māra desviou o torso ligeiramente para a esquerda, e a mão direita zuniu para cima, atingindo o antebraço de Kasim como uma faca a tempo de desviar o golpe. O resto do corpo do māra não parecia se mover um milímetro com a defesa.

Os espectros à sua volta avançaram, crianças com olhares de súplica tentando agarrar os braços e pernas de Kasim. Ele sentiu o toque e recuou. Não as golpeou, mesmo sabendo dos riscos, mesmo sabendo que eram apenas memórias. As suas próprias memórias não permitiriam.

Kasim recuou. Abaixou-se a tempo de se esquivar a outro ataque do guerreiro peludo. Chutou outra cadeira em sua direção. Olhou à sua volta em busca de algo que pudesse usar e viu Huirau parado, encolhido em um canto do quarto, olhando o māra com o queixo caído.

– Faça alguma coisa! – Kasim gritou, tentando tirá-lo do torpor.

Huirau piscou os olhos algumas vezes. Olhou para o mercenário com a testa franzida.

– Eu não sou um soldado!

– Mas manipula memórias que nem ele! Faça o mesmo!

Huirau balançou a cabeça, exagerado.

– Isso destruiria as memórias deste lugar!

– E salvaria minha vida! Faça logo!

Huirau hesitou, e Kasim percebeu que não podia esperar. Esquivou-se de mais uma investida com a lança e desferiu um golpe lateral com a espada, cortando a memória do guerreiro peludo. Continuou daí, pegando a mesma cadeira que tinha chutado e arremessando-a contra o māra. As memórias das crianças se jogaram no seu caminho e se desfizeram no ar. A cadeira caiu no chão como se atingisse crianças de verdade. Kasim vinha logo atrás, e o māra não teve tempo de reagir. A lâmina passou perto do rosto do māra. Era apenas para distraí-lo.

A outra mão foi para cima, fechada em um punho, e atingiu Anaru no queixo. Pego desprevenido, o māra cambaleou para trás, e as memórias perderam a coerência. Era o tempo de que Kasim precisava para avançar seu ataque. Atingiu Anaru no rosto com o pomo da espada, fazendo espirrar sangue, depois novamente com o punho, desta vez no estômago, o que o fez curvar-se para a frente. Antes que o māra pudesse se recuperar, o mercenário o golpeou com o joelho no rosto abaixado, jogando Anaru para trás.

O māra caiu de costas no chão, memórias difusas tentando agarrar-se a ele como sua consciência. Sangue escorria do nariz, da boca e de um corte na testa. Os olhos rolavam nas órbitas.

Kasim colocou um pé sobre o peito do homem caído. A espada pedia sangue. Por um instante pensou ver alguém esgueirar-se pela quina do quarto, um rosto cinzento, sem olhos, atraído pelo confronto. Quando virou, não havia ninguém ali. Balançando a cabeça, Kasim girou a espada na mão, os olhos buscando o ponto fraco daquela túnica grossa que cobria quase todo o inimigo. Mal ouviu a voz de Huirau gritando para que ele parasse, tamanho era o chamado de guerra que fazia tempo Kasim não ouvia.

– Chega – disse uma voz vinda da porta. Anaru tentou se levantar. Kasim o forçou para baixo novamente com o pé. Ergueu a espada com as duas mãos.

– Eu disse 'chega'!

O Secretário Waka estava de pé na porta. O verdadeiro Secretário, e não sua memória. Deu um passo para dentro, e três outros māras entraram rápido demais, parecendo mudar de posição mais do que andar ou correr, deixando rastros de memórias atrás deles.

Kasim olhou à sua volta, arfando, medindo suas chances contra os novos oponentes. Viu Huirau de joelhos no chão e percebeu que ele estava chorando, os olhos no inimigo caído.

Kasim empurrou Anaru novamente com o pé, então se afastou, abaixando a espada. Caminhou de um lado para o outro na antessala, percebendo que os outros māras estavam tomando posições para cercá-lo. Ele precisava caminhar para gastar toda a energia que tinha acumulado ou iria explodir no primeiro alvo que aparecesse pela frente.

– E você espera que nós nos rendamos? – Kasim gritou, porque não achava que pudesse falar normalmente. Apontava a espada para o Secretário. – Que deixemos um dos seus soldadinhos mágicos nos estrangular como fizeram com Tangiwai?

O Secretário balançou a cabeça. As sobrancelhas estavam cerradas e os punhos fechados, mas, fora isso, poderia muito bem ser uma estátua do líder dos Onze Reinos, tamanha era sua imobilidade e imponência.

– Não fale besteiras – ele disse por fim.

– Foi isso, não foi? Tangiwai era hospedeira da Deusa. – Kasim cortou o ar com a espada quando um dos māras ousou se aproximar demais. – Assim que ela foi descoberta viva vocês mandaram matá-la. Para quê? Evitar um escândalo?

– Eu não mandei matar Tangiwai.

– Que provas você tem?

O Secretário fez um sinal com a mão e a cabeça. Os māras se entreolharam, mas afastaram-se alguns passos para trás.

– Eu salvei sua vida quando era criança. Eu lhe dei um novo lar, a chance de ser alguém.

Kasim riu. Atingiu com um golpe a mesa no centro da sala. A lâmina da espada se fincou até a metade. Kasim a soltou, puxou a cadeira e se sentou, como se aquele lugar não fosse um campo de batalha. Passou a mão da cabeça para limpar o suor, abriu a gola da túnica grossa que o fazia suar sem parar. Colocou a mão no ferimento aberto na lateral do corpo.

– Por que o Secretário faria isso por uma criança qualquer? – perguntou. Viu que Huirau não tinha resposta. Ou talvez não tivesse interesse. Tinha atravessado o cômodo com pernas trêmulas para cair ao lado de Anaru. Tinha o māra inconsciente no colo e afastava seus cabelos desgrenhados do rosto inchado e ferido. Só então Kasim percebeu onde tinha ouvido o nome Anaru antes.

O Secretário esperou os três māra saírem da sala, então fechou a porta atrás dele. Permaneceu de costas para Kasim por um longo tempo, a mão na porta, antes de se decidir a explicar.

– Porque Tangiwai não era uma criança qualquer – disse, voltando-se para o mercenário. – Tangiwai era minha sobrinha.

CAPÍTULO 22

– O que dizem os monges não é verdade. Não inteiramente.

– Os monges dizem muitas coisas.

Alguns minutos antes os três outros māras tinham tirado de lá Anaru, que despertara, mas ainda estava atordoado. Foi preciso puxar Huirau para longe dele a fim de levá-lo para ter seus ferimentos tratados.

Kasim observava quieto da cadeira onde se sentara. Não tinha tirado a espada de onde a havia fincado na mesa. Tentava encaixar no seu entendimento quem era Anaru para Huirau, e estava incerto de como reagir ao que compreendia, fosse do relacionamento dos dois ou o fato de que claramente não se viam havia muito tempo, a despeito do que o locchava dissera antes.

Huirau deu alguns passos para seguir os māras, mas se deteve na porta. Virou-se para Kasim e para o Secretário, que nada disse. Não parecia ser necessário. Huirau baixou a cabeça e voltou arrastando os pés, pegou uma das cadeiras caídas e a puxou para onde estava Kasim. Parou lá, as mãos no encosto, os olhos na espada que poderia ter matado seu antigo amante.

Kasim resmungou e se levantou. Puxou a espada com uma mão, a outra segurando o tampo da mesa. Deixou a arma cair no chão, sem ânimo para guardá-la, e se deixou cair novamente na cadeira. Só então Huirau ocupou a sua. O Secretário se aproximou, pegando outra cadeira.

Observou os dois investigadores em silêncio antes de se explicar.

– As crianças hospedeiras da Deusa não morrem – ele disse. Então parou, balançando a cabeça, os olhos fixos nos de Kasim. – Não porque as memórias de Sumeru sejam demais para elas, como dizem.

– Por que, então?

– Porque nós as matamos. Com veneno.

– O quê? – disse Huirau, a voz esganiçada. Tinha saído do torpor.

O Secretário concordou com a cabeça. Colocou os cotovelos sobre a mesa, entrelaçando os dedos.

– É tudo muito mais complicado do que parece. – Os olhos foram para a fenda aberta pela espada na mesa, como se fosse encontrar lá as palavras que buscava. – A história sobre a Deusa Menina ser a personificação das memórias deste lugar, é tudo mentira. Ela é... outra coisa.

– Uma Deusa de verdade.

Ele concordou com Kasim.

– É uma entidade, sim. Algo poderoso, um dos três Deuses trazidos de Valmedor na conquista séculos atrás. De alguma forma ela sobreviveu ao Arconte, mas incapaz de ter um novo corpo.

Huirau balançava a cabeça, o olhar vago.

– E vocês simplesmente ofereceram crianças, nossas crianças, para essa... coisa? É para isso que serve o Ministério da Receita?

– Oferecer? Huirau, não temos controle algum sobre o processo de reencarnação da Deusa. E foi exatamente por isso que criamos todo esse rito. – O Secretário abriu os braços, como se apresentando todo o complexo de palácios do governo. – Encontramos a nova hospedeira, fazemos o melhor para ensiná-la a nos amar, a protegê-la de más influências.

Foi a vez de o mercenário dizer alguma coisa.

– Então vocês as matam.

– Apenas quando fica claro que a hospedeira está perdendo para a entidade. – O Secretário colocou as mãos espalmadas sobre a mesa. Um dos dedos traçava a fenda na madeira. – A Deusa toma o controle cada vez mais, suplanta as memórias da criança. – Segurou com força o braço do locchava. – Ela ganha força, Huirau.

Huirau nada disse. Olhava o Secretário como se ele fosse um monstro, como se o estivesse segurando para levá-lo como oferenda à Deusa intrusa. Devia estar se lembrando do dia em que foi levado para um orfanato, imaginando se seria aquele seu destino se tivesse nascido mulher.

Kasim afundou o rosto nas mãos, os cotovelos sobre a mesa. Passou a mão pela cabeça, tirando o suor que teimava em brotar apesar do frio.

– Não é possível que não exista uma solução.

Um sorriso surgiu por baixo dos bigodes do Secretário. Ele soltou Huirau e voltou a entrelaçar os dedos diante do rosto.

– Kasim, você sabe o que é enfrentar uma dessas... coisas. Existe solução?

Kasim desviou o olhar. Levantou-se e começou a caminhar pela sala, os braços cruzados sobre o peito, mas não disse nada. Sua experiência com deuses e deusas não era das melhores, mesmo tendo se encontrado com muitos mais deles do que homens três vezes mais velhos poderiam se vangloriar de ter feito.

Deuses podiam morrer, disso ele sabia. O que não sabia era se queria correr o risco de tentar matar mais um.

– Tangiwai – disse Huirau, finalmente encarando o Secretário. – O que ela tem a ver com tudo isso?

O Secretário concordou com a cabeça.

– Quando a última hospedeira antes dela morreu, minha irmã estava grávida. A criança nasceu com as manchas características na pele. – Ele lambeu os lábios, como se a confissão secasse sua boca. – Fiz o que pude para que eles fugissem dos Onze Reinos, embarcando-os escondidos em um navio, mas mal tinham se distanciado da costa e o bebê adoeceu. Talvez fosse a distância de Sumeru, ou mesmo a Deusa inconscientemente forçando-os a voltar. Minha irmã voltou e, de alguma forma, isso chegou ao conhecimento do Ministério da Receita.

– Você prometeu protegê-la.

– Mesmo sabendo que isso era impossível.

O Secretário se levantou da cadeira. Caminhou até a janela coberta por um carpete. Tocou o tecido, mas não o puxou para abrir.

– Os pais da criança são sempre recompensados. Podem parar de trabalhar e viver em luxo significativo, mas jamais podem reencontrar a criança. – Desistiu de abrir a varanda. Voltou-se para o centro da sala, observando Huirau, depois Kasim. – Minha irmã não suportou. Morreu de tristeza meses depois. O marido deixou os Onze Reinos, e eu nunca mais soube dele.

– Então a Deusa começou a tomar o controle – concluiu Kasim.

– Ela tinha onze anos – disse o Secretário, sorrindo sem humor. – Onze como os Reinos. Irônico, não? Começou com mudanças de humor, com surtos de agressividade em que ela falava em línguas estranhas. Em certo ponto ela começou a apresentar controle sobre as mentes de outras pessoas. Quase fugiu do Palácio Laranja.

– Como você se livrou da Deusa?

– Foi uma aposta. Convenci a Ministra Mere a me ajudar a criar uma solução. Veio na forma de um veneno diferente, ainda potente, mas menos letal. Tínhamos de fazer a Deusa acreditar que a hospedeira ia morrer, fazê-la partir por conta própria.

O Secretário fez seu caminho de volta até a mesa, mas não se sentou. Abaixou-se e pegou a espada de Kasim, examinando seu fio. Kasim descruzou os braços e retesou as costas, subitamente alerta. Seria o Secretário capaz de fazer alguma coisa estúpida para proteger seu segredo? No entanto, o Secretário não pareceu agressivo. Continuou a falar enquanto estudava a espada.

– A criança quase morreu, mas, após semanas de cama, escondida no Palácio Laranja, recuperou as forças. A Ministra só permitiu que eu a visse quando foi confirmado o nascimento de uma nova criança com as marcas da Deusa Menina em uma vila a leste daqui.

Huirau estava imóvel na cadeira, os olhos também na espada.

– E foi quando vocês se encontraram aqui. Aquela memória.

O Secretário sorriu e balançou a cabeça. Girou a espada na mão, segurando-a pelo pomo, a ponta para baixo.

– A menina não tinha mais a Deusa dentro dela, mas parecia ter retido parte do seu vasto conhecimento. Sabia quem eu era e quem ela era. Criamos uma identidade falsa, escolhemos juntos o nome Tangiwai e a colocamos sob os cuidados da Arquivista, para tornar-se locchava.

– Como é possível que vocês tenham escondido tudo isso durante tanto tempo? Deve haver memórias de tudo isso, da deusa, do envenenamento, de Tangiwai.

– Apagamos boa parte dessas memórias, ao menos aquelas fora dos Palácios. Achávamos que um locchava jamais se atreveria a buscar memórias aqui.

– Influência do meu guarda-costas.

O Secretário concordou com a cabeça. Caminhou até Kasim e devolveu-lhe a espada, com o punho para a frente. Kasim a pegou, olhos cerrados no Secretário. Embainhou a espada, deixando o Secretário continuar.

– Pois bem, aí está. Preferia não envolvê-los nisso por motivos óbvios. Se a verdade fosse descoberta, os ânimos já exacerbados dos fiéis da deusa poderiam provocar uma crise num momento bastante delicado.

– Só que isso nos coloca novamente na estaca zero. Não sabemos quem matou Tangiwai ou o porquê.

Kasim andou até o lado de Huirau, novamente o guarda-costas.

– Talvez alguém que descobriu a verdade? Alguém interessado em apagar essa... heresia?

O Secretário discordou com a cabeça.

– Poucos membros do Ministério dos Ritos sabem, e são todos leais. De qualquer forma, nenhum deles tem o poder de fazer o que vocês descobriram no apartamento de Tangiwai e no de seu suposto assassino.

O que eliminava todos os suspeitos mais óbvios e deixava apenas uma pessoa com motivo e capacidade.

– E se fosse vingança?

Huirau e o Secretário se entreolharam, depois, juntos, fitaram Kasim.

– Vingança? – questionou o Secretário. – De quem?

– Da única pessoa que sofreu em toda essa história, que foi enganada.

O Secretário fez um bico, pensativo. Balançou a cabeça depois de um rápido momento.

– A Deusa não tem poder para isso.

– Você não está acostumado a lidar com deuses, está?

O Secretário riu, e Kasim entendeu por que ele ria tão pouco. Aquilo o fazia pensar no homem que o sequestrara ainda criança para fazê-lo de soldado. A risada era igualmente cruel e despreocupada.

– Mere me alertaria se houvesse quaisquer indícios de que a Deusa está tomando o controle. Até porque a criança atual tem apenas nove anos.

– Há precedentes – lembrou Huirau. – Crianças que morreram aos nove, dez anos.

– Sim – concordou o Secretário. – Mas sempre houve sinais.

– A Ministra disse que as memórias voltam com o tempo, a cada reencarnação. Talvez a Deusa tenha aprendido a reter essas memórias. Talvez ela saiba de Tangiwai.

O olhar do Secretário se tornou distante. Estava agarrando o encosto da cadeira com força. Os músculos do queixo estavam claramente travados, e por muito tempo ele não disse ou fez nada.

– Isso é grande demais. Preciso conversar com Mere, saber sua opinião a respeito.

– E nós? – questionou Kasim, ainda ao lado de Huirau.

– Descansem – disse o Secretário, bufando como se para expelir suas preocupações. – Vocês mereceram isso. Mandarei chamá-los quando tiver respostas.

Capítulo 23

Depois de deixar o Secretário sozinho em seus aposentos, Huirau quase correu pelos corredores do Palácio Vermelho atrás de informações sobre Anaru. Kasim o seguiu o mais rápido que pôde apesar do cansaço, gritando para que o locchava parasse. Mas Huirau só o fez ao chegar às portas de um cômodo no final de um sistema labiríntico de corredores, esmurrando a porta para que a abrissem.

Um māra abriu a porta apenas o suficiente para mostrar seu rosto parcialmente coberto. Era uma mulher com olhos raivosos. Recusou acesso ao quarto sem dizer uma palavra, ignorando o choro de Huirau. De dentro do quarto pôde-se ouvir o grito de Anaru, dizendo que não queria vê-lo. Soava mais do que apenas ferido fisicamente.

Huirau desabou em prantos ali mesmo, cabeça baixa, deixando Kasim completamente incerto do que fazer. Pensou em pôr a mão no ombro de Huirau, mas não só achava que o locchava não gostaria do contato como também não se sentia confortável com aquilo. Não se sentia confortável com qualquer demonstração de sentimento. Pelo menos não antes ou depois de Vema.

Kasim se encostou na parede atrás do locchava e cruzou os braços, seus próprios olhos distantes.

– Eu perdi alguém antes de vir para cá – disse, sem saber por quê. – Ela disse que eu nunca entendi seu trabalho nem quem ela era realmente. Que eu tentava transformá-la em algo que ela não era.

Huirau fungou. Olhou de relance por cima do ombro.

– Foi por isso que você veio para Duralam?

– Eu não sei por que vim para cá. Acho que vim porque precisava ir embora, e tinha um navio para cá que procurava proteção para a viagem.

– Então você a abandonou.

– Você não entendeu. Acho que nem eu tinha entendido antes.

O locchava se virou para o mercenário e os dois se encararam longamente. Huirau parecia surpreso com algo, e Kasim percebeu que ele próprio tinha lágrimas nos olhos. Limpou com as costas da mão e começou a andar para que Huirau não visse o choro.

– Vema e eu queríamos coisas diferentes. Nos amávamos, sim. Mas queríamos coisas diferentes. Se ficássemos juntos, ou um, ou o outro seria infeliz por ter de abandonar seus sonhos. Mais: abandonar quem era de verdade.

Huirau nada disse. Apenas olhava Kasim, que tinha parado a alguns metros dali no corredor por onde tinham vindo.

O mercenário acenou com a cabeça.

– Vamos. Temos muito em que pensar.

Então caminhou quase arrastando os pés no chão de mármore, derrotado não apenas fisicamente. Logo ouviu o som de Huirau a segui-lo.

Atravessaram a entrada do Palácio Vermelho sob a vigilância de um māra que nada dizia. As portas do palácio foram fechadas atrás da dupla, e subitamente se encontraram muito sozinhos no pátio do complexo.

Kasim se virou para se explicar, para falar de Vema, de Myambe, do que mais viesse à mente. Mas, antes que pudesse abrir a boca, ouviu uma vozinha infantil vinda da escuridão.

– Huirau Hoepo e Rais Kasim. Quem diria que uma dupla tão improvável causaria tantos transtornos.

Ela surgiu sozinha de algum lugar oculto nas sombras. Vestia uma túnica de seda do mar, dourada, com adornos laranja. Uma fita prendia seus cabelos negros. Os pés pequeninos estavam envoltos em sapatilhas do mesmo tecido.

Era uma criança de nove anos em tudo, menos no olhar e nas palavras.

– Vocês não fazem ideia de em que estão se metendo.

Huirau congelou em choque sem saber o que fazer. Kasim deu dois passos à frente, ficando entre os dois. Desta vez a mão não tocou o cabo da espada. Sabia exatamente o que estava diante deles, mas não conseguia ver além da criança inocente que servia de montaria para o espírito.

– Você está tentando renascer em um novo corpo, mas é morta toda vez que começa a recuperar sua consciência, então resolveu fingir ignorância. Acertei?

– Muito bem, Kasim! – ela disse, batendo palminhas lentamente. – Fico imaginando se era por essa perspicácia que Vema o amava tanto. Ou será que foi por isso que ela o abandonou?

Kasim deu outro passo na direção da criança, mas Huirau colocou a mão em seu braço. Não tinha força para segurar o mercenário, mas o toque o lembrou de onde estava e com quem estava lidando.

– Esse é seu truque? Ler mentes?

– Um deles, o que consegui recuperar nesse corpo patético. Posso fazer outras coisas, também, se tiver tempo.

– E assim você fez um dos monges matar Tangiwai.

A criança riu alto, as mãozinhas na barriga, a cabeça para trás, exagerada.

– Não me importo com a criança. O que é uma hospedeira viva quando senti bem de perto mais de uma dúzia delas ser morta desde que ressurgi?

Huirau se aproximou, ficando lado a lado com Kasim. As mãos estavam recolhidas dentro das mangas opostas da túnica.

– O que você quer?

– O que eu quero? O que qualquer Deusa quer? Quero pessoas me venerando, quero poder, quero voz.

– Você é venerada aqui.

A criança que não era criança balançou a cabeça. Pareceu perceber algo no chão e se abaixou, meio desajeitada. Pegou uma pequena flor que crescia entre as pedras e a cheirou, sorrindo como se realmente tivesse nove anos.

– Eu devia estar muito desesperada quando aceitei esse plano ridículo de me fazer passar pela personificação de Sumeru. Um dos seus antepassados fez isso, sabia? Estava entre os rebeldes que resolveram me usar para tomar o poder deste lugar infernal, onde Sol e Lua parecem não saber o que deveriam estar fazendo.

Kasim cruzou os braços, curioso.

– Pelo menos nisso eu concordo com você.

Huirau ignorou o mercenário e pressionou:

– Meu antepassado?

– Irônico, não? Que você tenha o poder de ver o passado, mas jamais tenha buscado o seu.

– Eu cresci no Secretariado.

– Sim, mais um dos órfãos do Secretário. Não, não há nada de misterioso no seu passado também, não se preocupe. Mas seus ancestrais têm coisas interessantes a contar. Talvez você soubesse disso se não fosse tão obcecado por aquele demônio.

– O Arconte te matou. Logo depois de matar o último regente.

– Ele tentou. Matou meus companheiros, idiotas demais para aprender a recuar e lamber suas feridas.

– É esse seu plano? Tomar os Onze Reinos e se vingar do Arconte?

A criança torceu os lábios e deu de ombros. Parecia uma menina recusando uma comida de que não gostara.

– Talvez, eventualmente. Sou paciente. Precisei ser, para continuar sã depois de tanto tempo.

– Não entendo – disse Huirau, balançando a cabeça. – O que Tangiwai tem a ver com tudo isso?

– Nada, idiota. Tangiwai simplesmente esbarrou com o que vocês insistem em ignorar.

– O quê?

– A verdade, imbecis. – Ela jogou os bracinhos para cima. – Chega. Perdi demais do meu tempo aqui.

Deu as costas para os dois e começou a caminhar para longe. Kasim não lhe deu tempo. Antes que Huirau pudesse detê-lo, saltou três passos largos para a frente e agarrou a túnica da criança, levantando-a para tirá-la do chão.

– Você não vai a lugar algum.

– Ah, não?

Ela sorriu de forma quase tão cruel quanto um torturador antes de trabalhar em um prisioneiro que ele soubesse não ter nada de útil a revelar.

Seus olhos se tornaram completamente negros, e então Kasim foi arremessado para longe.

Atingiu o chão com as costas e a perna esquerda. Bateu com a lateral da cabeça na pedra, ficando atordoado. Ouviu os passos apressados de Huirau, o grito de uma criança em pânico e o som de alerta. Uma dúzia de passos corria em sua direção.

Alguém se aproximou e tirou da bainha sua espada.

Kasim se forçou a se levantar e focar os olhos. Viu Huirau praticamente arrastando a espada no chão, seguindo para a criança que tinha sentado no chão, chorando e esperneando. Ela parou subitamente, atestando a farsa.

– Estou benevolente hoje. Talvez porque ganhei um passarinho novo, lindo. Não os acusarei de tentar me sequestrar.

Levantou-se, limpando as lágrimas falsas.

Huirau permaneceu de pé com a espada na mão por mais um tempo antes de largá-la.

– Você não pode ir embora sem explicar o que está acontecendo.

O sorriso no rosto da criança não era o de uma menina de nove anos.

– Não digam que eu não avisei.

Ela fez um movimento com a mão, como quem enxota uma mosca.

Um brilho súbito pegou os dois de surpresa, provocando uma dor de cabeça tão potente que deixou Kasim com náusea. Tonto, não conseguiu se erguer por completo. Viu Huirau cair logo adiante, sentado.

Gritos e passos apressados estavam chegando. Depois, a voz da Deusa Menina, explicando que os homens caídos a protegeram de pessoas más que tinham tentado levá-la.

Huirau abriu os olhos, mas havia manchas por toda a parte, como se houvesse olhado para o Sol ou visto o poder de um māra em efeito. Só que dessa vez as manchas não sumiram em segundos. Elas se tornaram mais nítidas.

Diante deles, a Deusa Menina ia embora de mãos dadas com um monge preocupado, cercada por guardas do palácio. Ela olhava por cima do ombro para ele, sorrindo, dando adeus com a mãozinha de criança.

Sobreposta a ela havia algo, uma forma que brilhava muito, alongada como alguém alto demais, indefinida apesar do contraste com a escuridão da Longa Noite. Huirau tentou levantar, forçou os olhos para ver melhor a entidade. Então pegou o outro homem pelo braço, firme, forte. Desesperado.

– Kasim.

O mercenário se virou para o locchava, franzindo a testa, querendo saber se ele via o mesmo. Mas o locchava não olhava para a menina. Olhava à sua volta.

As manchas que vieram com o brilho não tinham ido embora. Tinham permanecido e ganhado forma.

Eram pessoas de pé ao seu redor. Crianças, adultos e velhos, homens e mulheres, humanos e Muskul. Tinham as mais diversas aparências, vinham das mais diversas eras. Eram memórias daquele lugar desde antes da chegada dos Primeiros Colonos ao continente.

Havia centenas deles no pátio do palácio.

Havia centenas deles por toda parte.

E todos eles os encaravam com a mesma expressão de fúria.

Capítulo 24

Fosse o que fosse que a Deusa tinha feito com Kasim e Huirau, o efeito levou apenas alguns minutos para passar. Foi tempo suficiente para deixá-los perturbados. Saíram às pressas do pátio, esperando que aqueles espectros ficassem para trás, mas, até o último instante em que espectros se tornaram vultos e vultos se tornaram manchas, ambos os viram por toda a parte. Ainda agora, pelo menos uma hora desde o incidente, Kasim acreditava ver alguma coisa, sempre, no canto dos olhos. Era só virar o rosto para lá e descobrir que não havia nada. Nada visível, pelo menos.

Kasim crescera ouvindo histórias sobre necromantes e oráculos, hereges com poderes corruptos capazes de controlar as mentes através de pactos feitos com demônios. No Vale onde crescera, os dabires ensinavam a acreditar no conhecimento deste mundo e na fé de que a Estrela da Manhã mostraria o caminho em todas as tribulações.

Quase cinco anos depois de abandonar o Vale, Kasim já sabia que a verdade era muito mais complicada do que diziam os sacerdotes. Sabia que existiam outros mundos, e que eles eram habitados por coisas que ele jamais imaginara possíveis. Também aprendera a destruí-las para não ser destruído.

Mas e se elas estivessem lá todo o tempo, invisíveis, sempre à espreita, observando? Poderia Kasim matá-las com uma espada? Poderia de alguma forma proteger-se?

Lembrou-se da descrição do corpo de Tangiwai, as marcas no pescoço, mas nenhum sinal de luta. Talvez Tangiwai tivesse lutado, mas não fosse capaz de tocar seu assassino. Talvez o assassino fosse uma daquelas... daquelas coisas. Era como as memórias que Anaru colocara contra ele, só que muito pior.

A cada vez que Kasim descobria algo novo sobre aquele lugar, sobre aquele mundo, mais se convencia de que preferia viver na ignorância.

– Os Melkat acreditam que existem espíritos da natureza no mundo, presentes, mas não presentes. Os oráculos são capazes de falar com eles.

Huirau estava deitado no divã de sua sala, os olhos fechados, a mão sobre a testa. Polegar e indicador massageavam suas têmporas para aplacar uma dor de cabeça. Abriu um olho tempo suficiente para ver Kasim apoiado na janela do seu apartamento.

– Você acha que aquelas coisas eram esses espíritos?

– Não sei.

Huirau suspirou e se sentou. Apoiava as mãos no móvel, as costas e ombros arqueados pela derrota.

– Senti como se eles quisessem me matar. É assim que são esses seus espíritos?

– Azanzi – corrigiu Kasim – Chamam-se Azanzi, mas não são meus. E não. Eles não são... não são assassinos. Nem acho que sejam tão numerosos.

– Pois então estamos com outra situação diante de nós. E é por isso que vamos até a mnemoteca.

– No Palácio Laranja? Acha boa ideia reencontrar a Deusa agora?

Huirau balançou a cabeça e se forçou a se levantar e caminhar até a cozinha.

– Outra, bem maior. Deve existir algo lá que nos ajude a entender. – Sumiu da vista de Kasim por uns instantes. Era possível ouví-lo enchendo uma taça de água. – Temos as peças agora. Muito mais do que poderíamos imaginar, mas nós as temos agora. Só precisamos entender... o que está acontecendo.

– Vocês estudaram esse lugar, aprenderam a ver memórias e destrui-las. Nunca viram aquelas coisas?

O locchava voltou bebendo de uma taça prateada. Parou na porta, olhando para longe. A mão livre tocava o amuleto com os cilindros, mas não os girava.

– Não existe nenhum registro sobre elas. Bom... Não, não de verdade.

Kasim cruzou os braços, vendo que havia mais ali do que Huirau estava dizendo.

– Acho que a essa altura qualquer informação ajuda, seja verdade ou não.

– Os Muskul – ele explicou. Bebeu mais da água e voltou ao divã. Não ofereceu a Kasim. – Os que conquistaram desse lugar depois dos Valmedor e antes dos Ministérios.

– Os peludos.
– Isso. Sabe por que eles abandonaram esse lugar?
– Espero que seja relevante.
– Eles acreditavam que Sumeru prendia suas almas e as impedia de se juntar ao Deus deles. As memórias eram fantasmas, almas presas aqui nessa terra.
– É como com a Estrela da Manhã. Se nosso coração não for enterrado no Vale, não nos unimos a ela.
Huirau franziu a testa.
– Você não espera que eu vá até Myambe enterrar seu coração, certo?
– Eu não espero morrer tão cedo. E o Arconte?
– O que tem ele?
– O que ele é? É uma daquelas coisas? É como a Deusa?
O locchava balançou a cabeça. Colocou a taça no chão e voltou a deitar no divã, dedos entrelaçados sobre o peito.
– Ele é... Não sei. Outra coisa. Pelo que eu descobri, ele está aqui desde antes de Sumeru, mas... mudou, de alguma forma.
– Arconte não soa como um dos seus títulos esquisitos.
– Não é. Foi dado pelos deuses de Valmedor quando conquistaram o continente. Ao que parece era um título no Sacro Império, mas virou palavrão desde então.
Kasim se virou para o lado de fora, observando a praça lá embaixo. Achou ter visto um vulto olhar de volta para ele e sentiu um calafrio subir por sua espinha. Voltou-se para dentro, as costas para a rua.
– Não entendo isso. Se esse Arconte é assim tão poderoso, como os Onze Reinos foram conquistados tantas vezes?
– Seu engano é achar que ele dá a mínima para nós. O Arconte não é nosso deus, nem nosso protetor.
– O que ele quer, então?
Huirau abriu os braços como quem não faz ideia.
– Era justamente o que eu pretendia descobrir quando fui interrompido para resolver este caso.
– E como tudo isso se encaixa? Sumeru, as memórias, a Deusa, o Arconte, esses vultos?
Huirau voltou a cobrir os olhos, suspirando.
– Não sei de mais nada.
– Ótimo, porque você era o especialista aqui.
– Não – ele disse. Então abriu os olhos e se levantou novamente, um dedo em riste. – Precisamos ver a Arquivista.

*

A Mnemoteca a que Huirau se referia era uma estrutura datada de muito antes da chegada dos humanos ao continente. Duralam fora construída sobre ela, que por sua vez estava enterrada sob toneladas de pedra, gelo e neve. Um sistema de esgoto tinha sido adaptado das ruínas por alguma das várias gerações de conquistadores, escoando refugo humano para o interior gelado da terra.

Acessar essa Mnemoteca parecia a mais mundana das ações, mas dependia de se saber como fazê-lo. Quando questionado por Kasim sobre o que impedia qualquer um de ir até lá e roubar o que quisesse, Huirau perguntou por que alguém faria isso. Kasim respondeu com um olhar de quem esperava mais do locchava. Huirau deu de ombros, dizendo que não havia tantos estrangeiros assim em Duralam, mas que não havia o que roubar na Mnemoteca. Não se você não soubesse manipular memórias.

Desceram por uma central de manutenção do esgoto para uma câmara inferior, onde Huirau usou seus truques para identificar o código adequado em um disco de pedra que abriu a porta. Daí em diante foi passar por corredores labirínticos por onde ora um vento congelante, ora um rio gelado os faziam companhia.

– Alguma chance de existirem memórias de calor neste lugar?

– Aqui embaixo? Nunca existiu calor para ser lembrado.

– E por que alguém guardaria memórias num lugar como este?

– As memórias lá de cima são... palatáveis para a maior parte da população, mais aceitáveis no cotidiano.

– Como o polvo gigante destruindo uma torre séculos atrás.

– Você não faz ideia.

Kasim não estava mais prestando atenção. Tinha os olhos no riacho artificial que corria ao lado deles com uma água escura, quase congelada. Blocos de gelo sujo flutuavam na superfície, e ele pensava ver algo mais por baixo. Tremia tanto com o frio que não tinha certeza do que era real ou apenas manchas que indicavam que ele logo iria desmaiar.

Então a água rompeu para uma gigantesca bolha de um rosa leitoso. O material era transparente ao ponto de ser possível ver o que pareciam veias e tubos no centro da massa. Aqui e ali linhas de luz esbranquiçada se acendiam como uma máquina cheia de energia mística.

Só quando metade da bolha estava para fora da água Kasim percebeu que a coisa não era esférica, mas sim uma cúpula. Uma espécie de renda feita de carne cobria as bordas inferiores da coisa, de onde dezenas de tentáculos tão grossos quanto um dedo se esticavam por quase dois metros.

A criatura parou de ascender quando a cúpula já estava acima da cabeça dos dois visitantes. As luzes pulsaram, um grupo de tentáculos mais longos e grossos se ergueu em sua direção.

Kasim agarrou Huirau pelo braço e o arremessou para trás sem nem olhar. O locchava soltou um grito de surpresa. Kasim sacou sua espada e avançou, arma em riste, pronto para decepar os tentáculos que chegassem perto demais.

– Ei! – gritou Huirau. – Ei, ei! O que você está fazendo?

O mercenário se permitiu uma rápida olhada por cima do ombro. Huirau estava se levantando de onde havia caído sentado. Limpava as roupas coloridas da sujeira do chão. Diante deles o monstro não avançava. Se tivesse rosto estaria olhando com expressão de curiosidade.

Kasim só apontou com o queixo na direção do monstro, como se fosse óbvio o suficiente.

Huirau rolou os olhos. Caminhou com passos pesados e deu um tapa no braço da espada.

– Essa é a Arquivista.

A afirmação sem sentido não foi o suficiente para convencer Kasim a abaixar a guarda. Continuou a olhar o monstro por mais um tempo. As luzes continuavam a brilhar, uma luz de cada vez, como se ela fizesse um circuito em torno da cúpula que servia de cabeça e corpo para a criatura.

– Isso é uma água-viva. Uma água-viva grande e que voa.

Huirau fez o mesmo que Kasim anteriormente: nem olhou para trás. Caminhou até as paredes ao lado da criatura e passou as mãos para remover o excesso de gelo. Revelava por baixo cilindros de bronze como os seus.

– Como alguém que passou quatro anos em Último Refúgio pode se surpreender com algo assim?

Era impossível discordar depois de ter visto animais metade elefante, metade tubarão puxando charretes cheias de aristocratas com tentáculos e olhos extras implantados para a ocasião de uma festa. Ainda assim, não era a mesma coisa.

– Pelo menos lá as pessoas têm rosto. Os que parecem com isso aí geralmente tentam me matar.

– Já pensou que talvez o problema seja como você diz oi? – disse Huirau, apontando para a espada.

Enquanto discutiam, os cilindros começaram a girar como que por conta própria. Logo vieram as vozes.

– Minhas mais sinceras desculpas se causei incômodo ao amigo de Huirau Hoepo. Devo dizer que você é igualmente curioso aos meus sentidos.

Kasim voltou a levantar a espada. As vozes pareciam vir de todos os lados ao mesmo tempo, cada uma falando um trecho ou palavra, como se uma multidão tentasse se comunicar como um único ser, um de cada vez. Eram tons de homens e de mulheres, crianças, adultos e idosos. Alguns pareciam ter raiva, outros tristeza; outros, ainda, alegria. Era confuso.

Huirau explicou:

– Ela busca nas memórias de Duralam as palavras de que precisa para falar de uma forma que entendamos.

A contragosto Kasim baixou a arma, então a embainhou. Não tirou os olhos do monstro.

– Eu não gosto da sua magia.

– E você prefere sacerdotes que falam com os mortos e acreditam em uma estrela inteligente?

A resposta atingiu a ferida. Era certamente isso que Huirau pretendia. O sorriso mais verdadeiro, mas não menos debochado, deixou isso claro.

– Não confio em magia – Kasim repetiu.

– Ótimo. Desconfie. – Huirau voltou a andar pelo corredor, seguindo a criatura. – Mas não mate minha professora.

Capítulo 25

O que antes parecia um sistema de esgoto ganhava uma aparência sobrenatural na medida em que a dupla seguia a criatura flutuante túnel adentro. As paredes de pedra nua se tornavam similares a vidro colorido, como cristais. Lisos, na maior parte da superfície; irregulares em alguns pontos, crescendo em torno do seu caminho. Uma luz discreta parecia emanar do outro lado das paredes translúcidas, e Kasim pensava ver vultos lá dentro. Seriam outras salas parcialmente visíveis através do cristal ou algo muito mais sombrio?

Um dos vultos se virou para Kasim e pareceu encará-lo diretamente. Sentindo um calafrio, o mercenário fez o sinal da Estrela sob o peito e acelerou o passo.

– O que é esse lugar?

– Fique perto de mim. Esses túneis se estendem por toda a cidade, provavelmente além, e não quero ter de te procurar depois. Já aconteceram deslizamentos antes.

Continuaram por mais um tempo sem falar. Não precisavam mais de iluminação. A luz púrpura das paredes produzia claridade suficiente para enxergarem seus passos. A criatura que os guiava era visível graças à luz azulada que pulsava em sua pele transparente.

– É como uma biblioteca de memórias – disse finalmente Huirau, apontando com uma mão para as paredes

Kasim olhou para elas, buscando formas. Era como andar por dentro de uma rede de raízes muito complexas. Talvez os vultos fossem memórias presas à pedra que os cercava.

– É bem diferente daquela que a Ministra mostrou no Palácio Laranja.

– De certa forma – concordou Huirau. – Além das memórias registradas naturalmente aqui, todos os locchavas são incentivados a retornar de quando em quando para fazer um relatório de suas descobertas, para nada se perder com o tempo.

– Se um de vocês morrer.

O túnel terminou em uma câmara circular com uma piscina de águas quentes no centro. Muitos outros túneis, aparentemente idênticos, ramificavam-se para todos os lados.

– Isso – Huirau parou no centro e pegou seu amuleto na mão. Olhou à sua volta, buscando algo. – Não só por acidente.

– Ou assassinato.

A criatura chegou até o centro da sala, flutuando sobre a piscina fervente, então mergulhou pouco a pouco. Kasim começou a suar só de estar perto dos vapores que emanavam da água.

– O ponto – continuou Huirau, voltando a andar –, é garantir que outras gerações tenham a informação.

Kasim só podia imaginar o significado daquilo. Em Myambe a história era contada pelos sacerdotes. Eram eles que detinham o conhecimento a ser passado para os povos, fossem eles seguidores da Estrela da Manhã, do Deus Vivo, cultuadores dos Azanzi ou dos mortos.

E se fosse possível conhecer o passado vendo o passado?

Kasim olhou para o locchava, que continuava caminhando alguns metros à sua frente, girando suas rodinhas. Imagens de pessoas, animais e lugares apareciam aqui e ali à sua volta, durando alguns instantes antes de sumir.

Não era o mesmo o papel dos locchavas? Registrar e contar a história desse lugar? Não eram eles, também, tão falíveis quanto os sacerdotes de Myambe?

– Você pode ver aqui as memórias de Tangiwai?

– Se ela veio até aqui e apresentou suas descobertas para registro, sim.

As memórias nas paredes do túnel se iluminavam em todas as direções até onde a vista alcançava. Era como estar dentro das raízes de uma gigantesca árvore de pedra, as quais buscavam por todos os cantos de Duralam aquilo que Huirau desejava.

– Se todas as memórias estão aqui, por que não viemos aqui desde o início?

Huirau parou em uma ramificação do túnel, os olhos fechados, como se tentando ouvir alguma coisa. Virou-se para a esquerda e desceu esse novo túnel.

– Não são todas as memórias, apenas aquelas que a Arquivista consegue registrar.

Kasim olhou por cima do ombro na direção da criatura dentro da piscina de água fervente. Tinha sumido em uma das muitas curvas que fizeram desde que entraram naquele lugar.

– Por que aquela coisa faz isso?

As paredes de cristal pulsaram, e rostos surgiram à medida que palavras eram construídas

– Minha espécie não tem gênero – disseram as vozes. – Mas você pode me chamar de 'ela' se achar mais confortável.

Kasim deu um passo para trás, olhando à sua volta. Sentia como se estivesse de alguma forma dentro da criatura.

– Não acho – respondeu, sem olhar para nenhum dos rostos.

Huirau suspirou. Baixou a mão e abriu os olhos.

– A Arquivista está aqui desde antes da chegada dos primeiros colonos humanos, estudando Sumeru e os Onze Reinos.

Se os túneis onde estavam eram indicação de alguma coisa, o que quer que existisse nos Onze Reinos antes dos humanos era inteligente e completamente diferente do que Kasim podia imaginar. Não que os túneis parecessem bem trabalhados – lembravam mais uma rede natural, como ramificações curiosas –, mas saber usar aquele lugar não era bem o que se esperaria de uma água-viva.

– Aquela coisa é um deus?

– 'Deus' é apenas um título que culturas primitivas dão para indivíduos com poderes que elas não podem compreender.

Kasim torceu o lábio e apontou na direção em que ficara a água-viva, como se para justificar sua opinião. Huirau podia ofendê-lo o quanto quisesse. Não mudaria o fato de que um monstro daqueles, capaz de falar através das vozes dos mortos e viver para sempre, não era algo que você via todos os dias.

A resposta veio de todos os lados, como muitas vozes emanando das paredes que pulsavam com o cadenciar das palavras.

– Não sou imortal, não exatamente. Minha espécie apenas adquiriu a propriedade de controlar seu ciclo de vida.

– O que essa coisa está dizendo?

Huirau estava deslizando a mão por uma das paredes, murmurando seu mantra. Parou, bufando.

– Acho que ele pode... reverter à fase infantil, ou algo assim.

– Por que alguém faria isso?

Huirau encarou Kasim longamente, como se julgasse a seriedade da pergunta. Por fim, balançou a cabeça e explicou:.

– Imagine o que seria se, quando você estivesse muito velho ou muito ferido, pudesse começar de novo, mas ainda retendo suas memórias?

– Não é exatamente esse o problema com a Deusa Menina? Que ela pode sair do controle?

O locchava ficou de boca aberta por um tempo, desviou o olhar, refletiu – mas acabou balançando a cabeça na negativa, a mão agitada diante do rosto, como se enxotando a ideia.

– A Arquivista não tem pretensões de dominação. Não é essa sua natureza.

Kasim olhou para as paredes à sua volta. Pensou ver o vulto de uma água-viva passando por trás de uma delas. Podia ser apenas uma memória.

– Se você é eterna, então onde estão os outros como você? Deveria haver vários, não?

Os túneis pulsaram lentamente, então se transmutaram num oceano de águas transparentes. Milhares de criaturas como a Arquivista, mas do tamanho da palma da mão, nadavam em torno de Kasim. Por um momento aquilo foi desconcertante, e Kasim sentiu um calafrio, lembrando-se de quase ter se afogado uma vez.

– Há muito tempo meu povo voltou para Danu, o Grande Oceano. Eu sou a última.

Danu. Lembrou-se do nome e da memória do afogamento. Passou a mão na garganta, recordando tentáculos intangíveis. Voltou a caminhar pelo corredor, passando por Huirau, que voltara a procurar na pedra a memória correta. Só queria continuar em movimento, para se lembrar de que não estava submerso, de que eram apenas memórias de outros tempos.

– Isso quer dizer que eles morreram?

As águas-vivas lembradas dançaram para longe dele, abrindo caminho. Pulsaram todas, falando em mil vozes.

– A morte é irrelevante no longo esquema das coisas.

– Pra mim não é – disse Kasim, batendo em uma água-viva ancestral, que se desfez no ar.

As pequenas águas-vivas circundaram Kasim, dançando.

– Sua espécie não é suficientemente evoluída para compreender a intrincalidade do universo.

Kasim sentiu tentáculos roçarem sua pele.

– Huirau, já encontrou o que você procurava?

O locchava estava concentrado na parede diante dele. Fez um sinal para que Kasim ficasse quieto.

As águas-vivas e o oceano primordial sumiram. O silêncio voltou para os túneis sob Duralam. Kasim considerou a possibilidade de caminhar para longe de Huirau, dar-lhe espaço, mas temia que ficasse perdido. Não havia nada que diferenciasse os túneis em que entrou. Pelo menos nada visível.

– Deve ser complicado saber que nunca mais existirão outros como você.

Huirau franziu a testa, mas não abriu os olhos. Deixou a Arquivista responder.

– Eu posso criar novos indivíduos quando quiser.

– Então por que não faz isso?

Houve uma pausa prolongada. Então os túneis voltaram a pulsar.

– Por que faria?

Como assim?, questionou-se Kasim. Por que alguém gostaria de se isolar tão radicalmente? Impedir-se de ter alguém com os mesmos ideais, mesmos pensamentos. Exilar-se de quem realmente era.

Kasim engoliu em seco. Lembrou-se do Vale e dos dabires, lembrou-se de Myambe. Lembrou-se dos companheiros da Guarda. Lembrou-se de Vema. Lembrou-se de si mesmo.

– Para não se sentir sozinha.

A pausa se repetiu, muito mais longa dessa vez.

– Tenho comigo a companhia de todos os que partiram, e o dever de garantir que sua partida não tenha sido em vão.

– Você quer dizer as memórias?

– Memórias, desejos, sonhos, esperança... Paciência se constrói em milênios de observação e estudo, e aproveitar o momento oportuno.

Kasim voltou ao lado de Huirau, cochichando.

– Do que ela está falando?

O locchava deu de ombros. Tinha aberto os olhos, mas a mão permanecia na pedra. Raios de luz púrpura pulsavam sob a superfície de cristal.

– Achei a memória.

Capítulo 26

Huirau desceu o corredor até uma das câmaras de leitura, onde pôde transferir a memória arquivada ao centro da sala. Sentou-se no banco de pedra fria, os olhos atentos na forma que ganhava vida diante dele. Percebeu Kasim caminhando na orla da sala, talvez temeroso demais para se aproximar e assistir.

Tangiwai surgiu sentando-se em um banco como aquele, que era o único detalhe discernível da câmara. Ela sorria, mas havia algo de forçado no sorriso, como se estivesse preocupada com alguma coisa, mas ao mesmo tempo empolgada com tudo ali.

– Dando sequência à minha pesquisa sobre a formação dos Ministérios – ela disse, procurando algo em uma dobra de suas vestes. Puxou de lá um pergaminho de aparência antiga. Huirau se descobriu mais interessado na voz de Tangiwai do que no que ela segurava nas mãos. Percebeu, só então, que era a primeira vez que a ouvia. Soava de alguma forma mais grossa do que imaginava, quase rouca. Lembrou-se de vê-la sendo estrangulada e engoliu em seco.

– Como mencionei em meu último registro – ela continuou –, fiquei curiosa a respeito da retirada de Muskulsehir dos Onze Reinos, o que levou ao período dos Quinze Príncipes e, eventualmente, ao governo dos Ministérios. É um período bastante conturbado da nossa história, que pode ocultar muito do que nos falta entender sobre o ressurgimento da Deusa Menina.

Huirau percebeu em Tangiwai um esboço de sorriso ao falar na Deusa, uma transgressão própria, de quem esconde um segredo só seu.

– Se ela reteve as memórias da Deusa, por que pesquisaria isso?

Kasim fez um som com a boca. Parou no lado oposto da câmara, braços cruzados sobre o peito.

– Lacunas na memória? Curiosidade? Ou isso – disse, apontando para o registro – é só para justificar o porquê de ela já ter o conhecimento do período.

Tangiwai tinha desenrolado o pergaminho e o estava repassando, murmurando o que lia. Assentiu, concordando com algo, e voltou a olhar para a frente, para os olhos que a assistiam dias depois de sua morte.

– Nós aprendemos com nossos tutores que, durante os últimos anos da ocupação Muskul, uma resistência formada por humanos apoiados pela Liga do Sul lentamente minaram a moral dos nossos conquistadores.

Ela virou o pergaminho na direção daqueles que a assistiam. Nele havia uma pintura feita no estilo Muskul, reconhecível pelos traços longos e fluidos, as cores vivas e os personagens detalhados.

No centro do pergaminho estava um obelisco de pedra verde cheia de entalhes de significado esquecido. Sumeru. O monolito que fazia dos Onze Reinos aquilo que era parecia irradiar luz e energia para todos os lados. Batalhas aconteciam na base, Muskuls e humanos guerreando, caindo mortos aos montes. Os mortos se erguiam como vultos, vapores com rostos de Muskul, olhando para a estrela que brilhava no alto, mas jamais chegavam até lá. No caminho, os raios de Sumeru os prendiam.

– Cada vez que um Muskul morria, sua alma ficava presa neste lugar. – Tangiwai deslizava o dedo pela ilustração à medida que explicava. Os olhos pareciam brilhar. – Era isso que eles temiam. Não a resistência, mas a eternidade longe do seu Paraíso, da unificação com seu deus.

Ela voltou a enrolar o pergaminho e ocultá-lo em suas vestes.

– Mas, se essa é mesmo a verdade, então por que deixaram para trás uma guarnição de... indesejáveis? Por que até hoje eles permanecem aqui, leais ao governo que os abandonou para trás?

– Indesejáveis?

Huirau levou o dedo à boca para silenciar Kasim. A memória de Tangiwai continuou, ignorando a interrupção.

– Uma visita à mnemoteca do Palácio Laranja me confirmou que existem... camadas diferentes de divindades. Os nomes e teorias variam de cultura para cultura, mas existem alguns conceitos bem semelhantes na maioria delas.

Ela procurou por algo no chão, algo que o registro não pegou. Então levantou um novo objeto. Era um pedaço de tecido pintado, este em outro estilo que Huirau não reconhecia. Mostrava círculos concêntricos com inscrições e desenhos.

– São três camadas. Três... escalas de entidades. No primeiro nível estão os intangíveis. São quase como nós, mas como se... intocáveis? Invisíveis? É como viver numa versão sobreposta desse mundo. Creio que em Último Refúgio chamam isso de planos de existência.

Huirau olhou para Kasim, lembrando o que ele dissera sobre os Azanzi e os mortos. Lembrou-se, também, dos vultos.

– Na segunda camada – continuou Tangiwai – estão os deuses. Ou pelo menos o que a maioria desses povos considera como deuses. São os senhores do extinto Sacro Império. É a Deusa Menina. – Nessa hora ela tocou o próprio peito, então pareceu perceber a gafe e deslizou a mão para puxar uma mecha de cabelo para atrás da orelha. – E na última camada...

Ela parou, o dedo deslizou para um símbolo em uma língua desconhecida. Desconhecida, mas estranhamente familiar.

Huirau se inclinou para a frente, recordando os padrões orgânicos. Conhecia, sim, aquele padrão. Tinha-o visto quase todos os dias dentro do Palácio Branco, nas portas da sala do trono, nas vestes do Último Regente de Valmedor.

E na base de Sumeru.

– O que isso quer dizer?

Kasim se aproximou, sentando-se do seu lado. Parecia ter percebido algo no mesmo símbolo. Reconhecimento? Poderia o mercenário estrangeiro já ter visto antes aqueles mesmos padrões em suas viagens?

Tangiwai enrolou o pano, colocando-o de volta no chão. Parou ali, meio curvada, um braço apoiado no joelho, olhando o nada por um tempo. Respirou fundo.

– Eu tenho memórias incertas – disse, e de repente Huirau sentiu como se ela falasse diretamente com ele, desabafando com alguém que sabia a verdade. – É quase que como em um sonho onde você não tem o controle. Acho que eu era pequena demais para entender muita coisa.

Ela sorriu, um sorriso de verdade, e voltou a olhar para aqueles que a assistiam.

– Mas o que eu lembro... o que eu *sei* é que existe muito mais aqui do que nossos registros contam. E talvez seja a hora de fazer essas perguntas para quem realmente pode respondê-las.

Tangiwai voltou a mexer nos objetos no chão, que não foram registrados. Parecia estar guardando coisas em uma bolsa ou mochila.

– Hoje eu vou em busca de respostas. E não vou sossegar até ter todas elas, custe o que custar.

A locchava sorriu novamente e se levantou. Vestiu um grosso casaco de pele de iaque e pôs nas costas uma mochila.

– Desejem-me sorte – ela disse para o registro, então se desfez no ar.

Huirau percebeu que estava prendendo a respiração e expirou. Sentia a garganta seca, os lábios ressequidos. Passou a mão na testa, sentindo o suor escorrer. Apoiou o rosto nas mãos fechadas, o corpo curvado para a frente.

Camadas de entidades deíficas, ligação entre as culturas do mundo, um mistério deixado para trás pelos Muskul.

Como um simples assassinato crescera de forma tão absurda?

– Ela falou dos mortos.

Huirau se virou para Kasim, que tinha voltado a se levantar e caminhava de um lado para o outro na câmara de leitura.

– Ela falou dos mortos – ele se repetiu. – É como eu disse, são os mortos. As almas presas nesse lugar.

– Não vamos voltar a essa baboseira de novo.

– Existem pessoas, feiticeiros, capazes de falar com os mortos. Foram caçados pelo Império de Diamante, mas conheço um que escapou.

Huirau abriu os braços, esperando que Kasim fizesse um milagre.

– Mesmo que não levasse semanas para chegar até Myambe de navio, o porto está completamente congelado.

– Não, ele está aqui, em Duralam.

Huirau se forçou a levantar. Passou as mãos nas vestes vermelhas para limpar a poeira e o gelo que pudessem ter aderido ao tecido.

– É o sujeito com quem você estava bebendo ontem.

– Huirau, ele pode falar com os mortos.

O locchava fez um barulho com os lábios. Voltou ao corredor por onde tinham chegado.

– Bêbado, até eu falo com os mortos.

– Você quer descobrir o que está acontecendo ou não?

Huirau parou, os punhos cerrados. Recusava-se a olhar o estrangeiro nos olhos.

Jogou os braços para cima. Não disse nada.

– Você não vai se arrepender.

– Me diga uma única coisa da qual não me arrependi desde que toda essa confusão começou. – Fechou os olhos e levantou uma mão para que Kasim nem sequer começasse a falar. – Pegue suas coisas. Vamos conversar com seu necromante.

Capítulo 27

Quando Taua tinha vinte e poucos anos, o último dos Quinze Príncipes foi enforcado em praça pública e se tornou a memória que marcava a hora de trabalhar todas as manhãs durante o governo dos Seis Ministérios.

Taua estava lá quando aconteceu, agitando os braços no ar ao lado do marido, gritando louvores enquanto a menina com manchas esbranquiçadas na pele olhava o nobre da Liga do Sul ser levado à forca e morto. No dia do seu aniversário de cinquenta anos, Taua foi até a Praça da Resistência assistir à memória. Embrenhou-se entre as centenas de devotos e revoltosos até encontrar a si mesma e examinou o olhar alegre, as lágrimas escorrendo por um rosto sem rugas, o longo cabelo negro ainda intocado pela idade caindo sobre os ombros. Taua tinha um lenço laranja preso no braço, assim como tantos outros ali presentes naquele dia.

Se procurasse, encontraria também seu rosto ao longo dos anos em outras memórias. Em seu casamento sob os olhos e a bênção da Deusa, os muitos dias de louvor relembrando a chegada dos Primeiros Colonos e o dia do seu retorno aos braços dos fiéis.

Taua percebeu que, desde antes de o Sol mergulhar no horizonte semanas atrás, ela não visitava o Palácio Laranja ou marcava presença nos eventos em que a criança abençoada era levada em um palanquim pela cidade. Tinha desculpas para isso, mas sabia que eram todas desculpas e não fatos.

Agora, de pé diante das escadas que levavam ao Palácio Laranja, perguntava-se o que tinha perdido nesses dias.

Centenas de pessoas se aglomeravam diante das escadas, acenando com lenços laranja, tentando forçar a linha de frente, composta por soldados do Ministério da Defesa, e a segunda, de sacerdotes do Ministério dos Ritos, para chegar até os portões escancarados de onde a Deusa Menina observava a multidão com um sorriso inocente no rosto.

Taua e outros milicianos de bairros adjacentes tinham sido

convocados para auxiliar no controle da turba dentro do complexo de palácios. A Ministra da Justiça temia problemas em razão do fervor que vinha tomando proporções cada vez maiores nas últimas semanas. A coisa toda quase saiu do controle quando rumores de uma tentativa de sequestro ou assassinato da criança abençoada correu as ruas de Duralam. Segundo o que diziam, estrangeiros tinham invadido o Palácio Laranja e arrastado a criança para fora após matar três monges e dois guardas. Teriam sido impedidos apenas graças à intervenção oportuna de um locchava e seu guarda-costas.

A coincidência dos fatos não escapava a Taua. Assim que chegou ao complexo perguntou sobre locchava Hoepo e o mercenário Kasim, mas ouviu que nenhum dos dois era visto desde o dia anterior, o que não descartava a conexão.

O aviso da morte do tirano nem tinha ainda soado e a milícia de Costa Flores já havia encontrado o corpo de um estrangeiro. Era um marinheiro conhecido do bairro, um beberrão inofensivo que fazia pouco mais do que falar palavrões e contar histórias obviamente mentirosas. Apareceu espancado, a cabeça aberta por uma paulada. Seu único crime era ter nascido em Myambe como Kasim.

Uma onda de gritos e braços erguidos passou pela multidão. No alto das escadas, a Deusa Menina estava de pé sobre o palanque, jogando flores para seus devotos. Num momento de ciúmes, a sargento desejou estar sem o uniforme e no meio daqueles devotos pela chance de pegar uma das flores. As crianças adorariam saber que a avó a recebera da própria Deusa. Iria animar ainda mais a casa.

Mas era hora de trabalho, e ela tinha um dever para cumprir.

Não que esperasse problemas. O maior medo ali era que algum devoto mais animado acabasse tentando subir as escadas para tocar na criança abençoada, acidentalmente provocando um estouro, como quando iaques saiam do controle. Ninguém chegaria até a Deusa, isso os soldados garantiriam, mas a milícia estava lá para impedir que os devotos se ferissem. Na melhor das hipóteses, podiam ser pisoteados. Na pior, mortos pelos soldados com ordens do Ministério da Defesa de proteger a criança abençoada.

Taua abria a boca para comentar algo com um dos milicianos ao seu lado quando algo chamou sua atenção para a multidão.

Entre os devotos que cantavam, batiam no peito e adoravam a Deusa Menina, um único rosto se mantinha sério, os olhos vidrados fixos no alto das escadas. Não tinha tatuagens no rosto, mas tinha os traços típicos dos descendentes diretos dos Primeiros Colonos. Fora a altura – o sujeito tinha pelo menos um metro e sessenta –, podia ser alguém vindo diretamente das memórias do dia da chegada. Falando nisso... Taua percebeu que reconhecia o rosto. Sim. Era um dos homens envolvido no ataque aos dois estrangeiros da Liga do Sul dias antes.

De onde estava, ela não podia ver o que o homem vestia, nem se carregava qualquer coisa, mas o via espremer-se entre as pessoas, dando ombradas aqui, deslizando entre corpos ali. Seguia as escadas com intenções desconhecidas.

Murmurando uma prece à Deusa, Taua puxou do cinto a maça de metal e se enfiou na multidão, sem se preocupar que outros milicianos atrás dela fossem deixar seu lugar vago.

Navegar a multidão de devotos era como tentar andar imersa em neve, mas essa neve reclamava e resistia mais. Tentou mostrar o uniforme para que a deixassem passar, mas ninguém ligava.

Estavam lá pela Deusa, e isso era mais importante do que qualquer outra coisa. E se eles perdessem algo que ela dissesse? E se ela sorrisse para eles, jogasse uma flor para eles?

Taua seguiu pelo fluxo, esgueirando-se entre pessoas, mantendo os olhos no jovem de pele morena e olhos dourados para não perdê-lo de vista.

Foi um breve piscar de olhos, mas aconteceu bem diante de Taua.

O rosto, os olhos, a cor da pele, que eram antes os de um ilhota, tudo isso tinha mudado. Os olhos eram claros, a pele também, os cabelos lisos, castanhos. O homem que parecia ter vindo direto de Valmedor sorriu, ergueu as mãos no ar, revelando uma besta compacta. Mirava no alto das escadas, onde a Deusa Menina estava de pé, jogando flores para os seus devotos.

Taua tentou erguer a mão com a maça, mas era impossível. A haste bateu no braço de alguém, a cabeça de metal se enroscou em uma túnica. Quem estava à sua volta olhava na direção oposta, ignorante do assassino prestes a atacar, questionando apenas por que aquela mulher de cabelos grisalhos estava voltada na direção contrária, tentando se afastar da visão sagrada.

Taua gritou, olhos arregalados como quem canta a canção dos ancestrais. Soltou a maça para cair no chão, agarrou com a outra mão o rosto de um devoto e o empurrou para fora do caminho. Jogou-se na direção do assassino.

Ouviu o som da corda se soltando, sentiu o vento assoviar com a passagem da seta rente ao seu rosto. A haste roçou sua orelha, fazendo-a arder. Taua tinha tocado a besta no último instante. Fora o suficiente?

Atrás dela as pessoas gritaram, assustadas. Presa em meio à turba, Taua não conseguia olhar para trás e saber se tinha conseguido. Imaginou a criança caída, a túnica laranja banhada em sangue. Sentiu as lágrimas esquentarem seus olhos.

Alguém gritou "foi o estrangeiro", e de repente o homem que fez o disparo era o alvo de socos, tapas e pontapés. Alguém arremessou uma tigela de cerâmica que se partiu em sua cabeça, deixando-o atordoado.

Taua tentou alcançá-lo, segurá-lo, arrastá-lo para fora da turba, para a proteção da milícia. Precisava entender o que tinha acontecido. Por que tinha feito aquilo? Como tinha mudado tão de repente? Ela sabia que não estava louca.

O estrangeiro caiu e sumiu debaixo de túnicas e lenços laranja, de pessoas que golpeavam sem pensar.

No meio da confusão, Taua ouviu alguém chamar seu nome.

Não era um grito, mesmo que apenas um grito pudesse alcançar seus ouvidos tamanho era o barulho feito pelo frenesi dos devotos. Era mais como um sussurro no pé do ouvido, a voz de uma criança de não mais que dez anos.

Taua olhou por cima do ombro, forçou-se a girar o corpo.

No meio do caminho das escadas, um soldado da Defesa estava caído, uma seta presa em seu ombro direito logo acima do peitoral de metal. Era atendido por sacerdotes e outro soldado, que o arrastava para cima enquanto seu espaço na fileira era preenchido por outros.

E, mais acima, a Deusa Menina observava tudo com um grande sorriso no rosto.

Ela olhava diretamente para Taua.

O sorriso se alargou e, por um instante, Taua teve a impressão de que ela era muito mais velha do que seu jovem rosto podia esconder.

Um calafrio percorreu o corpo da sargento. Fechou os olhos, balançou a cabeça cantarolando uma canção para os ancestrais. Voltou-se novamente para onde tinha visto cair o assassino.

A turba se abriu diante dela como se nada tivesse acontecido.

No chão, caído, o corpo contorcido da forma errada, estava um jovem descendente dos Primeiros Colonos, o rosto inchado, sangue escorrendo do nariz, dos lábios e de muitos outros lugares. Os olhos dourados encaravam a sargento, questionando o que estava acontecendo em Duralam.

Capítulo 28

Como parte de sua educação básica, Huirau aprendeu sobre o mundo à sua volta.

Não que a cultura dos Onze Reinos desse muita importância para o que vinha de fora. Havia um sentimento claro, reforçado pelos Ministérios, de que não existia lugar mais civilizado do que os Onze Reinos, onde uma deusa e seres humanos viviam uma coexistência pacífica para governar da melhor forma possível.

Pelo menos isso era o que Huirau acreditava antes dos últimos dias.

Durante sua infância, ele aprendera sobre Myambe, Panjekanaverat, as infindáveis ilhas do Oceano dos Mil Deuses, do enorme continente de Akanisha, fragmentado em reinos e impérios próprios, e mesmo do norte distante, Desolação. Aprendeu sobre seus povos e suas histórias, mas apenas o que era realmente importante.

Uma história entre todas tinha atraído sua atenção, sobre a expansão do Deus Vivo do Império de Diamante, em Myambe, que vinha dominando e absorvendo religiões diferentes da sua por séculos. Era como se a Deusa Menina levantasse seu próprio exército e resolvesse tentar forçar todo mundo a venerar somente ela.

Huirau se questionava se não era, no final das contas, uma boa ideia. Uma quantidade tão grande de povos, línguas, culturas, leis e crenças não seria ruim para o todo? Se todos estivessem unidos, se todos pensassem igual, não seria melhor?

Os Onze Reinos não receberam muitos refugiados da guerra contra o Deus Vivo. Não como os outros continentes. Kasim deixava claro o motivo: quem gostaria de viver num lugar frio como aquele?

Foi isso que chamou sua atenção sobre a história do necromante.

Lembrava-se vagamente do que contara uma vez à Ministra sobre o povo Enok do Norte de Myambe, conquistado pelo Império de Diamante séculos antes. Sobre os homens que falavam com os mortos. Não eram tratados com respeito, como um locchava ou um dos dabires de Kasim, ou um sacerdote qualquer do extinto

Sacro Império. Eram temidos, eram escorraçados, mas eram mantidos por perto.

Que povo exila seus próprios sacerdotes?

O necromante riu quando Huirau fez a pergunta, a primeira após entrarem em seu barraco perto do porto, enquanto o velho necromante fervia café em uma panela de ferro sobre o fogo.

– Não somos sacerdotes. Somos amaldiçoados com um poder que ninguém quer ter, mas sabe que é necessário.

– Falar com os mortos.

– Isso e outras coisas mais.

O necromante não era nada do que Huirau esperava. Velho, muito magro, cabelos e barba desgrenhados e volumosos. Vestia um tecido longo e grosso que um dia fora vermelho enrolado no corpo. Faltavam-lhe alguns dentes, mas não faltavam escoriações e hematomas.

Vivia em um barraco de pedra e couro curtido construído atrás das ruínas do antigo posto comercial da Companhia Mercantil, onde ninguém gostava de ir. Parecia se encaixar na opinião geral sobre aquele lugar, igualmente amaldiçoado.

Como podia o representante de uma religião morta havia mil anos persistir em suas crenças? Ou, mais importante: por quê?

Huirau não fez essa pergunta, nem o necromante se ofereceu para explicar. Apenas pediu que os dois se sentassem nos bancos, blocos de pedra roubados de alguma muralha abandonada, e lhes ofereceu café.

– O povo de Myambe é bastante supersticioso – disse o necromante, soprando a bebida quente. – É algo que você percebe depois que começa a viajar o mundo em busca de... – Ele parou, olhando para Kasim, como se o mercenário pudesse completar a frase. Kasim nada ofereceu em troca, preferiu se manter em silêncio, segurando a caneca de barro com as duas mãos para esquentá-las.

O necromante forçou um sorriso e balançou a cabeça. Voltou a tomar o café, perdido em pensamentos.

Huirau levou a caneca até o nariz. Nunca tinha tomado café antes, apesar de conhecer bem a bebida vinda de Myambe e das ilhas. Não havia onde plantá-lo nos Onze Reinos, nem o interesse em substituir os chás locais, muito mais energéticos, mas não podia deixar de se surpreender com a sensação de despertar que sentiu apenas inalando o cheiro do café quente.

– Você fala com os mortos aqui?

– O mundo é diferente de Myambe – disse o necromante, os olhos ainda no passado, a caneca perto nos lábios. – Em Myambe eu podia senti-los a todo momento. Um pouco nas ilhas em que estive desde então, mas... diferentes, de alguma forma.

– Mas aqui é outra coisa.

Ele concordou com Huirau.

Kasim estalou os lábios. Estava sentado do lado oposto do único cômodo do barraco, o mais distante possível do necromante e perto da porta. Parecia tenso, prestes a sacar a espada a qualquer momento.

– Os mortos morrem do mesmo jeito.

– Será? – questionou o necromante sem nome. – Em Myambe eu podia fazer um espírito erguer-se de um cadáver fresco e responder a minhas perguntas. Aqui é... Não sei explicar. É como se os espíritos tivessem partido por qualquer razão, e o que ficou para trás fosse... outra coisa.

– Memórias.

O necromante fez um barulho de reprovação com a garganta. Olhava o vazio.

– De qualquer forma, não é tão simples falar com os mortos, especialmente não depois que já partiram há tanto tempo.

– Mas eles estão por aqui.

Foram alguns segundos de silêncio antes de ele concordar com a cabeça.

– Eles, ou alguma outra coisa. É essa pedra brilhante que vocês chamam de Sumeru.

Kasim colocou a caneca vazia no chão, encarando Huirau com aquele brilho nos olhos, aquele jeito de travar o queixo quando desafiava o mundo.

– Agora você acredita?

Huirau riu.

– Não. – Soprou o café e sorveu um pouco do líquido. Sentiu queimar a garganta, fazendo-o tossir. Gesticulou para o necromante. – Faça seu truque, velho.

O necromante se esforçou para se levantar da pedra e caminhar até as caixas possivelmente roubadas de algum navio cargueiro.

– Não é truque algum – disse, resmungando.

Huirau não podia imaginar viver em um lugar como aquele. Era apertado e sujo. O chão era o que tinha restado do piso original, mas coberto de sujeira e fuligem. A pedra era úmida e cheirava a mofo. Não havia móveis além dos improvisados com pedras, caixotes e barris. Um fogo anêmico queimava onde eram preparadas as refeições, a única fonte de calor naquele lugar tornado mais frio pelo vento gelado do oceano, que uivava pelas pedras rachadas e partidas.

De uma das caixas o velho tirou um tipo de máscara branca, talvez o único objeto no barraco sem marcas ou manchas.

– Posso vê-la?

Kasim ficou visivelmente tenso. O necromante contraiu os lábios, os olhos na máscara. Inspirou profundamente, soltou o ar devagar, então concordou com a cabeça. Veio a passos lentos para Huirau, como se incerto da decisão de deixar o locchava tocar a peça.

Apresentou-a ainda a uma certa distância, longe das mãos de Huirau, e o locchava entendeu o recado. Aceitou admirá-la de longe.

Parecia marfim, do tipo que raramente chegava aos Onze Reinos e sempre a preços exorbitantes. Branco, mas com um tom creme discreto na pouca luz do barraco. Representava o rosto de um homem de lábios grossos com o dos dois myambeses e o nariz largo de Kasim. Os olhos pareciam ter uma fúria própria, como se quisessem gritar. Era muito bem feita, nos mínimos detalhes. O cabelo crespo parecia cortado rente ao crânio, mas cada pequena espiral feita com cuidado. Os olhos pareciam comandar, como se fosse um rei olhando de cima para seus súditos.

Huirau concordou com a cabeça, mostrando que tinha matado sua curiosidade. Era mentira. Queria saber mais. Queria tentar arrancar daquela máscara suas memórias se pudesse. Aquilo era antigo, talvez de muito antes de o próprio necromante nascer. Que histórias teria para contar?

– Preciso saber o que vocês desejam – explicou o necromante ao voltar para seu assento, a máscara nas mãos, olhando-o como se o julgasse. – Se não tenho um corpo, preciso ao menos de algo para direcionar meu esforço.

– Isso deve servir.

Para a surpresa de Huirau, Kasim tirou de um dos bolsos da jaqueta uma corrente de ouro. Era a joia que encontraram escondida no apartamento de Tangiwai.

– Você estava com isso o tempo todo?

– Você ia largá-la na cena do crime como se não fosse importante.

– E não é. Já cumpriu seu propósito dando uma pista. Para que serve agora além de causar mais problemas se alguém pegar você, um estrangeiro, em posse de uma joia dessas?

– Na verdade – interrompeu o necromante, estendendo a mão –, se isso era ligado à sua vítima, pode ajudar bastante. Especialmente se fosse de alguma forma significativo para ela.

Kasim forçou um sorriso de vitória, se levantou e entregou a corrente na mão do necromante.

– Certo. E agora?

– Agora eu faço a travessia e rezamos para que nada cruze para esse lado.

O necromante colocou a máscara diante do rosto.

Um vento forte apagou o fogo, imergindo o barraco na escuridão.

Olhos de fogo vermelho reluziram dentro dela.

– Huirau Hoepo – disse uma voz que parecia ecoar do fundo de um poço.

Então algo se acendeu na escuridão.

Era uma mulher de cabelos negros e pele terracota coberta de manchas claras. Ela usava os trajes de uma locchava, mas as joias da Deusa Menina.

– Quem diria que, depois de tanto tempo, você viria atrás de mim.

Capítulo 29

– Você não se lembra de mim – disse Tangiwai, surpresa.

– Eu a vi morrer.

Ela sorriu, balançando a cabeça.

Em meio à escuridão total, onde apenas uma versão translúcida de Tangiwai era visível diante da máscara de marfim que parecia flutuar, Huirau se lembrou da adolescência.

Tinha se acostumado tanto a usar seu dom para reviver memórias que se lembrar de algo do próprio passado assim, dessa forma, pareceu estranho.

Sabia que já a tinha visto antes, que provavelmente havia esbarrado com ela pelos corredores do Palácio Vermelho ou na mnemoteca subterrânea, mas não se lembrava dela, exatamente. Devia?

A forma diante dele mudou. Tornou-se mais baixa, mais magra, mais jovem. As joias sumiram e as vestes de locchava se tornaram a versão mais simples dos aprendizes. Tinha talvez quatorze anos.

Huirau respirou fundo com a memória que aquele rosto lhe trouxe.

– Ah, aí está. Você se lembrou.

Onze anos antes, pouco antes de Huirau ser promovido a locchava, uma garota que não se lembrava de ter visto antes fez o teste das camadas históricas em uma seção de muro, de pé, em uma pequena praça circular. Huirau foi elogiado pelo seu resultado, mas foi outra pessoa a receber os elogios pessoais do Secretário.

– Lembro de ter tido muita raiva naquele dia.

– Você era o aluno perfeito.

– Mas você era a sobrinha dele.

Tangiwai sorriu.

– Você só se importava com se tornar o melhor. Todos vocês, na verdade. Enquanto eu tentava me esconder, vocês competiam uns com os outros. Se eu não fosse adversária para vocês, eu não importava. Foi assim que sobrevivi.

Kasim se aproximou no escuro, a presença mais sentida do que vista. Os pés raspavam no chão de pedra para evitar uma queda.

– Pensei que fosse mais difícil sem um cadáver, e se a morte foi há muito tempo.

– E é – veio a voz trêmula do necromante. – Sempre foi. Mas aqui... É a pedra. Ela faz isso.

– Não há nada que descobrir – disse Tangiwai, cortando a discussão entre os estrangeiros. – Fui morta pelos seguidores da Deusa Menina. Não sei se ela sabia.

Huirau balançou a cabeça, sem saber se podia ser visto.

– Isso é impossível. Eu vi as imagens.

Mais uma vez Tangiwai se transformou. Tornou-se mais velha. De repente era idêntica à que Huirau viu morrer nas memórias gravadas da pedra. Ela pôs as mãos no pescoço, como se sentindo sua morte.

– Eles aprenderam um truque – ela disse. Os olhos se fecharam. Por baixo dos dedos, hematomas surgiram na garganta, como se mãos invisíveis a estrangulassem. – Era só replicar os movimentos de uma memória antiga no mesmo lugar. Talvez uma ou duas vezes, talvez usando as mesmas roupas ou alguém parecido com o da memória original. As memórias acabam se sobrepondo e fica difícil identificar quem é quem.

– Seria preciso muita preparação.

– Estamos falando de fanáticos religiosos.

Lembrou-se da conversa com a Deusa, da forma como manipulara com facilidade os guardas dizendo que Huirau e Kasim a tinham salvado. Lembrou-se das dezenas de pessoas que diariamente iam ao complexo ver a Deusa Menina, e o furor quando ela aparecia nas ruas.

Fanatismo religioso. Poderia ser assim tão simples?

Huirau colocou sua dúvida em palavras. Tangiwai respondeu com um sorriso.

– Precisa ser complicado?

– Sempre.

Ela balançou a cabeça, cruzando os braços. O rosto estava ficando vermelho, as marcas no pescoço mais escuras.

– Me mataram por ser quem eu era. Fim.

– E os Muskul?

Subitamente era ela novamente, do jeito que estava no último registro que fizera na mnemoteca. Testa franzida, ela ajustou a bolsa sobre o ombro.

– O que têm eles?

– Você descobriu algo sobre eles. Não tinha nada a ver com a Deusa Menina.

Ela pareceu congelar por um momento, como se pensando no que ele queria dizer. Fechou os olhos, balançando a cabeça de novo, mais insistente.

– Não é importante. Só tinha minhas teorias sobre a origem da Deusa. Só. Nada que valha continuar a pesquisar.

Huirau não conseguiu impedir um som curioso de escapar da garganta, chamando a atenção dos outros presentes.

– Você não é Tangiwai.

– Como? – disseram todos os outros ao mesmo tempo.

– Tangiwai jamais diria isso. – Huirau apontava o dedo para a aparição. – Iocchava algum jamais diria isso do próprio trabalho de pesquisa.

– Você está ficando paranoico.

Huirau percebeu que tinha instintivamente colocado a mão nos cilindros de bronze em seu pescoço. O dedão os fazia rodar lentamente. Puxou do fundo da garganta um dos mantras que aprendera ainda pequeno, o mesmo que usou naquele teste no muro da praça circular.

– É uma memória – disse ele, surpreso. – É uma compilação de memórias, feita de uma forma magistral... Mas, sim. São memórias!

Tangiwai começou a fazer um som estranho com a garganta, algo cadenciado, baixo, mas profundo demais para uma garganta humana. A cabeça se inclinou para o lado, mais do que parecia ser possível. O corpo se contorceu na direção oposta, como um fio de tecido molhado. Algo nas cores da imagem mudou, desbotou, tornou a forma embaçada.

– Você foi avisado, Huirau Hoepo.

Kasim estava alerta. Deu um passo para o lado do necromante, sacou a espada.

– Necromante, desfaça isso.

– Estou tentando!

Luzes trêmulas se acenderam por toda parte. Chamas nas paredes, no teto e no chão do barraco. Eram as chamas fantasmas do antigo posto de troca da Companhia lambendo tudo em seu caminho. Com a luz vieram o calor intenso e a sensação de secura na garganta e nos olhos. Huirau começou a tossir com a fumaça que não existia.

Do lado oposto da aparição, o velho necromante tirava a máscara. Por baixo, a pele negra estava pálida, os olhos vermelhos e profundos. Ele puxava o ar como se antes fosse impossível respirar com a máscara.

Kasim puxou o necromante pelo braço e para perto de Huirau.

– Isso deveria estar acontecendo?

– Não! Nunca!

Nas sombras dançantes criadas pelas chamas, Tangiwai continuou a se contorcer. Tornou-se um miliciano morto, um soldado legalista. Tornou-se uma criança, um velho, um tirano estrangulado.

– Fique fora disso, Huirau Hoepo – a aparição ordenou enquanto mudava e mudava.

– Como você sabe quem eu sou?

A aparição crescia mais do que o teto baixo do barraco parecia capaz de suportar. Curvava-se para a frente, o tronco se tornando comprido demais, os braços longos, os dedos quase lâminas afiadas. As feições mudavam de pessoa em pessoa, entre rostos que Huirau vira inúmeras vezes nas memórias da pedra, mas se deformavam como pelos olhos de um bêbado.

– Nós o observamos desde sempre, minando nossos esforços, metendo-se onde não deve.

– O que ele quer dizer com isso?

– Você vai morrer!

A aparição cresceu e cresceu, explodiu no teto como serpentes, caindo como chuva sobre Huirau.

Kasim surgiu entre eles, empurrando o locchava para longe com uma ombrada, desferindo golpes com a espada na outra mão. A aparição se partiu, mas não se desfez. Com cada golpe, tentáculos caíam no chão, serpenteavam atrás de Huirau.

– Faça alguma coisa! – Kasim gritou, golpeando os tentáculos e serpentes, pisando quando alguma chegava perto demais. Era como atacar o ar, mas as memórias não resistiam para sempre. Partidas, esmagadas, desfaziam-se.

Mas as chamas-fantasma, essas resistiam.

Huirau passou uma mão sobre a testa, sentindo escorrer uma cascata de suor que ardia nos olhos.

– Não consigo! Não vai funcionar!

Kasim deu outro golpe, recuando. Buscava uma saída, buscava garantir a segurança do locchava. O necromante tinha se colado à parede oposta, a máscara abraçada ao corpo, os olhos não desesperados, mas aceitando seu destino, ressentido pelo que nunca tinha feito na vida.

Huirai cambaleou para trás, tropeçou no bloco de pedra que usara antes como assento, caiu de costas no chão. Viu a porta distante demais, já coberta pelas chamas. Não sabia se eram lágrimas ou suor que o impediam de ver direito. Tossiu, puxou o ar, sentiu a garganta e o peito queimarem por dentro.

Memórias. São como memórias.

Huirau pegou os cilindros pendurados sobre seu peito. Respirou fundo e fechou os olhos, não pelo incômodo ou pela necessidade de concentração, mas porque não queria ver o resultado do que estava prestes a fazer.

Então os dedos fizeram girar os pequenos cilindros de bronze, dessa vez na direção oposta. Murmurou outro mantra, ouvido nas vezes em que se esgueirara para o outro lado do Palácio Vermelho para espiar um jovem aprendiz de māra que tinha visto dias antes. Ouvido em casa quando Anaru praticava. Odiado desde que vira pela primeira vez seu resultado.

Forçar-se à reprodução de memórias era como trazer à tona uma pedra oculta sob a neve. Já o que fazia agora era como arrancar a terra toda sem se importar com a cratera que ficaria no caminho.

A aparição gritou em pânico, caiu de joelhos, novamente Tangiwai. Mesmo de olhos fechados, Huirau podia senti-la observando. Não, não Tangiwai, mas outro. Outros.

Kasim desceu a espada sobre a cabeça de Tangiwai e a aparição se fragmentou em milhares de cristais que se desfizeram no ar.

Mas não parou por aí. Não podia. Não queria.

Sentiu a energia fluir dos cristais destroçados para seu corpo, entrando sob a pele, espalhando-se pelo corpo como um formigamento.

Huirau se levantou sem usar as mãos, e o olhar de surpresa de Kasim dizia que talvez ele tivesse se movido mais rápido do que era certo.

As chamas tremeram, não como era natural, mas como se resistissem a uma força maior que tentava apagá-las. Absorvê-las.

Assim como a aparição, as chamas se partiram.

Huirau caiu de joelhos e, sem saber o porquê, começou a socar o chão de pedra. Com cada golpe, sentia algo da energia se esvair.

Golpeou e golpeou até que não sentia mais os dedos, a mão, o braço.

– O que você fez?

Mãos firmes o pegaram, o puxaram para trás, o forçaram a sentar contra o bloco de pedra no chão. Alguém acendeu novamente a chama que aquecera o café.

– O que você fez? – repetiu Kasim, que, só agora Huirau percebia, estava abaixado ao seu lado, examinando a mão ensanguentada com que o locchava tinha aberto no chão uma pequena cratera do tamanho do seu punho.

Huirau estendeu seus sentidos, mas não conseguia perceber nada. Era como ser privado de um sentido. Era como se à sua volta as pedras tivessem sido silenciadas.

Começou a chorar, não pela dor na mão, mas pelo que tinha feito.

Kasim esfregava neve que em algum momento tinha ido pegar, tirando o sangue dos nós dos dedos do locchava. Envolveu o ferimento com tiras de seda que só depois Huirau percebeu terem sido cortadas de suas próprias roupas.

Não reclamou. Não parecia ser algo importante, não diante do que ele tinha feito.

– Você destruiu o espírito – disse Kasim, e Huirau percebeu que o mercenário evitava olhá-lo nos olhos. Parecia assustado.

– Isso é impossível – disse o necromante, aproximando-se ainda abraçado à máscara.

Huirau queria que todos se calassem. Queria que todos sumissem, que explodissem no ar como um milhão de pequenos cristais. Queria que o mundo deixasse de existir, que a escuridão voltasse.

Puxando a mão, forçou-se a se levantar. O braço tremeu no esforço, as pernas pareciam incapazes de suportá-lo.

– Eu preciso de um tempo.

Kasim nada fez. Ficou ali, abaixado, os olhos no chão.

– Eu preciso beber.

– Eu o acompanho – respondeu o necromante, finalmente guardando a máscara. De outra caixa tirou uma garrafa e, dela, o tecido e cera que tapavam o gargalo.

Huirau mais caiu do que se apoiou na parede perto da porta, o braço ferido seguro perto do corpo, a outra mão apontando para o mercenário.

– Você não vai beber uma gota! – gritou. – Se isso... se isso for verdade, se... se forem espíritos, se eles puderem nos tocar... Eles mataram Tangiwai! Eles tentaram me matar. De novo!

– Huirau, calma.

– Calma? Você tem ideia do que está acontecendo aqui? Não, claro que não tem.

O quanto ele realmente sabia sobre Sumeru? Sobre os Onze Reinos e as memórias? O quanto ele tinha destruído aquela noite?

Lembrou-se de discussões acaloradas com o Secretário, com Anaru.

– Eu preciso ir embora.

– Vou contigo.

– Não. – Huirau abriu a porta do barraco, ergueu a mão como se para deter o mercenário. – Me deixe em paz. Vá beber. Morra afogado em vinho, se quiser.

Kasim não se importava com o que ele dizia. Ou talvez se importasse com Huirau.

– Não seja dramático. – Deu um tapa na mão do locchava, abriu a porta e obrigou-o a colocar o braço bom sobre seus ombros. – Vamos. Se apoie em mim.

Huirau não achava que tivesse mais capacidade de reclamar. Apenas se deixou guiar de volta à carruagem que o levaria para casa.

Capítulo 30

Pela primeira vez em décadas, as ruínas do antigo posto avançado da Companhia Mercantil de Valmedor não pegaram fogo. Não houve memória da chegada do Arconte ou dos soldados da Companhia armando suas engenhocas mecânicas para uma defesa fútil.

Não aconteceu, e nunca voltaria a acontecer.

Quem dependia dessa marcação de tempo para se localizar teria de se adaptar, porque Huirau destruíra essa lembrança do passado.

Da sacada do seu apartamento, o locchava via a rua cheia de pessoas que ainda não tinham percebido a perda. Quando descobrissem, não reclamariam. Concluiriam que algo acontecera ali e um māra precisara usar as memórias por alguma razão, e ninguém reclamava publicamente das ações do Secretariado ou de um agente dos Ministérios. Reclamavam entre amigos próximos e familiares, e só quando podiam confiar neles com a própria vida.

No caminho para casa, Huirau baixava o olhar, como sempre fizeram os cidadãos comuns em sua presença, uma experiência que só agora percebia ser terrível. Não conseguia olhar nos olhos de ninguém, tendo a certeza de que cada um deles sabia exatamente o que ele tinha feito. Que tipo de locchava era esse que destruía memórias importantes?

– Estão olhando para mim – comentou, em voz baixa, quando desceram da carruagem. Podia ver pessoas cochichando, um senhor de túnica colorida apontando em sua direção. – Eles sabem.

– Deixa de ser ridículo. Ninguém se importa com o que você fez. Só eu, e só porque isso salvou minha vida.

Huirau destrancou a porta exatamente no momento em que um figo podre atingiu a madeira acima da sua cabeça. A fruta escorreu e caiu aos seus pés, deixando um rastro vermelho com pequenas sementes pelo caminho.

– Você dizia?

Kasim olhou na direção da qual viera a fruta, onde dezenas de pessoas trafegavam pela rua e entravam nas lojas mais próximas. Ele pegou o locchava pelo braço e o guiou para dentro, fechando a porta atrás dele.

Estava já na metade das escadas quando Kasim voltou a falar.

– Não era para você. Era pra mim.

– Do que você está falando, Kasim? Eles nem sabem quem é você.

– Sabem que eu não sou daqui.

Huirau abriu a porta do apartamento com vontade de se jogar na cama e não levantar mais. Foi até a sacada e abriu as cortinas. Olhava na direção das ruínas para onde a memória das chamas jamais retornaria. A voz insistente de Kasim cortou seus pensamentos.

– Você é tão absorto na sua falsa importância que não percebe que, há dias, pessoas vêm me encarando com ódio nos olhos.

Huirau se virou da sacada para Kasim, que tinha se jogado no divã no centro da sala, uma careta no rosto e uma mão na lateral do corpo. Tinha tirado a jaqueta pesada e o corselete de couro, o peito ainda coberto pela blusa suada que ficava por baixo. Longe do olhar das ruas, ele mostrava que tinha se machucado mais do que tinha deixado entender no caminho até lá.

– Você está imaginando coisas.

– Ah, claro. Porque é mais crível que a população inteira de Duralam saiba que você acabou de apagar uma memória enquanto estava dentro do barraco de um necromante de Myambe do outro lado da cidade.

Kasim não deixou o locchava retrucar. Ergueu uma mão, a outra ainda no ferimento, agora revelado por baixo da blusa. O lugar já estava inchando, e Kasim teria sorte se não tivesse fraturado nenhuma costela.

Huirau foi até a cozinha e parou, olhando para a tigela de frutas, vazia a não ser por algumas frutinhas murchas e ressecadas. O jarro de cerâmica ao lado tinha vinho de ameixas diluído, mas não achava boa ideia dá-lo para o mercenário. Podia mandar o cocheiro buscar um médico, ou pelo menos neve para pôr no hematoma. O sujeito ficaria aguardando na entrada do prédio sem fazer nada. Que cheiro era aquele?

– Mora sozinho?

Huirau se voltou para onde o mercenário tinha se sentado. Ele estava colocando algum tipo de pasta marrom com folhas sobre o hematoma e o cobria com uma faixa de tecido fino. Tinha tirado o unguento de um pequeno pote rústico agora sobre o divã, ameaçando manchá-lo.

– Moro – respondeu Huirau. Deu as costas para Kasim e a casa vazia, procurando outro jarro com água. – Agora eu moro.

O som da rua foi o único por um longo momento enquanto Huirau fingia organizar copos e jarros vazios. Ficava tão pouco em casa que não tinha nada para servir.

– Mas você assistia às memórias dele todos os dias, como se nada tivesse acontecido – concluiu Kasim, com sua odiosa capacidade de dedução.

Huirau soltou um suspiro, como se quisesse, mas não pudesse colocar para fora todos os sentimentos.

– Em uma terra onde memórias estão por toda parte, você acha que é fácil esquecer alguém?

Kasim fez um som com a garganta, um riso sem humor algum.

– Quem me dera ter como ver minha Vema quando eu quisesse.

– Você não tem ideia do que está falando. De novo.

Kasim terminou de enrolar a faixa no corpo, então se levantou para procurar por outros ferimentos.

– Sei que não consigo passar um minuto sem me perguntar se eu deveria ter ficado em Último Refúgio, se não fui um idiota e um covarde por partir.

Huirau não conteve o sorriso, mas achou melhor não dizer o que pensava sobre isso. Pegou a garrafa de vinho diluído e serviu duas taças. Dane-se.

– Imagine rever esse mesmo momento várias vezes, mas ser incapaz de mudar o resultado.

De repente a expressão no rosto de Kasim era outra. Sobrancelhas mais próximas, olhar meio caído. Ele entendera finalmente.

Não o suficiente.

– Huirau, estou indo embora.

Kasim saltou, alcançando a arma. De pé na porta do quarto estava Anaru. Sem os trajes de māra, parecia quase inocente. Levava sobre o ombro uma bolsa que Huirau sabia carregar todos os seus pertences.

Huirau desviou o olhar, sabendo exatamente para onde ia aquela conversa. Bebeu o vinho da sua taça em um único gole.

– Eu entendo – disse a memória de Anaru. – Foi difícil, mas acabei entendendo. Seu trabalho é o que você é, é o que você mais ama.

E eu preciso aceitar isso. Só que não é o que eu quero para mim. Cansei de jantar sozinho. Cansei de não ter sua companhia à noite ou nos dias de folga.

As palavras ainda doíam hoje como doeram naquele dia, quando Huirau voltou mais cedo para casa a fim de buscar um bloco de notas que deixara para trás. Lembrava-se do olhar de desapontamento de Anaru quando percebeu que o locchava não tinha voltado para surpreendê-lo.

A memória continuou, como sempre continuava.

– Sei que seu trabalho é importante, mas eu preciso de mais do que alguém que durma ao meu lado.

Anaru respirou fundo, soltou o ar devagar. Então atravessou a sala na direção da porta para as escadas. Nem sequer olhou para trás.

– Adeus.

A memória atravessou a porta, mas o som fantasma dela sendo fechada com força ecoou no apartamento.

Huirau voltou a encher sua taça e bebeu metade do vinho em um gole. Nem estava mais sentindo o gosto, mas a cabeça parecia ligeiramente leve, amortecendo os sentidos, e era disso que ele precisava.

Kasim fechou o pote com o unguento e o guardou em um de seus bolsos. Ficou lá parado por um tempo, mordendo o lábio inferior, o olhar no chão.

– Era por isso que você não queria vir para casa?

Huirau pegou a taça cheia deixada para o mercenário e a deslizou no balcão para Kasim. Não precisava responder. Aquela memória se repetia no mesmo horário todos os dias desde que Anaru o deixara. Tinha sido mais uma razão pela qual Huirau ficava fora de casa durante quase todo o dia.

Kasim foi até a taça. Pegou-a na mão, examinou o líquido, cheirou-o não como apreciador, mas como alguém temeroso de consumir algo estragado ou envenenado.

– Acho que não importa onde você viva ou com quem você se relacione, seu trabalho sempre vai estar no caminho.

Huirau não tinha certeza se o mercenário se referia a ele ou a si mesmo, mas preferiu cuspir sua raiva a ficar com ela presa no peito.

– Não se meta no que você não entende.

– Eu entendo perfeitamente bem o que está acontecendo com você. Eu já fui ele. E dói. Bastante. Mas você precisa seguir em frente.

– Enchendo a cara?

Kasim deu de ombros, mas colocou a taça no balcão, empurrando-a de volta para Huirau. Deu as costas para o vinho e foi até a sacada.

– Cada um lida com seus problemas de uma forma diferente. Você se tortura com memórias de tempos melhores.

Huirau pegou a taça cheia. O líquido púrpura no interior parecia chamá-lo.

– Pensei que você quisesse esse poder.

– Quero, mas acho que no final das contas seria só uma maldição.

O silêncio voltou ao apartamento. Kasim estava apoiado na sacada, olhando a rua, mas Huirau só conseguia pensar nas suas palavras. Pensou que talvez pudesse destruir aquela memória. Uma vez ele já tinha feito isso, por que não fazer de novo, pelo seu próprio bem? Mas e se acidentalmente destruísse outras? O apartamento era repleto delas. Em quatro anos juntos, Huirau e Anaru tinham vivido mais momentos bons do que ruins, mas os ruins marcaram mais, fixos nas paredes daquele lugar como um fedor que se recusava a ir embora mesmo depois de tudo ser lavado insistentemente.

– Como você combate um inimigo que está por toda parte, todo o tempo?

Kasim tinha voltado para dentro do apartamento. Pegava a jaqueta de pelos de iaque, cobrindo o corpo depois de ficar tempo demais no vento frio vindo da baía.

– Kasim, eu acabei de destruir uma memória que tentou nos matar. Nesse exato momento eu não estou nem um pouco disposto a pensar em algo que pode significar o fim de tudo em que eu trabalhei na vida. O que eu mais quero é dormir e esquecer tudo isso.

– E desistir? O que falta para uma dessas coisas aparecer aqui e te matar enquanto dorme?

– Não é para isso que o Secretário te paga? Para me proteger?

– Já estou começando a questionar essa decisão também. Melhor seria só seguir em frente no primeiro navio para longe desse lugar.

Kasim voltou até o divã, tirou dele o cinto com a espada e o jogou no chão. Então se deitou, as mãos atrás da cabeça.

Não era possível que não houvesse forma de entender o que estava acontecendo. Em séculos de colonização e conquista desse lugar, ninguém percebeu o que estava realmente transcorrendo ali? Os impérios vieram, tomaram tudo e ficaram como se tivessem em suas mãos um verdadeiro tesouro, que largaram apenas quando foram forçados à base de violência.

Todos menos um.

– Os Muskul – disse Huirau. – Eles não foram expulsos. Simplesmente abandonaram Duralam e partiram.

– E?

– E daí que deve haver uma razão. Talvez eles tenham descoberto algo importante.

Kasim nem sequer abriu os olhos. Continuou deitado.

– Vamos fazer o quê, então? Pegar um navio até Muskulsehir e perguntar por que eles abandonaram os Onze Reinos, na chance de que isso tenha alguma coisa a ver com o assassinato?

A peça caiu na posição certa na mente de Huirau. Um quebra-cabeça antigo, mas havia tanto tempo abandonado que ele demorou para entender a solução.

– O último registro de Tangiwai. Ele foi feito dias antes da sua morte. O casaco, a mochila. Ela ia a algum lugar. E nós sabemos exatamente onde é.

– Sabemos?

– Aqueles deixados para trás por Muskulsehir.

– Os indesejáveis.

Huirau concordou com a cabeça.

– Os yetis.

Capítulo 31

A história do mundo era muito mais complexa do que Kasim poderia imaginar no tempo em que sua vida era lutar nas guerras infindáveis de Myambe. Durante quinze anos, a única história que importava era a de quem o pagava para lutar do seu lado. Quem eram seus inimigos, quem eram seus aliados, quem tinha possibilidade de traí-lo no pior momento possível. Foram muitos os companheiros de armas perdidos em batalhas em troca de prata, defendendo reinos e povoados que não existiam mais, a grande maioria consumida pelo Império de Diamante.

Quando deixou Myambe, Kasim descobriu que existia um mundo muito maior e muito mais interconectado do que ele imaginava. Na primeira viagem de navio para longe do seu passado, conheceu um homem de pele pálida que vinha do continente mais distante de Myambe, do lado oposto do Oceano dos Mil Deuses. Lá, ele dizia, um vasto império onde os deuses eram conselheiros e não senhores tinha surgido e, acredite se quiser, a culpa era do Império de Diamante, que os deslocara para lá mil anos antes.

O mesmo Sacro Império Valmedor conquistou os Onze Reinos e, um dia, o abandonou nas mãos de seus ex-escravos, os Muskul, que para Kasim pareciam gorilas eretos com um gosto especial por armaduras lustrosas e decoradas.

O que estaria acontecendo? E como um bando de gorilas falantes *indesejáveis* poderia saber o que nem os historiadores sabiam?

Kasim não entendia a política envolvida nas camadas e mais camadas de conquistadores que dominaram os Onze Reinos, nem nos reflexos do surgimento e da queda desse Sacro Império. Entendia apenas que um único homem tinha sido capaz de alterar toda a ordem do mundo. Bom, não um homem comum. Um Deus Vivo.

E Kasim o tinha matado cinco anos atrás.

Seria seu destino encontrar deuses vivos por todo o mundo?

Esbarrar com os efeitos daquele que jurara um dia unificar toda Myambe sob a égide do símbolo do Diamante?

E qual o impacto da morte do Deus Vivo?

Lembrou-se do necromante rindo. "Você não entende nada de deuses e morte."

Kasim saiu da carruagem para encontrar uma multidão lotando o pátio do Complexo dos Ministérios. Não estavam lá a trabalho ou apenas em visita. Estavam amontoados diante das escadas do Palácio Laranja. Cantavam uma canção numa linguagem que Kasim desconhecia, mas lembrava algo que tinha ouvido dos ilhotas do Oceano dos Mil Deuses. Faziam caretas, batiam no peito, nos braços e nas coxas. Batiam com bastões no chão e nas palmas das mãos. Tinham todos tatuagens no rosto, como a de Taua, algumas talvez recentes ou temporárias.

Crianças, adultos e velhos participavam da estranha dança fervorosa, os olhos nos portões fechados do Palácio. Lá no alto, um grupo de soldados do Ministério da Defesa olhava apreensivo. Embaixo, milicianos tentavam formar um cordão de segurança nada regular.

– O que está acontecendo?

Huirau balançava a cabeça, a boca entreaberta.

– Estão cantando um mantra.

– Parecem que estão com raiva.

O locchava se virou para encarar Kasim. Engoliu em seco.

– É um mantra de guerra.

Pegou o braço de Kasim e se virou na direção de outro palácio, onde pretendia requisitar dinheiro para comprar equipamento para a viagem ao encontro dos yetis. Kasim se recusou a ir, segurando a mão de Huirau. Já tinha visto esse tipo de fervor religioso antes. Nunca era bom.

– O que querem dizer as tatuagens faciais?

Huirau voltou a olhar a multidão. Os olhos se arregalaram ligeiramente. Talvez só agora tivesse percebido que todos ali tinham o rosto pintado.

– É a tradição ancestral dos Tewi, que vieram das ilhas muitos séculos atrás.

Kasim se voltou para o historiador, lembrando-se da história do marinheiro Valmedor, sobre os deuses que o Império de Diamante deslocara para o outro lado do oceano. Poderiam ter sido eles que levaram os ancestrais de Huirau aos Onze Reinos?

– Em um tempo de muito sofrimento, guiados por uma mulher de Noite e Dia. Foi isso que a Ministra disse.

Huirau empalideceu.

– Você acha...?

– É a garota. A deusa. Ela está armando alguma coisa.

– Como?

Kasim apenas balançou a cabeça e foi na direção da multidão.

– Ei! Para onde você vai?

– Descobrir o que está acontecendo aqui.

Devia haver duzentas ou trezentas pessoas naquela multidão, e mais pessoas de rosto pintado vinham dos portões. Até crianças tinham o rosto pintado – ou seria tatuado? –, e eram arrastadas para o grupo pelos seus pais, que já vinham gritando o mesmo mantra de guerra.

Kasim parou ao lado de um dos recém-chegados, que não pareciam ainda ter se tornado parte do organismo vivo que era aquela multidão.

– O que aconteceu?

– Assassinos. – Era um homem de trinta e poucos anos, baixo como os ancestrais ilhotas, linhas negras tatuadas no queixo e nas bochechas. Os olhos estavam esbugalhados. – Tentaram matar a Deusa Menina, mas falharam. Dizem que suas facas e flechas não conseguiram penetrar sua pele, como se ela fosse de pedra!

Os dois investigadores trocaram olhares. Lembravam bem a mentira contada pela criança possuída quando a encontraram.

– Quando isso aconteceu?

– Algumas horas atrás, apenas. Acredita?

– E pegaram os assassinos?

– Não. Parece que estavam disfarçados, mas um era estrangeiro.

O homem pareceu subitamente perceber Kasim. Deu um passo para trás, mas o rosto se fechou, a testa franzida.

– Onde você estava na hora do ataque?

Outras pessoas se viraram para Kasim e Huirau, olhos cerrados como quem tenta ligar as peças de um quebra-cabeça complexo. Não faltava muito para que a irracionalidade da situação tomasse o controle.

Huirau se colocou entre o mercenário e os devotos da Deusa. A estatura baixa era ignorada diante das vestes vermelhas de locchava.

– Kasim trabalha para o Secretário. Não tem nada a ver com o que aconteceu.

– Claro, meu senhor – disse o homem. Ele curvou a cabeça e se afastou, mas não tirou os olhos desconfiados de Kasim até dar as costas aos dois e voltar a se juntar à turba.

O grupo tinha crescido e, durante a breve discussão, tinha cercado a dupla. Não pareciam agressivos, mas alguns cochichavam e lançavam olhares na direção do estrangeiro.

– Acho melhor sairmos daqui antes que alguém faça uma besteira.

– Dentro do Complexo dos Ministérios? Ninguém seria tão estúpido.

No alto das escadas e no pátio, mais soldados do Ministério da Defesa tinham surgido. Ainda assim, havia menos de um para cada cinco devotos. Os olhares nervosos diziam que não tinham o treinamento ou o espírito para saber lidar com aquela situação caso saísse do controle.

– Uma coisa que você precisa aprender sobre esse tipo de coisa – disse Kasim, abrindo caminho na multidão para Huirau sair, vindo logo atrás. – Basta um fazer uma besteira para que toda uma turba de pessoas movidas pela fé provoque um massacre.

De repente o canto agressivo foi substituído por palmas e gritos de alegria. Huirau se virou para trás; no entanto, mais baixo que a maioria dos presentes, não tinha uma boa visão. Kasim avistou uma estátua próxima e direcionou seu protegido até lá, ajudando-o a subir na base da estátua para ter a visão acima das cabeças dos manifestantes.

Distante dali, no alto das escadarias do Palácio Laranja, a Deusa Menina estava sentada de pernas cruzadas em um palanquim de almofadas sobre os ombros de quatro carregadores. Ela ergueu as mãos, acenando para seus seguidores, que pareciam à beira do júbilo.

Kasim subiu na base, do lado oposto da estátua.

– Não vejo a Ministra.

Huirau concordou com a cabeça, entendendo o que ele queria dizer. A Ministra deixaria de aparecer em uma situação como aquela se não fosse impedida de alguma forma? Poderia aquilo ter alguma coisa a ver com as descobertas da dupla ou era só paranoia?

– Aquela... coisa que está no corpo da menina. Acha que ela pode ter dado um golpe?

Kasim se surpreendeu com o tom de voz do historiador. Era medo.

Balançou a cabeça na negativa.

– Ainda não, mas não duvidaria de que ele logo virá. E com certeza com o apoio da população.

– Não entendo. Ela já tem tudo o que pode querer.

– Não tem o controle sobre a própria vida. Imagine o que ela seria capaz de fazer se lhe fosse permitido crescer até se tornar adulta.

Kasim lembrava histórias contadas pelos dabires do Vale, sobre entidades poderosas que caíram diante do poder do Império de Diamante. Lembrava o que se contava sobre os próprios dabires, eles mesmos dotados de poderes inumanos.

Examinou a multidão, questionando-se se aquele fervor não era súbito demais.

Poderia a criança os estar influenciando de alguma forma?

Lembrou-se de quando viu o Imperador pela primeira vez, e o medo irracional que tomou conta de todo um exército treinado.

– Talvez devêssemos alertar alguém.

Huirau riu sem humor.

– Quem? O Secretário?

– O Arconte.

O historiador torceu o lábio e balançou a cabeça. Olhava para o chão em busca de uma forma de descer da estátua sem esbarrar em nenhum dos devotos da Deusa.

– Ele aparecerá se precisar aparecer.

– Isso é que eu não entendo. – Kasim colocou um braço nas costas de algumas pessoas, forçando-as discretamente a abrir caminho em torno da estátua. – Ouço o nome desse sujeito o tempo todo, mas nunca o vi a não ser em memória. Vocês se borram de medo dele, mas ainda o admiram. E onde ele está? Ele ao menos existe ainda?

Huirau estava surpreso com o questionamento.

– Claro que existe.

– Há quanto tempo ele não aparece?

A pouca luz da noite se foi, como se uma nuvem tivesse passado diante da lua cheia.

Huirau olhou para cima.

– Está aí sua resposta.

Um calafrio subiu pela espinha de Kasim.

No céu, cobrindo boa parte da lua, estava uma mancha de escuridão viva. Era como uma estrela muito próxima, mas que sugava a luz ao invés de produzi-la. Filamentos de escuridão serpenteavam para longe do corpo, que permanecia flutuando dezenas de metros acima do solo. Kasim não podia ver seu rosto, mas tinha certeza de que o olhar para a multidão era de desprezo.

No pátio, a multidão silenciou, todos atentos ao recém chegado. No alto das escadas, até mesmo a Deusa Menina ficou quieta. Ela baixou as mãos, colocando-as calmamente sobre suas pernas cruzadas. Mesmo àquela distância Kasim podia ver, pela expressão corporal, que a entidade que habitava o corpo da criança estava com medo.

Aos poucos a multidão se desfez. Indivíduos, depois grupos maiores se separaram, partindo do pátio através dos portões do complexo. Olhavam para o chão, ainda que as cabeças permanecessem de pé. Todos entenderam bem o recado.

Huirau desceu do pedestal com cuidado.

– Vamos. Melhor resolver tudo isso antes que ele decida se envolver no caso.

Nas escadas, os monges que carregavam a Deusa Menina deram meia-volta e retornaram ao interior do palácio.

– Por que ele se envolveria nisso?

– Porque, obviamente, nada pode ser simples na morte de uma locchava.

Capítulo 32

Oposto ao Palácio Laranja ficava o Palácio Negro, coberto de pequenas pedras preciosas muito escuras. A distância e durante a Longa Noite o edifício parecia completamente negro, mas, nos meses em que o Sol estava no céu, o palácio brilhava de uma forma incomum até mesmo se comparado aos outros do complexo. Lá ficava o Ministério da Receita, responsável pela economia dos Onze Reinos, assim como o censo.

Huirau tinha sido levado para lá depois que o tiraram de sua família, e ficou por alguns dias antes de ser transferido para os dormitórios do Secretariado, onde seria treinado como locchava. Lembrava-se de ver todos os dias os cobradores de impostos saindo em jornadas pelas vilas mais distantes de Duralam em busca de pagamento, requisições e crianças que não sobreviveriam sozinhas à próxima noite, sempre se perguntando se algum dia reconheceria alguém de sua própria vila.

O Ministro da Receita não estava presente. Estaria em uma reunião com os emissários da Liga do Sul, o Ministro da Defesa e o próprio Secretário no Palácio Vermelho. Que tipo de negociação poderia estar acontecendo para envolver tantos em um momento de crise como aquele?

Após uma espera longa demais, na qual Kasim não conseguia parar de andar de um lado para o outro, ameaçando subir ele mesmo a montanha ao encontro dos yetis, um burocrata do ministério os recebeu. Parecia um jovem recém-saído das Escolas Superiores do Ministério do Conhecimento, mas trajava as vestes negras com moedas prateadas da Receita. Sorria muito, como se quisesse agradar. Talvez fosse bom sinal.

O burocrata os guiou até uma pequena sala nos fundos do palácio, com vista para o jardim interno, onde a memória de pássaros coloridos cantava nos galhos frondosos de uma árvore queimada até a raiz quinhentos anos antes.

– Fui informado de que o senhor requisitou dinheiro para uma expedição.

O burocrata que se apresentou como Ulani tirou de uma caixa de madeira um pergaminho cheio de anotações, um pote de tinta e uma haste de bambu para usar na escrita. O sorriso permanecia nos lábios finos, fazendo os olhos puxados mais encolhidos.

– Isso. O suficiente para nós dois subirmos o Caminho da Vitória e permanecermos na região por alguns dias. E uma carruagem que nos leve até o mais próximo possível.

– Oh? Durante a Longa Noite? A região deve estar debaixo de neve, não? – Ulani colocou a caneta sobre o pergaminho e entrelaçou os dedos, o sorriso ganhando algo de deboche. – Decerto suas pesquisas sobre a expulsão dos Muskul podem esperar até o Longo Dia, não?

– Não vamos analisar as memórias da pedra.

Ulani inclinou a cabeça para o lado, fazendo bico. Ajustou uma das mangas das vestes, onde as moedas finas de prata se embolavam.

– E qual é o motivo, então?

Huirau não tinha se preparado para essa conversa. Agiu num átimo, acostumado a ter o que precisava nas mãos sem questionamento.

Lambeu os lábios, perguntando-se o que precisava dizer para o burocrata liberar o dinheiro.

Kasim foi mais rápido.

– Precisamos questionar os yetis sobre o assassinato de uma locchava.

– Oh – disse Ulani. Huirau fez o mesmo.

Ulani pareceu desconcertado. Ajeitou-se na cadeira, pegou a caneta, molhou-a na tinta, colocou-a de volta sobre a mesa. Entrelaçou os dedos novamente.

– Não creio que seja aconselhável visitar o monastério. Não durante a noite, e não sem a devida... precaução.

– Como disse meu guarda-costas de forma tão direta, estamos investigando um caso muito sério.

– Por que sem o envolvimento do Ministério da Justiça? Ou dos māras? locchava...

– Huirau.

– locchava Huirau, já tive contato com os Muskul antes. Não são... *pessoas* agradáveis. Os yetis, então...

Kasim se levantou, as mãos enormes sobre a mesa, o corpo

inclinado para a frente, olhando de cima para Ulani como se fosse lhe arrancar a cabeça de uma abocanhada só.

– Ulani, certo? Precisamos de uma carruagem, comida e talvez alguns cobertores.

– Muitos cobertores – corrigiu Huirau. – E agasalhos.

– Você nos consegue isso ou não?

A dupla saiu do Palácio Negro com tudo de que precisava. Mais, segundo Kasim.

– Não entendo por que tantas roupas.

Kasim trocava a jaqueta cortada e suja pelos últimos embates, jogando-a sobre as escadas. Usava por baixo o corselete de couro reforçado com metal, algo de que nem os soldados de Duralam faziam uso diário. Vestiu por cima uma nova jaqueta, mais grossa, mas recusava-se a usar o sobretudo fornecido pelo Ministério, dizendo que aquilo impediria seus movimentos.

Huirau riu para si mesmo, colocando o sobretudo por cima de suas vestes vermelhas sem questionar.

O estrangeiro parecia sempre pronto para uma guerra que nunca viria. Tirou o cinto com a espada apenas para prendê-lo novamente sobre a jaqueta, e revelou por um momento uma adaga até então oculta por baixo.

O que tinha vivido esse homem antes de chegar a Duralam? Em que tipo de lugares ele estivera para ter tanto medo de ser atacado a qualquer instante? Ou, melhor: o que fizera no passado para achar que alguém viria atrás dele?

Uma carruagem os aguardava do lado de fora de um dos portões do complexo. Não o principal, que tinha sido fechado por ordem do Secretário para evitar outra comoção diante do Palácio Laranja.

Um par de milicianos do Ministério da Justiça tinha sido destacado para acompanhá-los. Insistência de Ulani, que parecia temeroso de ser culpado por deixar um locchava ir desacompanhado ao encontro dos yetis. Carregavam a típica lança de lâmina de lua minguante e uma maça flangeada. Vestiam túnicas grossas de pelo de iaque e couro de foca sobre peitorais de metal. Pelo jeito esperavam problemas vindos dos yetis.

Kasim parecia ter percebido a mesma coisa.

– Preciso me preocupar em chegar lá com a espada em riste?

Os dois entraram na carruagem, sentando-se em lados opostos da cabine. Kasim jogou sobre o banco o sobretudo e as luvas e estava tentando trocar as botas pelas mais pesadas fornecidas pelo burocrata.

– O governo prefere fingir que os yetis não estão lá, e eles fazem o mesmo conosco. Tem sido assim desde sempre.

Kasim resmungou qualquer coisa sobre a bota, puxando os cordões.

– Eu vi alguns deles na cidade todos esses meses. Acho que não eram memórias.

– Não eram, e também não eram yetis. Eram apenas Muskul.

– E qual a diferença?

Kasim parecia ter desistido de amarrar as botas direito. Tinha se reclinado no banco, os olhos na janela. A carruagem começara a se mover.

– Lembra como Tangiwai os chamou?

– Indesejáveis.

Huirau concordou com a cabeça. Puxou o casaco mais para perto do corpo e se ajeitou no assento. Puxou as abas do sobretudo e do capuz como um travesseiro e o colocou entre a cabeça e a lateral da cabine.

– Quando Muskulsehir deu ordens para abandonar os Onze Reinos, levou com eles todos os seus guerreiros, todos os seus oficiais e sacerdotes, e todos os civis que trabalhavam aqui.

– Então os yetis são...?

– Criminosos, degenerados. Homens selvagens. Isso aqui é uma punição para eles.

– Ótimo.

Em algum momento da viagem Huirau adormeceu. Acordou com uma batida na porta.

Kasim estava desperto e já fora abrir, uma mão no cabo da espada. Tinha colocado o sobretudo e amarrado as botas apropriadamente. Um vento gelado entrou, trazendo com ele flocos de neve. O cocheiro estava do lado de fora, tremendo de frio apesar do casaco. Esfregava as mãos e trincava os dentes. Pareceu que ia dizer alguma coisa, mas não conseguiu. Só curvou a cabeça e deu um passo para o lado.

A viagem levava em torno de oito horas em boas condições, o que não era o caso após semanas de Longa Noite adentro. Huirau não fazia ideia de que estava tão cansado a ponto de simplesmente não sentir a viagem.

Kasim saiu primeiro amaldiçoando em sua língua. Nunca tinha sentido tanto frio na vida, nem visto tanta neve. Huirau veio logo depois, apoiando-se na porta para descer, a bota de couro afundando na neve até o tornozelo.

Nos últimos anos do domínio Muskul, aquela estrada tinha sido palco de uma batalha. Memórias dela estavam por toda a parte ao longo do caminho, enterradas sob a neve. No verão, durante o Longo Dia, moradores de Duralam e turistas faziam a viagem para assistir à expulsão do último dos invasores da história dos Onze Reinos. Seguiam até um mirante a poucas dezenas de metros dali, onde uma vez fora uma torre de observação do inimigo, e lá faziam piquenique. Raramente iam além, até onde estavam agora.

Huirau atravessou a neve até ficar de pé ao lado do mercenário estrangeiro, que tremia, mas parecia se recusar a demonstrar seu desconforto. Até mesmo o Iocchava sentia o vento gelado, se não nos braços e pernas, protegidos pela roupa grossa, no rosto descoberto. Puxou mais para o alto as golas altas das vestes e o capuz do sobretudo.

Tão longe de Sumeru, nem as memórias do Verão traziam seu calor, nem o Ministério das Obras trazia seus trabalhadores. Além da lua e das estrelas, apenas lanternas a óleo de baleia penduradas nos quatro cantos da carruagem iluminavam o ambiente. A estrada acabava ali, bloqueada pela neve.

À sua volta havia apenas a neve e algumas poucas pedras, que teimavam em manter-se fora da cobertura que iria engrossar à medida que a Longa Noite avançasse.

O mirante era visível à sua direita. O caminho até lá tinha sumido sob a neve, mas a plataforma de pedra e a cobertura da antiga torre eram visíveis.

– Vocês podem se abrigar lá – ele disse para o cocheiro e os dois soldados.

O cocheiro não reclamou. Soprou ar nas mãos, retirou da carruagem a mochila com mantimentos, que Kasim pegou e colocou nas costas, e voltou a subir no carro, pegando as rédeas. Os dois soldados destacados para proteger Huirau não saíram do lugar. Tremiam, o gelo acumulando em suas sobrancelhas e cílios, mas se recusavam a abandoná-lo.

– Que bem vocês farão morrendo aí em pé, congelados? Vão logo, andem.

Os dois se entreolharam. O mais velho agiu primeiro, correndo para subir na parte de trás da carruagem antes que ela partisse. O segundo resistiu alguns momentos mais, antes de soltar o ar aliviado e fazer o mesmo.

Diferente do caminho até o mirante, outro caminho feito de enormes blocos de pedra escura se destacava subindo o resto da montanha. A noite estava clara, com poucas nuvens encobrindo a luz das estrelas. Kasim acendeu o fogo da lanterna que trouxera. Assim seriam vistos de longe pelos yetis, mas talvez fosse melhor assim, eles não pensariam que os dois tentavam se aproximar ocultos pela noite.

A neve também não escondia o templo em degraus, mais cem ou duzentos metros acima deles, na encosta da montanha. Construído como casas brancas de teto vermelho que mais pareciam chapéus de abas largas, dispostos em nível, mas conectados internamente, o templo parecia resistir à Longa Noite por conta própria.

Huirau abraçou o próprio corpo, pensando na subida que ainda vinha pela frente.

Ao seu lado, Kasim pôs a mão na espada, mas se deteve antes de desembanhá-la.

Huirau franziu a testa já dormente de frio, forçando a vista para entender o que tinha alertado o mercenário. Levou alguns instantes para perceber movimento no fundo branco.

Ele surgiu do meio da neve, invisível até instantes antes. Tinha pelo menos dois metros de altura, tronco como um pilar de pedra e braços igualmente fortes, mas longos, até os joelhos. Pelos brancos, longos e grossos como os de um iaque cobriam boa parte do corpo. Onde não cobriam, uma pele rosa desbotada era visível.

Huirau percebeu o que parecia uma mão decepada pendurada sobre o peito do yeti.

O yeti parou de pé no caminho oculto pela neve, observando-os de longe. O vento fazia as tranças na barba e na cabeça balançarem. Trazia na mão grande demais um bastão que fincou na neve, como se delimitando até onde eles podiam ir.

Huirau engoliu em seco.

– Espero que, se tudo sair do controle, você consiga lidar com um deles.

– Com um, eu consigo. Com os outros...

Huirau seguiu o olhar de Kasim para a encosta da montanha.

Entre as rochas e a neve que a cobria surgiam mais e mais yetis armados com machados e lanças.

Eles estavam cercados.

Capítulo 33

Apesar de todo o poder de Sumeru e as lendas sobre seus poderes para criar até mesmo deusas, seu alcance era limitado. À medida que a pessoa se afastava do gigantesco monolito de material desconhecido, as memórias se tornavam tênues, assim como o calor.

Huirau e Kasim foram escoltados pelos yetis na subida pelo caminho de pedras que levava ao templo, mas se desviaram para o meio da neve na metade do percurso. Aquele com a mão decepada pendurada no pescoço – de perto, Huirau percebeu que era grande demais para ser humana, e seca como se mumificada – liderava a procissão, usando pernas grossas como pilastras para remover a neve mais pesada do caminho. A neve descia em pequenas avalanches montanha abaixo, trazendo calafrios a Huirau, que tinha se esquecido de não olhar para baixo.

Uma dúzia de yetis fazia parte da comitiva silenciosa, a maioria trazendo armas de lâmina larga similares às lanças dos guardas dos palácios, porém mais como machados do que espadas. Huirau agora começava a achar que aqueles portando bastões eram na verdade os mais velhos, os pelos ralos em algumas partes do corpo e da cabeça, os olhos pequenos cercados de rugas e manchas antigas.

Atrás de todos vinham os únicos dois yetis desarmados. Traziam entre eles algo grande e pesado enrolado em uma peça de couro curtido. Huirau tinha a impressão de que era um cadáver.

Era difícil à primeira vista identificar diferença entre os yetis. Como qualquer Muskul, eram altos, certamente com mais de dois metros de altura, e muito mais pesados do que qualquer humano. Os ombros eram largos e musculosos, os braços alongados eram grossos. O rosto não era humano, mas algo bestial. Pares de caninos enormes eram visíveis, vez ou outra, escapando pelos lábios largos. Era difícil lembrar que os Muskul eram vegetarianos. Era mais difícil ainda esquecer o que algumas memórias tinham registrado da guerra, a capacidade destrutiva daqueles dentes e daquelas mãos enormes.

O que os diferenciava mais dos Muskul que vez ou outra visitavam Duralam em viagem ou negócios era a pelagem branca.

Yetis não nasciam nos Onze Reinos. Vinham exilados de Muskulsehir. Isso significava que alguma coisa tirava a cor de seus pelos antes ou depois de chegarem ao seu monastério nas montanhas.

Os pelos eram longos nos braços e no rosto, alguns com facilmente mais de trinta centímetros do que poderia ser confundido com lã de iaque. Na neve, alguns andavam curvados para a frente, usando os nós das mãos como suporte.

– Gorilas albinos – comentou Kasim consigo mesmo. Huirau não sabia o que era um gorila, mas esperava que os yetis não se ofendessem com a comparação, se é que eram capazes de entendê-los.

Não fosse o uso das armas e alguns apetrechos simples, seria impossível dizer que eram sequer inteligentes. Alguns traziam tiras de pano colorido amarradas nos braços e pernas, parcialmente ocultas pela pelagem, de onde pendiam pequenos ossos. Huirau acreditava ter visto algo gravado em cada um deles, mas não tinha certeza, nem queria àquela altura correr o risco de ofender os yetis.

Subiram por sabe-se lá quanto tempo em meio à neve, deixando um rastro emocional tão forte que até assim, tão longe de Sumeru, cem anos mais tarde, alguém com certeza veria Huirau caminhando apreensivo pela neve. Foram parar apenas quando a neve deu lugar a um pequeno platô de pedra lisa, uma versão miniatura do mirante vários metros abaixo.

Os yetis se espalharam pelo platô, tirando a neve acumulada para revelar que o piso não era natural, mas sim feito por mãos humanas – ou Muskul – muito tempo atrás. Pareciam pedras comuns, sem qualquer ornamento, mas com grandes manchas escuras salpicando todo o lugar. Enquanto Huirau cogitava se devia ou não tentar puxar da pedra as memórias deste lugar para entender seu propósito, os dois yetis que vinham na retaguarda chegaram ao centro do platô e, num movimento rápido, soltaram uma lateral da peça de couro. Do interior do pacote rolou um amontoado de músculos e pelos brancos que só parou a um metro dos pés de Huirau. Os pequenos olhos castanhos do yeti encaravam o céu vazio.

Um mantra gutural começou a soar de todos os lados, vindo do fundo das gargantas dos gigantes peludos. À sua volta, os yetis com machados começaram a se aproximar.

Huirau deu um passo para trás. Caso se jogasse do platô, talvez conseguisse deslizar pela neve até próximo do mirante onde a carruagem e os soldados aguardavam.

A perspectiva de ter de correr na neve não parecia nada interessante.

Kasim fez um sinal com a cabeça para que recuassem. Por um instante Huirau esperou que os yetis os interrompessem, mas eles estavam ocupados demais cortando o cadáver do seu companheiro com os machados, fazendo espirrar sangue em jatos na neve branca.

– O que eles estão fazendo?

Kasim tinha desviado a atenção do corte do cadáver, talvez preferindo evitar associar o som de ossos sendo partidos à imagem que em muito lembrava um açougueiro trabalhando. Enquanto metade dos yetis se revezava no corte do cadáver em pequenas partes, os outros cantavam murmúrios e amarravam nos bastões, agora fincados entre as pedras, os tecidos coloridos onde Huirau pensara ter visto símbolos, talvez pedidos ou preces. O vento forte fazia cada pedaço de tecido chicotear. Eventualmente o arrancaria dos bastões e o levaria para longe.

Um milhão de cenários tomaram a mente de Huirau, todos acabando de alguma forma péssima para ele.

Talvez os yetis fossem considerados indesejáveis por serem canibais, e nesse caso Huirau estava prestes a assistir a um ritual antropofágico inusitado. A coisa se tornaria ainda pior se, para serem aceitos no monastério, Huirau e Kasim precisassem se juntar a eles no banquete.

Huirau esperava apenas que a carne de yeti tivesse um sabor palatável. Vomitar naquela situação seria provavelmente a pior coisa que poderia acontecer.

Um urro ecoou nas montanhas, e o mantra parou.

Huirau esperava que algo acontecesse ali – ter de comer o morto, ser ele mesmo fatiado no banquete ou ser arremessado ali do alto –, mas a atenção dos yetis estava em algum lugar mais distante, além do monastério e da neve que caía lentamente.

Levou algum tempo para perceber, mas alguma coisa se movia naquela direção, algo muito maior do que um yeti.

Um por um, os yetis recuaram na direção de que tinham vindo. Aqueles com as armas se abaixaram na neve, esfregando-a nas lâminas largas e na própria pelagem onde o sangue respingara.

Huirau achou melhor recuar também. Fosse o que fosse que

tinha urrado estava se aproximando. Urrou novamente, dessa vez muito mais perto.

Uma mão grande bateu no peito de Huirau e quase o derrubou. Um dos yetis, o mesmo que os tinha encontrado originalmente, sinalizava para que se afastassem, tocando as vestes coloridas de Huirau como se quisesse dizer algo mais.

O urro se repetiu, e dessa vez o locchava viu de onde se originava.

A criatura tinha facilmente três metros de altura, andando nas duas patas traseiras, que pareciam curtas demais para o corpo. Uma pelagem branca e curta cobria um corpo gordo que com certeza protegia músculos bastante poderosos. Nada tinha de yeti a não ser a cor dos pelos. Ao invés de um rosto que de certa forma remetia ao humano, a criatura tinha um focinho longo, talvez como um cão, mas de pequenas orelhas arredondadas.

A criatura caiu de quatro no platô, cheirando o cadáver, depois o ar.

Huirau recuou para trás dos yetis, buscando a proteção do seu tamanho.

De lá observaram por muito tempo enquanto o animal devorava o cadáver mutilado abandonado na pedra.

Comeu cada pedaço, triturou os ossos com os dentes, lambeu o sangue dos dedos e da pedra, então partiu.

Só quando tiveram certeza de que a criatura tinha partido os yetis deram as costas para o platô e voltaram a caminhar em silêncio na direção da estrada de pedra.

Huirau não conseguia tirar os olhos das lâminas agora limpas dos yetis.

– Nós viemos em paz.

Ele mais cuspiu do que falou, deixando transpirar a tensão que sentia.

O yeti que os guiara parou, e assim fizeram os outros à sua volta. Por algum tempo ninguém disse nada.

– Claro que vieram – disse o yeti, com uma voz que mataria alguém menos preparado tamanha era a profundidade. Apontou novamente para as roupas de Huirau, como fizera quando a criatura surgiu. – Teriam de ser muito estúpidos para vir até aqui usando essas roupas chamativas com intenção de nos surpreender.

De todas as coisas inteligentes que Huirau poderia dizer, só conseguiu pensar em uma afirmação estúpida.

– Você fala minha língua.

O yeti fez um som de desdém com os lábios largos.

– Podemos ser assassinos, revolucionários e ladrões, mas não somos selvagens.

O yeti apontou na direção do monastério.

– Vamos. Temos fogo nos esperando em casa.

Capítulo 34

Foi uma longa e extenuante subida escadaria acima até a entrada do monastério, uma porta feita de algum tipo de madeira escura sem qualquer adorno. O maior dos yetis, o mesmo que tinha falado com Huirau mais cedo, abriu a porta com ambas as mãos, apoiando o corpo. Grunhiu no processo. Kasim teve a certeza então de que, se precisassem sair de lá às pressas, não seria por aquela porta. Não se dependessem de sua força e da do historiador.

Tal como lhe parecera do lado de fora, o monastério yeti era uma mistura de casa com caverna. Diferente do que esperava, não havia ali nenhum tipo de decoração. Nada de ornamentos, pinturas ou símbolos religiosos. Não havia sequer inscrições nas paredes, portais ou portas. Era tudo simples, estéril. Era como uma prisão.

Um a um os yetis entraram no primeiro recinto, um salão de teto muito alto com buracos na parte superior das paredes. Por eles escapava a fumaça das grossas velas de sebo, formando montanhas de gordura derretida em pequenas alcovas a poucos passos uma da outra. Os gigantes armados seguiram diretamente para um baú largo onde depositaram seus machados, enquanto os demais batiam na pelagem dos ombros e da cabeça para se livrar da neve acumulada.

Kasim já se sentia suar na temperatura muito mais alta do interior do monastério e, assim que a pesada porta foi fechada atrás dele, deixando do lado de fora o vento gelado, abriu e tirou o sobretudo pesado que se sentira forçado a vestir. Nunca imaginara que algum dia precisasse usar tantas roupas. Devia estar levando consigo o peso de um búfalo inteiro, incluindo todo o seu couro e pelos.

Enquanto ele se despia parcialmente, os yetis retiravam de outros baús simples de madeira vestes rústicas que cobriam a cabeça como capuzes, estendendo-se com duas faixas, uma na frente e outra atrás, até o chão.

– Vocês estavam nus lá fora.

O líder concordou com a cabeça, ajustando o capuz sobre a

cabeça de forma a ocultar todos os cabelos brancos, então colocou uma espécie de capacete de couro com uma crina de cavalo tingida de vermelho.

– Não podemos levar nenhum traço deste mundo para o enterro celeste.

– E nós somos peludos – acrescentou outro, com um sorriso de dentes afiados e amarelados. – Não é tão ruim lá fora.

Kasim não conseguia deixar de esquecer o que aprendera sobre macacos: um sorriso cheio de dentes era na verdade uma provocação ou ameaça.

Huirau abriu o próprio sobretudo, mas não o retirou. Estava mais preocupado em se localizar e estudar o lugar. A mão direita estava no cordão de cilindros, como se fossem um amuleto sagrado capaz de protegê-lo.

– Aquilo era um funeral – disse, num tom de maravilhamento, mas incapaz de ocultar a expressão de sarcasmo.

Os yetis se dispersaram sem dizer qualquer outra coisa. Entraram pelas duas únicas passagens para fora da sala de teto alto, ignorando a existência dos dois humanos. Ficaram apenas três do grupo original, entre eles o líder aparente, que respondeu com um cumprimento da cabeça.

– O Emissário envia o Grande Urso para devorar nossa casca mortal na esperança de enganar o Demônio na Pedra e libertar sua alma.

Huirau riu, balançando a cabeça. Se continuasse com aquele sorrisinho, Kasim logo teria de trabalhar para mantê-lo vivo.

– Quem vai nu a um funeral?

– Você precisa viajar mais pelo mundo – disse o líder. Então se virou na direção de uma das passagens, acenando para que o seguissem.

Huirau seguiu logo atrás, e assim também fez Kasim momentos depois. Sua atenção estava no terceiro yeti, um que parecia mais velho que os demais, um dos olhos caído do mesmo lado em que o lábio grosso parecia flácido. O yeti não tirava os olhos de Kasim.

Subiram a passagem apertada, aparentemente cavada na própria rocha da montanha. Ouviu atrás dele o yeti mais velho e o outro, o mesmo que tinha sorrido antes, cochichando em sua língua. Não era algo gutural ou selvagem como esperava, mas sim quase cantado. Lembrava a Kasim uma senhora que conhecera muitos anos antes em sua terra natal, que cantava todo o tempo, mas sempre em voz baixa, como se com medo de que alguém descobrisse seu talento.

A passagem ganhou degraus, fez curvas em encruzilhadas de onde se podia ouvir o som de martelos, objetos sendo arrastados e talvez talheres. Não havia vozes, como se ali todos fossem mudos ou surdos.

Atrás de Kasim, o cochicho parou pouco antes que ele sentisse um toque em seu pescoço. Virou-se para perceber o yeti sorridente perto demais. Tinha passado o dedo nele, o qual agora examinava, curioso para ver se a cor negra da pele sairia.

Sem pensar duas vezes, Kasim agarrou um chumaço de pelos do peito exposto do yeti e puxou com força. O monstro urrou, expondo dentes afiados. Deu um passo para trás, cobrindo o peito e quase atropelando o mais velho. Kasim examinou os pelos presos entre seus dedos, torcendo o lábio. Fez um som curioso, deu de ombros e seguiu os outros, limpando a mão na calça. Ouviu o sorridente partir, resmungando com o mais velho, que se apressou para acompanhar a procissão apesar de puxar de uma perna.

Saíram da passagem em uma nova sala muito grande. O teto abobadado era suportado por cinco colunas de pedra sem qualquer adorno. No ponto mais alto havia uma saída de ar, por onde subia a fumaça produzia pelo fogo que ardia em um buraco no centro da sala. Um yeti saía da sala por outra passagem, decerto o responsável por acender a fogueira.

O líder se sentou do lado oposto ao fogo, cruzando as pernas sob o corpo e apoiando as mãos sobre os joelhos. Não disse nada, nem sinalizou que deviam imitá-lo, mas Kasim o fez mesmo assim.

De pé onde estava, Huirau apenas observou com mistura de impaciência e incerteza até que o mercenário fizesse um gesto para ele se sentar. A contragosto fez o sugerido, cruzando as pernas da mesma forma que o yeti.

– Não recebemos muitas visitas aqui – ele disse, os pequenos olhos negros no fogo. Era difícil ler sua expressão.

– Mas receberam recentemente, de outra pessoa usando as mesmas vestes que eu.

O yeti voltou a atenção para Huirau, olhando-o de cima a baixo, além do sobretudo aberto. Concordou com a cabeça, parecendo só agora ter percebido as vestes vermelhas.

Um jovem yeti surgiu pela mesma passagem de que saíra o anterior

– talvez fosse o mesmo –, trazendo nas mãos uma bandeja de metal com várias tigelas. Quando se abaixou para servir cada um, as dobras das vestes revelaram uma cicatriz enorme no peito e braço esquerdo, o resultado de fogo intenso. A bandeja, via-se agora, era um escudo de metal redondo sem a alça.

Os olhos de Kasim foram para os do yeti, que parecia se recusar a retornar o olhar. Em alerta instintivo, o mercenário procurou por armas nas vestes do serviçal, depois olhou à sua volta. Encontrou o mesmo velho yeti atrás dele, o lábio torto em bico, os olhos na cabeça do mercenário. Abriu as mãos, e com dois dedos de cada uma formou um círculo, tocando a cabeça de Kasim como se medisse sua circunferência.

Kasim tocou o cabo da espada e o puxou ligeiramente, revelando parte da lâmina. O recado foi dado. O velho recuou lentamente, os olhos no seu reflexo na espada.

Apenas quando o serviçal terminou de colocar as três tigelas no chão o velho se aproximou do líder, vindo por trás, curvado sobre si mesmo. Disse algo em sua língua cantada, os olhos fixos em Kasim.

– Ele quer saber se pode ficar com seu crânio quando você morrer – disse o líder, como se fosse uma questão usual. Pegou sua tigela com uma mão enorme e cheirou o conteúdo, fechando os olhos.

– De novo isso? Qual é a fixação das pessoas em querer minha cabeça depois de morto?

Huirau parecia ligeiramente curioso sobre essa história em particular, mas nada disse.

Ao seu lado, o líder yeti provou do conteúdo da tigela num longo gole, então estalou os lábios, satisfeito.

– Ele acredita que seu crânio dará um ótimo copo cerimonial.

Huirau riu.

– Acho que isso é um elogio.

– Então dá a sua cabeça pra ele!

Kasim pegou a tigela diante dele e a levou aos lábios, só então parando para pensar no que podia haver ali dentro. O cheiro atingiu as narinas primeiro, fazendo o mercenário afastar a vasilha imediatamente. Era como se alguém resolvesse bater queijo podre em um pilão e depois esquentá-lo ao ponto de fervura.

Huirau não parecia tão ofendido pela bebida. Provou da sua tigela, cumprimentou o anfitrião com a cabeça, então colocou o pote ao seu lado e sorriu para Kasim.

– A sua deve ter mais espaço vazio dentro para pôr chá de manteiga.

O jovem yeti retornou com uma jarra enorme feita de madeira e corda e imediatamente repôs o pouco que Huirau tinha bebido. Kasim se questionou se devia ou não beber da mistura gordurosa.

– Tangiwai – disse, mudando de assunto. – O que ela veio fazer aqui?

Atrás do líder o velho yeti jogou um dos braços para cima e resmungou. Saiu mancando da sala.

– Aprender – respondeu o líder. Ele voltou a beber o chá de manteiga, mas não disse mais nada, como se a resposta fosse o suficiente.

– Ela está morta – disse Huirau, antes de beber mais do chá. Os olhos estavam no fogo. – Sabemos que ela veio aqui pouco antes e descobriu algo importante.

Se a notícia da morte da locchava surpreendeu o yeti, ele não demonstrou, mas também não deixara transparecer qualquer outra expressão até então.

– Ela queria entender nossa missão neste lugar perdido.

– Perdido?

Kasim passou por cima do tom ofendido de Huirau.

– A crença de que Sumeru os impede de seguir em frente após a morte. – Lembrou-se do que ele disse sobre o Grande Urso libertá-los ao devorar o cadáver. – Você falou no Demônio na Pedra.

O jovem yeti repôs as cumbucas. Parou ao perceber a de Kasim intocada. Huirau sinalizou para que ele bebesse. Muito a contragosto Kasim o fez. Resistiu a cuspir de volta, mas não a fazer uma careta. O jovem yeti repôs o pouco que Kasim tinha sorvido, como um demônio satisfeito em seu dever de tornar eterno o tormento de um pecador.

– O que vocês chamam Sumeru não é uma pedra celestial, nem a criação à qual se deu forma. É uma prisão para um demônio com interesses próprios.

– Prender espíritos? Para quê?

– Para formar seu exército, é claro – disse o yeti. – Para que, quando se libertar da pedra, possa destruir tudo que ficar em seu caminho.

Capítulo 35

O líder yeti, que apenas mais tarde Kasim descobriu chamar-se Carrasco Mor – aparentemente os yetis perdiam seu direito a nomes e passado ao serem exilados àquele lugar –, insistiu que entender a verdade não era algo para ser feito de forma tão apressada e que existiam passos importantes. Passos que Tangiwai ignorara exatamente por ter pressa, o que poderia ter levado à sua morte. Questionado sobre isso, Carrasco Mor se recusou a explicar, voltando ao seu silêncio característico. O yeti mais jovem, aquele com a cicatriz de queimadura, levou os dois visitantes para um par de pequenos cômodos que mais pareciam celas, mas eram apenas dormitórios vazios à espera de novos penitentes. Kasim pretendia ficar acordado até que alguém retornasse, mas adormeceu sentado de pernas cruzadas, com a espada e a pedra de amolar nas mãos.

Naquela noite o jovem yeti veio buscá-los para o jantar, que Kasim preferia acreditar não envolveria chá de manteiga. O chá que mais parecia uma sopa salgada estava em toda parte, assim como tigelas de um cereal branco cozido e pequenas trouxinhas de massa com algum tipo de carne no interior. Ao que tudo indicava, os yetis não eram tão propensos a descartar carne como eram os outros Muskul. Lembrou-se deles fatiando o cadáver de um dos seus horas antes.

Kasim descobriu que molhar as trouxinhas no chá o tornava menos horrível, apesar do olhar de reprovação dos yetis e do próprio Huirau.

Um punho enrugado bateu na mesa ao lado da tigela. Os dedos se abriram, revelando um pequeno monte de moedas. Atrás de Kasim, o mesmo yeti velho estava de volta, a boca aberta em um sorriso torto, mas menos ameaçador do que o anterior.

– O que é isso?

– Prata – disse Carrasco Mor do outro lado da mesa. – Ele quer pagar pelo seu crânio.

Kasim suspirou. Molhou outra trouxinha de carne e cogitou

jogar o chá de manteiga no velho, mas achou que não estava quente o suficiente.

– Ele percebeu que eu estou vivo?

– É para demonstrar seu interesse, caso outro manifeste o desejo de adquirir o crânio.

Dessa vez foi o punho do mercenário que acertou a mesa, atraindo os olhos dos outros yetis presentes.

– O que há de tão interessante no meu crânio?

– Você se parece com um dos nossos mais importantes profetas.

O sangue de Kasim ferveu.

– Eu pareço um macaco, por acaso?

O yeti inclinou a cabeça para o lado, incerto do que ele queria dizer com a palavra macaco.

– O profeta que nos trouxe a verdade sobre o Sol. Ele não era como nós – disse. Então apontou para Huirau. – Nem como eles.

Kasim lembrou o que dissera a Ministra sobre a semelhança entre as religiões do Vale da Estrela e de Muskulsehir. Poderia alguém de Myambe ter visitado Muskulsehir tanto tempo atrás?

– Não se sinta tão lisonjeado – disse o Carrasco. – Ele fez o mesmo com o crânio do meu antecessor, um yeti condenado por três assassinatos e comportamento antissocial.

Como se para exemplificar suas intenções, o velho yeti mostrou a tigela que trazia. Era feita com a parte de cima de um crânio enorme. A borda tinha sido decorada com entalhes que tinham algo de místico.

– Ele comia fezes – disse outro yeti, o mesmo que tinha tentado tirar a cor da pele de Kasim mais cedo. Dessa vez ele não sorriu.

O mestre yeti concordou, jogando estrume de iaque com palha no fogo do refeitório.

Entendendo que não teria o que queria, o velho yeti agarrou as moedas que pôde com a mão, jogou-as em seu copo de crânio e foi para o lado oposto do refeitório.

– O corpo guarda poder – explicou o mestre. – Mas não é tão importante como o que parte com a morte do corpo.

Huirau afastou as vasilhas e colocou os cotovelos sobre a mesa, entrelaçando os dedos.

– Então nos explique.

O mestre yeti considerou, alisando a mão mumificada pendurada sobre seu peito. À sua volta, no refeitório, outros yetis continuavam a comer. Os que terminavam se levantavam e seguiam para a cozinha adjacente. Era quase impossível esquecer que aquilo era na verdade uma espécie de prisão e cada um deles era um condenado ao que havia de pior na lei de Muskulsehir.

– Quem você é, quem eu sou, morre a cada instante. – O mestre pegou uma trouxinha de carne e imitou Kasim, molhando-a no chá de manteiga e comendo-a de uma vez. – Você não é mais quem acordou hoje ou quem entrou naquela carruagem que o trouxe até aqui, nem mesmo aquele que entrou neste templo. Você não será mais você quando sair daqui ou amanhã, quando despertar novamente. O que nós somos é uma ilusão, e o que Sumeru faz é prender essas vidas passadas.

Huirau se inclinou para trás, um sorriso zombeteiro no rosto.

– Então são memórias, exatamente como dizemos.

Mas o mestre não parecia concordar.

– Não é um pensamento. Não está aqui – ele disse, batendo com o dedo no lado da cabeça. – Está aqui. – Bateu com o mesmo dedo no peito, sobre o coração. – É quem somos.

Kasim achou melhor comandar a discussão. Apoiou o corpo na mesa, aproximando-se do gigante do lado oposto.

– Eu entendi que seu governo partiu porque, se morressem aqui, suas almas não iriam para o além.

O yeti balançou a cabeça de um lado para o outro, fazendo chacoalhar as tranças.

– É na junção desses eus, que morrem ao longo da vida, que nos unimos ao Emissário quando este corpo expira. Assim disse o profeta.

– Assim disse o profeta – repetiram juntos os outros yetis no refeitório. Não pareciam estar prestando atenção até aquele momento.

– Em Myambe acreditamos em algo parecido. No Vale, pelo menos, e em alguns outros lugares, como no Império de Diamante.

Os yetis rosnaram em uníssono e, todos juntos. deram um tapa na mesa ou numa parede.

Kasim olhou à sua volta sem entender o que queriam dizer.

– Conhecemos seu povo, assim como conhecemos o demônio que jamais morre. Você está certo: sem que o ciclo da vida continue, não podemos alcançar o estado de espírito superior, unindo-se com o Sol, assim como seu povo com a Estrela da Manhã ou os seguidores do demônio com ele.

Huirau bufou, cobrindo o rosto com a mão, o cotovelo apoiado na mesa.

– E o que isso tudo quer dizer? O que há de tão importante que alguém mataria uma locchava por isso?

Kasim estava mais focado em entender o que dizia o yeti.

– Se as memórias não são memórias, mas sim espíritos aprisionados? Isso mudaria a percepção de todos sobre o que veem. Os māras. Eles não destroem memórias? E se todos soubessem que são almas?

– Não, isso é besteira.

Se antes os outros yetis não davam importância à conversa, agora Huirau tinha conseguido atrair a atenção deles.

– Talvez dizer isso agora, cercado de gorilas de meia tonelada que acreditam nisso, não seja uma boa ideia.

Huirau se levantou. Pegou uma das moedas de prata que tinha escapado do yeti mais velho e jogou-a por sobre a mesa, como se quisesse atingir alguém, mas não tivesse coragem de fazê-lo.

– Perdemos nosso tempo vindo aqui.

Partiu com passos pesados, sem olhar para trás. Carrasco Mor nada disse. Voltou a comer seus bolinhos.

Kasim encontrou o historiador no quarto que lhe fora destinado, recolocando seus pertences na mochila dada pelo Ministério da Receita.

– Não acho que tenhamos perdido tempo – disse para as costas de Huirau. – Essa história toda me deu uma ideia.

– Mal posso esperar para ouvi-la.

– Você viu a mesma coisa que eu vi. Essas coisas, elas estão por toda parte, invisíveis!

O historiador parou bufando de novo. Largou a mochila e se levantou, cruzando os braços, postura de quem não queria ouvir mais uma palavra.

– E o que resta fazer? As memórias parecem ser inconstantes, de propósito ou não. Já falei com uma deusa exilada que possui uma criança, um bêbado que fala com os mortos e um macaco que acredita em fantasmas. Com quem mais falta falar?

O historiador estalou a língua. Pegou o sobretudo que tinha tirado após o primeiro encontro e voltou a vesti-lo.

– Quem esteve aqui desde sempre? Quem protege Sumeru com toda a fúria de uma leoa.

Isso fez Huirau se deter e encarar em silêncio a parede oposta enquanto abotoava o sobretudo. Virou-se lentamente, olhos entrecerrados, fixos nos de Kasim.

– Você não pode estar falando sério.

Huirau saiu do quarto, deixando Kasim e a mochila para trás. O mercenário foi atrás, as pernas mais longas permitindo-lhe alcançar o historiador com facilidade.

– Não era isso que você queria desde o começo? Vai ser sua oportunidade.

– A última sugestão que você deu quase me matou.

– Você quer descobrir o que está acontecendo ou não?

Huirau parou, os punhos cerrados. Recusava-se a olhar o mercenário nos olhos.

Jogou os braços para cima.

– Muito bem, estrangeiro. Você ganhou. Vamos falar com o Arconte.

Capítulo 36

Taua olhava na direção do porto, incerta do motivo pelo qual os fogos da antiga casa da Companhia Mercantil de Valmedor ainda não tinham começado a arder. Por alguma razão tinha certeza de que Kasim estava envolvido naquilo, e imediatamente entendeu por que tudo saíra do controle em relação aos estrangeiros.

Os Onze Reinos funcionavam de forma bem hermética. Pelo menos era assim desde que o próprio povo retomara o controle após séculos de dominação estrangeira por sucessivos conquistadores. Vir de fora era motivo suficiente para desconfiança. Agir como um bárbaro – ou seja, agir como alguém de fora do continente – era pedir para ser preso, expulso ou espancado.

Taua tivera pouco contato com estrangeiros antes de conhecer Kasim, e a maior parte do contato anterior fora ao prendê-los por vadiagem e brigas enquanto estavam bêbados ou intoxicados por outras substâncias. Tinha trocado poucas palavras com eles, em especial porque a maioria insistia em usar suas línguas nativas.

A sargento percebera que sua própria língua não era sua: anos de dominação tornaram o dialeto ilhota praticamente esquecido, substituído pelo Valmedor moderno que tantos chamavam de Língua Mercantil.

Suspirou, puxando o sobretudo para perto do corpo. As placas de couro curtido costuradas do lado de dentro o tornavam incômodo, mas ao menos seriam uma proteção caso as coisas saíssem como esperado.

Sim, porque tinha certeza absoluta de que fanático algum se entregaria sem resistir.

Após o linchamento seguido de morte aos pés do Palácio Laranja, Taua fora designada pela própria Ministra da Justiça para investigar o caso. Não precisou de muito para descobrir que o morto era, sim, um nativo de Duralam. Mais: filho, neto e bisneto de nativos, pelo menos.

Era um homem comum que já tinha trabalhado inúmeras vezes para o Ministério das Obras em restauração de prédios, remoção de neve e transporte de cargas no porto. Não havia qualquer indício de jamais ter pegado em armas ou sequer ter interesse nisso. Pelo menos não antes de uma semana atrás.

Vizinhos e amigos diziam que o sujeito sempre fora devoto da Deusa Menina, mas que, nos dias recentes, tinha se tornado muito mais do que isso. Tinha saído de um café quebrando uma caneca e esmurrando uma parede após uma discussão boba sobre a origem da atual hospedeira da Deusa, e dissera dias antes que o governo devia prender, torturar e executar no porto todos os estrangeiros surpreendidos fazendo arruaça, para que as memórias gravadas desse evento alertassem todos os recém-chegados sobre o que aconteceria se se desviassem da norma nos Onze Reinos.

Daí não foi difícil encontrar os outros envolvidos no ataque aos estrangeiros da Liga do Sul. A surpresa foi saber que a única coisa que os conectava era sua devoção pela Deusa, recentemente exacerbada.

Taua estava sentada em um pedaço da mureta de pedra de um parque onde crianças de pele e olhos claros brincavam em torno de um Muskul com correntes nos calcanhares, anel de ferro no pescoço e focinheira. Os olhos do Muskul lacrimejavam, mas ele brincava mesmo assim. Era possível ver em suas costas listras onde lhe faltavam pelos, mas não cicatrizes.

Do outro lado da rua, além da feira de rua onde vendiam frutas, bolinhos de carne, chá de manteiga e especiarias, a mulher que dias antes ameaçara jogar uma garrafa no estrangeiro abria a porta de um depósito pequeno sem sinal algum de pertencer a uma loja, governo ou companhia mercantil. Olhou para os lados, desconfiada, então saudou o homem esperando do lado de fora. A sargento também o reconheceu: o homem que portava o tacape naquela mesma manhã. Tinha parado uma carroça puxada por um iaque velho e meio careca para descarregar algumas caixas de madeira.

Taua comeu mais algumas frutinhas do cone de algas comprado em uma das barraquinhas. Nem sequer sabia o nome da fruta, ou ao menos sentia o gosto azedo misturado ao salgado das pedras de sal negro. Só queria algo para fingir não estar de tocaia. O som das crianças atrás dela e o choro baixo do Muskul tiravam sua atenção.

Quando a ministra mandara chamá-la, ela tivera certeza de que seria questionada sobre o porquê de um assassino em potencial chegar tão perto da Deusa Menina, mas a intenção era agradecer pelo seu serviço e incumbi-la de pegar a suposta organização por trás do atentado.

Taua não sabia se isso era uma recompensa ou punição disfarçada. Tudo o que queria ao entrar para a milícia era manter seu bairro protegido e retribuir à comunidade por tudo que recebia. Queria um futuro seguro para seu filho, nora e netos.

Agora estava do outro lado da cidade liderando homens e mulheres que nunca vira antes para capturar supostos terroristas cujas ações nem sequer faziam sentido.

Se eram fanáticos pela Deusa Menina, por que tentariam matá-la? E que efeito obteriam se o fizessem? A Deusa reencarnava num novo corpo sempre que a hospedeira falecia. Não era segredo algum. Matá-la apenas adiantaria o processo.

O som de madeira se partindo atraiu sua atenção. Do outro lado da rua o sujeito do tacape deixara cair uma das caixas. No impacto com o chão, a tampa se soltou, fazendo rolar uma dúzia de setas de besta. Rápido, os dois cultistas se abaixaram para pegar tudo, enfiar de volta na caixa e correr para dentro com o material.

Se havia qualquer dúvida sobre suas intenções, ela tinha sido sanada naquele momento.

Taua se levantou na mesma hora em que a memória do Muskul atrás dela urrou de dor com o estalo do chicote nas costas e caminhou direto para o depósito. Em sua mente via Kasim olhando para ela, julgando, um sorriso odioso no rosto, a cabeça balançando de um lado pro outro.

Ela não tinha sido treinada para tocaias, nem para disfarces. Usava o brasão da milícia no peito e o sobretudo cinzento característico. Não puxou do cinto a maça que era sua única arma contra o crime de Duralam.

Em outros pontos da rua, quatro milicianos se levantaram alertados por seu movimento e convergiram para o depósito.

Não levou muito tempo para que um dos cultistas os percebessem.

Taua apontou com o dedo para o brasão em seu peito, o rosto fechado como quem diz 'não tente nada'. Ela não sabia por que esperava que isso funcionasse.

O homem com a caixa jogou-a no chão. Ela se partiu, espalhando legumes nos quais se ocultavam facas longas e curvas, que nem sequer pareciam de origem local. Saltou para a carroça, de onde tirou uma besta armada.

Taua pensou nos netos, curvou o corpo para a frente e correu.

A seta voou por cima do seu ombro direito enquanto a mulher pegava uma das facas e entrava no depósito, gritando um alerta.

O cultista colocou a besta no chão, enfiando o pé na alça da frente, tentando puxar o cabo de aço com a roldana. Tinha uma seta pronta na boca, esperando para ser colocada no trilho.

Taua o alcançou no momento em que ele erguia a besta. A maça agora em sua mão o pegou por baixo do queixo, fazendo voar sangue e dentes e talvez a ponta de uma língua mordida. O homem cambaleou para trás, deixando cair a besta. Atordoado, desmontou no chão entre os legumes e facas.

– Cuidem dele – ela gritou para o miliciano mais próximo, sem deter seu movimento. Saltou por cima do homem caído e foi atrás da mulher. Foi recebida por um golpe de faca vindo de cima.

Taua jogou o corpo para a direita, torcendo o tronco. A lâmina curva desceu deslizando pelo lado do peito, cortando o tecido, mas resvalando nas placas de couro por baixo. Não tivesse ela tido o reflexo de esquivar, teria a lâmina enfiada até o cabo no ombro.

De onde estava, ao lado da porta, não tinha como fazer o movimento adequado para usar a maça, mas nem por isso se deixaria vencer. Ergueu o braço meio desajeitado, trazendo a maça com menos força, para mais afastar do que ferir. A cultista jogou o corpo para trás para escapar ao golpe. O movimento brusco a fez perder o equilíbrio e deu a Taua a abertura que ela precisava. Taua seguiu com um pisão da perna esquerda, atingindo a coxa da mulher, que, já sem apoio, caiu quase sentada na parede.

Taua trouxe a cabeça da maça ao pulso estendido da mulher, forçando-a a soltar a faca, então deu uma joelhada em seu rosto. A mulher desmaiou ali mesmo, sem voltar a se mexer.

Algo zuniu no ar, perto demais de Taua. Ela se abaixou, correndo para buscar a proteção de barris e caixas cobertas de tecido espalhados pelo depósito. Atrás dela, outros milicianos entravam, buscando proteção. Num momento para recuperar o fôlego, percebeu que os engradados tinham todos o símbolo da Liga do Sul e suas companhias mercantis.

Ouviu outra seta voar e se cravar na madeira.

Do lado de fora, alguém gritou de surpresa e dor. Olhou naquela direção e, enquanto não enxergava o lado de fora, viu a mulher que havia nocauteado. Tinha uma seta cravada em seu peito.

Fora por acidente ou proposital?

O grito, no entanto, não viera dela. Viu uma luta acontecendo do lado de fora. Sinalizou para um dos milicianos fazer algo a respeito. Ele concordou com a cabeça e correu abaixado para o lado de fora. Dentro do depósito uma terceira seta foi disparada, cravando-se no batente da porta.

Dessa vez o som que se seguiu foi de passos correndo para longe.

– Vai tentar escapar! – ela gritou, levantando-se e se jogando na direção do som.

Na mesma hora em que passou pelos engradados, tendo avistado alguém que saía às pressas por uma passagem dos fundos do depósito, as memórias de uma dúzia de pessoas surgiram no ar à sua frente: dois estrangeiros de aparência dura, brigando, cercados por um grupo que agitava moedas e punhos, gritando apostas e incentivos. A aparição súbita a pegou de surpresa, forçando-a a se esquivar. Pisou errado, a coxa queimou com o peso do corpo. Caiu com o joelho no chão, deslizando em meio às memórias dos apostadores.

Tinha que ter sido planejado.

Dando um soco no chão de terra, Taua se jogou contra as memórias, atravessando-as, e chegou até a saída dos fundos. Sentiu o pé bater em algo. No chão, a besta usada para matar a outra cultista. Lá fora, pessoas andavam pelo dia escuro da Longa Noite. Fosse lá quem tinha acabado de escapar, já havia desaparecido na multidão.

Vasculharam o depósito, mas não encontraram mais ninguém. Sentindo-se exausta, Taua voltou para a entrada do depósito, esperando pelo menos poder interrogar o cultista que nocauteara. Encontrou-o caído com a cabeça apoiada na parede. Ou o que tinha sobrado de sua cabeça. Os olhos estavam esbugalhados e havia uma mossa enorme na frente de crânio, de onde vazava sangue. Taua não precisava olhar a maça caída ao seu lado para identificar a arma usada ali.

O miliciano que ela tinha ordenado prender o primeiro cultista estava sentado na carroça, sem a jaqueta. Outro miliciano prendia bandagens em um corte no braço. Não parecia muito sério, mas decerto o pegara de surpresa.

– Me atacou com uma das facas – explicou o ferido, apontando com o queixo para as facas que caíram da caixa partida.

A sargento suspirou e se abaixou de cócoras ao lado do corpo. A ação terminada, começava a sentir os músculos das costas e das pernas queimando. Pegou um dos legumes que antes disfarçavam as armas. Mais coisa estrangeira direto da Liga do Sul. O cadáver, no entanto, era claramente nativo dos Onze Reinos.

E jovem. Jovem demais.

– Droga, garoto. Por que você fez isso?

– Fanatismo – disse um dos milicianos num tom de obviedade.

– Pela Deusa Menina? – ela mostrou o legume importado, e poderia fazer o mesmo com tudo mais que encontrara naquele depósito. – Não faz sentido.

Taua se lembrou de quando tentava impedir o assassino, de ouvir uma criança dizer seu nome. Sentiu um calafrio percorrer sua espinha.

Prendeu a maça novamente no cinto e examinou o corpo, em busca de qualquer coisa que pudesse ajudá-la a identificá-lo ou que pelo menos revelasse a procedência daquela carga.

– Ele está morto – disse o miliciano ferido. – Não há mais nada que ele possa nos dizer.

Taua olhou o cadáver nos olhos. Sangue e saliva escorriam da boca mole.

As últimas palavras que ouvira de Kasim voltaram à sua mente.

– Talvez tenha. – Ela se levantou com esforço, tendo de se apoiar na parede. – Me ajude a colocar o corpo na carruagem. Precisamos ir até o porto.

Capítulo 37

Olhos curiosos se voltaram para a carroça onde três milicianos com brasões de bairros diversos desciam a orla de Duralam. Eram, em sua maioria, olhos estrangeiros, o tipo que não estava acostumado a simplesmente aceitar o que oficiais do governo faziam como algo bom para todos.

A região do porto não tinha uma milícia própria, mas sim uma guarnição do Ministério da Defesa, que na prática fazia o mesmo serviço, só que com armas mais letais e treinamento mais adequado. A mensagem era bem clara para quem vinha de fora.

Taua olhou por cima do ombro para os dois cadáveres na carroça. Estavam ambos totalmente cobertos por uma lona, mas o sangue vazara pela madeira da carroça, deixando uma trilha pela rua de paralelepípedos.

Discrição tinha deixado de ser um requisito para a sargento. Ela só queria acabar logo com aquilo.

Chegaram ao barraco de madeira, pedra e barro apoiado na base da antiga casa da Companhia. Era diferente de qualquer outra coisa em Duralam, uma verruga crescendo onde ninguém antes tinha visto, manchando o horizonte de casas brancas e laranja de teto curvado, decorados com sinos e flores.

Desceu da carroça, fazendo sinal para um dos milicianos prender o iaque. Foi para a parte de trás, onde confirmou sua teoria. A trilha de sangue seguia por metros e metros, perdendo-se entre os pés dos transeuntes que negociavam no mercado de peixe e nas tavernas da região.

O som da sua chegada atraiu o morador do barraco, que saiu desconfiado, empurrando a cortina maltrapilha que servia de porta. O estrangeiro tinha a pele ainda mais escura do que a de Kasim, e cabelos crespos que se uniam à barba como uma coisa única que escondia as marcas da idade e do sol. O peito estava nu, mostrando a pele curtida sobre costelas visíveis. Vestia apenas um trapo desbotado.

Se os olhos vermelhos e lacrimejantes não fossem o suficiente, o cheiro de álcool denunciava o que ele andava fazendo.

– Eu conheço você.

O necromante aquiesceu, torceu o lábio como quem concorda sem se importar.

– Você já me prendeu uma vez.

A voz e a expressão de deboche dispararam a memória da sargento.

– Indecência – ela se lembrou do veredito.

– É assim que meu povo honra os antepassados.

– Pulando nu em uma fonte.

– Eu estava usando a máscara – justificou o necromante, dedo em riste, voltando para o interior do barraco.

Taua passou a mão no rosto. Percebeu o olhar desconfiado dos dois milicianos que a acompanhavam. Jovens que ela nem sequer tinha visto antes daquele dia, e que deviam estar considerando reportá-la ao Ministério dos Ritos por heresia.

Ela não tinha tempo para aquilo.

– Preciso dos seus serviços.

Foram alguns segundos de silêncio antes de a resposta vir gritada de dentro do barraco.

– Não acho que seja uma boa ideia!

– Também não, mas estou sem alternativas.

Mais um longo silêncio, então a cortina voltou a se afastar, a cabeça grisalha do necromante vindo para fora.

– Foi Kasim, não foi?

Taua apenas concordou com a cabeça, vendo no rosto do estrangeiro o mesmo tipo de expressão que ela mesma já se pegara fazendo ao pensar no mercenário.

Ele balançou a cabeça, resignado, e acenou para que entrasse. Taua o fez, dando ordens para que trouxessem os cadáveres para dentro. Já bastavam todos os rumores que seriam causados por terem sido vistos no porto guiando uma carroça que pingava sangue. Não precisava que a ligassem ao bruxo estrangeiro que traria os mortos à vida no meio da rua.

O interior do barraco era tão simples quando ela podia imaginar. O teto era baixo, ideal para alguém com sangue ilhota, mas baixo demais para a maioria dos estrangeiros. O velho necromante andava curvado, mas algo em sua postura dizia que não era pelo teto ou pela idade, e sim por causa do peso que ele trazia às costas.

Ossos e animais dissecados estavam pendurados em pontos aparentemente aleatórios do teto, um feitiço de proteção ou coisa parecida. Havia um crânio humano amarelado pelo tempo sobre uma pedra, ao lado de uma vela derretida e cumbucas de madeira cheias de ranhuras, algumas contendo folhas secas e especiarias, outras com restos gordurosos que poderiam ter sido comida ou algo pior.

No fundo do barraco, uma máscara estava apoiada na parede logo acima de uns trapos no chão que talvez servissem de cama.

Os olhos da máscara a encaravam de volta, uma expressão severa no rosto que lembrava os homens de Myambe, as bochechas decoradas com listras, a cabeça com um chapéu curto, as orelhas com dentes. Mas os olhos, eles sim eram aterradores. Era como se a máscara tivesse vida própria e a estivesse questionando: "o que você faz aqui, forasteira?".

– Ele contou o que aconteceu da última vez?

Taua saltou ao ouvir a voz do necromante, que estava agachado recolhendo algumas cumbucas. Os dois milicianos entravam, carregando com eles o corpo da mulher morta com a seta no peito. Olharam preocupados para a sargento.

– Não – ela disse, virando o rosto para longe da máscara, mas sem vontade de lhe dar as costas. – Mas eu suponho que tenha algo a ver com o fato do incêndio não ter surgido na hora certa.

O necromante olhou para o lado de fora, para as ruínas da casa da Companhia. Suspirou, balançando a cabeça, perdido em pensamentos.

Os milicianos voltaram para o lado de fora. Um deles murmurou uma prece à Deusa Menina, os olhos arregalados para os objetos pendurados pelo teto. Só quando eles saíram a sargento voltou a falar.

– Você pode ajudar.

O necromante riu sem humor. Passou uma mão sobre um bloco de pedra arrancado da fundação da casa queimada e a ofereceu como assento. Taua recusou com a cabeça, mas o estrangeiro se sentou em sua própria pedra.

– Isso soa como uma ordem.

– Pode ser, se for preciso.

O necromante cruzou as pernas em posição de lótus. Ficou por um tempo em silêncio, olhando o nada, as mãos sobre as pernas. Parecia estar ouvindo alguém cochichar em seu ouvido. Finalmente aquiesceu.

– Não posso prometer nada, mas sugiro que esteja preparada para o pior.

– Pior do que depender de um velho bêbado para extrair respostas de um cadáver?

Aquele sorriso de novo. Ele se esticou da pedra para buscar uma das cumbucas. Havia folhas secas dentro dela. Pegou um punhado e empurrou a cumbuca de volta para onde estava.

– Bem pior.

Os milicianos voltaram para o interior trazendo o segundo corpo. Era desse que pingava sangue. A cabeça caída para baixo deixava uma trilha dele, além de outros fluidos corporais. Deitaram um cadáver ao lado do outro e se colocaram de pé na parede oposta.

Do outro lado, o necromante enfiava as folhas em um cachimbo de madeira entalhado na forma de um animal de pernas finas e longos chifres em espiral. Acendeu o conteúdo em uma vela de sebo e começou a fazer fumaça. Parecia ter esquecido que tinha visitas.

Ficou ali puxando fumo por alguns segundos, olhando o nada.

Taua limpou a garganta, questionando.

– Qual é o seu nome?

O necromante fez um som de curiosidade com a garganta. Soprou fumaça. Ela tinha cheiro doce.

– Faz muito tempo que ninguém se importa em me fazer essa pergunta.

– Isso é falta de respeito.

– É medo. – O necromante tirou o cachimbo da boca e o examinou por um tempo. – As pessoas preferem não se envolver demais com alguém amaldiçoado.

– Isso é um exagero.

O necromante apenas sorriu, fazendo aquele som com a garganta de novo. Os olhos não sorriam.

– Não faça isso – disse, apontando com o cachimbo para alguém atrás de Taua. Não havia ameaça alguma no seu tom de voz. – Vai se arrepender.

A sargento olhou para trás, para onde um dos milicianos mexia na máscara. Ele a tinha voltado para si, como se prestes a colocá-la diante do rosto.

O garoto pareceu ofendido.

– O que há de mau em uma máscara?

– O mau é ver através dos olhos dela. – Esticou a mão, pedindo que ele a entregasse.

O miliciano encarou a máscara por um longo tempo antes de ir até o necromante e devolvê-la. Parou a alguns passos de distância e esticou o braço e o corpo o máximo que podia para entregar a máscara sem precisar chegar perto, então recuou, apressado.

Taua fez sinal para que os dois milicianos os deixassem. Eles não resistiram à ordem.

A fumaça do cachimbo empesteava o pequeno barraco com seu cheiro doce. Havia algo que fazia coçar o nariz e arder os olhos. Taua estava lacrimejando.

O necromante soltou uma última baforada, então colocou o cachimbo no chão ao seu lado, perto de três garrafas vazias. Taua teve a impressão de que ele bebia para esquecer o que a máscara lhe mostrava todos os dias.

– Você é religiosa, sargento?

Por um instante Taua se questionou como ele sabia de sua patente, mas percebeu que devia ser óbvio mesmo para um estrangeiro. Não havia truque algum naquilo. Ele provavelmente já tinha ouvido chamarem-na assim antes.

– Sou devota da Deusa Menina, como qualquer outro nos Onze Reinos.

Taua fez o máximo que podia para não olhar os cadáveres no chão.

O necromante sorriu novamente, concordando com a cabeça. A máscara estava em suas mãos, mas ele não a colocava. Resistia a olhar através daqueles olhos.

A sargento estava prestes a desistir, a dizer que não precisava fazer aquilo, quando o necromante colocou a máscara diante do rosto.

Taua não sabia se era impressão ou uma nuvem passando sobre a Lua cheia do lado de fora, mas de repente tudo pareceu mais escuro. Tudo menos a máscara, que adquirira um brilho branco, e os olhos, que pareciam brilhar como chamas mais fortes do que as das velas acessas pelo ambiente.

O necromante fez aquele som com a garganta de novo.

– O que foi?

Ele respondeu, mas a voz não parecia ser sua, nem sequer vir dele.

– Você não vai gostar de saber o que eu estou vendo.

– Diga logo.

Ele se levantou da pedra, caminhando cauteloso em torno dos corpos. As mãos estendidas diante dele pareciam acariciar algo invisível.

– A alma, eu posso, sim, puxá-la. Permitir que você a questione. – Ele ficou de cócoras logo atrás das cabeças dos dois mortos. – Mas o que você encontrará não fará tanta diferença. Já o que eu vejo agora...

– Chegue logo ao ponto.

O necromante suspirou, então tirou a máscara da frente do rosto. A escuridão se retraiu e o brilho das velas voltou tão subitamente que Taua teve de piscar algumas vezes para desfazer o efeito.

– Sabe aqueles bonecos que os artistas usam em apresentações, manipulados por fios presos aos seus dedos? Um movimento aqui, e um braço do boneco se levanta.

Taua esfregou as pálpebras. O cansaço estava batendo. Só queria chegar em casa e tomar um chá no jardim enquanto as crianças brincavam com a memória do avô.

– Disse para chegar ao ponto.

O necromante caminhou lentamente até onde a máscara estava no começo. Claramente estava incerto sobre o que dizer, ou como dizê-lo.

– Esses pobres coitados são fantoches, e os fios são longos e levam diretamente para o complexo de palácios.

Ela sabia o que aquilo queria dizer, mas talvez preferisse não acreditar.

– Seja direto, necromante.

– É influência da sua Deusa.

O que não era influência da Deusa em Duralam? Taua torceu o lábio. Tinha perdido seu tempo.

– Eles eram devotos. Veneravam a Deusa Menina como muitos outros aqui. Talvez mais.

– Não, não é simples devoção. Era muito mais. Era controle direto.

Chega. O louco não fazia sentido algum. Com um gesto irritado, Taua deu as costas para o necromante e seguiu para a porta.

– Sua Deusa! – gritou o necromante, e de repente ele estava diante dela. Como...? – Ela está controlando a mente desses sujeitos, apesar da distância. E, se ela já pode fazer isso... Não quero saber o que seria capaz de fazer se se tornasse adulta.

Capítulo 38

Convencer o Carrasco Mor a guiá-los em uma jornada para o coração do continente foi mais fácil do que Huirau esperava. Segundo a cosmologia de Muskulsehir, o Arconte era como juiz, júri e executor, com a missão de impedir as almas de escaparem dos Onze Reinos. Não era aliado do Demônio na Pedra, mas sim um cuidador que garantia que, fosse o que fosse que desse errado, se restringiria àquele pedaço de terra gelada.

– Há relatos de encontros – explicou o líder yeti enquanto se preparavam para a jornada. – Meus antecessores tentaram o mesmo que vocês pretendem.

– E conseguiram?

O yeti apontou para a mão mumificada pendurada sobre seu peito.

As mochilas com mantimentos e equipamento de escalada eram maiores e mais pesadas do que o locchava, mas pareciam não requisitar tanto esforço dos seis yetis que os acompanhariam na jornada. Um dos que ficariam para trás entregaria aos soldados aguardando no mirante uma mensagem enviada por Huirau, explicando seu plano e dando ordem para que retornassem ao Palácio Vermelho. Kasim achava isso uma péssima ideia, esperava que o Secretário enviasse um pelotão inteiro para impedi-los de tal estupidez, mas Huirau duvidava. O Secretário já estava envolvido demais com outros problemas, e desguarnecer Duralam enquanto precisava lidar com uma deusa rebelde e a visita de ex-conquistadores parecia uma ideia tão ruim quanto viajar para o meio do nada para interrogar um deus psicopata que talvez nem estivesse lá. O locchava não disse, mas também sentia pena dos homens esperando por eles no mirante. Não havia por que os três sofrerem esperando naquele lugar por tanto tempo, apenas para descobrirem depois que Huirau e Kasim tinham partido. Já sofreriam o suficiente tendo de dar essa notícia para o Secretário.

Carrasco Mor insistiu que os dois humanos se vestissem mais

apropriadamente. Chegou a oferecer um manto de pelos marrons que, disse ele, os protegeria do frio mais rigoroso, mas Huirau tinha quase certeza de que o manto era na verdade a pele de um Muskul morto e entregue ao urso branco em pedacinhos. A ideia fez surgir uma pergunta curiosa.

– Como vocês são brancos, todos vocês?

Carrasco Mor terminava de amarrar a mochila nas costas do yeti sorridente com quem Kasim trocava olhares furiosos. Sorriu sem mostrar os dentes.

– Somos marcados para nunca mais podermos voltar.

Ele não ofereceu mais informações, nem Huirau quis forçar a pergunta.

A jornada levaria cerca de cinco dias de marcha cansativa pela neve. Por sorte ainda era cedo na Longa Noite, e as camadas de neve não eram ainda profundas o suficiente para engolir um homem. O tamanho da carga que cada yeti levava era tão grande e alta em suas costas que, mesmo que um deles afundasse na neve, ainda seria visível de longe.

O terreno não era tão terrível quanto Huirau esperava. Duralam ficava em uma espécie de bacia cercada de montanhas relativamente baixas, sendo as mais altas aquela onde estava o Palácio Branco e aquela onde ficava o monastério yeti. Mas, além dessas montanhas, o terreno era muito menos acidentado, pelo menos na direção em que eles seguiam.

Huirau aprendera na infância que o que mantivera Duralam protegida do Sacro Império e de demais reinos da antiguidade foram seus traços naturais. Os Onze Reinos eram como uma coroa onde a costa era montanhosa, mas o centro era um grande planalto. Fora alguns poucos pontos, onde cidades como Duralam tinham sido fundadas, o terreno era dificílimo para que tropas pudessem viajar. Certa vez, um antigo reino havia muito extinto enviara um exército montado em feras gigantescas pelo centro do continente, sem saber que lá o ar era fino, os ventos eram gélidos e o clima era seco. Enquanto as memórias desse exército se perderam no tempo, havia quem dissesse que os esqueletos dos monstros gigantescos que os levavam ainda estavam espalhados pelo gelo do planalto.

Huirau esperava que não fossem tão longe, mas tinha medo de perguntar isso ao Carrasco Mor.

Viajaram durante horas, parando em pontos estratégicos marcados na pedra por yetis que tinham passado por ali antes deles. Eram cavernas naturais nas montanhas e colinas, onde viajantes anteriores e eremitas viveram por toda uma Longa Noite ou mais em busca de contemplação. Na caverna em que pararam para dormir, encontraram o cadáver mumificado de um yeti sentado de pernas cruzadas. O vento que entrava na caverna fazia balançar os pelos que não tinham congelado. O Carrasco Mor rezou uma prece ao companheiro morto sabe-se lá quantos anos antes, então se sentou para preparar o chá de manteiga, cantarolando como se o cadáver não estivesse ali. Dormiu roncando a um braço de distância da múmia.

No final do segundo dia de viagem, chegaram à orla do planalto. Dormiram em uma caverna no alto de uma colina íngreme que os protegia do vento vindo do lado oposto. Chamas verdes e azuis dançavam no céu, como se os desafiassem a continuar. Na neve do lado de fora os yetis se prostraram para as luzes da noite, e Kasim ficou de longe, a mão no colar sobre o peito. Parecia estar rezando.

No quinto dia, depois de três horas de viagem, viram um obelisco de granito erguendo-se do gelo.

Naquela altura Carrasco Mor identificou um abrigo na entrada de um edifício que parecia ser o topo de uma torre ou fortaleza, agora lembrando mais uma colina coberta de neve. Se fosse mesmo uma torre, o obelisco poderia ter vinte metros ou mais de altura soterrados sob a neve. O interior da câmara era o suficiente para os oito viajantes, com uma passagem parcialmente oculta por neve e gelo descendo para o nível inferior. Após uma olhadela breve, os yetis deram as costas às escadas, como se não houvesse risco algum capaz de vir de lá.

Enquanto os yetis preparavam o almoço na entrada da câmara e descansavam, Huirau estudava de perto o obelisco. O vento queimava ao toque. Era tão forte que as duas faces da estrutura viradas para o vento estavam lisas, enquanto as outras tinham ainda símbolos gravados na pedra. Restava o suficiente para identificá-los como algo diferente de tudo o que vira na pedra de Duralam, fosse real ou memória.

– Você disse que esse continente já passou por várias mãos.

Kasim tinha aparecido ao seu lado, os olhos no obelisco, o rosto quase todo oculto pelos casacos e capuz de pele.

– O que tem?

– Aprendi que saber a história de um lugar pode ser relevante para o problema que pode destrui-lo.

Huirau acabava de perceber que estava olhando Kasim admirado, de boca aberta, quando sentiu os olhos e a garganta queimarem. Tossiu, puxou a aba do casaco para cobrir a garganta e caminhou de volta ao abrigo. Só quando chegaram lá, na relativa proteção das paredes de pedra e o fogo aceso pelos yetis, ele respondeu.

– Primeiro vieram os ilhotas, guiados pela Deusa, como você sabe.

Kasim concordou com a cabeça. Estava tirando as luvas para aquecer as mãos no fogo.

– São os baixinhos como você.

Huirau preferiu ignorar o comentário.

– Mas ao que tudo indica já existiam outros aqui antes. O povo do Arquivista e depois tribos Muskul primitivas. Esses povos não criaram cidades grandes. Viviam da caça e coleta, a maioria nômades ou seminômades nas proximidades de Sumeru.

Kasim concordou com a cabeça. Uma das mãos tinha três dedos erguidos.

– Em algum momento, por volta de mil anos atrás, o Sacro Império Valmedor chegou e conquistou tudo. Colocou aqui um Vice-rei e construiu suas cidades.

Um quarto dedo se levantou na mão erguida sobre a fogueira. Um dos yetis tinha parado para observar, curioso.

– De lá para cá foram ciclos mais rápidos. O Sacro Império caiu e o governo ficou na mão de um tirano que tentou destruir Sumeru – o mesmo que eu venho estudando no Palácio Branco. Depois veio Muskulsehir, que permaneceu algumas décadas antes da rebelião financiada pela Liga do Sul. Foram, então, alguns anos bem complicados. Quinze príncipes da Liga do Sul governaram. Acabaram todos mortos pelas mãos daqueles que fundaram o governo atual com a ajuda da Deusa.

Kasim tinha oito dedos das mãos erguidos. Contou-os novamente, murmurando palavras, para se certificar.

– Contei oito reinos, isso incluindo os povos nômades. Por que o nome é Onze Reinos?

Huirau riu sem humor, debochado. Sentou-se em uma pedra perto do fogo e aceitou uma tigela de chá de manteiga oferecida por um dos yetis de quem não lembrava ter ouvido o nome.

– Se toda vez que esse lugar fosse conquistado nós mudássemos de nome, ninguém conseguiria acompanhar.

Até os yetis riram. Estavam sentados em torno do fogo tomando sopa e comendo bolinhos de farinha e água. Alguns misturavam seus bolinhos no chá para formar uma papa espessa. Carrasco Mor mastigava sua papa quando começou a falar.

– O nome foi dado por um pesquisador Valmedor nos tempos do Sacro Império. – Limpou a boca com o antebraço. – Zurkalla, na sua língua. Quando Muskulsehir tomou o continente, traduziu o nome para Onze Reinos. Não sei exatamente a referência que levou a esse nome, e não acho que qualquer um se importe com isso hoje em dia. Por acaso alguém discute por que sua terra se chama Myambe?

Kasim franziu a testa. Concordou com a cabeça. Sentou-se com os outros, aceitando a tigela de chá com muito menos entusiasmo que eles. Mas nem ele recusaria uma bebida quente naquele clima. Mesmo assim fez careta ao beber o primeiro gole, então fez como os outros e misturou seu bolinho de farinha no líquido, na esperança de que o gosto ficasse melhor.

Huirau passou um pedaço do seu bolinho na borda da tigela, para aproveitar todo o resquício do chá. O quanto de conhecimento os yetis tinham guardado no monastério? As escolas do Ministério do Conhecimento ensinavam a maravilha que era o governo dos Ministérios e a Deusa, e demonizava os governos anteriores como corrupções do ideal original de quando os primeiros humanos chegaram ao continente. Huirau nunca questionara esse ensinamento, mas o quão certa era essa visão isolacionista das coisas?

Depois de terminar a refeição, um dos yetis limpou todas as tigelas com a neve do lado de fora enquanto outros voltavam a arrumar as malas. Kasim estava em silêncio, de pé, olhando para o fundo da câmara, onde as sombras ocultavam a passagem para o interior do edifício. Huirau aproveitou o momento de silêncio para meditar.

Fechou os olhos, as pernas cruzadas, e murmurou seu mantra. O dedo indicador girava os cilindros por puro costume.

Por um instante teve a sensação de alguma coisa puxando-o na direção das escadas. Perdeu o equilíbrio.

– Tudo bem? – Kasim estava de pé ao seu lado, a mão em seu ombro. – Parece que viu um fantasma.

– No mosteiro eu conseguia sentir alguma coisa. Vestígios de memórias. Aqui? Nem isso.

– Ou seja, aqui você é como qualquer pessoa normal.

Huirau ainda segurava os cilindros na mão, os olhos no chão de pedra. Balançou a cabeça.

– É como estar cego, como ter as mãos atadas... É... desconcertante.

– Desconcertante é ter fantasmas de dois mil anos andando pelas ruas.

Carrasco Mor sinalizou que estavam prontos para continuar a jornada. O Arconte residia a mais alguns dias de viagem rumo ao Sul. O líder yeti se aproximou do fogo para apagá-lo com a neve. Kasim ergueu uma mão para detê-lo. Olhou por cima do ombro para a passagem escurecida. Então checou a espada e caminhou naquela direção.

Huirau se levantou.

– Aonde você pensa que vai?

– Encontrar respostas do jeito antigo.

Capítulo 39

Kasim sentia os dedos adormecidos apesar das luvas grossas que usava. Cheiro, não sentia nenhum, se é que havia. Tinha medo de tocar no nariz e ele se quebrar sem que percebesse. Queria ter o poder das memórias vívidas de Duralam para se lembrar de um dia quente em Myambe.

A passagem para o interior do edifício estava bloqueada por neve, como se algum tempo atrás tivesse de repente começado a nevar até que lentamente tudo estivesse coberto. Não havia sinais de desmoronamento, luta ou outro tipo de dano. O edifício tinha simplesmente sido afogado na neve ao longo de sabe-se lá quanto tempo e ninguém fizera nada a respeito. Talvez não houvesse o que fazer. Talvez não houvesse alguém para fazê-lo.

Com a ajuda de dois yetis, Kasim conseguiu desbloquear a passagem para onde a neve do exterior tinha deslizado, dando acesso a uma escadaria que levava para baixo.

– Se essa neve cair aí dentro, você vai ficar preso.

Kasim não ignorou a opinião de Huirau, porque sabia do risco. Não gostava nem um pouco dessa coisa que chamavam de neve, e não achava que seria interessante ser soterrado por ela. Algo lhe dizia que seria como ser afogado, só que com uma água mais resistente que esmagaria seu corpo ao mesmo tempo que o sufocasse. Mas a possibilidade de encontrar algo de útil nesse lugar onde as memórias não assombravam cada canto atraia Kasim.

– O que você sabe sobre esse lugar?

Huirau deu de ombros, torcendo o lábio.

– Não existe registro nenhum sobre uma cidade ou qualquer outra coisa tão ao Sul do mundo.

– E você, um historiador, não se importa o suficiente com isso para querer explorá-la.

Ignorando o olhar sentido de Huirau, Kasim fitou a escuridão. O que podia existir em um edifício que supostamente não deveria sequer existir?

– Me deem meia hora.

– Como? Não tenho memórias para medir o tempo.

Havia um milhão de respostas possíveis, todas elas ofensivas, mas alguma coisa lhe dizia que Huirau não se importava com a resposta. Queria apenas reclamar.

– Então conte até dois mil.

Ao lado, cofiando a longa barba branca, Carrasco Mor concordou com a cabeça, pensativo.

– Se você não retornar vamos embora?

– De jeito nenhum. Vocês vão lá embaixo me buscar.

O mercenário deu as costas para os outros, tomou uma das lanternas, e desceu a escadaria. Não levou muito para ouvir passos apressados atrás dele.

– Preciso saber o que é esse lugar.

A voz de Huirau tremia, e não era só pela temperatura baixa.

O frio parecia emanar das paredes de pedra, de forma que os dois tentavam ao máximo ficar bem no centro do corredor. Os degraus eram largos e distantes, e o teto era mais alto do que os da maioria dos fortes e castelos em que Kasim já tinha estado. Não havia nas paredes qualquer indício de ganchos para lanternas, velas ou tochas, nem da fuligem comum deixada pelo fogo. De fato as paredes não tinham marca alguma. Kasim se deteve para passar a mão em sua superfície. Não havia ali qualquer sinal de junção entre blocos de pedra, nem do corte de cinzéis ou picaretas. Era como se o túnel fosse feito de um único bloco de pedra cortado de forma impossível, perfeita.

A escadaria terminou em um salão grande o suficiente para que a luz da lanterna não alcançasse suas paredes. Pilares próximos se erguiam até o teto alto, onde pedras preciosas reluziam na chama a óleo. O chão era perfeitamente liso, quase escorregadio, e tinha desenhos orgânicos, como raízes e cipós espinhentos presos no gelo logo abaixo da superfície. De novo não havia qualquer sinal de junção entre as pedras. Que tipo de conhecimento as pessoas que criaram esse lugar possuíam para ter feito algo tão incrível? Seriam de fato pessoas?

– Ali – disse Huirau, apontando para onde a penumbra da lanterna quase tocava algo no chão.

Caminharam alguns passos, ouvindo-os ecoar no salão junto com sua respiração e o bater dos corações.

Como um véu sendo lentamente puxado para trás, a escuridão revelou uma forma caída no chão. Primeiro o esqueleto de uma pessoa em armadura de bronze, os braços ao redor das pernas puxadas para perto do corpo, encolhido de medo ou frio. Atrás dele, um crânio com pelo menos um metro de comprimento, um maxilar poderoso e cavidades oculares grandes o suficiente para caber uma mão aberta espalmada. O corpo se alongava para trás, desmontado sobre si mesmo, tornando impossível identificar a criatura sem saber por onde começar.

Kasim se agachou ao lado do crânio, colocando a lanterna no chão. Pegou o que parecia ser uma garra feita dos ossos da criatura. Era facilmente do tamanho de sua adaga, mas não parecia assim tão afiada.

– Os dentes são chatos.

Huirau se aproximou, os pés se arrastando na poeira do chão. Abaixou-se perto do esqueleto humano, passando uma mão na superfície da armadura, mas mantendo a atenção nos ossos da criatura.

– O que isso quer dizer?

– Não era carnívoro – Kasim respondeu, pegando a lanterna e levantando-se.

– Menos mal.

– Não quer dizer que não fosse capaz de esmagar ossos, se quisesse.

Huirau acenou para que ele trouxesse a luz mais para perto. Kasim o fez, lançando sombras do esqueleto no chão e no pilar mais próximo. Enquanto o historiador examinava os desenhos e detalhes da armadura, Kasim vasculhava a sala com os olhos. Ergueu a lanterna mais alto e pensou ver mais daqueles esqueletos além do alcance das chamas.

– É um trabalho bastante primitivo.

Kasim olhou para Huirau, sem entender o que ele queria dizer.

– O entalhe nas armaduras. Primitivo e simples.

O mercenário concordou.

– Ninguém usa bronze em armadura hoje em dia. É frágil demais.

– Nem construiria um lugar desses com ferramentas de bronze.

O que significava que, fossem quem fossem aquelas pessoas, eram tão intrusas naquele lugar quanto o mercenário e o historiador.

– Alguma chance de serem seus ancestrais das ilhas?

O historiador se levantou, balançando a cabeça.

– Altos demais. Meus ancestrais não tinham mais de um metro e trinta de altura.

– O que significa que são mais antigos.

– Mais do que isso. Significa que esse lugar é antiquíssimo. Dois mil anos. Mais, talvez.

Mais assustador do que saber que estavam em um lugar tão antigo era imaginar o que teria sido capaz de exterminar sem deixar rastros um povo capaz de construir um lugar tão espetacular como esse, quando em todos os outros cantos do mundo humanos e Muskul ainda aprendiam a plantar.

Kasim deu uns passos por cima dos ossos, forçando Huirau a segui-lo. O teto e as paredes continuavam fora do alcance da luz, mas pilares grossos começavam a aparecer.

– São como cilindros de mantra – disse Huirau, tocando um deles.

Os pilares eram mais do que apenas suporte para o teto ou decorações. Cada um era composto por inúmeros discos grossos de um metal prateado não identificado, cobertos por símbolos nas laterais. Podiam ser girados independentemente uns dos outros, formando o que pareciam palavras ou frases numa língua esquecida.

Mas, se tinham a mesma função que os cilindros dos locchava, não estavam funcionando. Memória alguma surgiu, nem sequer flashes de ações quando Huirau girou os discos.

– É inútil – disse o historiador. – Não encontraremos nada que nos ajude aqui embaixo.

– Nada – repetiu Kasim, os olhos na escuridão adiante. Avançou mais rápido.

O frio parecia ter aumentado, assim como a sensação de estranhamento.

Então a luz tocou um amontoado de coisas brilhantes que pareciam escombros de pedras brancas, mas logo se revelaram ossos.

Havia o suficiente para montar uma dúzia de esqueletos humanos ali, além de ossos maiores, de criaturas como a que deixaram para trás.

E estavam todos amontoados diante de uma porta de pedra fechada.

– Eles estavam tentando sair.

Kasim procurou por uma chave, fechadura ou alavanca, mas não encontrou nenhuma.

– Ou estavam fugindo de algo.

Na pedra, perto do chão, havia arranhões, e manchas de um vermelho muito escuro faziam uma trilha até o chão. Kasim não se surpreenderia se encontrasse fragmentos de unhas ali perto.

– Alguma coisa ou alguém.

Havia mais armaduras de bronze, além de ferramentas e armas. Era claramente um grupo de caça ou guerra, preparado para enfrentar algo perigoso. Talvez montassem as criaturas cujos esqueletos os acompanhavam. Mais de perto eram visíveis entalhes que lembravam os existentes no chão do salão. Kasim se abaixou, enfiando uma mão entre os ossos e puxando dali um pequeno bastão de bronze com cabeça de pedra. Na pedra estava gravado um desenho onde pessoas caçavam um grupo de aves gigantescas com bicos e garras afiadas. Havia uma inscrição no cabo, mas era difícil enxergar com a luz da lanterna.

Kasim aproximou mais a lanterna, mas percebeu que não fazia diferença. A luz estava se tornando fraca, o alcance se reduzindo lentamente. Kasim baixou a lanterna à altura dos olhos para checar o quanto de óleo de baleia ainda havia no reservatório. Estava cheio. Mesmo assim a luz parecia enfraquecer.

Olhou a chama, mas ela não estava trêmula nem baixa.

Não era como se a luz estivesse se apagando, mas sim como se estivesse perdendo uma guerra contra a escuridão à sua volta.

No chão, tentáculos de vazio se estendiam da penumbra da lanterna em sua direção, sufocando a luz e engolindo tudo em seu caminho.

Por detrás dele uma voz ecoou vinda da escuridão.

– Eles vieram me matar.

Não. Não alguém na escuridão, mas a própria escuridão.

– Eles falharam.

Capítulo 40

Não havia mais nada além dele.

Mais rápido do que Huirau pôde perceber, tentáculos de escuridão os envolveram, cancelando o efeito da lanterna, ocultando os pilares giratórios, a parede sem detalhes, os ossos no chão. Nem o próprio chão era visível. A lanterna pendia da mão de Kasim, mas era como se não houvesse nada em que refletir.

Os lábios secaram, ficando meio grudentos, mas, atordoado, achava melhor não tocá-los com a mão, nem sequer umedecê-los com a língua.

Simplesmente não sabia como agir.

Anos pesquisando aquela mesma memória, revendo e estudando aquela mesma cena, o Arconte eternamente descendo ao interior do palácio, assassinando o último regente de Valmedor, mas essa era a primeira vez que o via tão de perto.

Era tudo tão real quanto com a memória. Cerca de um metro acima de sua cabeça pendiam as costelas e algumas vértebras soltas, flutuando como se imersas em um líquido espesso e não totalmente transparente. Pareciam longos demais, finos demais, mas Huirau não tinha visto o suficiente desses ossos para saber o quão certo estava, ou quão errados eram aqueles ossos.

O pior estava acima, talvez com o dobro da altura de Huirau ou mais.

O crânio flutuava, destacado das vértebras, parcialmente oculto pela escuridão viva como se fosse um véu ou manto que se recusasse a ficar parado. Nas órbitas vazias brilhava algo que parecia fogo, mas não emitia calor algum. Ainda assim fazia Huirau suar com a intensidade. Era capaz de matar sem pensar duas vezes.

Ouviu o som de metal deslizando e levou alguns segundos para perceber que era Kasim sacando a espada.

Você é louco!, ele queria gritar, mas não conseguia fazer mais do que arregalar os olhos, fixos na lâmina, a única capaz de refletir a luz da lanterna.

Lembrou-se dos ossos espalhados à sua volta sem sinal algum de luta, corte ou sangue, exatamente como os que flutuavam diante deles.

– Por que vocês estão aqui?

Não havia lábios para falar, e talvez por isso a voz parecesse não vir do crânio diante deles, mas de dentro deles, reverberando nos ossos como uma memória presa na pedra.

– Precisamos de respostas – disse Kasim, dando um passo adiante. – Sobre o que está acontecendo em Duralam.

Os olhos pareceram brilhar um pouco mais. O crânio pendeu ligeiramente para o lado. No movimento tornou-se mais visível o alongamento dos ossos na parte posterior. Se fosse um crânio humano, tinha passado por algum tipo de processo extremo para ficar daquele jeito.

– Você quer saber mais sobre Sumeru – afirmou o Arconte.

– Se isso ajudar a entender tudo.

– Esse conhecimento é proibido.

Então a escuridão recuou de súbito, tentáculos se retraindo para a entidade que flutuava diante deles. Os ossos ainda estavam lá, assim como o chão, a porta, os pilares. Um vapor discreto emanava de tudo, e o ar cheirava a osso queimado. Huirau teve a impressão de que o bolor que tinha visto antes em alguns dos ossos havia desaparecido sem deixar rastro.

O esqueleto se virou lentamente, como se alguém girasse uma tigela de chá, mas os pedaços de manteiga levassem mais tempo para acompanhar o movimento.

Dias de caminhada na neve para nada. O Arconte não ia dizer nada, e não havia nada o que fazer a respeito. A espada na mão de Kasim era uma piada que a entidade nem sequer consideraria como ameaça.

Huirau viu os ossos flutuando para longe, na escuridão onde a lanterna não alcançava. Deu um passo adiante sem pensar.

– Pessoas estão morrendo – ele gritou antes que pudesse se arrepender. Percebeu que estava com os punhos cerrados. Resolveu continuar antes que desistisse. – Duralam pode estar à beira de uma revolução.

– Isso é irrelevante – disse o esqueleto, sem se deter.

Kasim deu três passos longos atrás do Arconte, gesticulando com a espada.

– Como assim irrelevante? Centenas, talvez milhares de pessoas podem morrer.

O Arconte se deteve, os ossos flutuando no ar por um momento antes da voz retornar.

– Como já morreram antes diversas vezes. – Voltou a se afastar. – Igualmente irrelevante.

Kasim travou o queixo como costumava quando estava prestes a fazer uma besteira. Os nós da mão segurando a espada ficaram pálidos com a força desnecessária aplicada no cabo. Ele ia acabar matando a todos eles.

Huirau acelerou o passo. Foi direto ao encontro do esqueleto.

– É por isso que você nunca se envolveu na defesa desse lugar, não é? – Se o Arconte tivesse um corpo físico, Huirau teria agarrado seu braço agora. – Achavam que você era uma espécie de herói, um deus protetor. Você não dá a mínima para quem vive aqui.

O crânio se virou primeiro, mais do que um pescoço humano deveria ser capaz de virar. Inclinou-se para a esquerda, o brilho nos olhos parecendo faiscar. O resto dos ossos levou mais tempo para acompanhar o movimento.

– Minha atenção é dada apenas àqueles que se intrometem no que não devem, que buscam conhecimento proibido.

– Como eu.

Houve silêncio, e Huirau teve certeza que logo seria engolido pela escuridão, deixando apenas seus ossos e talvez os cilindros de bronze no chão.

Mas a escuridão voltou a recuar, fluida. O esqueleto a seguiu.

– Deixem esse lugar. Agora.

– A Deusa Menina nos mostrou o que existe aqui, sombras...

– Se são sombras, esqueçam-nas. A noite é longa.

Então o esqueleto sumiu na escuridão. Kasim correu para acompanhá-lo, a lanterna erguida sobre a cabeça, mas lá havia apenas uma parede, sem indício algum de porta ou abertura. Huirau tocou a pedra, passando a mão enluvada como se pudesse encontrar uma passagem secreta ou coisa do tipo. Rosnou e deu um soco fraco na parede. Gritou sem saber se seria ouvido.

– Elas nos atacaram!

Seu grito ecoou na câmara escura. Kasim suspirou, voltou a embainhar a espada. Sinalizou com a cabeça para que Huirau o seguisse de volta, para subir as escadas.

Deram de cara com o esqueleto inumano flutuando na escuridão líquida diante deles.

– Isso é impossível.

Huirau pegou o braço de Kasim e puxou a manga para trás. As cicatrizes tinham se tornado como listras esbranquiçadas na pele negra.

– Temos as marcas para provar. E o cadáver de uma locchava em algum lugar.

Novo silêncio. O brilho dos olhos pareceu oscilar, incerto.

– Vão embora. Este é o último aviso.

E então ele desapareceu.

Huirau permaneceu lá por mais algum tempo, confiante de que ele voltaria assim que entendesse a gravidade do que estava acontecendo. Era óbvio que sabia alguma coisa, mas não tinha intenção alguma de oferecer a verdade.

Kasim esperou por alguns minutos, um pé no primeiro degrau da escada para o andar superior. O tempo devia estar acabando, e nenhum dos dois tinha certeza de que os yetis os esperariam. Eram, afinal de contas, criminosos isolados no inferno.

– Vamos – disse finalmente Kasim, subindo as escadas sem olhar para trás, levando com ele a única fonte de luz que aquele lugar tinha visto em milênios.

Huirau se permitiu ser imerso na escuridão. Mesmo com os olhos abertos não via absolutamente nada, e havia algo de libertador naquilo.

Pela primeira vez na vida não via ou ouvia nada, nem sequer memórias.

Tocou o amuleto pendendo no pescoço, mas não girou os cilindros.

Precisava fazer alguma coisa a respeito.

Capítulo 41

Quando Huirau voltou à superfície, encontrou os yetis esperando do lado de fora, prontos para partir. Tinham as costas voltadas para o Sul. Assim que o locchava colocou os pés na neve do lado de fora do edifício, os yetis mais distantes começaram a andar.

Kasim e Huirau se entreolharam. Era a direção errada.

– O que vocês estão fazendo?

No final da fila, Carrasco Mor se deteve por alguns instantes, os pequenos olhos negros estudando-os de longe, os lábios grossos num bico pensativo de quem não queria se explicar por saber que quem ouvia não gostaria da resposta.

– Partindo de volta a Duralam. – Levantou uma mão para apontar na direção de onde tinham vindo. O gesto parecia indicar uma memória particularmente repetitiva acontecendo mais uma vez, mas a expressão no rosto era de um condenado que recebeu ordens de voltar a sua cela.

Tinha parado de nevar e ventar, mas mesmo assim Huirau sentia calafrios. Olhou à sua volta, procurando aquele que tinha certeza de ter estado ali momentos antes. Se ainda havia rastros do Arconte, tinham-se perdido na escuridão da Longa Noite.

Huirau balançou a cabeça olhando para o vazio. Não, aquela expedição não tinha acabado. Não, ele se recusava a aceitar que tudo tinha sido assim tão rápido, tão simples. Não depois de tudo o que passaram, de tudo o que viram e descobriram. Não podia aceitar menos do que a verdade, fosse qual fosse essa verdade.

Num rompante de raiva, gritou com os yetis, a voz falhando pelo frio e a emoção.

– Vocês vão voltar aqui imediatamente, e vão nos ajudar a encontrar o Arconte!

– O Arconte não quer ser achado.

– Ele não manda em nada, e eu sim!

Carrasco Mor suspirou, abaixando a cabeça, mordendo o lábio inferior.

– Você não é um Deus. Ele é.

E não havia mais nada a dizer.

Kasim suspirou, deu as costas e procurou um bloco de pedra onde sentar. Tirou com a bota a neve acumulada sobre ele e deixou-se cair lá, a lanterna posta ao seu lado na neve firme. Cruzou os braços, não só pelo frio, e apoiou as costas na parede atrás dele. Fechou os olhos, como se planejasse tirar um cochilo ali até que o Arconte voltasse.

Já a vários metros dali os yetis continuavam a andar, deixando seu líder para trás.

Carrasco acompanhou o olhar de Huirau para os outros e por um longo tempo observou-os retornar pela neve, as pernas peludas enfiadas nela até os joelhos.

Bufou, soltando vapor. Balançou a cabeça e voltou com passos longos. Tirou das costas a enorme mochila e a depositou no chão com força suficiente para que se firmasse na neve e permanecesse de pé, praticamente da altura de Huirau. Com a delicadeza que não se esperaria de uma criatura tão grande e forte, virou o locchava na direção em que seguiam os yetis e apontou com um dedo para o céu.

– Vê aquelas estrelas? Elas formam mãos segurando uma tigela de chá. Sigam naquela direção até avistarem Duralam. Mantenham as chamas coloridas atrás de vocês e não se perderão.

Huirau acompanhou os sinais até as estrelas no céu, percebendo os traços aos quais o yeti se referia. Para seu próprio povo, aquelas estrelas formavam outras constelações, mas entendia bem onde ele via as duas mãos. Virou-se com Carrasco Mor para ver a aurora austral brilhando verde e amarela no céu. Percebeu Kasim sentado logo abaixo, os olhos ainda fechados.

Kasim era um guerreiro do norte, de um lugar que jamais tinha visto tanto frio. Apesar de todos os defeitos, era, sim, eficiente do seu próprio jeito. Com certeza era o tipo que sabia sobreviver se adaptando a fosse lá o que fosse que surgisse em seu caminho.

Mas nem ele poderia lidar com uma situação daquelas, isolados de tudo, imersos em neve, sem absolutamente nenhum recurso. Não valeria de nada saber para onde ir se não tivessem como obter comida, água e abrigo. E se uma tempestade os pegasse? E se aquele grande urso branco que devorou o yeti mutilado aparecesse?

– Nós vamos morrer aqui.

Carrasco Mor sorriu, e Huirau sentiu o cheiro de carne e manteiga em seu hálito. Percebeu também aqueles pequenos olhos tristes de quem mentia por pena.

– Seu protetor o manterá vivo.

– Até alguns meses atrás ele nunca tinha nem visto neve. Você acha mesmo que ele pode nos guiar de volta para Duralam?

Carrasco sorriu cheio de dentes afiados, então tirou da mochila uma trouxa grande e a arremessou aos pés do locchava. O pacote afundou ligeiramente.

– Isso deve durar quatro, cinco dias se vocês racionarem.

No horizonte, um dos yetis gritou em sua língua. Carrasco olhou na direção dos companheiros, que já começavam a se tornar pouco mais do que pontos vermelhos na imensidão branca e negra.

– O que ele disse?

Carrasco riu encabulado, balançando a cabeça.

– Que estou deixando meus sentimentos comandarem minha mente. Nunca pude ser mãe.

Huirau deu um passo para trás, olhando o yeti de cima a baixo. Carrasco cofiava a barba branca, olhando com um sorriso distante os outros irem embora.

Mãe.

A yeti deu dois tapinhas no ombro de Huirau, olhou na direção de Kasim e o cumprimentou com a cabeça, recebendo um aceno de queixo como resposta. Então pegou a mochila, colocou-a de volta nas costas e partiu com os outros.

Huirau percebeu que não sabia absolutamente nada sobre os Muskul que dominaram seu povo muito antes dele, nem sobre os yetis que viviam na vizinhança de sua cidade e do palácio que investigava havia anos.

Percebeu que não sabia nada de nada. Os esqueletos em uma cidade que não devia existir, pessoas e monstros mortos pelo Arconte. E por quê? Qual era a razão para que o Arconte os tivesse matado, ou por que eles teriam interesse em tentar fazê-lo com a entidade?

– O que aquele desgraçado está escondendo?

A pergunta fez Kasim se mexer. Respirou fundo, esfregou a mão enluvada no rosto e forçou-se a se levantar.

– Ele apareceu enquanto explorávamos esse lugar.

Verdade. Segundo os yetis, ainda faltavam alguns dias para chegar ao local onde o Arconte vivia – se é que esse termo sequer se aplicava a ele. Então alguma coisa o fez surgir ali. E, mais: era o Arconte onisciente? Pois, se não era, significava que tinha razões para ficar atento àquele lugar.

– Você acha que tem alguma coisa aqui que ele não quer que nós saibamos?

Kasim deu de ombros. Pegou a lanterna no chão, depois o pacote de mantimentos.

– Me parece o óbvio.

Estavam no meio do nada, na planície onde a morte era a única habitante. Já podiam sentir dificuldade de respirar, não só pelo frio, mas pelo ar fino. Era mais escuro que perto de Duralam, apesar da aurora no céu, e mais isolado. Qualquer coisa errada que acontecesse e não teriam para quem pedir ajuda.

Em todas as direções para as quais olhava havia apenas neve e escuridão. As pegadas deixadas pelos yetis eram o único sinal de sua passagem recente, como se os provocassem para fazê-los desistir e seguir para casa.

– Como vamos encontrá-lo? Não consigo usar meus conhecimentos aqui.

Kasim pegou a mão que Huirau usava para segurar os cilindros em seu pescoço – ele nem sequer tinha percebido que os segurava – e colocou nela a lanterna.

– Você pode não conseguir trazer memórias, mas ainda tem as suas. Você consegue identificar o que encontrar, não consegue? Antigas ruínas, pinturas em murais, artefatos.

Não fazia ideia do que era aquilo com que tinham esbarrado, mas com certeza alguma coisa ali se conectava a todo o resto. Era isso que provava a história dos Onze Reinos: que tudo no mundo estava interligado.

Concordou com a cabeça, estalando os dedos da mão livre, que queria inconscientemente fazer girar os pequenos cilindros.

– Então vamos – disse Kasim. – Duvido que esse clima fique melhor do que está.

Voltaram ao salão abaixo da neve, onde tinham encontrado os ossos, e perscrutaram cada canto, cada parede, cada pilar giratório, osso e a porta fechada. Não encontraram outras passagens, nem meios de abrir o que se assemelhava a uma única placa esculpida no intuito de parecer uma porta.

Com base nos ornamentos, no material das armaduras e armas, Huirau concluiu, meio incerto, que aqueles guerreiros tinham vindo de Akanisha, o continente original do Sacro Império Valmedor, mas muito antes desse império surgir. Talvez fossem da região onde hoje ficava Muskulsehir, e talvez aquelas criaturas fossem de lá. Queria ter lembrado de questionar Carrasco sobre os esqueletos. Talvez ele – ela – pudesse iluminá-los sobre essa questão em particular.

Dormiram no andar de cima após uma rápida refeição, e nem Kasim reclamou do chá de manteiga que os esquentava. Despertaram no dia seguinte sem ter certeza de quantas horas tinham se passado, não tendo Sol, Lua ou memórias para dizer-lhes. O corpo doía de dormirem encolhidos de frio, apesar da fogueira acesa pelo mercenário na porta da câmara.

Kasim não queria dar aquela investida por terminada e, logo após comer alguns pedaços do pão deixado por Carrasco, foi para o lado de fora buscar alguma pista no obelisco que despontava da neve. Huirau o encontrou dando voltas na pedra, a mão enluvada deslizando pela superfície, onde gravuras resistiam ao vento que parecia chicotear a planície quase o tempo todo.

O vento tinha voltado com força, mas ao menos não nevava mais. A distância, fazia pequenos redemoinhos gelados que levantavam a poeira branca e flocos de neve. Onde antes havia pequenos montes de neve acumulada, agora a superfície era lisa como um piso muito bem colocado. As pegadas dos yetis tinham desaparecido, e Huirau esperava conseguir identificar a constelação que Carrasco citara. Ao menos a luz da aurora austral estava lá para dar a eles alguma luz, mesmo que colorida. Serviria para dar uma referência e talvez...

Huirau cerrou os olhos, baixando-os desde o céu até um ponto onde pensou ter visto algo brilhar.

Ali, onde antes havia uma pequena duna de neve, algo parecia apontar para fora do gelo, refletindo a luz da Lua e da aurora.

– Onde você vai?

Kasim teve de dar alguns passos largos para chegar ao lado do locchava, que se aproximava do objeto. Apontou para o que vira e, depois de algum esforço, Kasim o percebeu também.

Estava do lado oposto do edifício em relação ao obelisco enterrado, e por um momento Huirau pensou que fosse outra estrutura do mesmo tipo. Mas o material não batia, a pedra mais cristalina do que o basalto do obelisco.

Huirau se agachou na neve, colocando a lanterna ao seu lado. Com as mãos, desenterrou mais e mais do objeto.

Era uma pedra, ou um pedaço dela. Longo, partido, como se alguém houvesse quebrado um vidro.

– Há mais aqui – anunciou Kasim, desenterrando com o pé outro pedaço, e mais outro.

E só então Huirau percebeu que havia mais e mais pedaços como aquele à sua volta. Pedaços de cristal verde-escuro partido, parcialmente enterrados na neve.

Cristais como ele tinha visto apenas em dois lugares em toda sua vida.

Na mnemoteca sob a cidade.

E em Sumeru.

Huirau caminhou pela neve, desenterrou mais pedaços, percebeu onde alguns se encaixavam formando partes maiores. Encontrou o local onde a superfície era mais regular, esculpida de alguma forma, deixada como símbolos orgânicos numa linguagem fluida.

Não era apenas parecido com Sumeru.

Fora o fato de ter sido partido em milhares de pedaços, era idêntico a Sumeru.

Capítulo 42

Existiam certas coisas sobre protocolo diplomático que Waka não tinha a menor paciência para aguentar. Era por isso que, sempre que possível, deixava os ministros cuidarem desse tipo de coisa, mesmo que não confiasse completamente na capacidade da maioria deles para fazer o que era esperado sem dizer alguma besteira.

Mas havia situações em que era impossível não se envolver ou desviar, como quando Sahak Haigjooni, emissário da Liga do Sul, insistiu em conhecer a Deusa Menina pessoalmente.

Poucas horas antes daquele encontro, Waka tinha tido uma longa reunião com Kahurangi, a Ministra da Justiça, a respeito do que vinha acontecendo na rua com os estrangeiros. O informe mais recente trazia notícias preocupantes sobre uma organização fanática de devotos indo além dos xingamentos e brigas de rua. Centenas de armas tinham sido encontradas, e pelo menos duas pessoas tinham morrido no processo. Os rumores já percorriam as ruas de Duralam e o complexo de palácios, e seria impossível conter os problemas no meio daquela crise. Se ao menos a Longa Noite não tivesse acontecido, Waka poderia ter dado ordens de fechar o porto e expulsar todos os estrangeiros, ou ao menos confiná-los a bairros específicos, onde fosse possível minimizar os problemas.

Mas o porto estava preso em vários metros de gelo, e Sahak Haigjooni tinha feito o favor de ficar preso ali com ele. Com certeza sua chegada tinha sido planejada para evitar que pudesse ser expulso de Duralam ou levado a outras partes dos Onze Reinos num tour completamente desnecessário, como Waka já tinha feito antes com outros emissários indesejáveis.

A coisa toda apenas piorava com o fato de que o relatório da milícia dava a entender que havia suspeita de envolvimento direto da Deusa Menina. Não que Waka acreditasse que a entidade fosse capaz de controlar mentes ou causar ilusões, como dizia a sargento que assinava o relatório – faltavam ainda dois ou três anos para que fosse preciso matar a criança e reiniciar o ciclo –, mas os rumores eram suficientes para fragilizar a cidade no pior momento possível.

Do outro lado do continente, o único trecho de terra fora do controle do governo dos Seis Ministérios estava sob disputa. A Liga do Sul recuava para defender suas capitais no sul de Akanisha, enquanto as tropas de Muskulsehir faziam pouco mais do que deixar a guarnição sulista nervosa. Era a oportunidade dos Onze Reinos tomarem o que lhes pertencia com custos mínimos. Isso, claro, se conseguissem fazer isso de surpresa.

Sahak conseguia sentir o cheiro de fraqueza. Era esse seu papel para seus regentes deicidas: descobrir os segredos de outros reinos e formas de explorá-los. Se Sahak soubesse de tudo o que estava acontecendo naquele momento, a Liga do Sul talvez resolvesse desviar parte de seus recursos da guerra contra os Muskul para retomar Duralam e, eventualmente, o resto do continente antártico.

Gritos de protesto e clamor pela Deusa Menina ecoavam do outro lado dos muros do complexo. Soldados e milicianos se esforçavam para manter do lado de fora os devotos que insistiam em entrar, cantavam ameaças ao emissário estrangeiro e jogavam bolas de neve de cor suspeita.

Sahak ignorava tudo, um sorriso debochado sob o bigode lustroso, uma mão sobre as medalhas do peito, como se agradado pela recepção. Seus três assistentes seguiam logo atrás, olhares de poucos amigos para todos, a expressão de quem considerava o povo de Duralam inferior por serem devotos a uma deusa ao invés de usá-la como escrava.

– Vocês gastam tanto para decorar seus palácios que é uma surpresa que não tenham atraído todos os piratas e saqueadores do mundo.

Waka não se deu ao trabalho de responder à provocação. Apenas acenou com a cabeça para Sahak, propositalmente ignorando seus assistentes, e deixou a Ministra da Justiça fazer sua parte.

– As armas – disse Kahurangi, acenando para que os milicianos recolhessem as espadas e adagas presas aos cintos dos estrangeiros. – Não podemos portar armas na presença da Deusa Menina.

Kahurangi não tinha um porte ameaçador. Tinha menos de um metro e meio, o corpo estreito por baixo do uniforme cinzento da milícia e cabelos curtos grisalhos que lembravam muito a avó de alguém; mas a expressão severa no rosto, a postura desafiadora e os olhos de alguém capaz de derrubá-lo com um dedo – e Waka sabia que isso era uma verdade – eram tudo o que ela precisava para ser obedecida.

Houve um princípio de tensão em que os assistentes do emissário colocaram as mãos nas bainhas de suas espadas, rostos fechados, mas Sahak fez um gesto despreocupado com a mão. Os três seguidores soltaram os cintos e entregaram as armas, claramente descontentes com a situação.

– O senhor também – disse a Ministra, indicando algo com o queixo.

Sahak sorriu com malícia, então abriu a jaqueta do uniforme, de onde puxou uma pequena adaga de ponta muito fina que Waka não pensaria ser possível ocultar ali.

– Velhos hábitos – disse o emissário, para o deleite de seus assistentes. A ameaça ficou clara, mas Waka apenas manteve a máscara de seriedade enquanto os milicianos se afastavam com as armas recolhidas e a Ministra dava espaço para que os estrangeiros entrassem pelos portões do Palácio Laranja.

A Ministra Mere, dos Ritos, os encontrou na antecâmara do Palácio Laranja. Uma dúzia de sacerdotes com chapéus altos e portando incensos e sinos os recebeu lá. A Ministra cumprimentou Sahak de um jeito quase formal demais, um tanto duro. Talvez estivesse tensa por ver um estrangeiro com a reputação de Sahak tão perto da criança, ou provavelmente ouvira os rumores sobre fanáticos. Mere tinha estado isolada dos afazeres do governo nos últimos dias, passando tempo demais no palácio na presença da Deusa Menina. Em duas ocasiões cancelou reuniões em cima da hora por questões de saúde da hospedeira, mandando um monge para dizer que a criança demandava cuidados.

– Toda essa fortuna, toda essa segurança por causa de uma criança – disse Sahak, com seu jeito despretensioso, enquanto Mere os guiava até a sala do trono. – Vão acabar criando uma deusa mimada.

Mere nada disse, mostrando mais controle do que Waka julgava ser possível em se tratando da criança. A Ministra apenas olhou por cima do ombro e sorriu para o emissário antes de acenar para que continuassem. Ao lado do secretário, Kahurangi franziu o cenho, mas nada disse.

A sala do trono estava como nos muitos dias em que Mere dava acesso a petições de bênção e dúvida, em que se permitia aos cidadãos de Duralam entrar com presentes para a Deusa Menina e questões para que ela respondesse.

No tablado alto, a criança estava sentada, ligeiramente curvada para a frente pelo peso dos brincos, correntes de ouro e a coroa de joias em sua cabeça. Ela brincava com um cãozinho, presente do Ministro das Obras, que acreditava mais do que devia nos poderes de premonição e sorte da entidade presa na criança.

Um sacerdote se abaixou ao lado da criança e pegou o filhote peludo. Este latiu, tão confuso quanto a criança, que imediatamente fez bico.

Sahak deu uma risada estrondosa, as mãos sobre a barriga volumosa.

– Temos aqui uma verdadeira deusa, acostumada a ter de tudo, mas nunca perder nada.

Então o bico sumiu, e as sobrancelhas da criança se fecharam sobre os olhos cerrados de uma forma que parecia adulta demais. A impressão foi imediatamente quebrada quando a criança cruzou os braços de forma exagerada e virou a cara, como apenas uma criança era capaz de fazer.

– A Deusa precisa de tempo para se acostumar a este mundo – disse Mere, um sorriso calmo no rosto. – Por isso ela conta com seus ministros.

– E seu secretário, não é mesmo? – disse Sahak, acenando para Waka. – Que, todos sabem muito bem, é quem manda de verdade por aqui. Podemos acabar com essa palhaçada agora? Já vi o que queria ver, e não estou nem um pouco surpreso.

Waka respirou fundo, então abriu a boca para acabar com aquela provocação.

A voz de uma deusa respondeu antes.

– Waka e seus ministros são apenas um mal necessário – disse a criança sentada em posição de lótus. O sorriso não era mais inocente. – Um mal que muito em breve será dispensado.

A surpresa de Sahak foi a mesma de Waka. Os dois se entreolharam por um instante, mas o emissário se recuperou mais rápido.

– Ora, vejam só. Então a deusa está mesmo viva dentro de você. E, pelo jeito, enganou até mesmo o inteligentíssimo Secretário Waka.

Waka encarou Mere, depois Kahurangi, mas nenhuma das duas reagia ao confronto. Permaneciam como antes, como se ali não acontecesse mais do que uma conversa prazerosa entre um emissário estrangeiro e uma criança regente. À sua volta, os sacerdotes estavam absolutamente imóveis. O filhote de cachorro choramingava, escondendo a cabeça por trás do braço do homem que o segurava.

– Waka confia demais em sua genialidade – disse a deusa dentro da criança. – Foi justamente isso que me permitiu todo esse controle.

Ela se levantou em suas perninhas curtas e desceu do tablado, caminhando desengonçada até Sahak. Não fosse o horror que Waka sentia por descobrir a deusa consciente naquele pequeno corpo possuído, seria cômica a maneira adulta com a qual a criança se portava.

– Levou tempo para conseguir incutir as vontades certas nas mentes dos meus devotos, maldito seja este corpo jovem, mas eventualmente surtiu resultado. A população está temerosa de vocês, estrangeiros, e o que vocês podem fazer com uma pobre e indefesa criança como eu.

Sahak cruzou os braços, o sorriso debochado ainda no rosto.

– E você acha que xenofobia vai de alguma forma me atingir? Vai apenas nos dar mais motivos para fazer algo a respeito desse lugarzinho patético.

A criança riu como criança, mas a verdade oculta ali fez a pele do Secretário se arrepiar com um calafrio.

– Mil anos atrás, seus ancestrais eram meus súditos fiéis. Eles faziam o que eu mandava. – A criança estendeu uma mão para Mere, que puxou de suas vestes uma adaga de lâmina curva, idêntica àquelas encontradas pela sargento da milícia no depósito dos fanáticos. O sorriso plácido no rosto de Mere não mudou em nada. Kahurangi não reagia, nem os assistentes de Sahak, que pareciam completamente ignorantes do que acontecia bem diante deles.

A criança pegou a adaga e a ofereceu a Sahak.

– Agora é sua vez de fazer história.

Sahak olhou à sua volta, fez um som de deboche com os lábios e pegou a adaga pela lâmina com dois dedos.

– E o que você espera que eu faça com isso?

A criança voltou para o tablado e se sentou, usando as mãos para ajudar a cruzar as pernas.

– Vai me matar, claro.

Waka deu dois passos na direção da criança, incerto sobre como reagir àquilo.

– Qual é a sua intenção com isso? Se ele te matar, você precisará recomeçar tudo do zero.

– Não se preocupe, querido. Ele não vai conseguir me matar. Ah – disse ela, erguendo um dedo. – Agora seja um bom devoto e chegue para o lado. Tenho muito o que fazer.

Waka simplesmente abriu caminho sem entender o porquê. Surpreso consigo mesmo, virou-se para Sahak. O olhar no rosto do estrangeiro era agora de pânico. Ele suava enquanto caminhava na direção da criança. Ergueu a adaga, os olhos na lâmina.

– Waka, faça alguma coisa!

Mas não havia nada que Waka pudesse fazer. Estava absolutamente congelado.

Waka queria gritar, queria saltar sobre Sahak, gritar para que alguém fizesse alguma coisa.

Ele sabia exatamente o que ia acontecer. Sahak ia falhar, mas todos ali veriam o emissário da Liga do Sul atacar a Deusa Menina, e seria impossível controlar as consequências daquele ato.

A criança soltou um grito estridente de medo. Subitamente, o efeito que prendia os outros presentes se desfez, e todos viram quando Sahak Haigjooni se lançou com uma adaga em riste sobre uma criança indefesa que apenas cobria o rosto aos prantos.

Kahurangi se atirou sobre Sahak. Os sacerdotes esticaram as mãos em pânico. Os assistentes do emissário arregalaram os olhos sem saber o que fazer. Mere cobriu a boca, surpresa.

Então a adaga atingiu uma parede de ouro que surgira em torno da criança, tão clara quanto o Longo Dia. E, num flash de luz, Waka caiu para trás, perdendo a visão e quase desfalecendo.

Quando voltou a enxergar, a vista afetada por manchas escuras que dançavam diante dele, a Ministra da Justiça checava o pulso de Sahak. Nem era preciso. O emissário tinha os olhos arregalados, vidrados no teto. Atrás dela os assistentes de Sahak estavam de joelhos, atordoados, sob a mira das armas dos soldados do palácio. E, no colo da Ministra Mere, a criança chorava baixinho.

Mere fazia carinho em seus cabelos, a coroa caída no chão. Waka olhou o rosto da criança e viu quando ela respondeu com um sorriso maquiavélico no rosto.

Waka engoliu em seco.

Não estava mais no controle.

Capítulo 43

Durante a hora seguinte, Kasim e Huirau vasculharam a neve em busca de mais fragmentos do monolito. Quando as mãos começaram a ficar dormentes de tanto cavar na neve, Kasim voltou para o interior do edifício e voltou com pedaços das armaduras para usar como pás. Huirau suava por baixo da roupa pesada, a garganta queimando de sugar o ar gelado com a boca aberta. Sabia que qualquer uma das duas coisas podia acabar por matá-lo, especialmente isolados como estavam naquele momento. Mesmo assim, não parou até que Kasim o forçou a isso, agarrando seu braço e tirando de suas mãos o peitoral de bronze que usava para remover a neve de cima de um enorme bloco de pedra verde que mostrava sinais de impacto em vários pontos. Alguém tinha destruído aquele monolito com violência e força bruta.

Não havia como negar que ali uma vez existira um monolito parecido – se não idêntico – a Sumeru.

Huirau se deixou cair na neve, sentindo os braços em chamas. Tinham desenterrado uma longa vala que se estendia por vários metros e formava um círculo irregular em torno do que parecia ser a base do monolito. Era o suficiente para revelar inscrições na superfície e centenas de fragmentos variando do tamanho de uma unha até pedras tão grandes quanto o próprio locchava.

E ninguém sabia que aquele lugar sequer existia.

– Não é possível que seu governo não saiba disso.

– Talvez este lugar seja muito mais antigo do que pensamos. Ficou isolado aqui, perdido na neve, por dois mil anos.

Huirau pensou em tudo o que o Secretário revelou sobre a Deusa Menina e sobre Tangiwai. Pensou no que dissera a própria deusa e o que tinham descoberto desde então.

Balançou a cabeça, rindo sem humor, sabendo que podiam, sim, ter escondido esse fato todo aquele tempo.

– Se esse monolito funcionava como Sumeru, talvez esse lugar tenha um dia sido quente como Duralam, o que explica a existência da cidade soterrada na neve. Uma vez o monolito foi destruído, o calor se foi e o frio deste lugar tomou tudo em instantes.

Kasim se aproximou, descendo até o monolito. Pegou na neve um fragmento do tamanho de um punho e pesou-o na mão, como se pudesse assim ler os segredos ocultos em seu interior.

– Você acha que essa pedra funciona como aquela em Duralam?

– Talvez um dia tenha funcionado – Huirau respondeu, dando de ombros. Jogou um fragmento pequeno contra a superfície intacta abaixo dele. A pedra ricocheteou e afundou na neve fofa. – Está morta agora.

– Pedras não vivem.

– Já não tenho tanta certeza disso.

Huirau se levantou e deslizou até o monolito. Tocou a superfície, acariciando-a como a um animal de estimação moribundo. A história desse lugar estava perdida para sempre, e permaneceria um mistério a não ser que o Arconte resolvesse falar, o que não parecia muito provável.

Kasim jogou o fragmento em sua mão por cima do ombro. Chutou outro fragmento parcialmente enterrado na neve.

– Se as memórias são gravadas na pedra, será que não é possível tirar alguma coisa daí? Como ler os anéis de uma árvore para saber quantos anos ela tem?

Huirau não fazia ideia do que o mercenário queria dizer, mas entendeu seu ponto.

Balançou a cabeça mesmo assim.

– Seria como tentar falar com um cadáver.

– Bom, o *meu* necromante não está por aqui. – Kasim apontou com o queixo na direção do monolito partido. – Por que você não tenta?

Huirau poderia dar uma dúzia de boas razões, mas optou pela mais estúpida.

– Este lugar nem sequer deveria existir, Kasim.

Mesmo assim Huirau tirou a luva, flexionou os dedos e tocou o monolito. Sentiu a pele colar na superfície gelada e quase a puxou de imediato, mas sentiu algo mais. Curioso, tocou os cilindros com a outra mão, fazendo-os girar.

Sim, havia alguma coisa ali. Alguma coisa distante, como se enterrada fundo na neve.

Diferente de como era com a neve real, Huirau não precisava

recorrer à força física e a um pedaço de armadura de dois mil anos para desenterrar o tesouro oculto. Fechou os olhos e começou a murmurar o mantra de concentração. Sem perceber, inclinou-se mais para perto do monolito, encostou o peito e a testa à superfície, que já não parecia tão gelada. A palma da mão queimava, mas ele não sabia se era resultado do frio extremo ou algo mais.

Huirau se lembrou do muro na praça de Duralam, a história presa em camadas infindáveis de memórias anteriores. Lembrou-se de Singularidade e de forçar as memórias da morte do suposto assassino de Tangiwai. Percebeu que, sim, aquele lugar lembrava muito a sensação de imergir em Singularidade. Poderia de alguma forma Singularidade ser um resultado de dano causado a Sumeru?

Fez com aquele monolito partido o mesmo que tinha feito em Singularidade. Imaginou-se enfiando a mão para dentro da pedra, abrindo caminho com a força da sua vontade, estendendo o alcance muito além do que seria fisicamente possível. Sentiu os resquícios de memórias havia muito adormecidas. Forçou mais e mais fundo. Os dedos ficaram quentes, como se imersos no interior de um cadáver recém-aberto. Lembrou-se do enterro dos yetis e quase perdeu a concentração. Usou a imagem mental como reforço. Com um machado que existia apenas em sua vontade abriu caminho pela rocha, revelou no seu interior o brilho de memórias ocultas.

O brilho veio inesperado e de forma diferente. Tocou-o, agarrou-o com a mão. Foi atingido por uma sensação de desespero. Memórias presas, incapazes de sair da pedra, subitamente encontrando um caminho. Eram afogados buscando desesperados a superfície.

Súbito tudo se iluminou na mente de Huirau, como se a pedra na superfície fosse apenas um pequeno pedaço. A energia ia mais fundo, espalhando-se como as raízes de uma árvore, como as veias em um corpo, alimentando o coração e o cérebro. Huirau percebeu essas raízes, essas conexões crescendo ocultas sob a terra, espalhando-se por toda parte.

Não, não por toda parte. Em uma direção, buscando algo. Buscando...

O monolito partido se iluminou com um brilho esverdeado que emanou em todas as direções, com um anel para sempre se expandindo do seu centro.

Huirau caiu para trás, a mão solta, mas não na neve.

Caiu na grama de um descampado que ia até onde era possível

ver. Atrás dele havia uma enorme pirâmide de degraus cujas paredes eram pintadas de vermelho, amarelo e laranja e decoradas com estátuas de criaturas inimagináveis. Havia um obelisco alto logo além, que parecia impossivelmente equilibrado por uma ponta sobre uma esfera em sua base. Runas por toda sua superfície brilhavam com um azul-claro que não parecia ser fogo de qualquer tipo. Aqui e ali outros edifícios menores estavam espalhados e, entre eles, dezenas de indivíduos que Huirau não poderia chamar de humanos.

Eram altos demais, magros demais, as cabeças alongadas para trás quase que em cone. As orelhas eram largas e pontiagudas, o nariz quase inexistente. Vestiam-se com túnicas variadas, mas sempre muito coloridas. Conversavam entre si, analisavam cristais que emanavam a mesma energia azul-clara, e iam e vinham. A alguns metros dali, o que Huirau só podia descrever como uma estátua de ferro com um coração de Sol empilhava blocos de pedra para construir uma estrutura parecida com as outras.

Era uma cidade, com certeza. Ou pelo menos o início de uma. Diante deles, o monolito estava intacto, sem sinal algum de violação ou dano.

Kasim se aproximou, estendendo a mão para ajudá-lo a se levantar, mas mantendo os olhos nas criaturas.

– Me parecem muito familiares.

– O crânio e os ossos – completou o locchava. – São como os do Arconte.

O mercenário concordou com a cabeça, mas parecia estar pensando em outra coisa.

Então a realidade pareceu se fragmentar à sua volta. A memória se desfez, retornando à desolação gelada por um instante antes de voltar ao descampado, mas os humanoides tinham desaparecido. O lugar se tornou uma selva úmida, um oceano, um deserto. Por um instante viu a neve e um grupo de guerreiros de pele morena e cabelos dourados, com lanças e maças, que, montados em monstros peludos de aparência letárgica, alcançaram a pirâmide de degraus, então apenas parcialmente coberta pela neve. Durante todo o tempo em que as memórias mudavam, Huirau tinha a impressão de ver movimento exatamente nos mesmos lugares, como se alguns elementos persistissem, aproximando-se lentamente.

Voltaram para a memória inicial, mas era noite novamente. Um zumbido intenso vinha do monolito.

Não havia brilho verde. A pedra era crua, negra como obsidiana e de alguma forma totalmente morta, como uma pedra comum qualquer. Mas algo emanava dela, uma vibração quase imperceptível que chegava até os ossos.

Ouviu o som de Kasim sacando a espada e acompanhou seus olhos para o movimento na escuridão. No horizonte, vultos se moviam rápido, mas furtivos. Seus pés não faziam barulho nem mesmo onde o gramado dourado da memória persistia. Entravam em edifícios, desapareciam sem deixar rastro.

Antes que Huirau pudesse dizer qualquer coisa, o som veio por trás deles.

O vulto saltou de surpresa sobre Kasim. O mercenário cambaleou para a frente, golpeando para trás, mais para evitar um golpe do que para ferir. Atingiu o vulto em cheio, não com uma memória, mas como algo muito real. O impacto e o movimento pegaram o mercenário desprevenido, e ele tropeçou, caindo de joelhos ao lado de Huirau.

A criatura de pé diante de Kasim não se parecia com nada que o locchava já tivesse visto na vida. Era humanoide, mas nada nele tinha aspecto normal. A espada de Kasim mais tinha arranhado do que cortado. Músculos enormes se retesavam sob uma pele pálida que parecia quase líquida. Era como se ele estivesse ali, mas não estivesse ao mesmo tempo. Uma memória rebelde, como se ela se recusasse a ficar em uma única lembrança, uma única dimensão. Era possível uma forma de vida que vivesse nas memórias?

A boca da criatura se abriu, revelando dentes enormes e uma garganta repleta de pequenos espinhos. Mais gritou do que uivou, esticando os braços longos e pesados e as garras compridas como lâminas, e investiu novamente contra o mercenário, caindo de quatro como um animal, as garras rasgando o chão, os dentes mordendo o ar onde Kasim estivera momentos antes.

Kasim rolou para trás, olhos arregalados. Agarrou o casaco de Huirau e o puxou para trás e para longe da criatura. Levantou-se num salto a espada desferindo um golpe ascendente, usando o próprio movimento para causar o máximo de dano possível. A lâmina atingiu a cabeça da criatura logo acima da boca, e só então Huirau percebeu que não havia olhos, nariz ou ouvidos. A cabeça parecia ser praticamente só a boca descomunal, sem espaço sequer para acomodar um cérebro.

A criatura recuou guinchando, cobrindo o corte que vertia uma gosma espessa demais para ser sangue.

Tão rápido essa criatura recuou, outra surgiu por detrás do monolito, e Kasim percebeu que estavam cercados.

– Faça alguma coisa!

Huirau entendeu o recado. Girou os cilindros, puxou a essência das memórias como fizera na casa do necromante. As memórias resistiram – talvez não fossem memórias exatamente –, mas o impacto do ataque foi suficiente para fazer com que se detivessem por um instante, momentaneamente incoerentes. Era o que Kasim precisava para trespassar uma delas com a espada, fincando fundo a lâmina no peito do monstro, e então sacar a faca da bota e cravá-la na cabeça da segunda.

A primeira criatura tombou estremecendo, vertendo sangue transparente. A segunda cambaleou para trás, caiu sentada. As garras longas demais apalpavam a cabeça enquanto ele tentava entender o que tinha acontecido, incapaz de pegar o cabo da faca e puxá-la.

Kasim apoiou o pé no peito do primeiro e forçou a espada livre.

– Desfaz essa merda – ele conseguiu dizer com muito esforço. Suor escorria em litros pelo seu rosto. Foi até a criatura com a faca na cabeça e decapitou-a. Foram necessários três golpes para atravessar os músculos do monstro, e até o golpe final ele se recusava a parar de tentar arrancar a faca.

Huirau tentou. Girou os cilindros, tocou a pedra, puxou fundo na memória, mas nada. Estava completamente sem controle. Uma imprecação de Kasim em sua língua nativa fez o locchava abrir os olhos. Mais criaturas se aproximavam. Havia pelo menos meia dúzia delas vindas de várias direções, vagando como bêbados, sorrindo como psicopatas, convergindo neles e no monolito.

Kasim puxou a faca do crânio decapitado e limpou a lâmina na roupa pesada demais para o clima daquela memória, deixando um rastro de gosma no pelo de iaque. Murmurou qualquer coisa, que poderia tanto ser uma prece quanto uma ameaça àquele que ousasse forçá-lo a continuar lutando naquelas condições.

Fosse o que fosse, não pareceu surtir efeito. A criatura mais próxima se lançou sobre ele, a boca impossível se abrindo para dentes afiados e cristalinos, direto para o pescoço exposto do mercenário.

Kasim bufou, jogou a faca na neve, pegou o cabo da espada com ambas as mãos, preparou-se para o golpe. Sabendo que o mercenário estava cansado demais para resistir, Huirau abandonou a tentativa com o monolito e se concentrou na criatura. O dedão girava desesperado os cilindros, entoava o mantra apesar da garganta ressecada e dolorida.

Ergueu a mão para a criatura, como se aquilo fosse fazer qualquer diferença.

A criatura se desfez no ar como uma memória consumida por um māra.

À sua volta, num único golpe de vento as criaturas se tornaram pó e se dissolveram no ar.

Kasim se deixou cair sobre um joelho, apoiando a ponta da espada na neve. Em algum momento, no meio do combate, a cidade tinha desaparecido, e estavam novamente na neve, diante do monolito partido.

Entre longos goles de ar, Kasim perguntou:

– Você fez isso?

Huirau balançou a cabeça. Engoliu em seco e olhou para cima.

O Arconte flutuava no céu noturno diante da Lua que se recusava a partir.

– Devíamos ter erradicado sua espécie quando tivemos a chance.

Capítulo 44

Kasim deixou a espada cair da mão, então caiu de joelhos na neve, abraçando o corpo. Sentia o corpo inteiro doer com a tremedeira que não parecia ter controle. Os dentes batiam, o coração gritava, a garganta queimava. Puxava o ar involuntariamente, e era como beber ferro fervente. Não sentia mais os dedos dos pés, e os da mãos mal eram capazes de se dobrar para agarrar o casaco e tentar se proteger.

Estava encharcado por baixo das roupas pesadas, e aquilo parecia tornar as coisas piores. Sabia, pelas histórias que ouvira dos nômades ao servir em uma campanha às margens do Deserto de Sal de Kahlar, que estar molhado no frio extremo do deserto poderia ser mortal. Não imaginava que fosse diferente no gelo desse lugar.

– Devíamos ter erradicado sua espécie quando tivemos a chance.

Ele riu da frase. Àquela altura parecia que não sairia vivo daquela jornada, e não podia dar a mínima para o resto da Humanidade. Que explodissem em chamas. Pelo menos isso aqueceria um pouco as coisas ali. Se preocuparia com as consequências depois.

Aquilo era uma maldição, com certeza. Algo imposto pelos adivinhos do Império de Diamante, ou pelo amor que abandonara em Último Refúgio. Era um pesadelo dos que matam e atormentam durante todo o processo.

Serpentes negras rastejavam pela neve branca à sua volta, procurando algo. Passavam por cima das pegadas das criaturas que deixaram de existir, tocavam seus braços e pernas, acariciavam seu rosto como se o examinassem, curiosas.

– Às vezes esqueço como vocês são frágeis – disse a escuridão. E Kasim queria responder com uma ameaça, com um golpe de espada, mas achava melhor continuar a se abraçar e tremer. Tinha voltado a suar, e parecia que finalmente estava ficando quente de novo. Pensou em cuspir na escuridão, mas não achava que tivesse mais saliva para isso.

A escuridão o envolveu, e por um instante Kasim não sabia se estava desmaiando ou morrendo. Será que era isso que sentiram os guerreiros cujos ossos encontraram enterrados na pirâmide? Ou as criaturas que os atacaram?

– O que são aquelas coisas? – ele perguntou, ou pensou ter perguntado. Era sequer possível entender alguma palavra que saía de sua boca? O maxilar doía com o calafrio incessante.

– Curiosos, como vocês – respondeu a escuridão. – Seres que não estariam aqui se vocês não mexessem com o que não entendem.

– Não são memórias – disse Huirau, e Kasim percebeu que não estava sozinho. Tentou virar a cabeça na direção da voz, sentiu os músculos do pescoço resistirem, tensos demais para permitir o giro da cabeça.

Estavam imersos na escuridão absoluta. Não havia mais neve, monolito ou qualquer outra coisa. Não havia mais o frio do vento gelado, mas havia outro tipo de frio. Não era algo de fora, abafando o fogo dentro do seu corpo, mas algo que se alimentava do calor do seu coração. Era um ladrão que sugava sua vida.

Kasim parou de tremer o suficiente para relaxar os braços. Caiu para o lado, as pernas falhando, mas não caiu de verdade. Não havia chão, mas também não havia a sensação da queda. Lembrou-se de se afogar, mas conseguia respirar.

– Séculos, e até hoje vocês não entenderam nada do que fazem.

A voz vinha de todos os lados, como se Kasim estivesse dentro de quem a emitia. Como se fosse parte dele.

– Brincam com um poder muito maior do que vocês sem ter sequer ideia do que realmente é. É como uma criança brincando com a areia exposta após a retração da maré, sem entender que aquele é o sinal de um tsunami que se aproxima.

Kasim tentou se apoiar, levantar-se, mas as mãos não encontravam nada. Talvez estivesse girando na escuridão, mas não tinha como saber. Não havia referência, não havia nada. Num momento tolo, pensou que Huirau estava em perigo, e que isso significava que tinha falhado em seu contrato.

– Então nos ensine – disse Huirau, e Kasim se virou na direção da voz.

Lá estava ele, de pé como se sobre um altar, a cabeça erguida, o olhar desafiador, como se alguém estivesse ali para encará-lo de volta.

– Este conhecimento não é de vocês para aprender.

– Se não nos ensinar, como saberemos o que é ou não é proibido?

Kasim precisava se levantar, e de repente estava andando, a espada na mão. De onde ela havia saído? Cambaleou ao perceber que estava de pé, quase caiu para a frente. Deixou o movimento levá-lo na direção de Huirau. Agarrou o ombro do historiador, mais para se manter de pé do que para protegê-lo. Huirau mal reconheceu sua presença. Permanecia atento ao nada acima deles.

O nada respondeu após a pausa de quem considera uma afirmação estúpida.

– Saberão quando este mundo for destruído.

– Aí será tarde demais.

Nova pausa. Kasim respirou fundo, feliz por ser capaz de fazer isso. Os músculos ainda doíam muito, mas ao menos conseguia ficar de pé. Mantinha a espada diante do corpo, na diagonal, protegendo-o de algo que pudesse surgir do vazio, como se fosse capaz de fazer alguma coisa se o Arconte decidisse destruí-los.

– Muito bem – disse a escuridão. – Que assim seja.

E, tão súbito quanto viera, ela se desfez.

Com o recuo do nada, Kasim sentiu sua alma ser arrancada do corpo. Agarrou o próprio peito, sentindo o coração parar por um instante antes de o calor retornar com toda intensidade. Manteve-se de pé por pura força do pensamento. Atrás dele Huirau caiu, incapaz de resistir ao esforço físico. Kasim o pegou pelo braço, tentou fazê-lo se levantar, mas ele também não tinha forças.

Luzes se acenderam à sua volta, chamas azuladas em nichos nas paredes. Assemelhavam-se ao que tinham visto na superfície do obelisco, na memória, quando as criaturas que lembravam Kasim de Último Refúgio construíam a cidade soterrada.

Estavam em um salão de pedra e teto alto, muito parecido com aquele em que encontraram os esqueletos. Apesar das chamas, a penumbra reinava, deixando as paredes e o teto no limite do que podia ser percebido. Havia desenhos e escrituras neles, deixados lá havia muito tempo, mas era impossível identificá-los no centro do salão.

Não havia porta ou corpos, mas sim um trono alto, acessível por uma escadaria de pedra. No alto, sentava-se o Arconte.

Kasim tinha visto muitas coisas em sua vida, coisas o suficiente para incentivá-lo a continuar fugindo. Tinha enfrentado imortais e seres de outros mundos. Tinha matado mais monstros do que queria imaginar e fugido de tantos outros que nem sequer conseguia compreender. Nem sabia se queria compreender.

O Arconte não era como nada que vira até então.

O que restava do esqueleto de uma criatura como aquelas que construíram a cidade estava no centro de uma forma quase humana feita de nada. Não era escuridão, porque a escuridão ainda tinha substância. Com luz você conseguia ver além da escuridão, conseguia tocar.

O Arconte era o nada, como se ali não existisse coisa alguma.

O crânio, costelas e discos da coluna vertebral que pareciam resistir a serem consumidos pelo nada eram visíveis, como se olhados através de um vidro opaco. Era como se o Arconte tivesse a pele transparente, permitindo ver o que havia dentro dele. Ou o que restava do que uma vez ele foi.

Kasim entendeu então que a mesma coisa que dava poder ao Arconte para arrancar a carne dos ossos dos guerreiros que vieram matá-lo séculos antes consumia sua própria carne.

– Um preço a pagar – disse o esqueleto, movendo a cabeça para concordar com os pensamentos de Kasim. Ergueu uma mão de nada, examinando-a. – Um sacrifício necessário para manter a ordem.

– Isso é só uma desculpa – disse Kasim. Embainhou a espada, ficou de pé e caminhou na direção das escadas que levavam ao trono. – Outros imortais como você fizeram o mesmo, e pensam que podem controlar o mundo impondo seus próprios desejos. Estão errados.

O Arconte não ria, mas a curiosidade estava clara no inclinar do crânio e no tom da voz. Curiosidade por alguém que ousava falar com ele daquele jeito.

Huirau estava de joelhos, a cabeça baixa não só pelo cansaço, mas porque ele mesmo tinha sido doutrinado desde pequeno a respeitar o status quo. Já tinha ido muito além do que sua criação permitia nesses poucos dias e, agora, parecia não saber bem como agir diante da criatura que para Duralam era juiz, júri e carrasco incontestável.

– 'Imortal' é um termo equivocado. Daria a entender que não podemos morrer. – O Arconte se levantou do seu trono e começou a descer as escadas para encontrar Kasim, embora fosse claro que poderia apenas flutuar para baixo ou aparecer ali se desejasse. Imortais tendiam ao drama. – Nós morremos, sim, mas é bastante desagradável. Alguns trocam de corpos, eu sei. Eu prefiro manter meu próprio, mesmo que este mundo não permita que ele permaneça intacto para sempre. Mas podemos dizer que somos eternos.

Atrás de Kasim, Huirau falou, forçando-se a levantar a cabeça para olhar a entidade.

– O que está acontecendo em Duralam? Por que as memórias mataram Tangiwai? Por que estão tentando nos matar?

O Arconte manteve seu silêncio prolongado, o crânio inexpressivo observando Kasim do alto de seus dois metros com órbitas vazias. Voltou a caminhar em torno de Kasim, e o mercenário percebeu que não havia pés, exatamente, nem nada que tocasse o chão.

– Eles não são memórias – disse, então apontou para Kasim, lendo seus pensamentos. – Tampouco espíritos. São prisioneiros.

– Prisioneiros? Prisioneiros de quem?

– Meus, é claro.

Capítulo 45

Apesar dos anos tendo encontros quase diários com a memória do Arconte, encará-lo pessoalmente era quase impossível para Huirau. Tinha precisado de muita força de vontade para enfrentá-lo na pirâmide, e durante todo aquele tempo sentira o coração prestes a explodir. Se estivessem perto de Sumeru, teria deixado lá uma cicatriz tão forte na pedra que suas memórias poderiam ser acessadas por qualquer criança com um conhecimento rudimentar dos mantras apropriados.

Huirau levantou a cabeça e forçou-se a ficar de pé. Sentia o corpo tremer. Fechou as mãos em punho para evitar tocar os cilindros sobre seu peito. Memórias, prisioneiros.

Aqueles pensamentos pareciam divertir o Arconte.

– Mortais são tão criativos. Deem a eles algo que não compreendem, e criarão sua própria versão da verdade. Deuses, anjos, demônios. Vocês criam histórias fantásticas para justificar o que não entendem e raramente buscam a verdade, porque a verdade não lhes importa.

– Importa pra mim.

– A verdade, Huirau Hoepo, é que você, sua ordem, sua cidade, seu mundo, tudo é insignificante.

O Arconte vagava pelo salão, passando por perto das chamas azuis nas paredes. Na medida em que caminhava, a luz de cada um brilhava mais forte, revelando os desenhos nas paredes.

Tinham sido pintados lá milênios atrás por mãos inumanas, retratando a construção de uma cidade que ninguém mais sabia que existia. Mas a história não começava lá, e sim em outro lugar.

O Arconte se deteve diante de um desenho que em muito parecia ser composto por círculos concêntricos. Cada um era feito não por uma linha, mas por um tipo de linguagem. Era como se alguém escrevesse em círculos, começando a frase onde ela terminava.

– Este é apenas um de tantos mundos que existem aqui,

sobrepostos, mas ao mesmo tempo invisíveis uns aos outros – explicou o Arconte. A mão feita de vazio acariciou o desenho sem jamais tocá-lo, como se temendo que isso o destruísse. – Nós explorávamos esses mundos quando nos deparamos com uma forma de vida muito mais poderosa do que podíamos imaginar. Desde então tentamos controlar seu avanço.

Ele continuou a deslizar pela sala, acendendo mais tochas, a mão erguida quase tocando o desenho que mostrava a chegada dos seres de cabeça cônica a essa terra, construindo a cidade e o monolito.

– Descobrimos esse mundo quase que por acidente. Habitado por espécies insignificantes que mal tinham aprendido a viver, facilmente manipulado por abutres que fingiam ser deuses.

– A Deusa Menina – questionou Kasim. O Arconte moveu uma mão como quem despreza a ideia.

– Ela e tantos outros, apenas aproveitadores e oportunistas de outros mundos vivendo da sua ingenuidade. – Ele se aproximou de outro desenho. Huirau reconheceu nele Sumeru. – Seu mundo era insignificante no esquema das coisas. Descartável.

– Então você o usou como isca.

Huirau sentia raiva do que disse, e mais ainda quando o Arconte voltou seu crânio nu para ele. A entidade aquiesceu.

– Fizemos o Inimigo acreditar que esta era uma importante colônia do meu povo, construindo uma cidade vazia. Atraímos para cá todo o seu exército. Os onze líderes do Trono Esmeralda invadiram esse mundo, e caíram um por um em nossa armadilha.

– Zurkalla – murmurou Kasim, e Huirau entendeu onde ele queria chegar. Lembrou-se da conversa sobre o nome daquele continente e seu significado.

– Não é Onze Reinos – concluiu Huirau. – É Onze Conquistados.

Huirau se sentiu um idiota. Estava bem diante deles, uma tradução errada que ninguém se dera ao trabalho de investigar por achar que nada vindo de um dos povos anteriores valia a pena ser sabido. O passado era importante apenas se suportasse os ideais do governo atualmente no poder.

A Deusa Menina, os ministérios.

Um abutre usando o povo ingênuo, um governo de mentiras manipulando a todos para manter-se no poder.

– Mas existe só uma Sumeru. – Huirau imediatamente pensou no monolito destruído na cidade perdida e sentiu um calafrio percorrer seu corpo. Havia outros monolitos como aquele perdidos no continente? Teriam sido destruídos? E, se estavam destruídos, teriam as entidades escapado?

– Existe algo particular neste mundo – voltou a explicar o Arconte, como se aquele assunto não fosse importante. – Nós não podemos nos manter aqui sem um... receptáculo. Nenhuma entidade pode, nem sequer o Inimigo.

– Então onde estão os outros? – questionou Kasim, e Huirau teve a impressão de que a pergunta era bastante pessoal. Ele parecia saber a resposta. Pelo menos em parte.

– Irrelevante – disse o Arconte. Ele se afastou da parede e atravessou o salão para o lado oposto. – Estão todos sob controle, incapazes de deixar este mundo.

Huirau acompanhava a história na parede com os olhos. Viu que antes da parte contada pelo Arconte havia mais. Havia desenhos do seu povo em outras situações, dormindo e sonhando, visitando lugares inesperados.

– Se vocês venceram a guerra, onde estão os outros como você? Por que você é o único aqui?

O Arconte se deteve na parede oposta. Sua mão a tocou onde era possível ver que parte da pedra tinha sido arrancada, não com força, mas como se simplesmente tivesse deixado de existir, levando com ela a memória pintada ali.

– Desconhecido – ele disse. – Fiquei em meu posto aguardando ser rendido, mas ninguém jamais voltou. Posso apenas crer que algo saiu errado.

– Foi você que destruiu o monolito na neve, não foi?

Huirau e o Arconte se voltaram para Kasim. Ele tinha se sentado nos degraus do trono. Tinham um sorriso de canto de boca, meio debochado. Estava curvado para a frente, cansado, apoiado nos joelhos.

O Arconte não concordou nem negou. Era impossível ler uma expressão facial sem pele ou músculos, mas o sentimento era palpável no ar. Da mesma forma que ele lia suas mentes, eles sentiam algumas emoções emanando do vazio que era o Arconte.

– As memórias de Duralam são os pensamentos do prisioneiro naquele monolito – voltou a falar o Arconte, ignorando o mercenário. – Ele dorme, e tudo o que percebe à sua volta é projetado.

Aquilo não fazia sentido algum, e Huirau precisava deixar isso claro.

– Se são só memórias, então como podem estar matando? Como podem estar agindo como indivíduos?

– Isso deveria ser impossível. O prisioneiro está em coma dentro da pedra.

– Alguma coisa está acontecendo, e precisamos descobrir o que é, porque Duralam está em perigo.

– Isso é irrelevante. Já tomei minha decisão.

Huirau e Kasim se entreolharam. Nenhum dos dois gostava do tom daquele comentário ou da sensação emanando na sala.

– Decisão? Que decisão?

– Destruir todos vocês.

Capítulo 46

A memória se repetia na mente de Huirau. Os legalistas desesperados, esperando o Palácio Branco ser invadido pelos rebeldes Muskul que tinham vindo do norte libertar seus irmãos após a queda do Sacro Império Valmedor. No interior, todos sabiam que o fim estava próximo, menos o último regente. Recusando-se a aceitar sua derrota iminente, recorrera ao poder profano dos seus deuses de mentira. Mas seus deuses o abandonaram. Estavam morrendo um por um no Norte e sabiam que não havia como resistir em Duralam. Especialmente não quando sentiam a aproximação do Arconte.

O Regente esbravejou, mas não fez diferença alguma. Seus deuses partiram acuados, enquanto o teto do Palácio Branco era destruído pelo vazio que consumia o Arconte ao mesmo tempo que o tornava o deus dos deuses, capaz de destrui-los se se importasse o suficiente para fazê-lo.

Durante anos o Regente viera secretamente buscando o conhecimento proibido de Sumeru, e estava prestes a usá-lo para proteger-se dos invasores Muskul.

Era a gota d'água para o Arconte.

Ele já tinha feito aquilo antes, e certamente mais de uma vez.

O posto avançado da Companhia Mercantil, para sempre consumido por chamas esquecidas.

A destruição do Kraken que ameaçara Sumeru.

As ruínas de civilizações mais antigas onde Duralam cresceu.

Huirau balançou a cabeça.

– Tem que existir uma alternativa.

– A cada nova geração de invasores alguém aprende a usar Sumeru. Seus poderes, seus mantras e cilindros de preces, eles manipulam essas energias, sugando-as para obter os efeitos desejados. locchavas e māras, ambos, a cada instante despertam o prisioneiro.

– Se é verdade, por que só agora surgiram esses efeitos?

Huirau piscou, e o Arconte não estava mais lá. Por um momento o pânico tomou conta, e Huirau pensou que voltaria para Duralam para encontrar a cidade abandonada, ossos espalhados pelas ruas e casas. Então percebeu que o Arconte estava novamente no trono acima deles.

– Não achava possível que vocês pudessem fazê-lo em tão pouco tempo.

Kasim levantou-se dos degraus, voltando a encarar o Arconte.

– O que significa que algo pode estar motivando essa mudança.

– É irrelevante – ele repetiu. – A drenagem tem crescido exponencialmente. Em dez, doze dias, Sumeru estará frágil demais e o prisioneiro se libertará.

– Deixe-nos resolver isso. – Antes que Huirau pudesse perceber, já tinha subido os primeiros degraus das escadas. Se jogaria de joelhos diante do Arconte se fosse preciso. – Eu falarei com o Secretário e os Ministros. Conseguirei uma solução.

– Não seja tolo. Esses são homens e mulheres gananciosos. Ouvem apenas suas próprias vozes.

– Ouvirão a minha.

Aquela curiosidade divertida de novo emanando do ar. Huirau tinha conseguido a atenção do Arconte.

– Que garantias você me dá?

Huirau suspirou, balançou a cabeça. De que adiantava mentir para alguém que podia ler seus pensamentos?

– Nenhuma. Eu preciso de tempo.

– Darei a vocês três dias.

– Impossível. Levaremos mais que isso para chegar em Duralam.

Sem dizer nada, o Arconte se levantou. Os filamentos de escuridão se expandiram para todos os lados, cobrindo as escadas de pedra, o trono, as paredes e o teto. Huirau desceu as escadas aos saltos. Agarrou com força o braço de Kasim, sabendo o que viria a seguir.

Kasim e Huirau foram engolidos pelo vazio mais uma vez.

Aquilo durou uma eternidade e tempo algum. A sensação de vazio era enervante, mais porque não parecia ter fim do que pela solução em si, apesar de Huirau ter passado todo aquele tempo indizível pensando nas pessoas à sua volta.

Percebeu, então, que a mais confiável dessas pessoas era justamente o estrangeiro que ele renegara desde que o vira pela primeira vez.

Nem o Secretário, nem Anaru, nem os outros ministros eram tão próximos de Huirau como Kasim tinha se tornado, e o locchava não tinha certeza se isso era bom ou ruim. Viveu a vida inteira tentando se isolar dos outros para fazer o que acreditava ser o certo, para ser alguém, para agradar aos ministros, para agradar a seu próprio ego. Corria o risco agora de terminar sem ninguém, se não a pessoa mais improvável de todas.

O vazio se foi subitamente, deixando Huirau e Kasim de pé na Praça dos Palácios, dentro dos muros do complexo. Soldados corriam de um lado para o outro, e os portões eram fechados com barricadas. Gritos podiam ser ouvidos do lado de fora, assim como canções e mantras de guerra. No alto das muralhas, soldados armados com lanças e bestas pareciam incertos de como reagir.

No céu, acima deles, o Arconte flutuava no ar diante da Lua cheia, mas, dessa vez, sua presença não era suficiente para dispersar a turba que, pelo som, parecia ter crescido muitas vezes.

Huirau sentiu o olhar de desprezo vindo do guardião, mais carrasco do que a yeti que os guiara pela desolação gelada. Tão súbito quanto chegou, o Arconte partiu, desfazendo-se no céu noturno.

Nenhum dos dois precisava dizer nada para saber que o tempo estava passando rápido. Correram na direção do Palácio Vermelho, passando por soldados armados que iam às pressas para os portões levando armas, toras de madeira e carrinhos cheios de pedras. A expressão em seus rostos era de pânico.

A dupla subiu os degraus dois ou três por vez, desvencilhando-se dos casacos pesados que eram um excesso em Duralam, parando apenas ao se deparar com uma barreira muito mais eficiente do que qualquer barricada que os soldados do Ministério da Defesa poderiam montar.

– O que vocês estão fazendo?

Cinco homens e mulheres de manto negro, gola alta para ocultar a metade inferior do rosto, observavam Huirau e Kasim com olhares impassíveis. Depois de tudo o que tinham visto, os māras pareciam apenas pessoas normais, idealistas com uma ideia errada, defendendo um monstro que eles mesmos criaram.

Não tinham sobre eles as imagens sobrepostas de quando estavam em público ou em combate, o que significava que estavam guardando suas forças para algo mais importante.

– Nos preparando para disciplinar a multidão – respondeu um deles. Se as marcas no rosto não eram o suficiente, a voz era. Huirau sentiu o coração afundar com o tom de superioridade na voz de Anaru.

– E as milícias? – questionou Kasim. Outro māra respondeu balançando a cabeça.

– Não são confiáveis. – Havia algo de medo naquela voz. – Há membros delas entre os manifestantes.

– O que eles querem?

– A Deusa Menina. Acreditam que o Secretário tentou matá-la. Mais de uma vez.

Huirau suspirou. Era isso. A Deusa estava se aproveitando o caos para usurpar o poder. Justo quando tudo estava em jogo, claro. Tudo tinha de piorar.

Como era possível que isso tivesse começado com a morte de uma locchava?

– A criança, ela não é o que parece.

Anaru fez um som de desdém com a boca.

– Claro que não é. Tem uma deusa dentro dela.

Mas Huirau escolheu ignorar o tom. Falou como se estivesse se dirigindo a qualquer outro oficial do governo.

– É muito mais do que isso. Ela está enganando a Ministra dos Ritos. Ela retém conhecimento das encarnações passadas. Sabe quem é e está manipulando a todos para conseguir escapar e envelhecer o suficiente para ganhar mais poderes.

– Não seja estúpido. O corpo mortal não é capaz de suportar a Deusa por mais do que alguns anos.

– Você não entende? É tudo mentira! – Huirau agarrou as vestes de Anaru, chacoalhando-as. – Tudo. Absolutamente tudo!

O olhar de Anaru era de surpresa, mas Huirau tinha certeza de que, se pudesse ver todo o rosto de Anaru por trás das vestes, ele teria nos lábios aquela covinha que se formava quando o māra sentia desprezo por alguma coisa ou alguém.

– locchava Huirau Hoepo, você está fora de controle.

Kasim deu um passo a frente, colocando uma mão sobre o peito do māra que tinha falado antes, a outra mão no cabo da espada.

– Saia da minha frente. Preciso falar imediatamente com o Secretário.

Os māras resistiram. Anaru forçou Huirau a soltá-lo e o empurrou para trás nas escadas.

– O Secretário está ocupado reunido com os Ministros.

Huirau respirou fundo. Fechou os olhos, soltou o ar lentamente.

– Ótimo, porque eles todos precisam ouvir o que eu tenho a dizer.

– Você não vai a lugar nenhum – disse Anaru, e então sinalizou para alguns soldados que tinham se detido perto das escadarias. – Prendam-nos.

Kasim sacou a espada. Anaru riu.

– Você acha mesmo que essa espada será relevante nessa luta?

– Foi bastante relevante da última vez em que arrebentei essa sua cara bonita.

Os māras deram um passo para trás, murmurando seus mantras. Os soldados apontaram suas lanças. Kasim rolou os olhos, aquela expressão de quem estava cansado, mas era cabeça-dura demais para desistir agora.

– Chega. – Uma voz grave vinha da direção das portas duplas. Os māras se afastaram. De pé, sozinho, estava o Secretário. – Ninguém morrerá hoje.

Capítulo 47

Não houve mais do que caras feias e resmungos contidos depois que o Secretário Waka deu as caras na entrada do Palácio Vermelho. Os māras desceram para ajudar os soldados do Ministério da Defesa a conter os manifestantes, enquanto Kasim e Huirau foram forçados às pressas a entrar em um dos salões de conferência onde se achava boa parte dos líderes do governo dos Onze Reinos.

O ar cheirava a incenso e nervosismo. Dos seis ministros, apenas três estavam presentes. O Ministro da Defesa estava fora de Duralam, inspecionando uma questão nas fronteiras com Muskulsehir, havia duas semanas, e não tinha ainda retornado ou dado notícias. O Ministro das Obras estava desaparecido. Quando primeiro levantaram a questão de ele ter sido vítima do movimento religioso acontecendo do lado de fora, Waka fez um som de desdém com a boca e disse que o covarde certamente havia se trancado dentro de casa, cercado de barricadas e um exército particular bastante caro. Ninguém questionou o Secretário ou a falta de decoro. Todos sabiam que o sujeito em questão teria fugido para bem longe se os portos e estradas não estivessem bloqueados.

Quanto à Ministra Mere, ao que tudo indicava ela estava no Palácio Laranja com a Deusa Menina e seus sacerdotes. Era incerto se estava ou não apoiando o movimento em andamento, mas Waka não tinha dúvidas de que deviam considerar que a Ministra dos Ritos estava sob o controle da entidade que habitava a criança.

– Está bem claro agora que aquela coisa nos enganou todo esse tempo – ele disse enquanto andava de um lado para o outro do salão com passos lentos, as mãos seguras nas costas, os olhos nos padrões bordados no gigantesco tapete que cobria todo o chão.

Os outros ministros, sentados no tapete, provando do chá fornecido pelos funcionários do Secretariado, estavam de acordo.

– Então você tem certeza de que foi ela que provocou a tentativa de assassinato?

Waka parou diante da Ministra da Justiça, examinando as palavras dela e a expressão em seu rosto severo. Então concordou com a cabeça.

– O pobre infeliz estava completamente fora de si. E duvido que a Liga do Sul enviasse alguém tão incompetente como assassino.

– Nem uma comitiva diplomática inteira. A milícia levará dias para recolher o que restou deles depois que os fanáticos os lincharam e esquartejaram hoje mais cedo.

Huirau estava num dos cantos do salão, em pé, pensativo. Não parecia capaz de absorver a informação sobre a tentativa de assassinato da Deusa Menina e o súbito levante entre os religiosos.

Kasim era menos propenso a manter o status quo. Tirara o cinto com a espada e a jaqueta e se deixara cair no tapete, perto de uma parede onde estivera apoiado. Estava de olhos fechados, as mãos sobre a barriga que subia e descia como se estivesse dormindo. O mercenário provavelmente estava bastante atento ao que acontecia ali.

Do lado oposto do mercenário, o idoso Ministro da Receita, que não tirava os olhos de Kasim, comentou, entre sopros de fumaça extraídos de sua piteira:

– Se a revolta é pela Deusa Menina, por que ela se isola no Palácio Laranja?

Waka deu de ombros, ainda pensativo.

– Talvez ela consiga influenciar umas poucas pessoas, e agora teme que as coisas tenham saído de controle.

A Ministra Kahurangi concordou, sorvendo seu chá.

– Ela tentou sair do Complexo mais cedo, mas recuou quando viu que os soldados mal estavam mantendo os portões fechados. Foi quando avistamos a Ministra Mere com ela.

– E agora temos ele lá em cima – o Ministro da Receita apontou para o alto com sua piteira.

Todos sabiam muito bem a quem ele se referia, mas ninguém queria chegar nesse ponto. Não ainda.

– Precisamos reaver o controle da cidade o quanto antes – decidiu o Secretário, ao que Justiça e Receita concordaram.

O Ministro do Conhecimento não estava tão certo da prioridade.

– De que adianta o controle da cidade se a Deusa Menina pode restaurar o caos novamente com um piscar de olhos?

O que lançava uma questão óbvia na mesa, uma talvez que nem todos estivessem dispostos a discutir na frente de um locchava e um estrangeiro.

O Secretário olhou para Huirau e Kasim, tentando ler suas intenções e reações. Balançou a cabeça para si.

– Obviamente matar a criança deixou de ser uma solução.

– Nos daria tempo – disse o Ministro da Receita, cofiando a longa barba branca. – Certamente encontraríamos o novo receptáculo logo. Ela não pode ir longe sem corpo.

– Estamos falando mesmo de matar outra criança? – questionou Kahurangi, claramente incomodada com a direção da conversa.

– Mais importante: seria uma boa ideia? – O Secretário voltou a caminhar pelo salão. Depois de alguns passos, continuou. – Seus seguidores se inflamariam ainda mais com teorias conspiratórias

– Teorias – murmurou Huirau, abrindo a boca pela primeira vez desde que entrara no salão. Mas não continuou. Era apenas deboche e incerteza do que fazer.

– Tem algo a acrescentar à discussão, locchava?

Huirau permaneceu na mesma posição por algum tempo, o olhar vago no padrão do tapete debaixo deles. Os dedos não tocavam os cilindros em seu pescoço: roçavam uns nos outros, como um viciado aprendendo a largar sua droga para trás.

Antes que pudesse falar, Kasim abriu a boca.

– Vocês estão se preocupando a divindade errada. Tem um deus muito mais poderoso flutuando sobre suas cabeças, agora planejando dizimar Duralam.

– Huirau? – questionou o Secretário, e o locchava forçou-se a continuar.

Explicou tudo o que viram e o que dissera o Arconte. Explicou sobre a visão dada pela Deusa Menina e o que descobriram sobre Tangiwai. Explicou, em detalhes, como o Arconte desintegrara os monstros que os atacaram na neve sem mover um osso sequer.

– O que, exatamente, você propõe que façamos, locchava Hoepo? – questionou o Ministro do Conhecimento.

Huirau e Kasim foram removidos do salão de conferência com as portas de madeira pesada batendo atrás dele.

– Bando de covardes.

Kasim deu de ombros, voltando a prender o cinto. Torceu o lábio enquanto falava. – Você achava mesmo que eles iam concordar em banir a manipulação de memórias?

Huirau não acreditava que iam, nem que concordariam com a

segunda sugestão: a de abandonar Duralam. Mas não podia deixar tudo como estava.

Aqueles velhos dentro do salão estavam interessados em manter o controle dos Onze Reinos, e nenhuma das verdades que ele trouxe era agradável para seus ouvidos. Revelar tudo à população com certeza seria uma péssima ideia do ponto de vista dos governantes.

– Não existem recursos! – esbravejou o Ministro da Receita, rindo do que ele considerava ridículo.

E talvez fosse. Era possível – mesmo provável – que não existisse solução para o problema de Duralam.

Em três dias o Arconte acabaria com toda a vida em Duralam e voltaria para sua cidade fantasma, onde aguardaria Sumeru tentar se libertar novamente dentro de cinquenta ou cem anos.

Huirau se deu conta de que tinha andado até a ala dos estudantes, diante da porta do quarto onde dormira por toda sua infância e adolescência. Outro estudante morava lá agora. Podia ouvir o som do ronco leve de alguém vindo de dentro. Como era tudo melhor quando o universo parecia mais simples.

– Você sabe que só existe uma solução para tudo isso – disse Kasim, colocando a mão em seu ombro.

– E fugir mais uma vez, Kasim?

Kasim suspirou, deixando a mão cair.

– Por que continuar em um lugar condenado?

– Porque nós podemos fazer a diferença!

O mercenário caminhou alguns passos. Parou, esfregando a mão no rosto. Os olhos estavam vermelhos e profundos. Os ombros estavam caídos.

– Huirau, não há nada que possamos fazer. Deuses estão envolvidos nessa história, e nem eles sabem como controlar a situação. Por que nós, meros mortais, saberíamos?

– Está errado, Kasim. Se você fugiu de Myambe porque tinha medo do deus que invadiu seu lar, eu não farei o mesmo. E você também não devia.

– Por que não? Essa não é minha luta.

As palavras doíam, mas Huirau sabia que a intenção não era verdadeira. Era só uma desculpa, mais uma desculpa, para se sentir bem se decidisse realmente fugir. Kasim queria se convencer de que estava certo, mesmo pensando diferente.

– Até quando você vai fugir? Até o mundo acabar? Vai continuar deixando os outros para trás, dependendo de você? Vai continuar a trair a confiança daqueles que acreditaram na sua lealdade?

O mercenário travou o maxilar e deu três passos pesados na direção do locchava, colocando um dedo acusatório na frente do rosto de Huirau.

– Nós confrontamos um Deus, mais de um, e não tivemos as respostas. Por que você acha que conseguirá resolver esse caos? – Ele jogou a mão para o ar, se afastou. Apontou para o alto. – Ele não vai falar nada!

– Talvez não precise.

Kasim abaixou o braço. Ergueu uma sobrancelha curiosa.

– Do que você está falando?

– A memória, a que eu estudava no dia em que fui chamado para investigar a morte de locchava Tangiwai. A memória da morte do último rei de Valmedor.

Kasim esfregou o rosto de novo, suspirando. Esfregou os olhos para mantê-los abertos.

– O que tem ela?

– Nunca consegui forçá-la por inteiro, mas sempre soube que o Arconte encontrou alguém, alguém que sabia mais. – Ouviu um barulho vindo de dentro do quarto e percebeu que estava falando alto. Pegou Kasim pelo braço e voltou a caminhar pelo corredor, diminuindo a voz. – Você ouviu o que disse o Arconte: ele matou o último regente porque ele foi longe demais em seus estudos de Sumeru. Então seja lá quem apareceu devia ter alguma relação com tudo isso.

– Se você não consegue forçar a memória, é porque o prisioneiro não quer que você veja.

– Exatamente como fizeram com a morte de Tangiwai, criando memórias falsas e incertas para levar as pistas ao lugar errado.

Eles chegaram a uma pequena varanda sobre o pátio dos palácios. A escuridão viva flutuava diante da lua cheia.

– Se você não conseguiu antes, por que acha que conseguirá dessa vez?

– Porque dessa vez eu não vou sozinho.

Kasim se inclinou sobre o parapeito para saber para onde Huirau olhava. Não era o Arconte flutuando sobre eles, mas sim os cinco māras retornando ao Palácio Vermelho.

O mercenário grunhiu qualquer coisa e praticamente deitou-se no parapeito.

– Se importa se eu dormir antes?

Capítulo 48

Nenhum dos legalistas mexeu um músculo quando Huirau Hoepo entrou no corredor que circundava as muralhas externas do Palácio Branco. Seus passos ecoavam na escuridão parcamente controlada por lanternas a óleo de baleia, ignorados pelos soldados entrincheirados atrás de barricadas feitas da mobília quebrada. Nenhum par de olhos se desviou da entrada ou das janelas estreitas onde arqueiros esperavam em silêncio. O intruso passou despercebido, um sorriso no rosto ao reconhecer cada erro na memória original. Aqui um garoto, provavelmente menos de quinze anos de idade, murmurava uma prece a algum deus esquecido. O soldado de cabelos grisalhos ao seu lado esfregava o polegar no indicador, como se a tensão de esperar pelo inevitável provocasse coceira. Alguém chorava baixo. Huirau identificou o jovem de bigodes ralos encolhido atrás do seu escudo e lança. Nenhum de seus companheiros olhava para ele, como se isso fosse pôr um fim no que lhes restava de força de vontade.

Outro novato gritou, levantando-se com a espada em riste. Desfez-se no ar quase que de imediato, transformado em partículas de esquecimento por Anaru, que vinha logo atrás de Huirau. Foi quando os demais soldados se ergueram e atacaram o grupo de invasores.

Convencer o Secretário do plano foi muito mais fácil do que convencer os māras de que aquilo era necessário. Anaru tinha permanecido quieto durante a maior parte da discussão liderada por Maylea, a māra de olhos raivosos que Huirau vira sair ferida do cortiço onde o suposto assassino de Tangiwai fora encontrado morto. Abriu a boca apenas para dizer que, se Huirau estivesse certo sobre tudo aquilo, era hora de juntar forças para evitar o pior. Não havia emoção alguma no seu tom de voz, nem no rosto ainda marcado pelos golpes de Kasim dias antes. Anaru acompanhou o grupo sem nunca encarar Huirau ou Kasim, e permaneceu assim enquanto lutava com as memórias fora de controle.

Huirau seguiu na frente, o polegar girando os cilindros que pendiam do seu pescoço, seguido de perto por Kasim, cuja espada parecia inútil contra as memórias. Isso não fazia o mercenário menos determinado a manter o locchava vivo, mesmo que significasse colocar-se na linha do perigo.

Huirau chegou até a porta. Estava entreaberta. Toda vez que fazia esse caminho, ele fechava a porta. Era como se desse mais credibilidade a tudo. Tinha se esquecido de fechá-la ao partir para investigar a morte de Tangiwai?

Tocou o metal frio feito de uma liga desconhecida, mas a porta fugiu do seu toque, arrancada das dobradiças por uma força sobrenatural. Memórias obliteradas, convertidas em energia, canalizadas pelas mãos de Maylea, que passou por Huirau vibrando como se seu corpo fosse o de dez pessoas competindo pelo mesmo espaço físico.

Anaru veio logo atrás, cabeça baixa. Olhou apenas brevemente para Huirau antes de voltar a olhar o chão e passar sem uma palavra sequer.

Kasim barrou a entrada dos outros três māras apenas com o olhar, e eles não quiseram disputar para saber quem era mais capaz de causar danos. Não que não pudessem facilmente subjugar um mercenário estrangeiro, mas porque sabiam que pelo menos um deles ia apanhar bastante no processo.

Huirau atravessou o portal ancestral para o interior do salão familiar. Abriu um sorriso largo. Chegara bem a tempo.

O último rei do então decadente Sacro Império Valmedor tropeçou para trás no próprio manto púrpura e caiu no tapete que cobria todo o gigantesco salão. Do buraco no teto descia o Arconte como uma cachoeira de piche, pesado e incessante, penetrando lentamente o salão em filamentos de tamanhos diversos.

– Você não pode acelerar isso? – questionou Maylea, de costas para a cena, os olhos vasculhando os cantos escuros do salão.

– Deixe ele trabalhar – disse Anaru.

Maylea resmungou qualquer coisa perdida sob a discussão entre o Regente caído e seu carrasco eterno.

Os māras se espalharam pela sala, buscando qualquer coisa. Anaru mantinha a atenção na memória acontecendo no centro da sala, certamente se perguntando o que seria ter de enfrentar a memória do Arconte caso ela saísse do controle, ou apenas curioso da razão pela qual Huirau era tão obcecado com aquela cena.

Huirau não disse nada, mas estava se concentrando o máximo que podia em manter a memória correndo como esperado, murmurando seu mantra, mentalizando a cena em cada detalhe, buscando na pedra a energia que prendia ali aquela memória. Sentiu pela primeira vez algo vindo mais fundo que a própria pedra, como se tocando uma raíz enterrada sob uma árvore. Lembrou-se de esticar-se mentalmente no monolito partido, de alcançar mais fundo. A diferença era que alguma coisa resistia, forçando-se por essas raízes, tentando invadir a pedra e as memórias acima.

Aplicada força suficiente, qualquer coisa se parte, até mesmo memórias.

– Kasim...

O tom na sua voz devia ter sido suficiente. O mercenário deu dois passos em sua direção e ergueu a espada. Estava pronto quando o vagante dimensional atravessou a realidade entre as memórias, atraído pelo conflito entre o locchava, os māras e Sumeru.

O salão se tornou montanha coberta de neve, montanha florida e planície antes de voltar a ser o salão recém-inaugurado do Palácio Branco. Em meio à neve real que caía do teto, às luzes de archotes havia muito apagados e a uma celebração de nobres, a criatura deformada, idêntica às que atacaram na neve rasgou a realidade e partiu para cima de Huirau, longos braços disformes erguidos, bocarra aberta, repleta de dentes impossíveis. Anaru tentou agir, outro māra fez o mesmo. A criatura congelou no ar por um segundo.

A espada de Kasim cortou lateralmente, rasgando a pele cinzenta pela esquerda, atravessando entre as costelas e chegando até onde, em uma pessoa, seria o coração.

A criatura desmontou sobre si mesma, tirando da mão de Kasim sua espada. Rolou de lado, gritando como o vento quando o movimento fez a lâmina entrar mais fundo. Sem perder tempo, Kasim puxou a faca e a fincou no crânio diminuto do monstro pelo céu da boca escancarada. Num espasmo involuntário, o monstro fechou a boca, os dentes abrindo cortes na luva e na mão de Kasim antes que ele pudesse puxá-la para fora.

– O que é essa coisa? – gritou Anaru, dando passos na direção de Huirau. O locchava ergueu uma mão para fazê-lo parar. Ajoelhou-se, o polegar girando os cilindros.

– Tem mais deles vindo para cá.

Kasim chacoalhou a mão ferida, respingando sangue no tapete arruinado. Puxou com a mesma mão a espada do cadáver inumano.

– Está na hora de mostrar por que vocês são tão temidos por aqui.

Huirau sentiu quando as criaturas atravessaram as memórias para essa dimensão e quando os māras começaram a absorver o que podiam para se fortalecer.

– Deixem a memória do Arconte intacta! – ele gritou sem saber se seria ouvido.

Não podia pensar no que estava acontecendo à sua volta. Precisava se concentrar em preservar a memória e, mais importante, forçá-la como jamais a forçou, para entender o que Sumeru vinha escondendo dele durante todos esses anos.

A presença na pedra era viva e estava furiosa com Huirau por intervir. Não ligava que o cabo de guerra entre os dois pudesse atrair as criaturas para esse mundo, contanto que isso lhe permitisse escapar de sua prisão em Sumeru.

Num golpe súbito, lançou um ataque por baixo da terra, por baixo de Duralam. A cidade estremeceu e, num segundo de vislumbre, Huirau viu em sua mente toda a rede que se estendia por baixo da cidade, nascendo em Sumeru e se espalhando por toda parte. Não como raízes que alimentam uma árvore, mas como nervos ligados a um cérebro, captando tudo à sua volta, registrado inconscientemente. Num momento de horror, percebeu que a entidade com quem lutava estava dormindo e brigava em sonhos, tão inconsciente como lembrava tudo que acontecia em Duralam. Se despertasse, o que seria capaz de fazer?

Sentiu alguém cair ao seu lado. Esperava que fosse uma das criaturas, e não Kasim ou Anaru. Sentiu partes da memória sendo arrancadas dele e, depois, resistirem. Sentiu o Arconte lembrado tentar sair do controle de Huirau e atacar Kasim pelas costas. Forçou-se na memória, agarrou-a com uma mão imaginária. Suas mãos, impossivelmente grandes, pegaram o crânio flutuando no vazio e o trouxeram para perto do seu rosto.

– Quem você viu? – gritou Huirau com pulmões imaginários. – Quem? Diga-me!

Sob a terra, Sumeru, o Demônio na Pedra, gritou enfurecido. O chão tremeu, e Huirau não tinha certeza se aquilo tinha sido real ou apenas em sua mente. Sentiu poeira e neve caírem sobre seu corpo e lembrou-se de que uma luta acontecia ao lado do seu corpo físico.

Abriu os olhos para ver Anaru caindo diante dele, os olhos arregalados de pânico quando uma das criaturas cinzentas se lançou sobre ele, os dentes de um palmo de comprimento vindo abocanhar seu rosto. Naquele instante Anaru olhou em sua direção, algo dito em seus olhos. Medo? Perdão? Culpa?

Huirau não desviou os olhos de onde precisava olhar.

Atrás dele o Arconte de memória virava-se na mesma direção.

– Eu posso ver você.

– Quem? – questionou Huirau pela enésima vez.

Dessa vez, a resposta se materializou diante dele.

Pela rede de nervos sob a pedra do Palácio Branco, Sumeru gritou furioso.

Em torno de Huirau os māras lutavam pela vida contra as criaturas que atravessavam as dimensões.

Aos seus pés, Anaru fechava os olhos, esperando a morte inevitável.

Diante deles, a Arquivista flutuava translúcida, os tentáculos esfregando o tapete púrpura arruinado.

O domo da criatura pulsou e as vozes de cem memórias lhe deram voz.

– Por quanto tempo você pensa que conseguirá me deter, Arconte?

– Pela eternidade, se for preciso.

Kasim saltou nas costas da criatura sobre Anaru, a faca segura com a lâmina para baixo entrando na nuca do monstro, de novo e de novo. Com cada puxão, sangue espirrava em Huirau.

Tudo parecia acontecer lentamente no mundo real, ou talvez fosse a memória a correr rápido demais?

Huirau se levantou, acompanhando o Arconte que deslizava na direção da Arquivista.

– Por que você não desiste? Volte a Danu como o resto do seu povo. Seu deus é meu prisioneiro. Para sempre.

A Arquivista riu em mil vozes. Um māra caiu sem vida atrás dela, a garganta rasgada pelos dentes de um dos monstros. Nem Arquivista, nem Arconte, nem locchava deram a mínima para aquela morte.

– Isso não termina aqui – disse a Arquivista.

O Arconte estendeu suas garras de escuridão, mas a Arquivista recuou e dissolveu-se no ar. Uma memória já naquela época, muito bem planejada para confrontar o Eterno.

O Arconte baixou a mão e ali permaneceu em silêncio, o crânio vazio olhando o lugar onde antes estava a criatura em quem Huirau confiara como mestra e conselheira por toda a sua vida.

– O que ela estava fazendo aqui?

Huirau se virou para trás. Kasim estava agachado, respirando pesadamente. Havia sangue vermelho e transparente sobre ele e o chão. A espada e a faca tinham se perdido em combate.

Anaru estava caído de costas, mas vivo. Chorava profusamente abraçando o corpo onde as garras de uma das criaturas, morta ao seu lado, tinha ferido seu peito. Maylea estava sentada olhando o vazio, as mãos feridas, mas três cadáveres cinzentos aos seus pés.

Um dos māras estava morto, os olhos fixos no teto. Huirau percebeu que conhecia aquele rosto, um garoto que entrara com ele no Secretariado, com quem dividira algumas refeições e piadas na infância. Nem sequer se lembrava do seu nome.

O Arconte virou o crânio para Huirau e, por um breve momento, parecia saber que séculos depois Huirau estaria ali buscando respostas.

A memória se desfez no ar.

– Ela nos usou todo esse tempo. – Huirau sentia as pernas bambas. Apoiou-se em uma coluna, permitiu-se sentar no chão. – Māras, locchavas... Seu objetivo era forçar Sumeru a despertar, a se libertar. Todo esse tempo nós fizemos o trabalho sujo por ela.

Capítulo 49

O primeiro instinto de Huirau foi ir direto à Mnemoteca confrontar a Arquivista, descobrir por que ela tinha feito aquilo, por que os tinha enganado desde o começo. Imaginava a água-viva de outra dimensão rindo maquiavelicamente em mil vozes, contando seus planos de dominação mundial.

Quando chegou do lado de fora do Palácio Branco, percebeu que aquilo seria desnecessário.

Um vento frio atingiu o grupo. Neve se acumulava no telhado das casas.

Lá embaixo, pessoas aos gritos correndo de um lado para o outro.

As ruas tinham sido rompidas por enormes fragmentos de cristal verde que pareciam brotar por toda parte, rasgando paredes de casas, derrubando telhados e virando carroças. Uma luz tênue pulsava por dentro dos cristais assim como em Sumeru visível do lado oposto de Duralam.

– É a Mnemoteca – disse Huirau ao ligar os pontos. – Sumeru está despertando e forçando suas raízes por toda a parte.

– Por que a Arquivista faria isso? – questionou Maylea, que vinha junto com Anaru e Kasim logo atrás.

– Sumeru é um deus adormecido... Um deus de algum tipo – explicou Huirau, abraçando o corpo, sentindo o frio que Sumeru sempre afastara na Longa Noite. – A Arquivista quer libertá-lo.

Os homens que os trouxeram em carruagens até a entrada do Palácio Branco tinham sumido, deixando apenas uma das carruagens para trás. Anaru absorveu da pedra a memória de um deles para aprender a guiar os animais, então subiu na frente, mandando que os outros entrassem no carro. Maylea deu ordem para que os outros dois māras seguissem até o complexo de palácios e alertassem o Secretário do que estava acontecendo. O companheiro morto ficaria no Palácio Branco até que tudo fosse resolvido. Não havia tempo para pensar nisso agora.

Separaram-se na descida para a cidade, com Anaru guiando a

carruagem pela Avenida dos Palácios agora danificada pelos cristais de Sumeru. Paralelepípedos estavam soltos por toda parte, tornando a viagem mais perigosa. Aqui e ali carroças e carruagens estavam viradas. Alguns iaques estavam deitados, feridos, enquanto outros tinham morrido no tremor de terra e da eclosão dos cristais.

Seguiram até perto do bairro de Costa Flores, onde os arranjos característicos do bairro – reais e lembrados – tinham sido destroçados. Nas ruas o problema era ainda maior do que perto do Palácio Branco. Milicianos lutavam nas ruas com homens e mulheres de trajes civis com lenços laranja no braço ou na cabeça. Enquanto os milicianos portavam pouco mais do que maças e porretes, os agressores vinham armados de adagas curvas e bestas com farta munição, e não pareciam pensar duas vezes antes de usá-las. Huirau viu entre os milicianos a sargento Taua gritando ordens enquanto seus homens recuavam pelas escadarias de uma grande casa onde a milícia protegia um grupo de estrangeiros assustados e feridos.

– Precisamos seguir em frente – gritou Maylea, dando a entender que Anaru precisava limpar o caminho ou passar por cima de milicianos e agressores.

– Não – ordenou Huirau, abrindo a porta da carruagem e desembarcando. – Precisamos ajudá-los.

– Não temos tempo para isso.

Kasim desceu atrás de Huirau, encarando Maylea. Ela buscou apoio em Anaru, que cerrou os lábios, então largou as rédeas dos iaques e desceu. Caminhou na direção dos manifestantes, puxando para si as memórias da pedra. Os cristais rompendo a rua brilharam, pulsaram, enquanto Anaru sugava deles o que precisava.

Se a aproximação do māra não desestimulou os agressores de atacar a milícia e os estrangeiros, o primeiro golpe o fez. Anaru ergueu uma mão, e uma ventania impossível rasgou o solo, fazendo voar paralelepípedos e telhas, atingindo os agressores e derrubando-os como folhas secas.

Alguns que escaparam ao ataque miraram suas armas no māra. Setas voaram em sua direção, mas se detiveram no ar, atingindo um muro de pedra que não estava ali segundos antes.

Maylea vinha logo atrás de Anaru, dando suporte a ele.

Aproveitando a desestabilização da frente de ataque, Taua gritou para alguns de seus milicianos a seguirem. Desceram as escadas da casa onde abrigavam os estrangeiros e correram para os agressores, atingindo mãos e rostos com maças e porretes, desarmando e subjugando aqueles pelo caminho.

Huirau achava incrível que, numa situação como aquela, Taua ainda se preocupasse em não matar ou ferir seriamente aqueles que claramente não pensavam o mesmo sobre eles.

Alguns dos agressores conseguiram fugir, mas boa parte deles ficou caída pela rua, inconscientes ou feridos.

Uma vez que a situação estava controlada e Taua tinha seus milicianos amarrando as mãos dos agressores caídos atrás das costas, Huirau e Kasim se aproximaram.

– Devo ficar surpresa de ver vocês dois envolvidos nisso?

Por um instante Huirau pensou em criticar a postura da sargento, da forma de se dirigir a ele, mas viu o olhar cansado de quem tinha sido jogada no meio de problemas muito maiores do que deveria ser capaz de lidar, então preferiu relevar.

– A entidade presa em Sumeru está despertando e, se não fizermos nada, o Arconte vai vir aqui e acabar com tudo.

– Tudo?

Huirau só conseguiu concordar com a cabeça, deixando a expressão no seu rosto contar o resto.

Taua suspirou. Ela não tinha guardado a maça manchada de sangue. Olhava à sua volta como uma oficial contando os mortos e feridos dos dois lados de um campo de batalha.

– Este lugar costumava ter memórias. A esta hora já estariam circulando por aqui.

Huirau precisou apenas fechar os olhos para perceber que não era resultado da ação dos māras, e sim de alguma outra coisa.

– Na medida em que Sumeru desperta, seu consciente toma o controle das memórias. São dele as memórias. É Sumeru a pedra que lembra. Ou sonha, acho.

– E o que podemos fazer?

Huirau sentiu os ombros caírem, o peso em suas costas grande demais. Olhou por cima das casas, na direção do monolito que, por séculos, fora o principal marco de Duralam. Um deus aprisionado bem no meio deles. Dois, na verdade, pensou, lembrando-se da Deusa Menina. Sentiu Anaru se aproximar, pela primeira vez não como um vácuo nas memórias, mas sim alguém aprendendo a trafegar por elas com cuidado.

– Podemos destruir as memórias. Todas elas.

Maylea concordou com a ideia.

– Sem memórias, ela não pode nos atacar.

Mas Huirau discordou.

– Ela passou milênios sonhando com esse lugar. Vocês nunca conseguiriam destruir todas as memórias. E, de qualquer forma, ela apenas criaria novas memórias a cada segundo. Essas raízes se estendem por toda a parte.

– Toda parte, menos Singularidade.

Os olhos se voltaram para Kasim. Precisaram de um estrangeiro para dizer o óbvio.

Quando tudo aquilo começou, quando Huirau deixara o Palácio Branco com um jovem miliciano morto por uma memória desgarrada dias atrás, pensara em como Singularidade era um problema para quem precisava buscar as verdades. Como o lugar em que fora feito era tão duro que nada podia penetrar, nem mesmo memórias.

– É a rocha – concluiu Huirau. – A base do bairro todo. É impossível de penetrar, até mesmo pelas raízes de Sumeru. É por isso que lá as memórias são incertas. Sumeru nunca conseguiu estender suas raízes de cristal até lá.

– E daí? – questionou Maylea. – Que diferença um único bairro faz?

– Não o bairro, mas a ideia. Precisamos cortar a conexão de Sumeru com a cidade. Sem os cristais, ela não cria novas memórias.

– Isso significa chegar até o porto.

E a frase de Kasim trazia toda a ameaça envolvida em ir até o porto, em estar sob a sombra de Sumeru enquanto o Demônio na Pedra, como diziam os yetis, estava despertando.

Taua colocou uma mão sobre o ombro de Huirau.

– Levarei todos que eu puder para Singularidade. Estaremos mais protegidos por lá.

Huirau concordou com a cabeça, então apertou a mão da sargento. Ela saiu sem se despedir, gritando ordens para que os milicianos guiassem os civis até Singularidade. Todos, inclusive os fanáticos subjugados.

Kasim se colocou diante de Huirau. A preocupação era bem clara em seu rosto.

– Eu não poderei protegê-lo lá.

Huirau olhou por cima do ombro do mercenário até Sumeru. Concordou com a cabeça.

– Por sorte você se mostrou muito mais do que apenas um guarda-costas. – Huirau forçou um sorriso cansado. – Vamos. Precisamos salvar Duralam.

Capítulo 50

Durante todo o tempo em que ficou nos Onze Reinos, Kasim viveu no porto e próximo dele. Era onde ele conseguia ter contato com outras pessoas, fossem de Myambe, das ilhas ou mesmo de Último Refúgio. Algo naquela mistura de línguas e rostos o lembrava da metrópole de Panjekanaverat, onde ele tinha passado alguns dos melhores anos da sua vida. Quando as lembranças doíam demais, ele afogava as mágoas nos sabores e odores da casa que tinha deixado para trás. No fundo acalentava a esperança de que, de alguma forma, o gelo se partisse e ele tivesse como fugir.

Kasim acabou aprendendo a conhecer ruas, edifícios e pessoas, e saber trafegar por lá sem se perder mesmo durante um dos seus torpores alcoólicos.

Olhando agora as casas destruídas, rasgadas ao meio por espigões de cristal verde, as ruas abertas como frutas apodrecidas, Kasim se questionava se sequer conseguia reconhecer a padaria onde morava.

Ali, a última taverna onde bebera era pouco mais que um par de paredes demolidas. Duas ruas abaixo, o navio de um senhor simpático que uma vez o ajudara estava empalado no ar, pendurado fora d'água. Até as ruínas da antiga Casa da Companhia tinham sido demolidas pela onda de choque do crescimento dos cristais. Esperava que o necromante tivesse saído dali a tempo.

Os cristais pulsavam como se sugassem algo do chão sob Duralam, puxando-o para o gigantesco monolito acima deles.

– Vamos – disse Huirau, indo em frente. Atrás dele seguiam os dois māras.

Kasim olhou para trás, onde os dois iaques que puxavam a carruagem pateavam o chão de paralelepípedos irregulares, incomodados. As cabeças enormes tentavam olhar para os lados, escapar dos arreios. Os olhos estavam arregalados.

– Eu sei como vocês se sentem.

Caminhou até os animais e soltou os varais da carruagem, depois removeu os arreios, ficando fora do caminho caso os animais disparassem. Eles não o fizeram. Saíram calmos, batendo os cascos no chão, inquietos. Estavam acostumados demais a obedecer ordens para simplesmente sair do padrão. Como praticamente todos em Duralam.

Às vezes era preciso um tapa na bunda para que a pessoa resolvesse tomar uma atitude.

Foram precisos dois tapas no primeiro iaque para ele resolver trotar para longe de Sumeru. O segundo não precisou de incentivo. Disparou atrás do primeiro apenas com um olhar de Kasim.

O mercenário se perguntava se não devia fazer o mesmo.

Lá embaixo, no porto, Maylea gritava alguma coisa para os outros. Kasim se virou para ver que os três já estavam algumas centenas de metros à frente, onde os cristais abriam caminho entre um depósito de cargas e um posto de alfândega. Algumas centenas de pessoas saíam das ruas, seguindo na direção de Huirau e dos dois māras.

– Ah, merda... – Kasim murmurou assim que percebeu que algumas daquelas pessoas traziam lanças e tacapes, outras eram Muskul de armadura e espada, e algumas, ainda, certamente piratas vindo de muito longe.

Não eram pessoas. Eram memórias.

E estavam todas seguindo na direção dos intrusos com intenções de matá-los.

Kasim suspirou fundo. Então sacou a espada, mesmo sabendo que ela seria inútil, e correu na direção de Sumeru.

Em outro ponto do porto, onde um espigão de cristal rasgara o trapiche e as pedras, o necromante vasculhava os destroços de seu barraco por algo que havia muito fazia parte de quem ele era, mas que preferia ver perdido.

– Estou indo, estou indo – ele respondia para as vozes distantes sussurrando com urgência em seu ouvido.

Encontrou a máscara intacta – claro – por baixo de um punhado de palha seca e poeira. Ela o olhava com expressão de impaciência, criticando-o por tê-la deixado para trás enquanto buscava comida.

– Você sabe muito bem o porquê – ele respondeu à pergunta não feita, pegando a máscara e tirando dela a poeira com sopro e mão. – Pelo menos você está inteira.

E ainda bem. Ele não queria saber o que aconteceria se a máscara fosse destruída. Se é que podia ser destruída. A... coisa dentro dela estava sob controle enquanto presa na máscara, e a máscara presa ao necromante. Se um dia se libertasse...

Um sussurro chamou sua atenção para as costas. Atrás dele, um monstro que só podia ser descrito como um leão peludo e de longos dentes se aproximava sorrateiro. O necromante sabia muito bem que aquilo não era real, mas que podia matar da mesma forma.

– Certo, entendi.

O necromante virou a máscara para ele e, apesar do animal se aproximando, parou para repensar antes de decidir colocá-la.

Estava se enganando achando que tinha escolha.

Colocou a máscara.

Ouviu os espíritos sussurrarem no seu ouvido.

Deixou que eles tomassem o controle.

Se eles absorviam memórias para ganhar seu poder, estariam destruindo as memórias de alguém? Os sonhos de alguém?

Antes de tudo, a teoria de que memórias eram espíritos sempre soara estúpida para Anaru. Era o tipo de coisa de que riam nos corredores do Palácio Vermelho durante o treinamento como māras. Memórias eram memórias, e só isso.

Anaru canalizou a energia em um feixe de energia que destroçou no ar três guerreiros ilhotas com tacapes de guerra nas mãos.

Em um único dia estavam aniquilando não só as memórias de Duralam, como também as de Sumeru. Imagine acordar um dia para descobrir que, durante seu sono, alguém roubou suas memórias mais preciosas?

Se alguém fizesse isso com ele, se alguém violasse sua mente, arrancando dela as memórias que tinha dos seus sucessos no treinamento, das conversas com os amigos, dos bons tempo com Huirau, Anaru com certeza se revoltaria.

E ele sabia que tinha boa parte da culpa por aquilo.

– Huirau! – gritou, chamando a atenção do locchava, que dava suporte ao mercenário estrangeiro. Ele tornava sólidas as memórias para que Kasim tivesse alguma chance de destroçá-las. – Preciso de você!

Percebeu o que disse depois de ter falado, e viu algo no olhos de Huirau quando o escutou. Anaru não sabia até onde ia o significado daquilo, nem tinha tempo de refletir a respeito.

– As memórias são difíceis demais de absorver. Preciso da sua ajuda para romper as raízes.

Huirau olhou de volta para Kasim. A expressão no rosto do estrangeiro beirou o pânico. Então Huirau deu as costas para o mercenário e, dedo girando os cilindros em seu pescoço, reforçou o trabalho dos māras, um fole soprando ar no fogo.

Anaru sentiu as memórias emergindo da pedra, tornando-se mais vulneráveis.

Então puxou tudo o que podia, tocou o chão abaixo dele e expeliu pela palma toda a energia que podia.

Taua arrebentou a porta com um ombro, fazendo voar longe uma parte do batente que não resistiu ao impacto. Do lado de dentro, gritos de surpresa. Crianças chorando.

Ela correu, largando a maça de ferro no chão da cozinha e abraçando os netos.

– Mãe, o que está acontecendo?

O filho e a nora estavam logo ali, armados com facas de cozinha. Tinham fechado tudo, movido os móveis por toda a parte. Não fazia diferença alguma.

– Peguem suas coisas. Precisamos sair daqui agora.

– Para onde?

– Singularidade – ela cuspiu sem explicar.

O filho arregalou os olhos. A nora reagiu mais rápido. Sem questionar, largou a faca e foi encher uma bolsa com comida e roupas. Taua se ajoelhou de novo para acalmar as crianças. O filho, no entanto, não tinha saído do lugar.

– O que está acontecendo?

A sargento tocou o rosto do filho, pensando em como explicar. Olhou a nora e as crianças agarradas às suas pernas. Mordia o lábio inferior como se para evitar dizer a primeira coisa que vinha em sua cabeça.

– Vovô?

O olhar da neta por sobre seu ombro fez subir um calafrio em sua espinha. Era o olhar de quem via a memória do avô, mas a memória fazendo algo que nunca tinha feito.

Ouviu o som da maça sendo movida, a cabeça de metal raspando o chão de pedra.

Taua fechou os olhos, esticou-se para estalar as costas, girou o pescoço para tirar os nós dos músculos.

– Crianças, a vovó precisa ter uma conversa com o vovô. Ajudem seus pais e comportem-se.

– Vó?

Taua sorriu, então pegou a faca de cozinha deixada na mesa pela nora.

Precisava destruir a memória do marido.

Huirau murmurava o mantra que tinha aprendido para trazer memórias à tona, o mesmo que usara para buscar as memórias do assassinato de Tangiwai, quando tudo aquilo começou. Mas a função agora era outra: conforme forçava as memórias a sair da pedra, alimentava os māras que faziam a parte importante, tirando o que alimentava Sumeru de memórias.

Percebeu que apenas um deles não estava em seu campo de visão e sentiu um calafrio percorrer sua espinha. Procurou entre as ruas e casas devastadas. Encontrou Kasim cercado por memórias de vários tempos.

Kasim golpeou, mas a espada passou por dentro da memória, a lâmina ignorando a armadura de metal do Muskul diante dele. Sem o contato, Kasim quase perdeu o equilíbrio, salvando-se por pouco de se empalar na lança de outra memória ao torcer o tronco para a direita.

Quase caiu, apoiando-se em um dos espigões de cristal. Fez careta, retraindo a mão ferida pela superfície cortante.

Huirau podia fazer alguma coisa. Podia tornar a memória sólida, podia atrasá-la. Mas para isso precisaria parar de abastecer os māras com memórias.

Do lado oposto, Anaru estava com um joelho no chão, as duas mãos tocando o solo, a energia canalizada por ele rasgando pedra, solo e cristal.

Quando se voltou novamente para a outra direção, o mercenário estava cambaleando para longe, a espada embainhada. Pulou por cima de uma memória armada com um bastão, subiu em uma pilha de caixas e foi parar na varanda de uma hospedaria. Correu por lá, saltando para o telhado de um armazém e de lá para longe da batalha.

– Kasim!

Mas o mercenário nem sequer olhou para trás.

Era isso. Depois de tantas ameaças, depois de tantos problemas, Kasim tinha desistido. Tinha dado as costas e fugido, como sempre fazia quando as coisas saíam do seu controle.

O momento de distração quase custou a vida de Anaru, a energia das memórias falhando quando não devia. Maylea saltou no caminho bem na hora, fazendo voar para longe um urso polar de proporções impossíveis. A criatura se desfez em partículas prateadas no ar.

A expressão no rosto de Maylea dizia tudo que era preciso. Huirau tirou Kasim da sua mente e voltou sua atenção para o que importava.

Waka puxou o gatilho, disparando uma seta que atingiu a criatura onde devia ser o coração. A seta perfurou a pele cinzenta, mas pareceu fazer pouco mais do que irritar o monstro sem rosto. A bocarra cheia de dentes enormes urrou e ele se lançou para a frente.

Já era o terceiro que encontravam desde que os tremores de terra começaram. Ele sabia da existência daquelas coisas apenas por relatos do Ministro do Conhecimento. Vagantes dimensionais, segundo ele. Um ou outro parecia escapar para Duralam sempre que algo muito sério acontecia com as memórias. Quando Waka era mais jovem, viu um māra ser devorado por um deles, após um erro de cálculos destroçar as memórias de um antigo festival dos arredores da cidade. Por sorte, a criatura foi abatida logo em seguida pelos demais māras. O caso nunca foi registrado, e um māra foi chamado para apagar quaisquer indícios daquela memória do lugar. Achavam melhor manter isso assim para evitar pânico.

Era um caso isolado.

Waka deu alguns passos para trás, armando a besta de mão com a alavanca. Por trás dele Kahuragi avançou, trazendo nas mãos uma lança com duas vezes o seu tamanho, a ponta mais semelhante à lâmina de uma espada flexível do que à de uma lança. Rodopiando a arma sobre sua cabeça, fez surgir cortes no peito, braços e pernas do monstro que, irritado, jogou-se para o lado, atravessando a parede sem jamais tocá-la.

Reapareceu atrás dos ministros e saltou sobre o do Conhecimento, que, idoso demais, tombou com piteira e tudo, praticamente esmagado pelas garras da criatura. Seu grito de pânico foi abafado pelas presas do monstro, que já mastigava seu crânio antes que a Ministra da Justiça pudesse perfurar sua cabeça com a lança.

O monstro caiu inerte sobre o cadáver do ministro.

Kahuragi arrancou a lança, apoiando-a no chão, então se abaixou de cócoras.

– Não tenho mais idade para isso – ela disse, bufando, mas sem suar uma gota sequer.

Waka tinha uma nova seta pronta na besta diminuta em sua mão, os olhos no sangue do ministro morto manchando o tapete do corredor do Palácio Vermelho. Chegaram até a porta onde quatro soldados estavam mortos, os corpos dilacerados.

Do alto das escadas, ele viu Sumeru pulsando. Do lado oposto do complexo o Palácio Laranja estava fechado, cercado por sacerdotes armados. No céu, o Arconte ocultava parte da lua cheia, imóvel.

Waka esperava apenas que Huirau soubesse o que estava fazendo.

O tempo não é percebido da mesma forma para quem é eterno.

No interior de Sumeru a entidade dormira por milênios sem entender a passagem do tempo. À sua volta seres efêmeros surgiram e construíram uma vila. A vila cresceu e atraiu a atenção de outros, e depois mais deles. Durante todo esse tempo ela percebeu, mas não entendeu. Era como estar em um torpor sonolento, meio sonhando, meio imaginando. Tão poderosa era a entidade que sua mente criava à sua volta as memórias com que sonhava. Na realidade o sonho era outro.

Lembrava-se de emergir do Oceano Primordial com seus exércitos. Lembrava-se de fazer a travessia para esse mundo primitivo e seco, de tomar um corpo massivo, assim como os dez outros membros do Trono Esmeralda.

Lembrava-se da emboscada, da dor ao ser pego de surpresa, ao ver seus companheiros arrancados dessa dimensão, forçados a prisões espalhadas pelo mundo todo.

Perdeu a consciência, e nada mais fez sentido.

Então pressentiu alguém manipular seus sonhos, destrui-los. Sentiu alguém tentar chamá-lo. Desafiá-lo.

Furioso em sonhos, acreditou que podia finalmente sair de sua prisão.

Tamanho era seu poder, mesmo adormecido deu senciência a suas memórias.

Mestre, disse alguém do outro lado do cristal. *Este é o momento.*

Sim, respondeu à soldado que o aguardava do lado de fora. É agora.

A entidade abria seus sentidos para o mundo primitivo à sua volta, sugando da pedra as memórias que podia.

Estava viva. Estava desperta.
E ia destruir tudo em seu caminho até que não restasse vivalma neste mundo.

Flutuando acima da cidade, o Arconte sentiu a realidade tremer.
O tempo acabou, ele pensou.
Então começou a descer na direção de Sumeru e da cidade de Duralam.

Capítulo 51

Uma sombra cobriu a lua cheia e as estrelas, mergulhando Duralam em escuridão. Huirau olhou para cima sabendo o que ia encontrar. À sua volta as memórias pararam, olhando na mesma direção.

Era difícil descrever a visão, a escuridão que era o Arconte tornando quase inexistente a referência de distância e força. Via apenas o branco dos ossos remanescentes da criatura pairando no ar, lentamente se aproximando do monolito, como se levados pelo vento.

Então a escuridão viva ganhou a forma de tentáculos que foram lançados contra a pedra, penetrando a superfície lisa sem parti-la, penetrando a prisão e atacando a entidade em seu interior.

As memórias caíram no chão, desfazendo-se como estátuas de gelo arremessadas do telhado de um palácio, os fragmentos desaparecendo, absorvidos pela rua partida. Alguns resistiram e, urrando em uníssono, lançaram-se no ar, voando impossíveis na direção do Arconte.

– O que fazemos agora? – perguntou Anaru. Huirau percebeu que ele não vibrava mais, a energia em seu corpo gasta. As memórias estavam se retraindo para dentro de Sumeru, ou se lançando em sua defesa.

Huirau sentia um vazio à sua volta como sentira apenas na viagem até o monolito partido.

– Nós esperamos.

O confronto durou uma hora ou mais. Sem as memórias para ditar o tempo, Huirau estava perdido. Anaru tinha desistido de esperar de pé e sentou-se em um bloco solto de pedra. Maylea permanecia de pé, punhos fechados, os olhos no céu. Huirau fazia o mesmo, aguardando para saber o destino dos Onze Reinos.

Era difícil compreender o que acontecia lá em cima. A batalha era em mais planos do que aquele, e faltava qualquer ação reconhecível, uma vez que as memórias que se lançaram no ar foram destroçadas pelo Arconte sem sequer forçar o crânio alongado a voltar-se para elas.

Então, as coisas mudaram.

Cristais racharam e se partiram por toda parte, virando uma poeira fina que o vento vindo do oceano levava para o interior do continente. Huirau virou o rosto, a mão cobrindo os olhos, mas conseguia sentir as memórias ainda lá, adormecidas.

Acima deles, Sumeru pulsava cada vez mais fraca.

O Arconte descia para o solo devagar, os tentáculos de escuridão emergindo do monolito, servindo como cordas ou como as pernas de um inseto para se mover com segurança. A luz da lua e das estrelas já escapava por ela, e Huirau percebeu que talvez o combate tivesse sido mais exaustivo para o Arconte do que ele podia imaginar.

A escuridão tocou o chão na base de Sumeru como longos cabelos negros, entrelaçando-se, esparramando-se. Não tinham a vida de quando o Arconte matou o último Regente, nem a força para se espalharem. Escorriam pelas frestas dos paralelepípedos arrancados e argamassa esfarelada.

Apesar da falta de referência, Huirau identificou ali uma forma humanoide, viu quando o Arconte tocou o solo com seus pés e caiu de joelhos. O crânio alongado se curvou para a frente, e a caixa torácica estaria subindo e descendo com pressa caso a criatura precisasse respirar.

Huirau deu um passo na direção do Arconte, sem saber se seria capaz de ajudar de alguma forma. Sumeru estava inerte, as memórias novamente inativas, apenas sonhos de uma entidade em coma.

Duralam estava a salvo.

O crânio se ergueu, os olhos vazios encarando o locchava, como se considerando dizer algo. Mas a atenção de Huirau não estava no Arconte, e sim do que emergia do chão atrás dele.

O domo era largo e de cor leitosa. Pulsava com cores púrpuras e azuladas onde deixava um rastro de tentáculos longos e finos que pareciam frágeis, mas eram capazes de matar um adulto com os venenos dos esporões.

A Arquivista, a última sobrevivente de um exército de outro mundo, se ergueu no ar acima do Arconte e atacou a escuridão com seus tentáculos.

O crânio abriu a boca em um grito silencioso, subitamente imóvel.

Em suas costas a escuridão se erguia em filamentos caóticos como fumaça puxada pelo vento. Era como um jato de água muito forte tentando limpar piche de ossos, mas os ossos eram tudo o que restava do Arconte.

– Nunca pretendi libertar Sumeru – disseram mil vozes pelos cristais que remanesciam sobre as ruas. – Nunca achei que fosse possível fazê-lo.

A escuridão viva se juntou aos tentáculos da Arquivista, enroscando-se em filamentos, tornando-se um só.

– Mas eu sabia que você agiria caso Sumeru despertasse, e que isso o tornaria fraco o suficiente para que eu salvasse seu outro prisioneiro.

O monolito partido.

A escuridão viva.

Kasim tinha entendido tudo antes de todos os outros.

Quando o Arconte destruiu o outro monolito, foi para tornar-se ele mesmo a prisão e o receptáculo de um dos Onze Conquistados, tornando-se, assim, Eterno.

Na escuridão viva Huirau sentiu uma consciência, um pensamento próprio. Sentiu prazer em estar livre.

A Arquivista deixou-se tomar. Para ela era uma honra ser o receptáculo de seu deus, um dos senhores de Danu, o Oceano Primordial.

Vingança, pensou a escuridão viva, e os pensamentos emanando daquela coisa quase fizeram Huirau cair de joelhos e chorar, tamanhos eram o sofrimento, o ressentimento, a raiva.

Queria dizer que precisavam fazer alguma coisa, que precisavam agir antes que fosse tarde demais, mas Anaru e Maylea também falhavam em resistir aos sentimentos que emanavam da entidade.

Em desespero, Huirau tocou o cilindro pendurado em seu pescoço. Faria de novo. Destruiria memórias para fazer o que fosse preciso.

Caiu sentindo-se estremecer. Conseguiu apenas abraçar o próprio corpo, os olhos cheios de lágrimas, incapaz de fazer qualquer coisa além de observar sua antiga professora tomar o controle da criatura mais poderosa dos Onze Reinos.

Ossos de costela soltaram-se da escuridão, atingindo a neve suja que se acumulava entre os paralelepípedos. O crânio virava de um lado para o outro, resistindo, tentando segurar o que podia da essência negra. Sabia que era questão de tempo, mas carcereiro algum se daria por vencido tão facilmente. Não depois de tanto tempo.

O som do corte veio tão súbito que Huirau demorou para reconhecê-lo. Foi algo molhado, como fatiar lula para um jantar especial. O cheiro era quase o mesmo, como molusco na chapa quente.

Dois dos tentáculos da Arquivista se desprenderam do corpo, levando com eles alguns dos filamentos de escuridão viva.

A cúpula pulsante não precisava se virar para ver o que tinha provocado o dano, mas, no êxtase de tornar-se uma com seu deus, perdeu a percepção do mundo imediatamente à sua volta.

– Será que agora eu posso matar sua professora?

Kasim estava de pé atrás da Arquivista. Fez um movimento com o pulso, fazendo voar da lâmina da espada a gosma que era como sangue para a criatura. Huirau pensava estar alucinando, mas via um brilho dourado na espada, e sobre todo o mercenário estrangeiro.

Foi quando viu que Kasim não estava sozinho.

Segurando sua mão livre estava uma criança de vestes laranja, o rosto decorado com mais joias do que uma criança deveria ser capaz de usar.

A Deusa Menina sorria, inclinando a cabeça para o lado como quem se diverte com uma piada boba.

– Kasim me convenceu de que, se eu não fizesse nada, não sobraria reino algum para eu governar. – Ela deu de ombros como se aquilo fosse a coisa mais estúpida do mundo. – Então resolvi ajudar.

A escuridão viva emanou raiva. Forçou-se mais para fora do que uma vez fora o Arconte, enroscando-se nos tentáculos e cúpula da Arquivista. Outra costela caiu na neve, assim como duas vértebras soltas. O crânio do Arconte continuava a gritar em silêncio.

– Matar deuses costumava ser mais fácil. – Kasim olhou para a criança. – Nada pessoal.

Ela concordou, o sorriso ainda no rosto.

Kasim jogou o corpo na direção da Arquivista, a espada descendo com violência. Seus olhos estavam arregalados, a boca aberta em um grito feroz. Com cada movimento a lâmina deixava um rastro dourado, como raios do tom errado desenhando o ar, deixando manchas nos olhos de quem olhasse diretamente.

A espada fatiou o domo gelatinoso, depois decepou mais tentáculos. A escuridão viva tentava proteger seu receptáculo, tentava remendar o dano, mas Kasim era mais rápido. Não precisasse ele manter-se de mãos dadas com a criança, já teria dado cabo do monstro.

A escuridão viva percebeu o mesmo.

Filamentos de escuridão se lançaram das costas do Arconte e da cúpula da Arquivista para a Deusa Menina. Filamentos se tornaram rígidos, agulhas negras longas demais.

Atingiram um escudo dourado e, por um instante, se detiveram ali.

A criança arregalou os olhos, sabendo que mesmo uma deusa era fraca demais para um deus dos deuses.

O escudo dourado se rompeu e as agulhas penetraram as defesas da Deusa Menina. Sangue brotou onde os filamentos de escuridão perfuraram a pele da criança.

Kasim gritou e golpeou os filamentos, mas sua espada não tinha mais o brilho dourado do poder da criança. Ao atingi-los, partiu-se como se fosse uma folha de papel jogada sobre lâminas afiadas demais.

A Deusa Menina caiu, ainda segurando a mão de Kasim, que olhava horrorizado a criança caída e a espada destruída.

Huirau se levantou, sabendo que não havia nada que pudesse fazer.

A escuridão viva tomou a Arquivista.

Não havia mais nada que qualquer um deles pudesse fazer.

Nenhum deles, se não o próprio Arconte.

Da mesma forma que a luta contra Sumeru deixara o Arconte fraco, a breve luta com Kasim e a Deusa Menina deixou a escuridão viva, ainda enfraquecida por finalmente se libertar do Arconte, frágil e desprevenida.

O que restava do esqueleto do carcereiro dos Onze Conquistados ergueu-se no chão em uma massa disforme. O crânio se voltou para trás como apenas uma coruja ou um morto seria capaz de fazer e agarrou com braços imateriais a própria substância que formava seu corpo. No momento do contato, Huirau teve a impressão de ver um ser de carne e osso dentro da escuridão, alto demais, magro demais, o crânio alongado, as orelhas largas flanqueando olhos púrpura. O Arconte se lançou sobre a escuridão que também tinha forma e essência, uma serpente com rosto quase humano com tentáculos ao invés de uma única cauda. A escuridão viva sibilou furiosa, enroscou-se nos braços magros, mas inumanamente fortes do Arconte. Um caiu sobre o outro, rompendo a ilusão, tornando-se líquido escuro e vivo. Soltou-se da Arquivista, que, ferida, tentou flutuar para longe.

Kasim a pegou pelos tentáculos, gritando com o toque do veneno, mas descendo a espada partida sobre a cúpula de novo e de novo até que a carne gelatinosa tivesse sido fatiado em dois, três pedaços. Ainda assim ele continuou, cortando tentáculos, chutando partes.

Caiu de joelhos no chão, deixando cair a espada. A mão esquerda, ainda ferida dos combates anteriores, inchara de imediato com o veneno da água-viva. A direita, a da espada, estava coberta da gosma translúcida da criatura. Pareciam ambas dormentes. Mesmo assim, Kasim se forçou a se levantar e foi até a criança caída.

Huirau se levantou. Correu até eles enquanto o Arconte e a escuridão viva lutavam pelo controle, pouco mais do que uma massa disforme consumindo a si mesma e as pedras à sua volta.

Os olhos da criança estavam voltados para o céu estrelado, vidrados na lua cheia.

A Deusa Menina estava morta.

Kasim permaneceu de joelhos ao lado do corpo, os olhos no locchava. Não disse nada.

Huirau se sentiu mal pelo que pensara dele, por tê-lo considerado um covarde.

Queria cuidar dele, abraçá-lo, mas percebeu quando os olhos do mercenário foram para outro ponto atrás do locchava.

Huirau se voltou para trás.

A escuridão tinha parado de se contorcer. Crescia em tentáculos que se entrelaçavam como serpentes subindo uma árvore. Levavam em seu topo o crânio e os ossos da costela e da coluna.

O Arconte permaneceu ali por algum tempo, sem nada dizer.

Huirau apenas suspirou, rolando os olhos. Abriu os braços, sem saber o que mais fazer. Tirou o colar do pescoço e jogou os cilindros no chão aos pés da entidade.

– Chega. Faça o que bem entender. Só acabe logo com isso.

Por um longo tempo ninguém disse nada. Era apenas o som da respiração pesada dos quatro seres vivos e seus corações pulsando rápido demais, aguardando o juízo final.

Então o Arconte se esticou, ganhou o céu. Filamentos de escuridão deixavam aos poucos o contato com a rua à medida que o Arconte flutuava.

– Aquela coisa – disse Kasim, ainda na mesma posição de antes. – Ela pode se regenerar.

O crânio flutuante encarou o mercenário. Filamentos negros foram lançados do alto. Atingiram os restos da Arquivista, consumiram tudo sem deixar rastros.

O Arconte partiu para o sul, flutuando pela Longa Noite sem dizer uma única palavra.

Huirau deixou-se cair sentado na rua, em meio às ruínas. Tinha voltado a nevar.

Cogitou seriamente deitar ali mesmo, encolher-se e dormir até que fosse dia novamente. Fechou os olhos, sentindo a paz da noite, do silêncio, das memórias adormecidas.

Deixou-se levar pelo cansaço, sabendo que Duralam sobreviveria a mais uma Longa Noite.

Capítulo 52

Foram necessários vinte dias para entender a extensão dos danos provocados a Duralam, em particular ao porto da cidade, a área mais próxima de Sumeru. Durante esse tempo parte dos cristais que se estendiam acima da superfície se tornaram frágeis e se partiram, como as folhas de uma árvore morrendo lentamente.

Corpos ainda estavam sendo retirados dos escombros das casas e edifícios derrubados pelo incidente, e havia pelo menos cinquenta pessoas ainda desaparecidas. O gelo que antes tornava a baía impenetrável tinha-se partido em vários pontos, revelando espigões de cristal submersos que tornariam a passagem de navios mais pesados arriscada demais. Para os navios típicos dos Onze Reinos, de quilha tripla, não era tanto problema, já que o peso era distribuído de forma que o casco não ficasse muito submerso, mas, para a maioria dos outros navios que traziam mantimentos e produtos para Duralam, o risco era grande demais.

A coisa toda tinha se tornado mais complicada pelo fato de entre as vítimas estar o Ministro das Obras. Um espigão tinha crescido por baixo de sua mansão fortemente protegida por muros altos e mercenários, eclodindo em sua suíte enquanto dormia. No caos seguido do confronto no porto, ninguém tinha certeza de quem devia assumir, e o Secretário Waka teve de acumular esse ministério com o do Conhecimento, em vista da morte não menos desagradável de mais esse ministro.

Muitos estavam desabrigados. Com o inverno rigoroso que persistia enquanto Sumeru ainda estava errática em suas memórias do Verão, foi preciso abrir espaço no Complexo de Palácios para abrigar a quantos coubessem e atender aos inúmeros feridos. A própria natureza de Singularidade fez do que antes era o bairro mais pobre e esquecido da cidade aquele em melhor estado, e aquele que recebeu a maior parcela de desabrigados. As ações de Taua, guiando o máximo de pessoas possível para lá, salvaram muitas vidas. Quando a Ministra Kahurangi falou em promovê-la e dar-lhe uma medalha em evento público, Taua fez careta. Disse que só queria alguns dias de folga para ficar com a família, mas só depois que tudo estivesse normalizado.

Normalizado, pensou Huirau, olhando a cidade do alto da estrada, diante das portas do Palácio Branco. Neve tinha voltado a se acumular ali, selando o lugar pelos próximos meses. A Longa Noite já teria terminado quando tudo em Duralam pudesse ser considerado normal.

– Última visita à sua memória preferida?

Huirau viu Kasim subindo a estrada, os pés enfiados na neve até os calcanhares. Pelo menos não estava reclamando mais do frio.

O locchava deu de ombros, enfiando as mãos nas mangas opostas, cruzando os braços sobre o peito. Deu um passo para longe do cristal esverdeado que tinha brotado do chão logo diante dos portões do palácio.

– Não sei se ainda faz sentido.

– Não precisa fazer – disse o mercenário, sorrindo. Juntou-se a Huirau no topo da subida, olhando a cidade lá embaixo. Permaneceu em silêncio por alguns segundos. – O que você faria se não isso?

Por incrível que parecesse, Huirau não tinha parado para pensar naquilo.

Após dois dias se recuperando do confronto com Sumeru e a Arquivista, Huirau se juntara a outros locchava para explicar o que tinha acontecido e tentar ajudar a recuperar algumas das memórias importantes de Duralam. Enquanto avaliavam o estrago, Huirau buscava as memórias deixadas pela Arquivista, sobre Sumeru e a escuridão viva, e as apagava ele mesmo. Queria evitar que aquilo se repetisse. Pelo menos pelos próximos dois ou três séculos.

Acesso à Mnemoteca subterrânea tinha se tornado praticamente impossível, e um risco enorme. Havia relatos de aparições dos vagantes dimensionais nos esgotos e em pontos onde nodos mais espessos de cristais tinham brotado, e ele vinha guiado māras e soldados da Defesa para caçá-los sempre que possível.

Uma vez que tudo isso acabasse...

Huirau suspirou e deu de ombros novamente, balançando a cabeça.

– E você? – perguntou, desviando o assunto. – Imagino que o Secretário tenha dado uma pequena fortuna como pagamento pelos seus serviços.

Kasim fez um som com o nariz, como quem acha graça. Fingia procurar seu reflexo nas facetas do cristal entre eles.

– Não era dinheiro que ele tinha me prometido.

– O que, então?

Kasim olhou para a lua e sorriu.

– Um propósito.

Huirau encarou Kasim, esperando que ele se explicasse.

Kasim se voltou para o locchava, apontou com o queixo na direção do porto.

– Embarco para o território contestado assim que o gelo começar a derreter. Liderarei uma companhia do Ministério da Defesa contra as forças da Liga do Sul. Parece que vocês não sabem exatamente como fazer guerra.

Por alguma razão o estrago em Duralam parecia dizer o contrário.

– E é isso que você quer fazer?

Kasim torceu o lábio.

– É isso que eu sei fazer.

– Acho que você provou que é muito mais do que alguém que mata por dinheiro.

O silêncio voltou enquanto os dois olhavam o horizonte, pensativos. Kasim finalmente o quebrou.

– Guerras são muito mais do que combate. O Secretário me disse que o Ministro da Defesa vai precisar dos meus conselhos. Talvez um parceiro que me ouça venha a calhar uma vez na vida.

Huirau sorriu, balançando a cabeça.

– E até lá? O que vai ser de você?

Kasim deu de ombros.

– Treinar os soldados que ficam aqui. Posso falar o que quiser do Secretário, menos que ele não aprende com seus erros. Duralam vai se tornar um alvo fácil se a Liga do Sul resolver vir até aqui. E eventualmente virão, se atacarmos seus postos avançados no outro lado dos Onze Reinos. Você?

Huirau passou uma mão pelo cristal, sentindo as memórias adormecidas ali dentro. Nunca mais conseguiria vê-las da mesma forma, trabalhá-las do mesmo jeito.

Balançou a cabeça.

– Vamos ver no que dá.

Os dois amigos se despediram por aquele dia. Huirau viu Kasim se afastar a pé. No entorno, homens e mulheres do Ministério das

Obras trabalhavam duro para recuperar as ruas e casas, sempre sob os olhos atentos de funcionários dos Ritos e do Conhecimento, preocupados com os cristais de Sumeru.

Havia muito trabalho pela frente, e Huirau não reclamaria novamente de ter de fazê-lo.

Quilômetros a leste de Duralam, Tama Kerapa entrou na grande cabana de couro e pelos de iaque, sentindo o corpo tremer apesar das grossas camadas de proteção que usava. Do lado de fora, o vento gelado e a nevasca seriam capazes de matar um viajante incauto apanhado de surpresa. Ainda haveria meses de Longa Noite pela frente, e viajar assim para tão longe de Duralam era um perigo por si só. Fora o azar que o mantivera na estrada enquanto todos os outros times da Receita já tinham voltado à capital. Agora as estradas estavam bloqueadas por neve e o clima punitivo. Havia semanas estavam viajando vila a vila a passos lentos, aproveitando os raros dias tranquilos para lentamente retornar a Duralam. Sua mãe diria que, se assim aconteceu, assim desejava a Deusa Menina.

Tama não precisava se identificar para os aldeões. As vestes negras e o brasão do Ministério da Receita pendurado em seu peito diziam o que era necessário. Tirou as luvas, entregando-as ao assistente atrás dele. Estava prestes a puxar o bloco de notas e a caneta quando sentiu o cheiro de gordura quente.

– Chá de manteiga? – ele perguntou com um sorriso no rosto.

Havia cerca de vinte pessoas vivendo naquela cabana, e parecia haver espaço para todos eles. Povo durão, esse que prefere a vida longe da capital. Conhecia poucos que sobreviveriam àquelas condições e prefeririam assim. Ele mesmo não podia ver a hora de voltar para casa.

Uma senhora de sessenta anos – Tama se lembrava do seu rosto e idade da última vez que estivera ali – lhe entregou uma tigela do chá. Pequenos pedaços de manteiga e farinha boiavam no creme salgado. Sorrindo, ele bebeu um longo gole. O corpo se esquentou de imediato, espantando o frio.

O choro de um bebê atraiu sua atenção.

– Ah, um novo membro da família desde que estive aqui pela última vez?

Tama bebeu mais do chá, então devolveu a tigela à senhora. Sacando do casaco o bloco de notas e a caneta, atravessou o centro da cabana, esquivando-se de crianças brincando, adultos comendo e outros tecendo casacos para encontrar uma jovem mãe que, Tama sabia, tinha pelo menos mais três filhos. Protegia a criança com o corpo, como se tentando esconder alguma coisa.

– O que temos aqui? Menino ou menina?

Tama tocou o ombro da mãe, puxando-a com delicadeza. A mulher se virou, e Tama teve uma visão clara da criança.

Tama murmurou uma prece.

A pele cor de terracota tinha manchas claras em torno dos olhos e das pequenas mãos.

Ela sorria e fazia sons de bebê, mas os olhos... Os olhos o encaravam como quem guarda muitos segredos e mal pode esperar para revelá-los.

Tama sentiu a súbita necessidade de proteger aquele bebê com sua vida e levá-lo para bem longe dos ministérios, custasse o que custasse.

AGRADECIMENTOS

O autor e os editores gostariam de agradecer a todos que fizeram mais esta fantasia chegar à realidade. Um aceno especial à comunidade de RPG que nos agraciou com apoios e confiança, sem falar nas interpretações maravilhosas na aventura narrada pelo Wagner Araujo (youtube.com/DungeonMasterClass). Revejam e honrem o passado, pois é nesses momentos de perdas que nos conhecemos melhor. Um obrigado especial aos nomes subscritos abaixo, e continuem se cuidando!

Alexandre Santos Melotti

Alexia Bittencourt Ávila

Amanda Villa Correia

Ana Carolina Ferreira

Anderson Verissimo

Antonio Marcos Pinto Fragoso

Arthgal Magno de Araújo Melo

Arthur Ribeiro

Bruna Milet

Bruno Barbosa Ramalho

Camille de Souza Prates

Celso Cavalcanti

Cesar Lopes Aguiar

Christopher Kastensmidt

Davenir Viganon

Diego Guerra

Diego P. Soares

Diogo Gomes

Editora Gynga

Fabio Gardenal Inacio

Felippe Lopes de Arruda

Fellype Martins de Souza

Flavia Riger

Flavio Hoffe

Francisco Rege Matoso Neto

Francisco Yamauti Goncalves Fernandes

Gabriel Amabile Boscariol

Gabriel Balbino

Gerson Lodi-Ribeiro

Gilmar Arcanjo

Guilherme Freire

Guilherme Henrique dos Santos

Guilherme Saraiva

Henrique Coli Schumann

Humberto Pereira Figueira

Igor Aoki

Ivan G. Pinheiro

JCarlos Silva

Jean Netto

João Carlos De Lucca

Joel F. Lima

Jose Joaquim Porto de Paula

Juan Diaz

Juliano de Alencar Borges Fortes

Leonardo Spirlandeli Batista

Luciana Liscano Rech

Luis Paulo Brant

Marcello Lima

Marcelo Augusto Galvao

Marco Antonio da Costa

Marcos Felipe Fagundes

Marcux Melim

Margareth Cristina de Oliveira Ferreira

Maria Lúcia Milet

Marlon Eder da Silva Kroth

Matheus Igor Silva Oliveira

Matteo Libardoni

Murilo Fioravanti Costa

Oracir Alberto Pires do Prado

Paulo Brito

Paulo de Tarso Vieira Junior

Rafael Ribeiro

Renan Teruo Carneiro

Rhafael Baes Xavier

Ricardo Tanus Poletto

Rofli Sanches

Sandro Tomasetti

Suelen Mariano

Tatiana Catecati

Thiago Augusto Miguel Bortuluzi

Thiago Baptista

Thiago Goulart Prietto

Tiago Troian Trevisan

Vanuza Amarante

Victor Dias

Victor Hugo Gavino Silva Turatti

Vitor Ishimura

Wagner da Silva Araújo

Waldir Rodrigues Junior

Série Reinos Eternos

Império de Diamante – *livro 1*

Último Refúgio – *livro 2*

Sombras e Ecos – *livro 3*

Oceano dos Mil Deuses– *livro de contos*

Este livro foi impresso na Renovagraf
em Julho de 2021, durante a pandemia.